NINE
PERFECT
STRANGERS

［澳大利亚］莉安·莫里亚蒂————————著　韩阳————————译

九个完美
陌生人

LIANE MORIARTY

北京时代华文书局

献给凯蒂及我的父亲

我深爱你们

你说你是祸端
可你却是解药
你说你是门上的锁
可你却是钥匙

　　　　　　　　　——鲁米

才刚找到了生命的意义，它们却变了模样。

　　　　　　　——乔治·卡林

第一章

姚

"我没事，"那个女人说，"什么事都没有。"

但姚不这么觉得。

今天是他担任实习医护人员的第一天。第三次出诊。姚并不紧张，但高度警惕，毕竟就算是某个无关紧要的失误，他也还承担不起后果。姚小时候每次犯错都会哭得撕心裂肺，即便到了现在，犯了错的他仍会胃痉挛。

一滴汗珠从那个女人的脸上滑落，妆花了，留下一条痕迹，似蜗牛爬过。姚想知道为什么她非得把脸涂成橘色，不过这并不重要。

"我没事，顶多就是什么病毒，一天就好了。"那个女人略带着东欧地区的口音。

"观察病人的一切，包括生活环境，"姚的上司芬恩之前说过，"把你自己当成特工，寻找诊断的线索。"

姚看到的是一名中年女性，肥胖，独特的海水绿眼睛下方涂着粉色腮红，棕色的头发束在脖子后面，发质细软。她面色苍白，脸上有一层细密的汗珠，呼吸很不平稳。从烟灰缸的气味判断，她经常抽烟。这个女人坐在一张大桌子后面的高背皮椅上。这是一间豪华的拐角办

公室 [①]，要是说房间大小和可以看到海港美景的落地窗能暗示主人在公司的地位，那她估计是个大人物。办公室位于十七层，歌剧院的船帆仿佛近在咫尺，甚至连奶油色和白色的钻石切面瓷砖都看得清。

那个女人一只手按着鼠标，盯着超大电脑屏幕查看邮件，这两名过来检查的医护人员在她眼里不过只是来处理些小问题，跟来调整幻灯片的技术人员没什么两样。她穿着定制的海军蓝西装，看着有点儿别扭——外套肩部的位置被扯得很紧，看着就替她难受。

姚往女人没拿鼠标的手上夹了一个脉搏血氧仪。这时，他注意到女人小臂上有一块鳞片状皮肤，泛红，略带光泽。难道是糖尿病前期？

芬恩问："玛莎，你最近在吃什么药吗？"他跟病人说话时的语气自然而放松，好像大家是在烤肉聚会上随便聊天，手里还拿着啤酒。

姚发现，芬恩每次都不会用姓氏称呼病人，仿佛大家是老朋友一样。不过，姚有些害羞，不太敢这么做。话说回来，要是这样能提高诊疗效果，姚也愿意试着克服自己的羞怯。

"什么药都没吃。"玛莎的目光根本没离开过电脑屏幕。她果断地点了几下鼠标，终于把注意力从屏幕移到了芬恩身上。她的眼睛美极了，世间少有。姚还以为她是戴了彩色美瞳。"我很健康。麻烦你们了，反正救护车肯定不是我叫的。"

"是我叫的。"另一个年轻漂亮的深发女人说。这个女人穿着高跟鞋和紧身裙，裙子上相互堆叠的菱格形状和歌剧院的瓷砖很像。裙子把她衬得很美。虽然她也算是患者生活环境的一部分，但她的裙子什么样确实也没太大关系。姚要做的就是观察。那个女孩正在啃小手指上的指甲。"我是她的私人助理。她……呃……"年轻女性的声音减弱了些，好像要

---

① 原文为 corner office，意指企业老板所在的办公室，多位于办公大楼拐角处。编者注。本书注释若未做特殊说明，均为编者注。

说的话不太体面，"她的脸色突然变得煞白，一下就从椅子上摔下来了。"

"我没从椅子上摔下来！"玛莎打断了她。

"她是滑下去的。"年轻女性纠正了用词。

"我就是突然有些头晕，仅此而已，"玛莎对芬恩说，"接着还能上班。咱们能快点儿吗？我可以付全款，成本或者医疗费什么的，还有你们的服务费。当然了，我有私人医疗保险。我现在真没时间弄这个。"说完，玛莎又反问助理："我十一点是跟瑞安约好了，对吧？"

"我来取消。"

"谁找我？"门口进来了一个男人。"怎么了？"这个人穿着超级紧身的紫色衬衫，神气十足，带着一叠文件夹。他一口正宗的英国腔，还真把自己当成王室成员了。

"没事，"玛莎说，"请坐吧。"

"玛莎现在显然没空！"可怜的助理没忍住。

姚的心里泛起一阵同情。他不喜欢别人轻视健康问题，觉得自己的工作应该得到更多尊重。他也不喜欢把头发抓得尖尖的男人，况且这个人带着上流社会人士的口音，为了炫耀过于发达的胸肌还穿了超级紧身的紫色衬衫。

"没事，没事，瑞安，请坐吧！稍等一下，我什么事都没有。"玛莎不耐烦地挥了挥手。

"呃，玛莎，麻烦让我量下血压吧？"姚这次很勇敢，至少把臂带缠到玛莎上臂的时候，咕哝着说出了她的名字。

"先把外套脱了吧。"芬恩似乎心情不错，"玛莎，你确实挺忙。"

"我其实就需要她把这些东西签了。"那个年轻人小声对玛莎的助理说。

姚心里想，我其实就需要现在检查你老板的体征，混账东西。

芬恩帮玛莎脱掉外套，礼貌而温柔地搭在玛莎的椅背上。

"瑞安，把文件拿过来。"玛莎看了看奶油色丝绸衬衫的扣子。

"在最上面两页签名就行。"年轻人把文件夹递了过去。

"你是在逗我吗？"私人助理难以置信地举起双手。

"这位仁兄，你过会儿再来吧。"芬恩让人放松的语气中多了几许坚定。

年轻人慢慢往后退了几步，但玛莎朝他勾了勾手指，意思是想看文件，于是年轻人赶紧走过去，把文件夹递给玛莎。显然，在年轻人眼里，虽然芬恩高大强壮，嘴里还念念有词，但他更惹不起玛莎。

"最多十四秒。"玛莎对芬恩说。她说到"最多"的时候声音有些沙哑，听着有点儿像"缀多"。

姚手里拿着测血压的臂带，跟芬恩对视了一眼。

玛莎的头歪向一侧，好像刚睡着了一样。马尼拉纸制成的文件夹从她手里滑落。

"玛莎，没事吧？"芬恩的声音很大，语气不容置疑。

玛莎一下倒在桌子上，双臂伸开，像个木偶。

"就这样！"私人助理尖叫起来，还带着点儿满足感，"她之前就是这样的！"

"我的妈！"穿着紫色衬衫的年轻人吓得退后了几步，"天啊。对不起！我还是……"

"好了，先平放到地板上。"芬恩开口了。

芬恩从腋窝处架起玛莎的上半身，姚则抬高了她的双腿，一个劲儿喘粗气。姚发现玛莎个子很高，比自己还高不少，至少有一米八，沉得不行。姚和芬恩两个人好不容易才把玛莎侧放在灰色地毯上。芬恩把玛莎的外套折成枕头，垫在她头部下方。

玛莎的左手臂僵硬地举过头顶，跟僵尸似的，双手紧紧握拳，被放到地毯上时，呼吸相当急促。

是癫痫。

　　癫痫发作的症状确实吓人，但姚知道，等这股劲儿过去就好了。好在玛莎的脖子上没什么阻碍她呼吸的东西需要松开。姚环视了周围的空间，也没什么会让玛莎撞到头的物品。

　　"之前有过这种情况吗？"芬恩问助理。

　　"没有。之前她就是会有点儿头晕，没这样过。"私人助理眼睛睁得很大，很震惊，但也舍不得移开目光。

　　"她有癫痫史吗？"芬恩又问。

　　"我觉得没有。我也不知道。"私人助理一边说，一边往玛莎办公室的门口走。门口已经聚了不少人，还有人拿出手机录像，好像上司癫痫发作对他们来说跟摇滚音乐会没什么区别。

　　"开始按压。"芬恩神色如常，目光如岩石般坚定。

　　一瞬间——还不到一秒钟，但还是有这一瞬间——姚愣了一下，什么都没做，大脑高速运转，但还没明白到底发生了什么。他一辈子都会记得刚才自己没反应过来的一瞬间。他知道心脏骤停也会出现跟癫痫类似的症状，但就是没反应过来，大脑完全被一件事误导了：病人是癫痫。要不是芬恩在，姚可能已经坐在地上，眼睁睁地看着面前这个心脏骤停的病人，什么都不做，就好像过度依赖仪器，开着飞机撞向地面的飞行员一样——可出错的正是仪器。姚身上最精密的仪器就是他的大脑，可他的大脑今天出错了。

　　姚和芬恩给玛莎做了两次电击，但她仍心律不齐。玛莎·德米特里申科被抬出办公室的时候已经完全进入了心脏停搏状态。这间办公室，她再也回不来了。

第二章

弗朗西斯

十年后

一月的某天，天气闷热，万里无云。弗朗西斯·韦尔蒂开车穿过低矮的灌木丛区。她的一本浪漫小说曾高居畅销榜。现在，她要向西北方向开六小时车回悉尼的家。

高速公路两侧不断延伸的灌木丛带让人昏昏欲睡，车里的空调则咆哮着，把可与北极寒风相较的冷气吹在她脸上。天空呈深蓝色，如巨大的穹顶天幕，裹住她独自奔跑在路上的小汽车。她不喜欢这样，天空太过广博。

弗朗西斯想起来猫途鹰网站上一个人的差评，不禁嘴角上扬：于是，我给前台打了电话，说要更低、更阴沉、更舒服的天空。可那位外国口音特别重的女士说天空就这一片！真是没礼貌！再也不来了。千万别浪费钱。

弗朗西斯发现，再这么下去自己就疯了。

不，不会的，她不会疯掉。她很好，非常正常，绝对正常。

双手搭在方向盘上，戴着墨镜的弗朗西斯眨了眨干涩的眼睛，大大地打了个哈欠，连嘴巴都差点儿合不上。

"哎哟。"尽管不怎么疼，她还是咕哝了一句。

叹了口气，弗朗西斯扫视窗外，要是有什么能打破周围单一的风景就好了。外面的世界很是苛刻，毫无怜悯之心，所以弗朗西斯只能任由思绪蹁跹：一群绿头苍蝇，乌鸦嘶哑哀痛的叫声，还有刺眼的白色光线，大片棕色的土地。

怎么会这样。有头牛、庄稼地也好，小棚子也行啊。我要用小眼睛仔细观察，首先是……

啥？啥都没有。

她调整了下坐姿。结果，下背部传来一阵剧痛，直接就让她眼里泛起了泪花。

"我的妈呀。"她紧咬着牙。

后背疼的症状是两周前出现的，那一天，她好不容易才接受保罗·德拉布尔消失了的事实。当时，弗朗西斯准备报警，正在思考要怎么描述保罗——她的另一半？男朋友？情人还是"特殊的朋友"？这时，她第一次感受到了背部的刺痛。绝对是最强烈的神经痛，但知道是神经性的不代表疼痛会减轻。

每天晚上，镜子里的下背部都一样：柔软，白皙，稍稍隆起。这副样子让人感到有些奇怪，因为弗朗西斯总以为那个部位会变得更可怕，比如像树根处大块的瘤状物。

她看了看仪表盘上的时间：下午2点57分。岔路应该不远了。她之前给静栖馆打电话预订时说自己大概下午3点30分至4点之间到。这一路上，她也没有因为什么意外而耽搁。

静栖馆是一家"高端精致的健康服务馆"，是朋友艾伦推荐的。"你需要和解，"上周午餐时，三杯鸡尾酒（相当不错的白桃贝里尼）下肚，艾伦跟弗朗西斯说，"你现在简直一团糟。"

三年前，艾伦也一样，用"神思恍惚""失魂落魄""萎靡不振"形容毫不为过。当时，她就去静栖馆"修身养性"过。"好了，好了，我知道了。"弗朗西斯满口答应。

"怎么说呢……很特别，那个地方，"艾伦告诉弗朗西斯，"他们的方法很有新意，能改变人的一生。"

"那你的人生到底怎么变了？"弗朗西斯问。这个问题很自然，很符合逻辑，但她并没有得到什么明确的答复。最后，答案好像就是艾伦的眼睛很白，真的很白，看起来很吓人的那种白！还有，艾伦瘦了三公斤！不过，静栖馆并不经营瘦身项目——只是艾伦当时正承受着巨大的痛苦。静栖馆主要能让人身心健康，但你也知道，哪个女人会介意瘦三公斤呢？反正有一点可以确定：艾伦很开心。要是弗朗西斯能瘦三公斤，她肯定也高兴。

那天，弗朗西斯回到家后，上网查了查静栖馆的信息。她一直就不是个自我否定的人；从来不节食；觉得可以同意绝不拒绝，觉得难以接受绝不答应。用妈妈的话说，弗朗西斯表达贪婪的时候，最常用的字眼就是"多点儿"。她总想要多点儿。

网上静栖馆的图片让弗朗西斯察觉到一种意想不到的渴望，特别奇怪。所有的图片都染了一层金色，要么是朝阳的霞光，要么是夕阳的余晖，要么就是滤镜制造的效果：美丽的乡间小屋旁有座花园，花园里种着白玫瑰，不少中年人面色平和，摆出战士式①；有几个人坐在静栖馆周围的一处"自然温泉"中，他们闭目养神，头向后仰，温泉水冒着泡泡，每个人脸上都带着一种沉迷其中无法自拔的微笑；还有一张照片上，有位女士正在帆布躺椅上享受"热石按摩"，旁边是宝蓝色的泳池。弗朗西斯想象着热石整齐对称地铺在自己脊椎两侧，它们神奇的热量带走了她身体的痛乏。

---

① 一种瑜伽体式。

正向往着温泉以及和缓瑜伽的时候，一条消息突然弹出在屏幕上：仅剩一席！专属十日身心重塑之旅！不知为何，虽然是冲动，但这条消息让弗朗西斯觉得机不可失，她点了当即预订，哪怕心里并没有真的相信这次活动仅剩一席。可她还是输入了信用卡信息，键盘敲得飞快，以防万一吧。

看来，只需要短短十天，她就能被"塑造"，而且是她"从未想过的"全新方式：包括斋戒、冥想、瑜伽、独创的"情感释放练习"，等等。这十天要跟酒精、糖分、咖啡因、麸质和奶制品告别了——但弗朗西斯刚享用了四季酒店餐厅的精致菜肴，酒精、糖分、咖啡因、麸质和奶塞满了胃，所以几天不吃好像也不是大问题。况且，餐点将根据弗朗西斯的"特别要求"进行"专门定制"。

订单确认前，弗朗西斯得在线上回答一大堆问题，有些确实比较唐突：感情状况、饮食、病史、上周酒精摄入量，等等。弗朗西斯撒了几个小谎，轻轻松松就答完了。说到底，这跟他们有什么关系。还有，弗朗西斯得上传一张最近两周内拍的照片。她选了一张和艾伦在四季酒店餐厅用餐的照片，两个人手里还举着贝里尼。

接下来，弗朗西斯还要确定十天之内要达到的目标：从"集中夫妻关系疏导"到"体重明显下降"等都有。弗朗西斯只选了听起来比较有灵气的选项，比如"精神滋养"等。

跟生命中的很多事一样，这在当时似乎是绝佳的选择。

支付了不可退还的费用之后，弗朗西斯看了下猫途鹰网站上对静栖馆的评价，发现大家的感受两极分化很严重。一部分人认为经历过的一切是最美好、最难忘的，绝对不是五星评价能表达的，因为有美食，有温泉，还有出色的工作人员；另一部分人则认为那是自己一生中最差劲的体验，因为人们会谈论法律诉讼、创伤后的压力等，还有"风险自负"这种吓人的警告。

弗朗西斯又看了看仪表盘，希望能听到下午三点时钟的嘀嗒声。

弗朗西斯，快别想了。集中精力，看着路。你是正在开车的人。

有什么东西在视线边缘闪了一下，弗朗西斯打了个冷战，等着袋鼠撞在挡风玻璃上的大响动。

不过什么都没发生。跟野生动物的冲突一直存在于弗朗西斯的想象中。如果要发生，那就来吧。可能也没时间反应。

她想起来很久之前和某个男朋友的自驾游。路上，他们发现有只鸸鹋奄奄一息地躺在地面，估计是被哪辆从高速公路上开过的车撞到了。弗朗西斯坐在副驾驶位上，像个悲伤的公主，她男朋友则下了车，用一块石头结束了鸸鹋的痛苦。狠狠一下，砸在脑袋上。男朋友回到驾驶位时，浑身冒汗，异常激动，俨然是个因自己的人道主义和实用主义而兴奋不已的都市男孩。直到今天，弗朗西斯都没能原谅他身上那种冒着汗的激动：他就是想杀掉鸸鹋而已。

即使到了现在，即使已经五十二岁，有一定经济基础，且少女心已经少了很多，但面对命若悬丝的动物，弗朗西斯还是不确定自己能下手了结它们。

"你能结果了那只鸸鹋，"她大声说，"肯定行。"

我的天啊。弗朗西斯忽然想起来，当时的那个男朋友好像已经过世了。等等，是过世了吧？没错，肯定是。几年前，好像是有这种小道消息。好像是因为肺炎并发症。加里每次感冒都免不了大肆折腾一番。弗朗西斯一直也没怎么特别同情他。

就在这时，弗朗西斯的鼻子像被拧开了的水龙头一样开始流鼻水。时机真好。她一手扶着方向盘，另一只手的手背蹭了蹭鼻子。真是恶心。八成是加里赌气式的报复，都过世了还得让她流鼻水。曾经，两个人总是一起去自驾游，相互表达爱意；如今，弗朗西斯连加里到底去世了没有都记不清。

弗朗西斯跟加里道歉，真心实意的，不过要是加里能感应到弗朗西斯的所思所想，那也应该知道他的离开跟弗朗西斯一点儿关系都没有。要是加里也能活到现在，就会知道人们的记忆确实会变得模糊。虽然并不是一直如此，但就是有时候会健忘吧。

加里，你要知道，有时候我可敏锐得不得了。

弗朗西斯吸了吸鼻子，感觉这次鼻伤风非常严重，持续时间比背痛还久。好像运手稿那天她也是一直吸鼻子来着，对吧？都已经过去三周了。她的第十九本小说，目前出版社还没有反馈。想当年，十九世纪末的弗朗西斯可正值"鼎盛时期"。似水年华，她把稿子送过去不到两天，编辑就会送来香槟和鲜花，还有手写的便条：又是一部杰作！

弗朗西斯也明白今非昔比，但她仍发挥稳定，在中流作家中占有一席之地。其实慰藉她很简单的，一封流露真情实感的邮件就行。

或者友好温和的也行。

哪怕只有简短的一行呢：不好意思，还没开始看，但非常期待！这样也算是有礼貌。

恐惧涌上心头，她拒绝承认潜意识中蠢蠢欲动的可能性。不，不可能，绝对不可能。

弗朗西斯紧紧抓住方向盘，试着平稳呼吸。为了让鼻子舒服点儿，她吃了几粒感冒药，但伪黄麻碱让她心跳加快，似有或极为美妙或极为糟糕的事即将发生。她不禁想到两次踏上红毯的感觉。

她大概是吃感冒药吃上瘾了。上瘾对她来说可不是什么难事：男人、美食、红酒。其实，她现在就觉得自己像刚喝了杯红酒，太阳还高高挂在天上。她最近一直喝酒，虽然没到酗酒的地步，但跟平常比也确实可以说是放飞了自我。至少她还没有滑向药品或酒精成瘾的深渊！她的人生还可能会有重大转机，想想就让人激动啊。家里还剩下半瓶黑比诺葡萄酒，堂而皇之地放在书桌上，谁（只有清洁女工）进门都能看见。要了命了，她简直就是女版海明威。海明威不是也会背痛吗？他们俩的相似之处可真不少。

只除了一点：弗朗西斯不太擅长使用形容词和副词，写小说的时候都是想起来哪个用哪个，像扔垫子一样特别随意。索尔之前自言自语时提到的马克·吐温说的一句话，是什么来着？反正弗朗西斯看稿子的时候刚好发现了：看见形容词就直接删掉。

索尔是个真男人，不喜欢形容词，也不喜欢扔垫子。弗朗西斯的脑海中出现了索尔的样子，两个人在床上，索尔把她压在身下，一边滑稽地说着轻浮的话，一边把弗朗西斯枕着的垫子拿出来。弗朗西斯咯咯笑着，索尔把垫子甩到房间那头。弗朗西斯摇了摇头，强行停止这段回忆。云雨之欢的美妙回忆感觉是对首任丈夫的赞美。

顺风顺水的日子里，弗朗西斯对两任丈夫只有两个要求：幸福；有强大的男子气概。现在，她只希望蝗灾到来，蝗虫一只只落在他们长满银发的头上。

她舔了舔右手拇指指尖上被纸划破的地方。伤口时不时隐痛，意在提醒虽然这是最微不足道的伤害，但还是能让她一天都过不舒坦。

车开上了颠簸的小路，弗朗西斯不再吮手指，双手紧握住方向盘。"哈———一朵———雏菊。"

她有一双小短腿，所以驾驶员座椅总得调整得离方向盘特别近。亨利之前说过，弗朗西斯开车就跟开碰碰车一样。开始，亨利还说这样挺可爱的。可大概过了五年吧，他就再也不觉得这有什么迷人之处，每次上车把座椅往后调的时候嘴里还念念叨叨的。

弗朗西斯也差不多，觉得亨利梦游这件事好玩儿的心态也就持续了差不多五年。

专心！

乡野美景快速退去。终于，标志牌出现在眼前：欢迎来到贾里邦小镇。我们因**干净整洁**而自豪。

弗朗西斯把车速降到上限五十迈，车慢慢悠悠根本走不动似的。

她左右扭头，观察着整个小镇。有家中餐厅，门上红色和金色的龙招牌已经褪色；一家加油站，看起来已经关门了；一间红砖堆砌的邮局；一家可以开车直穿的银行，貌似还开着；一个好像没什么必要的警察局。一个人影都见不着。小镇是很干净整洁，但感觉像世界末日之后的样子。

她想起了最新一本小说中的场景，故事发生在一座小镇。但眼前是冷清凄凉的小镇，赤裸裸的现实！跟她在小说中描绘的迷人村庄相差甚远。小村庄坐落在群山之中，有温暖热闹的咖啡厅，总飘出肉桂的香气。最难以置信的是，村子里还有一家能赢利的书店。或许有评论家会说这种描写是"故作多情"——这么说本也无可厚非，但可能也没人会评论这本书，反正关于自己所有书的评论，弗朗西斯都没看过。

这就是可怜的古镇贾里邦。再见了，整洁的小镇，荒凉的小镇。

踩了脚油门，速度一下就到了一百迈。网站说从贾里邦小镇开出去，再有二十分钟转弯就到。

前面有个标志牌。弗朗西斯眯起眼睛，几乎是趴在方向盘上才看清：静栖馆，下一路口左转。

弗朗西斯不禁精神一振。她做到了，连续开车六小时都还没疯掉。不过，她很快就感到些许沮丧，因为自己经历的一切都没得选。

"一公里后左转。"GPS如此指示。

"我不想一公里后左转。"弗朗西斯有些伤感。

她本不应该来的。不喜欢这个季节，也不想待在南半球。本来，她打算和自己"特殊的朋友"保罗·德拉布尔一起去圣巴巴拉：冬日里，加利福尼亚温暖的阳光照在他们脸上，他们要去酒庄、美食餐厅和博物馆。本来，她打算和保罗十二岁的儿子阿里一起度过漫长的午后时光，增进了解。弗朗西斯会教他怎么玩儿他喜欢的索尼游戏机，听阿里羞涩地笑出声。弗朗西斯已经有孩子的朋友们得知她的这个想法都会大笑，忍不住揶揄几句，但弗朗西斯一直都期待学习打游戏，毕竟故事线听起来丰满且复杂。

年轻侦探认真的面孔浮现在弗朗西斯的脑海。他小时候就长了雀斑，弗朗西斯说的每个字他都会用可擦除笔迹的蓝色圆珠笔速记下来，不厌其烦。他也经常拼错字，写"明天"的"明"总会把"日"和"月"写成两个"日"。他不敢直视弗朗西斯的眼睛。

这段回忆带来一股突如其来的热量，席卷了弗朗西斯的整个身体。

是屈辱吗？

可能吧。

脑袋很晕，弗朗西斯摇了摇头。双手好像也不听使唤，握不住方向盘。

停车，弗朗西斯对自己说，赶紧停车。

虽然后面没车，但她还是按亮了指示灯，靠路边停好车。她还想按亮警示灯来着。汗水从脸上的毛孔中冒出来。不过几秒钟，衬衫就湿透了。弗朗西斯抻了抻潮湿的衬衫，把前额的几缕被汗水浸透的头发捋到后面。她禁不住打了个寒战。

弗朗西斯打了个喷嚏，这个动作引得后背一阵抽筋。疼痛确实相当剧烈，她忍不住笑出声，可同时，泪水也沿着脸颊滑下来。啊，没错，弗朗西斯之前是疯了，肯定是疯了。

一股无名火腾起，流窜于身体的各个角落。弗朗西斯攥紧拳头，一下接一下地捶在喇叭上。她闭上双眼，头向后仰，跟着汽车喇叭声尖叫，都怪这次感冒，都怪这种悲痛，都怪这颗该死的破心脏，都怪——

"嘿！"

弗朗西斯睁开眼，坐直身体。

有个男人蹲在她的车窗旁，一个劲儿地敲车窗玻璃。弗朗西斯看见马路对面有辆车，打着警示灯，肯定是这个人的车了。

"你没事吧？"那个人大声喊，"要帮忙吗？"

我的天啊。如此绝望的一刻本应只属于弗朗西斯自己。尴尬简直无法化解。弗朗西斯按下按钮，降下车窗。

眼前的男人看着车里的弗朗西斯，他身材高大，似乎有些粗鲁，蓬头垢面，也没剃胡子。他穿着一件 T 恤衫，衣服上有过去乐队的标志，已经褪色。衣服遮住了大大的啤酒肚，啤酒肚下是低腰牛仔裤。或许这个人是偏远地区的连环杀手——不过从严格意义上看，这也不算澳大利亚的偏远地区。那这个人或许是从偏远地区过来度假也说不准啊。

"车出问题了？"男人问。

"没有。"弗朗西斯又坐直了些，脸上努力挤出微笑。她的手摸了摸潮湿的头发。"我没事儿，谢谢，车也没事儿，都挺好的。"

"病了吗？"那个人又问，那张脸让人讨厌。

"没有，"弗朗西斯回答，"没事儿，就是感冒。"

"没准儿是重流感。你脸色真的很差。"那个男人边说，边皱着眉往车里面看，"而且你还一直大喊，压着喇叭，感觉就是……遇见麻烦了。"

"哦，是，"弗朗西斯解释着，"没错，我没来过这边，还以为周围没人。就是……突然心情不好。"她努力克制着自己声音中的不满与厌恶：这个人只是做了好公民该做的事，别人看到这种情况也会这么做。

"多谢你停车，我真没事儿。"弗朗西斯语气温和，脸上浮现出最甜美、最温柔的微笑。本应如此啊，在这种前不着村后不着店的地方，你不得不跟壮硕的陌生男人和解。

"那好吧。"那个人咕哝了一句站直身体，双手放在大腿上保持平衡。不过，他马上就用关节敲了敲车顶，再次弯下腰，语气中透着果断和坚定。我是男人，我知道是怎么回事。"我想问，你感冒还能开车吗？要是不行的话，你上路对别人来说还挺危险的，我想的是，我真的不能让你——"

弗朗西斯又直了直身体。神啊！"我就是突然潮热而已。"她打断了那个人。

那个人脸色变白了。"啊！"他仔细看着弗朗西斯，停了几秒才开口，"我一直以为是潮红。"

"两个都行。"弗朗西斯回答。这是第三次了。她读了不少这方面的书，跟每个自己认识的四十五岁以上的女性聊过，约了两次全科医生，还大声抱怨："没人跟我说过会这样！"现在，大家都在观察。弗朗西斯在吃补品，减少酒精摄入，控制辛辣食物。哈哈。

"那就是没事了。"那个人左右看了看高速公路，好像想找人帮忙。

"一点儿事儿都没有。"弗朗西斯的后背又传来一阵轻微痉挛，她极力忍着，不想显露出来。

"我之前不知道潮热——潮红——是这么……"

"夸张？好吧，也不是每个人都这样，个别人才会。"

"不是有……叫什么来着？激素替换疗法，是吧？"

天啊，还有完没完。

"你要给我开方子吗？"弗朗西斯似乎心情好些了。

那个人退后一步，双手举起来表示投降。"不好意思啊，我就是，我感觉我老婆……总之，这跟我没关系。要是你没事，我就先走了。"

"好的，"弗朗西斯说，"多谢你停下来看看。"

"不客气。"

男人抬起一只手，本想再说些什么，但欲言又止，直接朝自己的车走过去。他的 T 恤衫后面有汗水的痕迹，确实是身形高大啊。感谢上帝，他觉得弗朗西斯不值得自己下死手，也不值得被踩躏——或许，没出那么多汗的受害者更合他的心意。

弗朗西斯看着那个人打着火开上高速。开车前，还在前额比了下手指，跟弗朗西斯示意。

弗朗西斯等着，直到那辆车成了后视镜里的一个小黑点儿，才伸手从副驾驶座位拿衣服换上，就是为这种情况准备的。

"更年期吗？"她八十多岁的老母亲现在住在法国南部，幸福快乐，从世界另一端打电话来时，这样委婉地问了一句。"亲爱的，我当时没觉得有什么。大概一个周末就没事儿了。你肯定也一样。我倒是没有潮热，说实话，我觉得那种情况很神奇。"

好吧，弗朗西斯一边用毛巾擦掉自己身上神奇的汗水，一边轻哼了一下。

本来，弗朗西斯还想拍一张自己红得像熟透的番茄的脸，发给从幼儿园就做同学的一群朋友。现在，出去吃晚餐的时候，大家还会交流下更年期的各种症状，那种心里没底的恐惧感就跟当年她们经历初潮时一样。跟生活中的一切没什么区别，大家的更年期症状因性格不同：小迪说自己脾气特别暴躁，要是妇科医生不同意进行子宫切除手术，她马上就会抓住那个蠢货医生的衣领给他按到墙上；莫妮卡正努力接受情绪上"迷人的紧张感"；纳塔莉本来就特别焦虑，生怕更年期会变得更焦虑。大家都一直认同吉莉恩离开得早也有好处，至少不用忍受这些。说到这里，大家总会就着手里的普洛赛克酒掉两滴眼泪。

不，还是不给朋友们发了，因为弗朗西斯突然想起来，上次她和大家一起吃晚餐看菜单，无意间瞥见另外几个人的眼神交流，那绝对是在说："弗朗西斯真可怜啊。"她无法忍受别人的怜悯和同情。本来的情况应该是，这么多年，这群被婚姻套牢的朋友羡慕自己，或者说假装羡慕自己，可实际上，人们对三十多岁没有孩子且单身的人和五十多岁依旧没有孩子并且单身的人，有不一样的看法。没那么光鲜亮丽了，还透着凄凉悲惨。

我就是一时不顺而已，换好干净外套的时候，弗朗西斯给自己打气。这件衣服领口很低，露出部分乳沟。把被汗水湿透的衣服扔到后座，弗朗西斯再次发动汽车，回头看了看路况，开上了高速公路。"一时不顺"，当个乐队名字也不错。

前面有个标志。她眯眼看了看，写的是：静栖馆。

"前方左转。"GPS 响了。

"是，我知道了，我看见了。"

她从后视镜里看了看自己，做出戏谑自嘲的表情："生活还真是会捉弄人！"

弗朗西斯喜欢平行宇宙的概念，在平行宇宙中，多个自己正在经历不同的人生——在这个世界中，她不是作家，是首席执行官；在那个世界里，她并非膝下无子，反而有两个、四个甚至六个孩子；在另一个世界中，她没跟索尔离婚；还有一个世界里，她没跟亨利离婚——不过，大部分时候，弗朗西斯很满意自己现在的状况，至少接受自己置身的宇宙……现在这一刻除外，因为现在的宇宙量子物理管理方面似乎出现了灾难性错误。她本应该在美国享受着颠鸾倒凤的快乐，沐浴在爱河之中，而不是在澳大利亚忍受痛苦，心情沮丧。一切都不对劲儿。怎么能接受？

可事实就是这样。没有办法，无路可退。

"真该死。"弗朗西斯开车左转。

第三章

拉尔斯

"这瓶是我太太的最爱。"酒庄经理拿过一瓶白葡萄酒。他已过耳顺之年，身材臃肿，但气色不错，留着复古的小胡子。"她说这瓶酒有丝绸般的感觉，我觉得你们会喜欢它那种奶油一样丝滑的口感。"

拉尔斯转了转手里的玻璃杯，深深吸了一口酒的香气：苹果、阳光和木头燃烧的味道。对某个秋日的回忆浮上心头。一只温暖的大手牵着他的手，那种舒适感再次浮现。他感觉这段记忆来自童年，但很可能是从某本书或某部电影中延伸出来的。拉尔斯抿了一口葡萄酒，在嘴里细细品味，任由思绪飘飞到阿马尔菲海岸的一间酒吧。那间酒吧里，葡萄叶搭在灯具上，弥漫着大蒜和海洋的味道。多么幸福的回忆啊，还在生活中真实出现过，有照片为证。他记得那时吃过的意大利面，只搭配着欧芹、橄榄油和杏仁。没准哪儿还留着一张那份意大利面的照片吧。

"觉得怎么样？"酒庄经理咧嘴笑着。他的小胡子大概是从 1975 年完美留到现在的吧。

"挺好喝的。"拉尔斯又抿了一口，想再仔细品一品。葡萄酒有时候也很狡猾：阳光、苹果、意面，可之后等着你的却只有酸涩的失望和落空的承诺。

"还有一种灰皮诺，可能更适合……"

拉尔斯抬起手腕看了看表。"就先这样吧。"

"今天还要赶很远的路吗？"

来这里的人都是过客，都要去别的地方。拉尔斯之前也差点儿没看见木质的品酒酒窖的小标志。他猛地一脚踩下刹车，倒也符合他的性格：率性而为。想怎样就怎样，开心就好。

"一个小时之内得到疗养院，"拉尔斯举起葡萄酒杯，对着阳光，欣赏杯子里那一抹金色，"接下来的十天都不能碰酒精。"

"哈，静栖馆是吧？"经理说，"参加那个——什么来着？——十日净化之旅还是什么来着，对吧？"

"为了赎罪。"拉尔斯说。

"一般来这儿的客人都是回家。他们开车回悉尼，我们这儿是第一家酒庄。"

"大家觉得静栖馆怎么样？"拉尔斯拿出钱包问。他打算买点儿葡萄酒送到家，就当是之后欢迎回家的奖励。

"说实话，有些人看上去有点儿震惊。大部分得来一杯，再来些薯片才能恢复。"经理握着酒瓶的瓶颈，拿着更舒服些。"其实我妹妹就刚去那边工作，在水疗中心。她说老板有点儿……"经理眯起眼睛，想找个恰当的词。最终，他只挤出来这么一句："有点儿不一般。"

"我听说了。"拉尔斯并不在乎。他就是个去疗养的废人。本来经营那种地方的人就应该跟别人"不一样"。

"她说那家疗养馆本身不错，历史悠久，很迷人。"

"好像是犯人建造的。"拉尔斯拿出运通金卡，用边角敲了敲吧台。

"是啊，可怜人。他们可享受不到水疗服务。"

一个女人从经理身后的门走进来，边走边嘟囔："该死的网又断了。"看到拉尔斯，那个女人愣了一下，一时没反应过来。拉尔斯已经习惯了，太多人见到自己都是难以置信的表情。很快，女人的目光就移到了别处，脸色绯红。

"这是我妻子,"酒庄经理明显很自豪,"亲爱的,我们刚才聊到了你最喜欢的赛美蓉——就是丝绸般顺滑的赛美蓉。"

酒庄经理妻子的脸红到了脖子根。"你别老跟别人说这个。"

听到这话,丈夫有些迷茫。"我总告诉客人啊。"

"我得来个盒子。"拉尔斯说。

他看着酒庄经理的妻子经过丈夫身边时拍了拍丈夫的背。

"两个吧。"拉尔斯想到自己接下来的几天都要应对婚姻支离破碎后的残渣,况且他本身也喜欢好酒。

他朝酒庄经理的妻子微笑了一下,惹得那个女人双手上的汗毛都立起来了。酒庄经理拿出来一本破旧的订单簿,小本子上的笔还是拴着绳子的那种。经理倚着柜台,看着表格,他的神情告诉拉尔斯登记得花几分钟。"姓名?"

"拉尔斯·李。"刚说完,拉尔斯的手机就响了,有人发来短信。他点了下屏幕。

你至少考虑考虑,好吗?亲亲

拉尔斯的心突然漏跳了一拍,像有只毛茸茸的黑色蜘蛛匆忙爬过。真他妈该死。拉尔斯以为一切都已经结束了。拇指在这条信息上蹭来蹭去,他若有所思。"至少"这两个字很激进,但也有被动的成分。还有看似和颜悦色的"亲亲"。除了这两点,拉尔斯还不喜欢第一个"亲"加了下划线,第二个则没有——自己的这一点也很惹人烦。轻微强迫症。

他回复了消息,所有文字都加了下划线,简单粗暴:不。我不考虑。

可他后来又把这句话删了,把手机放回牛仔裤兜里。

"我再尝尝那瓶灰皮诺。"

第四章

弗朗西斯

弗朗西斯在一条颠簸的土路上开了二十分钟，车身上上下下，左摇右晃，震得她骨头都散架了，下背部疼痛难忍。

终于，前面有个紧锁的大门，她停了车，看到大门上有台对讲机——跟到了低安全级监狱似的。门两侧，带刺的铁丝网狰狞着向两侧延伸，一眼望不到头。

按照弗朗西斯的设想，自己应该沿着一条绿树成荫的街道，开车前往"历史悠久"的建筑物，有人还会拿着一杯绿色的沙冰站在门口恭候。坦白来说，眼前的一切没什么治愈的感觉。

别想了，弗朗西斯告诉自己。要是开启了我很不满的模式，那她就会对一切都不满意，可毕竟要在这里待十天呢，弗朗西斯需要保持开放的心态，灵活应对。来疗养中心和去另一个国家也没太大区别，你必须接受不同的文化，忍受小小的不便。

她放下车窗，探出身子，用拇指按下对讲机上的绿色按钮。热空气扑面而来，像烟气一样钻进她的嗓子里。绿色按钮被太阳晒得很烫，弄得她被纸划破的伤口有些疼。

弗朗西斯吮了吮手指，等着某个看不见的人迎接自己，没准儿锻铁大门会以某种神奇的方式打开也说不定。

什么都没发生。

弗朗西斯又看了看对讲机，发现按钮旁边贴着一张手写的字条。可字写得太小了，除了能看到最重要的两个字"提示"，别的什么都看不清。

真是无语，弗朗西斯伸手从包里翻找老花镜。肯定有一大部分来这里的人都四十多岁了吧。

老花镜找到了，她戴上眼镜，看了看字条，还是什么都看不清。左一笔右一笔，上一画下一画的，弗朗西斯只好下车。热空气一下就裹住了她，弄得她满头冒汗。

她缩到对讲机旁边，仔细读着纸条上的内容。字迹整齐，小小的印刷体，感觉是牙仙留下的信息。

有礼了。欢迎来到静栖馆，准备迎接新的自己。请先输入安全码564-312，之后按下绿色按钮。

弗朗西斯输入了安全码，按下了绿色按钮，等着。汗水沿着后背流下来。她又得换衣服。有只绿头苍蝇在嘴边嗡嗡嗡地飞。弗朗西斯的鼻水又流下来。

"天啊，能不能行了！"弗朗西斯突然一阵愤怒，对着对讲机大喊了一句。她想知道，里面某个屏幕上会不会有自己暴躁的样子和满是汗水的脸，或许有什么专家正毫无表情地分析她的症状。这个人得好好调整。你看她的反应，这可是生活中最微小的压力之一：等待。

难道她把该死的密码按错了？

弗朗西斯再次小心翼翼地输入安全码，每按一下都大声把数字念出来，阴阳怪气的，证明给天知道是谁的那个人看。最后，她慢慢使劲按下表面发烫的绿色按钮，停了五秒钟，确保自己确实是按下去了。

行了。现在赶紧让我进去。

她摘下老花镜，拿在手里晃荡。

天气太热了，烤得慌，弗朗西斯的头就像放在太阳下的巧克力。还是什么动静都没有。她恶狠狠地瞪了对讲机一眼，好像对讲机能因此感到愧疚马上反应一样。

至少能把这段经历当成乐子讲给保罗听。弗朗西斯想知道保罗有没有去过某个疗养中心。她觉得保罗很可能是怀疑论者，而她自己之前——

她的胸变小了。这事儿保罗肯定不想知道。保罗已经离她而去，可竟然在这个时候偷偷溜进弗朗西斯的脑海，太尴尬了。弗朗西斯真希望自己感受到的不是彻头彻尾的悲伤，而是冲冠的愤怒，毕竟那种装出来的难受本来从一开始也不是真的。

行了，别想了。先把眼前的问题解决了。

解决方法就摆在眼前。她这就给静栖馆打电话！要是知道对讲机坏了，那些人肯定会万分愧疚，弗朗西斯会冷静下来，体谅他们，接受道歉。"总有这种事，"她打算这么说，"有礼了。"

回到车里，弗朗西斯马上打开空调。她找到写着详细预订信息的那张纸，拨通了上面的电话。一直以来，弗朗西斯都是通过邮件跟静栖馆交流，所以拨通电话后出现的语音信息她也是第一次听到。

"感谢您致电历史悠久的静栖馆健康温泉度假村，全新的自己正等待着您。您的来电非常重要，我们也非常重视您的健康。现在是呼叫高峰期，我们知道您的时间非常宝贵，敬请在'嘀'声后留言，我们将尽快回电。感谢您的耐心。有礼了。"

弗朗西斯清了清嗓子，风铃叮当作响，让人心烦。

"啊，好的，我叫——"

风铃声还在继续。弗朗西斯停下等了一会儿，又说了两句，又停下。是风铃的交响曲。

终于安静下来了。

"你好，我是弗朗西斯·韦尔蒂。"她吸了吸鼻子，"不好意思，有点儿感冒。随便吧，我是弗朗西斯·韦尔蒂，我是这里的客人。"

客人？这么说没错吧？病人？还是犯人？

"我想办理入馆，但在门外进不去。现在是，呃，三点二十分，三点二十五，我……到了！对讲机好像不管用，但我确实按说明做了。就是那张写得跟蚂蚁爬似的纸条。你应该能开门吧？能让我进去吧？"弗朗西斯尖叫一声，结束了自己的留言，当然，事后她自己也很后悔。把手机拍在副驾驶座上，弗朗西斯开始盯着门看。

没动静。再等二十分钟，不开就算了。

手机响了，弗朗西斯一把抓起来，连来电号码都没看。

"你好！"弗朗西斯的语气中透着开心，为了表现自己确实很宽容、有耐心，也是为了弥补那句讽刺的话——"写得跟蚂蚁爬似的纸条"。

"弗朗西斯吗？"是她的小说经纪人阿兰，"你听上去不太对劲。"

弗朗西斯叹了口气，说："我刚才在等电话。我在之前跟你说过的那个疗养中心，但进不去大门。对讲机根本没用。"

"这么差劲！真让人失望！"差劲的服务总能一下就让阿兰冒火，"赶紧掉头回家。没别的办法了，对吧？还记得那些在汗蒸房里丧命的人吧？他们都觉得自己好像能看得更透彻了，可实际上其实就是快被蒸熟了，是吧？"

"这个地方用的都是很平常的方法，温泉、按摩、艺术疗法之类的，可能还需要稍微节食。"

"适度节食，"阿兰对这种说法不屑一顾，"饿了就吃。这是特权，明白吧，饿了就吃，这个世界上还有人想吃都吃不到呢。"

"没错，这就是重点——世界上的这个地方，我们没有饿肚子。"弗朗西斯看了看汽车控制台上的奇巧巧克力包装纸。"就是吃了太多加工食品，所以我们这些有特权的人才需要排排毒——"

"我的天啊，你竟然相信了。酷爱饮料竟然让你醉了！亲爱的，排毒就是个谜，真面目早就露出来了！肝脏就是那只揭开真相的手，也有可能是肾。反正它们都挺健康的啊。"

"好吧。"弗朗西斯感觉出来了，阿兰是在拖延时间。

"好吧，"阿兰继续说，"弗朗西斯，你好像感冒了。"阿兰似乎因为弗朗西斯感冒而有点儿难受。

"我确实感冒了，很严重，很久都没好，可能一辈子都好不了了。"弗朗西斯咳嗽了几声证明，"你可得为我骄傲啊，我吃了一大堆强效药，现在的心跳一小时得有一百万迈。"

"这就对了。"阿兰说。

两个人都忽然沉默不语。

"阿兰？"弗朗西斯先开了口，但她早就知道阿兰到底要说什么。

"不好意思，恐怕我要说的不是好消息。"阿兰承认了。

"我明白。"

弗朗西斯深吸了一口气，做好准备，像男人一样承担任何结果，至少要像个称职的浪漫小说家，能承受对作品的真实评价。

"亲爱的，你也知道——"阿兰开口了。

但弗朗西斯不能忍受他吞吞吐吐的劲头，忍不了他欲抑先扬，用赞美缓冲打击。

"他们不想要这本新书，对吧？"弗朗西斯问。

"他们不想要这本新书，"阿兰也很不开心，"对不起。我觉得书很好，我真的这么想，就是现在大环境不一样了，浪漫小说被打压得很严重。但不会一直这样，浪漫小说总能再流行起来，现在的情况肯定是昙花一现，不过——"

"你跟别人介绍过吗？"弗朗西斯打断他，"卖给蒂米。"

又是一阵沉默。

"问题是，"阿兰继续说，"我没跟你说，但几周前我已经给蒂米悄悄送了份稿子。我总觉得会有这种问题，要是问题发生之前我们能拿到蒂米给的合同或许还能有的谈，所以我——"

"蒂米也不考虑？"弗朗西斯觉得难以置信。她的衣柜里有条设计师款的裙子，就穿了一次，因为在墨尔本作家节上，蒂米把她带到角落，结果朗姆酒洒到了裙子上。那时的蒂米声音急促，呼吸发烫，他回头像间谍一样看了看身后，对弗朗西斯倾诉自己非常想发表她的作品，说发表她的作品是自己的夙愿，还说自己要出她的书，要用出版界全新的方式，说弗朗西斯对乔的忠诚令人敬佩，但其实是愚忠，因为乔只是觉得自己懂浪漫，可根本不是这样，只有蒂米自己懂，只有蒂米能让弗朗西斯"更上一层楼"，只有蒂米愿意这么做……他当时说得根本停不下来，多亏乔出现才为弗朗西斯解了围。"喂，离我的作者远点儿。"

那是多久之前了？肯定没多长时间吧。可能也就是九年、十年前。十年吧。现在时间过得可真快。地球转动的速度这么快，肯定是有故障。几十年的光阴流逝，就仿佛才过了几年而已。

"其实蒂米很喜欢这本书，"阿兰说，"特别喜欢，读完都快哭了。但是他买不了。大家现在都非常谨慎。今年行情实在不好，上面的想法更倾向于惊险小说。"

"我写不了惊险小说。"弗朗西斯自始至终都不愿意把书中的人物写到生命的终点。有的时候，她可能会让人物骨折——这样已经让她心里够难受了。

"当然不行！"阿兰脱口而出，弗朗西斯有点儿被人侮辱的感觉。

"其实，我实话实说，乔离开的时候，我很担心没人签你的书，"阿兰说，"但阿什莉好像真的是你的粉丝。"

阿兰还在碎碎念。弗朗西斯的注意力早就飘远了。她看着紧闭的大门，左手关节抵住下背部。

要是乔知道弗朗西斯被拒绝会怎么说？或许她也不得不做一样的事情？弗朗西斯总觉得乔会一直是负责自己作品的编辑。她曾开心地想象过两个人同时圆满谢幕的日子，或许还能一起享受一次豪华奢侈的退休午餐，但去年末，乔突然宣布自己退出舞台。退休！好像她已经是奶奶了一样！乔实际上确实已经有了孙辈，但我的天啊，这怎么能是停下的理由。突然之间，弗朗西斯发现自己被卷进一堆具体事务中，圈子里的所有人都开始做老年人才会做的事：照顾孙子、退休、瘦身，慢慢走向终点——不是车祸或者飞机失事那种，不是，是在睡梦中平静地离去。她永远不能原谅吉莉恩，吉莉恩总是偷偷出去，不说再见就去参加派对。

代替乔的人是个新手小孩，其实也没什么可惊讶的，毕竟孩子们正在慢慢掌控这个世界。弗朗西斯发现到处都是孩子的身影：有的神情严肃地坐在新闻播音台后面，有的指挥交通，有的负责组织作家节，有的为她量血压，有的处理她的税款，有的帮她试内衣。弗朗西斯刚见到阿什莉的时候，还真的以为阿什莉有工作经验。那个孩子从乔之前的办公桌另一侧走过的时候，弗朗西斯还说了一句："亲爱的，来杯卡布奇诺就好。"

"弗朗西斯，"阿什莉开口了，"现在真是我粉丝梦实现的时刻！我之前就喜欢读你的书，那时我才差不多十一岁！我是偷偷从我妈妈的包里拿出来看的。我当时总说：妈妈，你一定要给我念《纳撒尼尔之吻》。可妈妈总拒绝我，绝对不行，阿什莉，里面情爱描写太多了。"

之后，阿什莉让弗朗西斯在下一本书中花更多笔墨在情爱描写上，越多越好，但她也知道弗朗西斯肯定会拖延！阿什莉相信，弗朗西斯自己心里清楚，市场不断变化，"表格，你看这张表——不是，这里；没错——你的指标有点儿，好吧，抱歉这么说，但你的指标是呈下降趋势，我们，你也知道，需要改变这种状况，就是，行动得快。啊，还有……"阿什莉不知道如何开口的样子，感觉她要说的是让人尴尬的健康问题。

"你知道在社交媒体上的曝光率吧？我听说你不怎么看社交媒体。我妈也这样！但对现在的市场来说，社交媒体还是挺重要的。粉丝需要在推特、Instagram①和脸书上看见你才行——这可是最低标准了。我们还希望你能开个博客或者电子期刊之类的，或者定期发些视频博客，怎么样？真的很有意思！就像小电影一样！"

"我有自己的网站。"弗朗西斯说。

"没错，"阿什莉语气很友好，"没错，弗朗西斯，你的确有。但现在没人看网站了。"

说完，阿什莉把电脑屏幕转到弗朗西斯那边，给她展示了几个其他人的例子，例子中的作家们都表现很好，"积极"在社交媒体上露脸。弗朗西斯当时已经不想听了，就等着一切结束，跟牙医预约见面一样。（反正她当时没戴眼镜，也看不清屏幕上是什么。）不过，弗朗西斯没那么担心：那时的她和保罗·德拉布尔共浴爱河，她坠入情网的时候，写出来的书都很畅销，更何况她的读者可是世界上最贴心最忠诚的呢。销量是下降了，但她的书总是能出版。

"我能给这本书找到合适的出版社，"阿兰说到这里，"虽然可能得花点儿时间，但浪漫小说还没到穷途末路的地步！"

"是吗？"弗朗西斯反问。

"远没到那个程度。"阿兰肯定地回答。

弗朗西斯抓起奇巧巧克力的包装纸舔了舔，把巧克力碎渣也吃掉。不来点儿糖分怎么应对挫折？

"弗朗西斯，你在听吗？"阿兰问。

"我后背特别疼，"弗朗西斯打了个大喷嚏，"还有，我之前不得不在马路中间停车，因为正赶上潮热。"

---

① 全球著名的图片分享社交应用程序。

"听起来好可怕，"阿兰并不是敷衍，"我想象不出来你多难受。"

"没错，你真的想象不到。有个男人停车过来，看我有没有事。因为我当时在尖叫。"

"你在尖叫？"阿兰问。

"我想尖叫。"弗朗西斯回答。

"明白了，明白了，"阿兰赶紧说，"我理解，我也总想尖叫。"

聊到底了。弗朗西斯刚舔干净了奇巧巧克力的包装纸。

"真是的，弗朗西斯，真对不起，尤其还有那个可恶的男人。警察那边有新消息吗？"

"还没有，"弗朗西斯说，"没什么消息。"

"亲爱的，我打心里替你难受。"

弗朗西斯轻哼一声。"这就不必了。"

"你最近刚经历了这么可怕的打击，亲爱的——说到这里，我得告诉你，评论对他们的决定绝对没影响。"

"什么评论？"弗朗西斯问。

还是沉默。弗朗西斯知道阿兰真想一巴掌拍在自己脑门上。

"阿兰？"

"我的天，"阿兰说，"我的天，天啊，神啊。"

"我上次看评论还是 1998 年，"弗朗西斯说，"不只一篇，你也知道。"

"当然知道，"阿兰说，"我是傻，但我不蠢。"

"我还没发新书，怎么会有评论？"弗朗西斯挣扎着坐直，后背好疼，都快疼死了。

"有个小贱人在机场读了《心之所向》，写了篇评论，呃，说你的书全都是疯狂的抨击批评。她有点儿把书和'Me Too'运动 ① 联系在一起，所

① 一场始于 2017 年的女性挺身反抗性骚扰及性侵犯的舆论风潮运动，逐渐席卷全球。

以引来了不少点击率。真的很可笑——好像性侵犯都是浪漫小说的错！"

"你说什么？"

"根本没人看这评论。我也不知道自己为什么提这事儿。我肯定是有早发性痴呆。"

"可你刚才说吸引了不少点击率！"

大家都看过这篇评论，每个人都看过。

"把链接发给我。"弗朗西斯说。

"没那么夸张，"阿兰回应，"只是对你写作类型的偏见——"

"发给我！"

"不行，"阿兰拒绝了。"我不会发的。你这么多年都没看评论。现在也没必要看！"

"现在就发。"弗朗西斯已经在爆发的边缘。她很少这样，上一次还是在离婚的时候。

"好吧，我发，"阿兰屈服了，"对不起，弗朗西斯，真抱歉我打电话来。"

阿兰挂了电话，弗朗西斯马上就打开了邮箱。没多少时间了。一旦走进静栖馆，弗朗西斯就得"上交"所有"设备"。这算是数字设备排毒，什么都不能带。她马上就要"失联"了。

真对不起！阿兰在邮件里这么写。

弗朗西斯点开评论。

是个叫海伦·伊奈特的人写的。弗朗西斯根本没听说过这个人，邮件里也没照片。她快速浏览了一下评论内容，脸上浮现出苦涩但又颇有尊严的笑容，就好像写评论的人站在她面前一样。评论内容挺可怕的：恶毒、讽刺、高高在上，可奇怪的是，并不会让人觉得多刺痛。评论中用到的词——刻板庸俗、粗制滥造、胡言乱语、陈词滥调——一个个从弗朗西斯眼前飘过。

她没事！众口难调，也不能取悦所有人。情理中事。

可她很快就感觉到了。就好像盘子烫了手指，开始你觉得，哈，没想象中的那么疼，可后来伤口确实会变得很疼，最后突然之间就到了能把人疼死的地步。

胸部疼痛难忍，痛感席卷了整个身体。难道绝经还能有这种有意思的症状吗？也没准儿是心脏病发作。这种痛远不止是心里难受。当然，这也是她之前没再看评论的重要原因。弗朗西斯脸皮太薄。"那是我一生之中最棒的决定。"去年，她在澳大利亚浪漫小说作家大会上发表主旨演讲时这样说过。没准儿其他人都在想：是吧，弗朗西斯，或许你应该读一两篇评论，这样才知道你已经过气了。

三十年了，这是弗朗西斯头一次被拒稿，她反而觉得这个时候直接看一篇差评也挺好的，为什么会这样呢？

其他事也没放过她。天啊，一切都解释不清，但似乎弗朗西斯已经越来越捉摸不透目前的情况。

弗朗西斯，赶紧振作，稳住自己，存在危机已经不是你这个年纪该想的事了。

但显然她还没老到那个程度。

她茫然地挣扎着，想找回自我认知，然而，这就像握紧手中沙，攥住河中水一样，都是枉然。如果她不再是作家，那她是谁？她存在的实际意义是什么？她没有孩子，没有丈夫，也没有男朋友。她曾经两次离婚，现已到中年，而且还有潮热或者说潮红的更年期症状。太可笑了，旧调重弹。在大多数人眼里都无关紧要——当然，除了保罗·德拉布尔这种男人。

弗朗西斯看着眼前的大门，还是没开，一动不动。泪水涌入眼眶，视线渐渐模糊。她告诉自己不要慌，弗朗西斯，你不是消失在世界上，别那么夸张，不过就是跌了个大跟头，时运不济而已，心跳过速也是感冒药的作用。可弗朗西斯觉得自己一直徘徊在悬崖边，悬崖的另一侧是大肆咆哮的深渊，让人绝望。这与以往的经历都不同，哪怕她最伤心难过的时候都没这种体会——这还没到最伤心的时候，弗朗西斯提醒自己，只是事业受挫、爱人离去、背部疼痛、感冒侵袭、指尖划伤而已。跟父亲和吉莉恩去世的时候比并不算什么——可亲人去世的回忆好像并没什么帮助，一点儿用都没有。

她环顾四周，想分散自己的注意力——手机、书、零食——这时，后视镜里有动静。

要是车的话也开得太慢了。

等等。确实是辆车。就是开得太慢了，跟走着没什么区别。

弗朗西斯坐直身体，用手指擦了擦睫毛膏花了的地方。

一辆淡黄色的跑车，在尘土飞扬的路上开得特别慢，弗朗西斯都想象不到它的速度。

弗朗西斯对车没什么兴趣，可等那辆车开近一些，她才发现那辆车应该价值不菲：底盘低，喷漆很亮，大灯是未来派风格的。

车在后面停下，双侧车门同时打开，走下来一个年轻男人和一个年轻女人。弗朗西斯调整了下后视镜，好看得更清楚些。男人的打扮像是要去参加周日烧烤的郊区水管工：棒球帽朝后戴，T恤衫，短裤，船鞋，没穿袜子。那个女人的头发很长，红棕色，打着卷。她穿着紧身长裤，楚腰纤细，胸部丰满，踩着一双恨天高。

这样一对年轻夫妇到底来疗养中心干什么呢？不是只有想减肥或者体虚无力的人才来吗？当然，背部疼痛，同时还经历了中年认同危机的可怜鬼也会来。弗朗西斯观察着，男人把棒球帽戴正，向后仰头，背部拱起，仿佛才发现天空不可征服。女人跟他说了几句话。弗朗西斯从女人唇部的动作看得出来，她说的不是什么温言软语。

两个人在吵架。

这种分散注意力的方式还挺不错。弗朗西斯放下车窗。这两个人能把她从悬崖边上拉回来，回到现实世界。弗朗西斯在他们眼里找到了自己的存在感。那两个人肯定觉得她上了年纪，行为怪异，甚至觉得她碍眼，但只要他们能看到弗朗西斯，有什么看法并不重要。

弗朗西斯奋力探出车窗，挥了挥手，大声喊了一句"你们好！"

那个女人深一脚浅一脚地踩着草地走过来。

第五章

本

本看着杰茜卡像小长颈鹿一样走向停在门口的标致 308——性价比极低的破烂。车还没熄火，刹车灯掉了一个，消音器好像弯了，肯定是从土路上开过来的。开车的女士半倚着车窗，几乎是瘫坐在座位上，朝杰茜卡疯狂挥手，高兴得难以自抑。她怎么不打开车门下车呢？

疗养中心好像已经关门了。主水管爆了？暴乱？本只能瞎猜。

穿着恨天高的杰茜卡走路都很费劲。感觉她是在踩高跷，鞋跟细得跟牙签一样。杰茜卡随时都可能扭了脚。

本蹲下来查看车身，手指摸了摸油漆，看看有没有石头碎屑。他回头看了眼来时开过的路，不禁有点儿后怕。来这儿花的钱让人心疼死了，可怎么竟有这样一条路？网站上应该挂上提示信息才对。本心里想，底盘肯定被磕碰到了。

车身上居然没有划痕，简直是个奇迹，可谁知道底盘到底有没有坏呢？可本只能等着，必须等到回修理店才能仔细检查。他真想现在就看看，可惜不得不等十天。

其实把车拖回墨尔本也行，给皮特他们打个电话就行。这还不是最疯狂的想法，不过要是前同事看见自己竟然开着这辆车走在那样一条路上，肯定能说一辈子。本觉得，要是前任老板看见肯定会哭，是真的掉眼泪的那种哭。

上个月，车不经意间被划了一下，皮特的眼睛就好像泛着泪光。"划门"，大家用的是这么个词。

"真他妈的。"那次，不知道哪个坏蛋把钥匙留在副驾驶的车门上，结果把这辆车侧面划了长长一道。本给皮特看的时候，皮特忍不住爆了粗口。本自己也不知道车是在哪儿被划的，也不知道是什么时候划的。他从来都没把车停在公共停车场，所以感觉是熟人作案。本想到了几个对自己心怀怨恨的人，杰茜卡就有可能。之前，他基本上没什么敌人。现在看来可是有不少。本知道，尽管杰茜卡没有宣之于口，没明说是露西，但她心里就觉得做这事儿的人是本的姐姐。只要看看杰茜卡，本就知道她脑子里在想什么。没准儿杰茜卡想得对，没准儿就是露西干的。

皮特一丝不苟地补好了划痕，手法细腻，一如自己手中的是无价名画。从那时起，本一直非常小心，直到刚才，他竟然开着这辆车走过那条地狱般的路，让车冒着那么大的风险，简直是不可饶恕。

本从一开始就不应该迁就杰茜卡。他确实努力过了。他路上停了车，冷静地跟杰茜卡聊了聊，一个脏字都没说。他说开着这样的车走在没有铺好的路上是绝对的失职，可能会带来灾难性的后果。比如，排气系统就有可能被磕掉。

杰茜卡根本不关心什么排气系统，一点儿都不关心。

他们刚才对着吼了十分钟。大喊大叫，唾沫飞溅，两个人吵到面红耳赤，面目狰狞，眼斜鼻子歪的。那种挫折感快让人的脑袋炸了，跟本记忆中童年时的争论有些像：那时的你还是个孩子，没法完全表达自己，也没法完全掌控自己的生活，所以就算你再喜欢《星球大战》的人物模型，但爸爸妈妈说不给买的时候，你就会完全失控。

有一阵，本甚至都到了拳头紧攥的程度，他极力克制自己，别动手打人。那之前，本自己也不知道自己会有动手打女人的冲动。就在那一刻，他败下阵来，只是说："好吧，我肯定会毁了这辆车。随便吧。"

本认识的大部分人根本不会停车争吵，他们都直接掉头往回走。

况且，大部分人从一开始就不会同意这么疯狂的想法。

疗养中心。瑜伽和温泉。本自己根本就不明白。但杰茜卡说他们俩得做点儿刺激的事，有助于修复关系。杰茜卡还说这能净化思想和身体，拯救两个人的婚姻。他们俩打算一边把有机生菜吞下去，一边接受"夫妻辅导"。这十天肯定是彻底纯粹的折磨。

有些明星夫妻来到这里，挽救了婚姻。他们"找到了内心的平静"，再一次回归"真实的自我"。一堆废话。这跟把钱汇给尼日利亚的邮件诈骗犯根本没区别。本有一种可怕的感觉，那对明星夫妇应该一起出演过《钻石单身汉》。杰茜卡喜欢追星。本之前觉得这一点还挺可爱的，是聪明女孩某种愚蠢的兴趣而已。可现如今，杰茜卡太多生活中的决定都取决于明星怎么做，或者说是报道上说的明星是怎么做的——哪怕那些都是废话，哪怕都是花钱买报道，好卖些 Instagram 上挂出的商品。可杰茜卡就这样、他可怜的、天真的、充满无限希望的杰茜卡，竟然对此全盘接受。

现在到了这种地步：杰茜卡也以为自己是个明星。她想象自己走上红毯，参加那些无聊的活动。最近这些日子，每次杰茜卡拍照片，姿势都是把手放在臀部，好像拍摄《我是个小茶壶》①的样子，之后她会转过身，手托住下巴，露出咧嘴露牙微笑的表情。这是世界上最奇怪的事了。还有杰茜卡花在拍照片上的时间也令人咂舌：有一天，她竟然花了四十二分钟（本计时来着）拍了一张自己的双脚。

两个人最近一次大吵就是因为杰茜卡在 Instagram 上发布的帖子。照片上的杰茜卡只穿着比基尼上衣，身体前倾，双臂夹紧，显得刚填的

① 美国动画儿歌。此处可能意指本讽刺杰茜卡叉腰的姿势像是茶壶的壶把儿。

胸部异常丰满，她还朝镜头噘起莹润的嘴唇。当时，杰茜卡问本觉得照片拍得怎么样。看着杰茜卡充满期待的脸，本没敢说实话——照片上的她看上去就像个提供廉价"三陪"服务的人。所以本就是耸了耸肩，说了句"还行吧"。

杰茜卡的脸当时就耷拉下来了，那神色绝对让你觉得本刚才是羞辱了她。接下来，本面对的就是朝自己尖叫的杰茜卡（那些天，她翻脸如翻书，音量一秒之内就能从零提到一百）。可本只觉得自己被谁打懵了，完全不知道发生了什么。所以，在杰茜卡的喊叫声中，本转身上楼开始打游戏。他觉得走开是件好事，是成熟男人颇有气概的做法：走远些，给女人一些时间冷静下来。然而，本在这种事儿上总是摸不到脉。杰茜卡追着本上楼，本还没上完楼梯，她就一把抓住了本的 T 恤衫。

"看着我！"杰茜卡还在尖叫，"你竟然都不看我！"

这句话是压死骆驼的最后一根稻草，因为这句话是实话。本确实就不想看杰茜卡，他真的很努力地想忘记刚才的事。有些男人，哪怕妻子因为意外、烧伤、疤痕或其他原因毁容，还是不会离婚。但杰茜卡不一样，她是自己亲手毁了自己。好吧，确切来讲，也不是她亲自动的手。杰茜卡是刷了信用卡，是心甘情愿毁容的。

杰茜卡那些没脑子的朋友还都鼓励她。"天啊，杰茜卡，你真美。"

本真想吼她们："你们眼瞎吗？她都快跟花栗鼠一样了！"

之前，离开杰茜卡的想法简直能让本难受死；可现在，跟杰茜卡结婚之后的日子才让本难受得要命。取决于你怎么看吧：难受得要命。

要是疗养中心发挥了作用，要是他们能和好如初，划伤了车也算值得。显然，肯定是值得。杰茜卡注定是自己孩子的母亲——虽然孩子还没出生。

本想到了被抢劫的那天。那是两年前的事了，可本还记得杰茜卡当时的表情——那时，杰茜卡美丽的脸庞还是原生态的——杰茜卡吓得缩成一团，像个孩子一样，但本能感受到其中的愤怒，本真想把那些浑蛋按在地上打一顿。

要不是那次抢劫事件，要不是那些浑蛋，他们也不会成了现在这样。本不会拥有这辆车，但至少他也不用在疗养中心被困十天。

总的来说，本还是想把那些混账东西打一顿。

"本！"

杰茜卡脸上挂着微笑，招手让他过去，好像刚才两个人相安无事，根本没有争吵。杰茜卡很擅长这些。他们去参加派对的路上，哪怕两个人争执了一路，哪怕上楼梯的时候一句话都不说，但公寓门打开的一瞬间——哈——杰茜卡马上就变了个人，对着本灿烂大笑，会讲笑话，会挑逗本，会抚摸本，会自拍等，感觉两个人犹如干柴烈火，可实际上根本就是同床异梦。

等回到车上往家走，杰茜卡就会重新挑起战争，就跟按开关一样。本都快疯了。"刚才我只是为了显得有礼貌，"杰茜卡告诉本，"不能在派对上吵架，因为跟别人无关。"

本站直身体，正了正帽子，走到杰茜卡身边站好，扮演好好丈夫的角色。

"这是我的丈夫本，"杰茜卡开始介绍，"本，这是弗朗西斯，她和我们要去同一家疗养中心。其实，可能不是完全一样……"

坐在驾驶位上的女士朝本微笑着。"本，你的车好棒啊，"她的语气好像已经认识了自己很久，说话带鼻音，稍有沙哑，鼻尖微微发红，"跟电影里的一样。"本一下就看到了她的乳沟——没办法，克制不住，因为也没什么别的可以看。还不错，可惜她年龄太大了，所以也没什么可看的。眼前的女士涂着红色口红，卷曲的金发在脑后梳成马尾。本想到了一个和妈妈一起打网球的朋友——妈妈的朋友们都很简单直接，不会强求本聊天说话——但本还是觉得那要是一群男人就好了。

"谢谢，"本试着把注意力放在她明亮、友好的眼睛上，"很高兴见到你。"

"那是什么车？"弗朗西斯问。

"兰博基尼。"

"哇——兰博基尼！"弗朗西斯咧嘴微笑，"我的是标致。"

"嗯，我知道。"本好像有些无语。

"你不喜欢标致？"弗朗西斯歪着头。

"一堆垃圾。"本回答。

"本！"杰茜卡赶紧制止，但弗朗西斯倒笑得很开心。

"我喜欢这辆标致。"弗朗西斯摸了摸方向盘，小声咕哝了一句。

"好吧，"本说，"各花入各眼。"

"弗朗西斯说对讲机没人接，"杰茜卡继续说，"她已经在这里等了二十分钟了。"

现在的杰茜卡使用的是看似上流社会的新声音，每个字都字正腔圆，甜美如苹果。她基本上只有这种情况时才会用这种声音，因为现在的她没有发脾气，心情也不错，跟昨晚完全不一样。昨天晚上，杰茜卡顾不上用这种声音，她朝自己大喊："你为什么就不能满足一下？非得一切都毁了才开心？"

"你打过电话了吗？"本现在看着那位有乳沟的女士，"或许对讲机坏了。"

"我留了言。"弗朗西斯回答。

"我在想这是不是什么测试，"杰茜卡说，"或许是治疗方案的一部分。"她抓起头发甩了甩，给脖子透透气。有的时候，也就是杰茜卡正常说话的时候，能真正做她自己的时候，本也可以不在乎她僵硬的额头、河豚一样的嘴唇、浮肿的脸颊、骆驼睫毛（"嫁接睫毛"）、假发（"接发"）和隆胸。就这一会儿，杰茜卡还是他原来贴心的杰茜卡，是他自高中以来就认识的那个女孩。

"我也这么觉得！"弗朗西斯说。

本转头看了看对讲机。

"我看不太清那边的说明，"弗朗西斯继续说，"字太小了。"

本看得很清楚。他输入了密码，按下绿色按钮。

"你要是能成功，我也真是醉了。"弗朗西斯说。

对讲机里传来微弱的声音。"有礼了，欢迎来到静栖馆。请问有什么能帮到您？"

"这算怎么回事？"弗朗西斯说这话时，带着滑稽的怀疑态度。

本耸了耸肩。"可能就是需要男人来按。"

"哈哈，你真是的。"弗朗西斯下了车，拍了拍本的胳膊。

杰茜卡俯身凑近对讲机，声音很大："我们要入馆。"太可爱了，像极了本的奶奶打电话的样子。"我们是钱德勒一家，杰茜卡和本——"

对讲机里传来一阵静电的声音，大门吱扭着慢慢打开。杰茜卡站直身体，把头发别在耳后，跟往常一样在意自己的形象，可她之前不是这样的。

"我保证我没输错密码，或者我是觉得没输错吧！"弗朗西斯系好安全带，点着自己的小发动机。她朝本和杰茜卡挥了挥手，"一会儿见！别想开着你那辆花哨吧髦的法拉利超过我。"

"是兰博基尼！"本抗议道。

弗朗西斯朝他眨了眨眼，表明自己是故意为之，然后直接开上了路，比本预料中的速度快多了——他不建议弗朗西斯开那么快。

往车那边走的时候，杰茜卡开口了："我们还是谁都不告诉，对吧？刚才商量好的。要是有人问，就说车都不是你的，是朋友的。"

"没错，但我比不上你会撒谎。"本是想说个笑话，算是恭维也行，杰茜卡怎么想都可以。

"滚吧你。"杰茜卡的语气中并没带着太多怒气。

这么看来,两个人相处也没问题。可有的时候,折磨人的争吵会毫无预兆地发生,根本无法预料。本只能时刻警惕。

"感觉她还不错,"本继续说,"就是刚才那位,弗朗西斯。"这句话肯定没毛病。弗朗西斯已经上了年纪,绝对不会让杰茜卡嫉妒。嫉妒如今也是两个人关系中某个有趣的发展新方向。杰茜卡越是频繁地改变自己的外貌和身体,她的安全感就越低。

"我知道她是谁。"杰茜卡说。

"真的?"

"我敢肯定她是弗朗西斯·韦尔蒂,是个作家。我之前特别喜欢读她的书。"

"她写哪方面的书?"本说着,拉开车门。

杰茜卡说了几句话,但本没听清。"写什么?"

"浪漫小说。"杰茜卡猛地关上副驾驶的门,吓了本一跳。

第六章

弗朗西斯

看起来还行，弗朗西斯第一次看到维多利亚时代的宏伟庄园出现在远处时，心里暗暗赞叹。幸好现在路都封死了，灌木丛长势不错，呈现出来的绿色更柔和。静栖馆坐落在一栋砂岩房子里，三层高，铺着红色瓦楞铁屋顶，还有公主塔。弗朗西斯有一种搭乘时光机回到十九世纪末的感觉，让人兴奋不已，可惜跟在身后的那辆黄色兰博基尼有点儿破坏氛围。

这些小孩子怎么能买得起那种车？他们卖毒品的吗？难道是有信托基金？好吧，似乎卖毒品的说法比信托基金更有可信度，毕竟两个人身上都没有贵族世家的高贵感。

她又瞥了一眼后视镜。风吹起杰茜卡的头发，真漂亮啊。你也看不透她究竟对自己年轻的容颜做了什么。厚厚的妆容就已经够差劲了，但竟然还有白到反光的牙齿、巨大丰满的嘴唇，还整了容——整得实在差劲。弗朗西斯不是反对整容，她自己倒还挺支持的，只是像杰茜卡这么甜美的女孩，本来就有圆润光滑的脸，整容反而显得太过矫饰，让人觉得悲哀。

她身上的首饰肯定都不是真的，对吧？耳朵上戴的蓝宝石估计得值……多少钱呢？弗朗西斯也不知道。很值钱就对了。但那辆车显然是真的，所以没准儿首饰也是真的。

刚施展完拳脚的暴徒，还是视频网站上的网红？

那个男生，就是杰茜卡所谓的"丈夫"（他们太年轻了，感觉这些成年人的词语还用不到他们身上）倒是挺可爱。弗朗西斯得克制住自己挑逗他的冲动。有的笑话可能十天之后就没那么好笑了，甚至可能有些……低俗？阿兰听见了肯定会这么说，亲爱的，应该是甚至有些恋童癖的感觉。本让弗朗西斯眼前一亮，就跟当年弗朗西斯参加出版业聚会，年长男性作家看到她也会眼前一亮，想到这里，弗朗西斯不禁觉得有些悲哀。

要是那些年长的男性作家刚得了什么文学奖，就会变得尤其面目可憎。他们讲话的时候掷地有声，滔滔不绝，连个标点符号都不用加！他们的动作那么自然，长满汗毛的手滑过年轻小说类作家的身体根本不需要谁允许。在他们眼里，弗朗西斯为了让自己不合大众市场的"机场垃圾书刊"大卖，就得用身体来换。

赶紧停下，弗朗西斯，别想那篇评论的事儿。

弗朗西斯参加过妇女游行！并不是因为描写过心中英雄双眼的颜色，她就成了"女权主义的短板"。要是你不知道对方眼睛的颜色，怎么可能爱上这个人呢？更何况，弗朗西斯有责任在书的结尾让一切"圆满"。这是规矩。如果弗朗西斯小说的结局让人猜不透，读者肯定会举着干草叉朝她追过来。

忘了那篇评论，别再想了。

弗朗西斯尽量把注意力放在本和杰茜卡身上。这么说，没错，年龄让她得和本保持恰当的距离。弗朗西斯会假装自己和本是亲戚，就当是姨妈好了。她肯定不会碰本一下。我的天，她刚才已经碰过本了，是吧？那篇评论让弗朗西斯开始质疑自己的一切。表明立场的时候，别人说了什么好笑的事情或者弗朗西斯对对方有好感的时候，她习惯拍拍对方的手臂。

至少和本、杰茜卡说话让弗朗西斯冷静下来。她当时自己吓了一跳。说白了就是迷失了自我，小题大做了。

路朝着大房子的方向延伸。本很有礼貌，虽然开着动力很强的车，虽然他可能也想在转弯处漂移，但却老实地跟在弗朗西斯身后，车距适当。

她开上了一条整洁的车道，两侧是高大的松树。

"还不算太破。"弗朗西斯小声自言自语。

弗朗西斯有心理准备，她觉得房子实际上比网站上的更破败一些，但走到近处才发现静栖馆很漂亮。有花边的白色阳台在阳光下泛着光。炎热的夏日中，花园郁郁葱葱，挂着个标志牌：仅用雨水。牌子很有用，这样就没人会说草长得过于茂盛了。

两个穿着白色制服的工作人员不疾不徐地从房子里走出来，他们精神上很放松，背挺得笔直，很是超然。两个人走到宽阔的阳台上迎接刚到来的客人。或许弗朗西斯困在大门外打电话的时候，他们应该正在冥想。弗朗西斯刚停下车，还没完全停稳，有个男人就拉开了车门。当然，这个人也和其他人一样很年轻，是亚洲人，胡子很时髦，绾着男士发髻，双眼有神，皮肤光滑，是个令人愉快的大男孩。

"有礼了。"大男孩双手合十，向众人鞠躬，"欢迎大家来到静栖馆。"

他说话的时候有点儿……慎重……每个字之后都要停顿一下。

"我是姚，"他继续说，"是大家的专属健康顾问。"

"姚，你好，我是弗朗西斯·韦尔蒂。你的新猎物。"弗朗西斯解开安全带，朝姚微笑着说。

她告诉自己不要笑，不要模仿姚那种用瑜伽气息说话的样子，也不要因为姚的语气而着急。

"现在交给我们就行了，"姚说，"你们有多少行李？"

"我就一件，"弗朗西斯指着后座回答，"我能自己拿，很轻。"她不想让包离开自己的视线，因为里面装了几件违禁物品，比如咖啡、茶、巧克力（黑巧克力——抗氧化剂！），还有一瓶上等红酒（也是抗氧化剂！），就一瓶。

"行李留在这里，弗朗西斯，车钥匙也是。"姚语气坚定。

真该死。好吧。虽然姚看一眼袋子也不知道里面装的是什么，但她对自己带违禁品的事还是略感羞愧（通常，她都很守规矩）。弗朗西斯很快下了车，把自己刚才经历的脆弱抛到了九霄云外。

"哎哟，"弗朗西斯慢慢站直身体，迎上姚的目光，"后背疼。"

"这可不行，"姚说，"我马上在水疗中心给你安排一次紧急按摩。"姚从口袋里拿出一个小本子和铅笔，把这件事记下来。

"我的手指也被纸划伤了。"弗朗西斯伸出拇指，严肃地说。

姚抓着弗朗西斯的手指看了看。"太可怕了，"姚说，"得涂点儿芦荟。"

天啊，姚拿着小笔记本的样子，还有他认真对待伤口的样子迷人极了。弗朗西斯发现自己一直盯着姚的肩膀，所以赶紧移开了视线。弗朗西斯，别这样。没人告诉过她人到中年也会遇到这种情况：在没有生理需要的情况下，对年轻男人突如其来、极为疯狂且很不得体的欲望。难道男人一生都有这种感觉？难怪那些可怜人得在法庭上赔个毛干爪净。

"大家来这里是为了参加十日净化活动。"姚说。

"没错。"弗朗西斯回应了一句。

"很好。"太好了，姚的这两个字瞬间就让弗朗西斯的欲望烟消云散。她没法忍受跟会说"很好"两个字的人翻云覆雨。

"那……我可以进去了吗？"弗朗西斯有些不耐烦。她现在想到要和这个大男孩或者其他人滚床单都有些恶心，毕竟外面太热了。

弗朗西斯发现姚看见了本和杰茜卡的车，所以有些分心。或许他是看见了杰茜卡才分的心：杰茜卡扭着臀，手指绕着一缕头发；本正跟另一个穿着白色制服的健康顾问说话。那位健康顾问是名年轻女士，皮肤很美，仿佛光泽是由内而外透出来的。

"那是辆兰博基尼。"弗朗西斯说。

"我知道。"姚说这三个字的时候倒是很连贯。他站到弗朗西斯旁边，朝房子的方向比了个手势，请弗朗西斯先跨过门槛。

弗朗西斯走进大厅，停住脚步，适应一下暗淡的光线。老房子独有的温柔静谧感像清凉的水胥过她的肌肤。目之所及，所有细节都很美：蜂蜜色的橡木地板，古色古香的吊灯，华丽的雕花天花板边线，还有彩色玻璃窗。

"太美了，"弗朗西斯忍不住赞叹，"啊——看那个，跟《泰坦尼克号》里的楼梯一模一样！"

弗朗西斯走过去抚摸暗暗泛光的桃花心木。阳光透过彩色玻璃窗落在地板上。

"你大概知道了，静栖馆于1840年建成，当时用红雪松木和红木搭建的楼梯一直保留到现在。"姚介绍说，"也有别人说这个楼梯和《泰坦尼克号》里的很像，不过，我们到目前为止比泰坦尼克号幸运，弗朗西斯，我们可不会沉没！"

显然，姚已经给别人讲过无数次这个笑话。所以弗朗西斯夸张地笑出了声。

"静栖馆是英格兰一位有钱的律师建的，用的是本地的砂岩，"姚继续掉书袋，像个木讷的博物馆导览员，"他想建一栋'殖民地最好的房子'。"

"我知道，是犯人们建的。"弗朗西斯之前看过网站的介绍。

"没错，"姚说，"律师获得了500英亩①良田，还得到了10名囚犯。他的幸运就在于犯人里有从约克郡来的两兄弟，都是石匠。"

"我们家族里之前也有个罪犯，"弗朗西斯继续讲，"她偷了件丝绸

---

① 500英亩约合2.02平方千米。

礼服，所以从都柏林被送回来了。我们大家都为她而感到非常骄傲。"

姚比了个手势，示意现在弗朗西斯还不能上去。"我知道开车这么久，你肯定想休息，不过我还是想带你快速走一走接下来十天要住的新家。"

"除非我待不了那么久，"弗朗西斯突然间觉得，十天仿佛遥遥无期，"我可能会提前走。"

"没人提前走。"姚很平静。

"好吧，没错，但如果他们愿意，"弗朗西斯说，"也可以提前走。"

"没人提前走，"姚又说了一遍，"确实是这样。没人想提前回家！弗朗西斯，你马上要开始真正能让人改头换面的体验。"

姚带着弗朗西斯来到静栖馆侧面的一个大房间，房间里有大大的飘窗，可以俯瞰山谷的景色。此外，房间里还有一张修道院里会用到的长桌。"这是用餐室，您可以来这里用餐。当然，所有客人都会一起用餐。"

"那是自然，"弗朗西斯声音沙哑，她清了清嗓子，"很好。"

"早餐七点开始，午餐是中午十二点，晚餐是下午六点。"

"七点吃早餐？"弗朗西斯的脸一下就红了，要是午餐和晚餐，她一边吃还能一边和别人聊一聊，但对她来说，早上和陌生人一边吃饭一边聊天真的有点难，"我是夜猫子，"她告诉姚，"我一般七点的时候还没睡醒。"

"这样啊，但那是过去的弗朗西斯——新的弗朗西斯早上七点已经在日出时完成了太极拳课程和引导冥想。"

"我表示强烈怀疑。"弗朗西斯说。

姚只是笑了笑，仿佛弗朗西斯的反应在意料之中。

"餐前五分钟有提示铃——短周期的时候有思慕雪。我们确实有这样的要求，听到提示铃声后立刻就到用餐室来。"

"当然，"弗朗西斯觉得越来越恐怖，她完全不知道什么是"短周期"。"不好意思……想问一下……有没有送餐服务？"

"没有，不过早上约和傍晚的思慕雪会送到你房间。"姚回答。

"但半夜没有俱乐部三明治，对吧？"

姚耸了耸肩，"当然没有。"

说完，他带着弗朗西斯离开餐厅，到了舒适的客厅。客厅里有几个大书架，大理石壁炉周围摆着好几张沙发。

"这是薰衣草房间。"姚说，"你随时都可以来这里休息、看书或者喝杯花草茶。"

他说"花草"的时候带着口音：蛙草。

"太棒了。"看到这些书，弗朗西斯平复了一些。他们经过一扇上了锁的门，门上有"非请勿入"四个字，金色的。弗朗西斯想打开那扇门的欲望非常强烈。她无法忍受的事情之一就是，在自己不是会员的地方居然有会员专用休息室。

"从这里可以去静栖馆顶层的馆长办公室。"姚轻轻碰了碰那扇门，"只有预约了才能上楼。"

"好的。"弗朗西斯有些愤慨。

"今天晚些时候就能见到馆长了，"听姚的语气好像这是弗朗西斯期待已久的特权一样，"就是你第一次引导冥想的时候。"

"太好了。"弗朗西斯甚至都有点儿咬牙切齿了。

"现在你肯定想去看看健身房。"姚说。

"倒是没有特别想看。"弗朗西斯还没说完，姚就已经带着她转身穿过接待区，往静栖馆另一端走去。

"最开始这里是画室，"姚说，"后来被改建成了最一流的健身房。"

"好吧，挺遗憾的。"姚打开玻璃门的时候，弗朗西斯忍不住感慨了一下。玻璃门房间里充满了阳光，还有很多精心设计要折磨死人的器械。

姚的笑容渐渐消失。"我们保留了所有最初用过的石膏。"说着，他指了指天花板。

弗朗西斯满不在乎地轻哼了一声。安排真好。躺着，看着高高的天花板，可身体经历的却是被大卸八块的过程。

姚看了一眼弗朗西斯的表情，匆忙关上了健身房的门。"接下来，我带你去看看瑜伽和冥想室。"他从健身房前走过，往静栖馆远处角落里的房间走去，"小心碰头。"

虽然没什么必要，但经过大门柱的时候，弗朗西斯还是侧了侧身。她跟着姚走下一段窄窄的石质楼梯。

"我闻到了红酒味。"弗朗西斯说。

"别想太多，"姚说，"酒味是之前留下的。"

姚用力推开了一扇厚重的橡木大门，带着弗朗西斯走进一个洞穴一样的房间，大到让人惊讶。房间天花板有拱形的木横梁，砖墙前整齐地摆着几把椅子，硬木地板上还间隔摆了几张柔软的长方形垫子。

"所有的瑜伽课程和引导坐式瑜伽都会在这里进行，"姚说，"你有很多时间来这里。"

房间安静而且凉爽，弥漫着红酒的香气，还混合着熏香的气味。瑜伽冥想室确实能带来一种平和宁静的感觉，让人不由觉得静心。弗朗西斯预感到，就算自己对瑜伽或冥想不感兴趣，也会喜欢上这里。很多年前，她参加过超在禅定派的梦想课程，希望可以获得启发。可每次，真的是每一次，她专注呼吸之后的两分钟内，都会开始打瞌睡。等课程结束了，弗朗西斯睡醒后，都会发现其他人都获得了灵光一现的时刻，有的找到了前世的回忆，有的陷入狂喜，只有她自己之前一直在打瞌睡、流口水。这么说吧，她就是每周一次，花钱在当地高中睡四十分钟觉。显然，她这次还是一样，会花很多时间在这里小睡，梦里一定都是红酒。

"之前，这里开过一个酒庄，酒窖可以保存两万瓶红酒。"虽然这里现在已经没有储存葡萄酒的设施，但姚还是朝墙壁做了做手势，"不过，这里刚建好的时候，这个房间是为了关押表现不佳的罪犯，有时也用来藏身，躲开丛林居民。"

"这些墙见证了不少事情。"弗朗西斯说。

她的目光落在房间最里面的电视上。这台平面电视很大，悬挂在一根横梁上。"那个屏幕是做什么用的？"刚才姚一直讲的是房子在早期殖民时代的情况，突然这么一问，显得有些格格不入，"我还以为这里都不会有电子屏。"

"静栖馆的确绝对不会营造有电子屏的环境，"姚肯定了弗朗西斯的说法，他皱着眉头瞥了一眼屏幕，"但我们最近新安装了监控和即时通信系统，保证静栖馆各个部分能在必要的时候及时沟通。毕竟这个地方很大，我们也非常重视客人的安全。"

突然，姚改变了话题。"弗朗西斯，你肯定对这个感兴趣。"姚带着弗朗西斯走到房间的角落，指着一块砖头给弗朗西斯看。这块砖头几乎都要被某根横梁的细木工遮掩住了。弗朗西斯戴上老花镜，大声读出砖头上精美的小字：亚当·韦伯斯特及罗伊·韦伯斯特，石匠，1840年。

"这就是那对石匠兄弟，"姚介绍着，"大家都猜这是他们偷偷留下的记号。"

"真不错，"弗朗西斯说，"看来他们对自己的作品很满意，确实，他们有理由因此而自豪。"

两个人沉默了几分钟，静静回味着那几个字。之后，姚双手合十说："我们回去吧。"

他带着弗朗西斯走上台阶，到了另一个有玻璃门的房间。房间门上只有美丽的两个字：水疗。

"最后要介绍的是水疗，如果有预约的话，可以来水疗中心享受按摩和其他健康护理服务。"姚打开门，弗朗西斯像巴甫洛夫的狗一样猛吸鼻子，基础精油的香气弥漫四周。

"这个房间改建之前也是一间画室。"姚的语气里有几分小心。

"这样啊，那你们肯定好好保留了当时的状态。"弗朗西斯看着昏暗的房间，顺手拍了拍姚的胳膊。她能听到水滴答滴答的声音，也能听到单调但非常优美的"放松"音乐从墙那边传来——海浪破碎的声音，风琴的演奏，偶尔还有几声蛙鸣。

"所有水疗都是免费的，是套餐的一部分——十天之后绝对不会收到天价账单！"姚一边说，一边关上门。

"我看网站上写了，但还以为不是真的！"弗朗西斯心里有自己的小算盘，要是网站说的是假的，她肯定会向公平贸易部门投诉。姚为了静栖馆的一切颇感自豪的时候，弗朗西斯睁大双眼，充满感激。

"弗朗西斯，网站上说的是真的，"姚很是慈爱，就像告诉弗朗西斯明天真的是圣诞节的家长一样，"我们就先看到这里，回去的时候，我们要做血液检查之类的。"

"不好意思——做什么？"弗朗西斯被带到了一个看似像医生办公室的房间。她觉得有些不安，刚才不是一直在说水疗吗？

"先坐下就好，"姚说，"我们先验血。"

弗朗西斯还没明白就已经坐下，姚把血压带缠在她胳膊上，用力充好气。

"可能比平时测出来的数据高，"姚一边做一边说，"人们刚来的时候总觉得有压力，也有的很紧张，所以才会这样。十天之后血压就会降下来了。这都是正常现象。这么说吧，来到这里的客人，结束休养之后，血压都有大幅下降！"

"好吧。"弗朗西斯未置可否。

她看到姚记录下自己的血压，但没问自己的血压算是高还是低。一般弗朗西斯的血压都比较低，还因为头晕接受过几次低血压检查。要是她脱水、疲劳或者看到鲜血，就马上会眼前一黑晕过去。

姚套上一副绿色塑料手套。弗朗西斯移开目光，盯着墙上的某个点看。姚在弗朗西斯的大臂上系好止血带，轻轻拍了拍她的前臂。

"血管不错。"姚说。护士们总会夸赞弗朗西斯的静脉，这时候的弗朗西斯总会感到一点点自豪，可之后又会有一点点沮丧，毕竟这个优点也没什么用。

"我之前不知道要验血。"弗朗西斯说。

"每天都要验血，"姚说到这个好像很高兴，"很重要，方便我们相应调整您的疗养计划。"

"好吧，我可能会选择退出——"

"会有一点疼。"姚提醒道。

弗朗西斯看了下自己的手臂，之后很快就移开了目光，因为她看到血流进了试管。弗朗西斯甚至没感受到针的刺入。她觉得自己像小孩子一样无能为力。这种场景让她回忆起一生之中不得不到医院做小手术的情形，她很不喜欢无法掌控自己身体的感觉。护士和医生们都可以按照他们自己的喜好给病人扎针，没有关爱，没有欲望，没有感情，只有专业知识。通常，弗朗西斯要花上好几天才能重新适应自己的身体。

这个为自己抽血的男孩的专业知识到底够不够？

"你之前培训过吗？"弗朗西斯试探性地问，"知道自己在做什么？"

"我前世是护理人员。"姚回答。

弗朗西斯看着姚的眼睛。他是有些生气了吗？他是不是说自己是从护理人员转世而来？这些词总让人弄不清。"你说的不会是'转世'字面上的意思吧？"

姚大笑起来，是那种听起来很正常的笑。"大概是十年前了。"

"你怀念当时的生活吗？"

"一点儿都不，我更喜欢我们在这里的工作。"姚双眼很明亮，或许稍稍有些不开心吧。

"好了，结束了。"姚说着拔出针头，给了弗朗西斯一个棉花球，"用力按住，"他一边往试管上贴上名签，一边朝弗朗西斯微笑，"很好。现在，我们来量体重。"

"好啊，真的有必要吗？我来这里又不是为了减肥，你懂的，我是来……洗心革面。"

"就是为了留档。"姚说着，拿开棉球，在针头留下的小红点的位置贴了一块圆形创可贴，之后示意弗朗西斯到体重秤那边去。"随你便吧。"

弗朗西斯不想看数据。她不知道自己有多重，也不想知道。她只觉得自己还可以更瘦一些，当然，年轻时候的她比现在瘦很多，但现在只要身上没什么病痛，她就挺满意。还有，人们总是提到体重这个话题，好像这是生活中最重大的奥秘之一，弗朗西斯觉得挺无聊的。最近瘦下来的人，总是传播自己使用的方法。瘦子说自己胖，体重正常的说自己肥胖过度，还有些人极力想让弗朗西斯加入自我厌恶的队伍。"啊，弗朗西斯，看到年轻苗条的女孩你不会觉得很有压力吗？""并没有。"弗朗西斯会一边说一边往面包上再涂一层黄油。

姚往奶油色的文件纸上写了几个字，文件正面用粗体字写着名字：弗朗西斯·韦尔蒂。

越来越有看医生的感觉。弗朗西斯觉得一切暴露无遗，自己很是脆弱，而且稍稍有些后悔。她想回家。她想吃松饼。

"我现在很想回房间，"弗朗西斯说，"之前开车开了很久。"

"没问题。你不是背疼吗？我先给你在水疗中心预约一次紧急按摩。"姚说，"在房间里休息半小时，喝一杯思慕雪，再看看为你准备的欢迎礼怎么样？"

"太棒了。"弗朗西斯答应道。

他们一起往回走，经过用餐室时，正好看到那两个亲爱的毒贩——杰茜卡和本——跟自己穿着白色制服的健康顾问站在一起。健康顾问很年轻，深色头发，看名牌上写的字，她叫德莉拉，正在和刚才的姚一样，流利地讲解着用餐提示铃。

杰茜卡接受过多次整形手术的脸上写满了担忧，眉头马上就要皱在一起。"可是，要是没听到提示铃怎么办？"

"那就死定了！"弗朗西斯插了句嘴。

大家都转头看着她。本又把帽子反过来戴了。听弗朗西斯说完，本不禁挑起眉毛。

"开玩笑而已啊。"弗朗西斯小声说了一句。

弗朗西斯看到两位健康顾问交流了一下眼神，但她没明白那到底是什么意思。她想知道这两位顾问之间有没有桃色事件。他们身体灵活，可以进行那种有氧运动，健康的气息在年轻的身体中奔走。那种感觉肯定美妙极了。

姚带着弗朗西斯走回《泰坦尼克号》里的楼梯。弗朗西斯得走快些才能跟得上姚。上楼梯的时候，迎面走下来一名男士和两名女士，他们都穿着橄榄绿色的长袍，袍子上印着静栖馆的标志。

走在后面的那个男人戴着眼镜，一边下楼一边仔细查看墙壁。他个子很高，晨袍穿在他身上就像是超短裙，露出骨节凸出的膝盖和白皙且汗毛旺盛的腿。这种男人的腿总会让你觉得不好意思，好像你看的是他的隐私部位。

"好吧，我说的是，现在已经难得见到这种手艺了！"他凝视着墙壁，"这就是我喜欢这种房子的原因：注重细节。你想想我之前给你看的那些砖石。有人花时间去一一打磨，难能可贵啊——姚，又见面了！新客人对吧？你好啊！"

他摘下眼镜，对弗朗西斯微笑，伸出右手。"拿破仑！"他突然大声说。

弗朗西斯吓得怔了一秒，才反应过来那个男人是在自我介绍，不是随便就喊出那个历史大人物的名字。

"我叫弗朗西斯。"她也赶紧回应。

"很高兴认识您！我猜您也是过来参加十日疗养的，对吧？"

跟弗朗西斯的位置相比，男人站在台阶的高处，所以显得更高。对弗朗西斯来说，她简直就是仰着头看纪念碑。

"没错。"弗朗西斯很想说他太高了，但还是克制住了自己的冲动，因为自己有六英尺①高的朋友珍说过，个子高的人完全知道自己很高，"差不多是这样。"

拿破仑指着两个已经下了楼梯的女士说："我们也是！那两个是我美丽的女伴，我妻子希瑟，还有我女儿佐伊。"

那两位女士也很高。一家三口感觉都是从篮球队里出来的。两位女士也朝弗朗西斯礼貌微笑，仿佛她们出身名门，早已经习惯拿破仑被粉丝围住时安静地等待——可实际上，拿破仑才是那个缠住别人的人。妻子希瑟踮起脚尖，她又瘦又高，皱纹很深，皮肤晒得很黑，就像是被揉皱了又展平了一样。希瑟的皮肤像皮革，弗朗西斯心里暗想。这确实是为了方便记忆，不过反正希瑟也不知道。希瑟有一头灰发，扎成马尾，眼睛里似乎有些血丝。她整个人好像很紧张，不过整体看也还好。弗朗西斯也有些总是绷着一根弦的朋友，所以她知道怎么跟这种人相处（别想着跟他们一样就行）。

女儿佐伊遗传了父亲的身高，带着一种自然潇洒的风度，身材匀称，看起来比较喜欢户外活动。惹人注意的佐伊？但她好像没有故意惹人注意的样子。不惹人注意的佐伊。佐伊显然不需要健康疗养。正值青春盛年的人还疗养什么呢？

弗朗西斯想到了那对年轻夫妻——本和杰茜卡，他们俩好像也很健康。难道来疗养中心的人都是不需要疗养的人吗？难道弗朗西斯是这里

---

① 约合 1.83 米。

看上去健康状况最差的人吗？可除了那次在超在禅定派初学班上，弗朗西斯还从来没有在某个团体里垫底的经历。

"我们想去温泉看看，想泡一会儿，"拿破仑对姚和弗朗西斯说，"之后可能去泳池游几趟。"

显然，他们是那种闲不住的人，到酒店之后把行李往地板上一放，迫不及待就要开始四处活动了。

"我打算紧急按摩前先休息一会儿。"弗朗西斯说。

"真是好主意！"拿破仑大声说，"休息，还有按摩！听起来棒极了！这个地方可太棒了，是吧？我听说温泉很不错。"看来，拿破仑确实非常热情。

"泡完温泉记得补充水分，"姚提醒拿破仑，"前台有水杯。"

"好的！我们会按时回来参加神圣的静默！"

"神圣的静默是什么？"弗朗西斯问。

"弗朗西斯，你之后就会知道了。"姚回答。

"弗朗西斯，信息礼包里有！"拿破仑说，"算是小惊喜，我并不期待'静默'那部分。我倒是听说过静修会，但不得不承认它对我没什么吸引力——我自己就很爱说话，我妻子和女儿都是证明。但既来之则安之，我们就顺其自然好了！"

拿破仑喋喋不休，慢条斯理，弗朗西斯看着他的妻子和女儿继续往下走。女儿穿着黑色人字拖，下楼的时候会先踮起脚跟，之后身体前倾，好像是借机拉伸。希瑟看着女儿，弗朗西斯瞥见了一抹似有似无的笑容，转瞬之间那笑容就变成了纯粹的绝望，希瑟的脸一下就拉了下来，好像她刚才只是挤了挤脸颊而已。可下一秒，希瑟又对着弗朗西斯友好地微笑，弗朗西斯觉得看到了自己不应拥有的东西。

拿破仑还在说："弗朗西斯，开着兰博基尼来的人是你吗？我们在房间里看到了。你的车可真棒啊。"

"不是我——我的车是标致。"弗朗西斯回答。

"标致也很好啊！不过我听说要是维修的话，那些人会狮子大开口，是吗？"

拿破仑对自己这个比喻很满意。弗朗西斯想跟他继续聊，因为拿破仑这种人，无论被问到什么问题，都会乐于给出答案。弗朗西斯喜欢这种人。

"爸爸，"走在前面的女儿——不惹人注意的佐伊——开口了，"放过这位女士吧，她刚到，还想看看自己的房间呢。"

"对不起啊，不好意思，我们晚餐时见！不过到时候就不能聊天了，对吧？"他按了按鼻翼，咧嘴笑了，眼神里能看出有些惊慌失措，"很高兴遇见您！"他又拍了拍姚的肩膀，"姚，小哥，待会儿见！"

弗朗西斯跟着姚走上楼梯。到了最上面，姚转身右转，带着弗朗西斯穿过走廊。走廊铺着地毯，两侧的墙上挂着不少老照片，弗朗西斯打算之后再仔细看看。

"房子的这个侧翼是 1895 年增建的，"姚介绍着，"房间里都是乔治风格的设计，大理石壁炉都是当初留下的。这种温度还不用点火。"

"我没想到还有一家人来疗养的情况，"弗朗西斯说，"我不得不承认，开始我觉得这里会有很多……像我这样的人。"

姚，我说的是比我更胖的人，比我胖多了的人。

"静栖馆欢迎所有人。"姚说着，用一把很大的老式金属钥匙给弗朗西斯打开房门。

"可能不是所有人吧。"弗朗西斯想说，因为毕竟说到底，这里也不便宜。不过，姚打开了房门，所以弗朗西斯也没说出口。

"我们到了。"

房间通风不错，铺着毛绒地毯，摆着几件仿古家具，还有一张巨大的四柱床。敞开的法式小门外是阳台，能一眼看到远处的地平线：连绵起伏的葡萄酒庄园、农舍，还有绿色和金色交替的田野，成群的鸟儿飞过天际。弗朗西斯的包像老朋友一样待在房间一角。咖啡桌上有个果篮，还有一杯绿色的果汁，像是果泥，旁边还有一颗草莓。除了果汁，一切看起来都美极了。

"那是为了欢迎大家准备的思慕雪，"姚说，"每天有六杯有机思慕雪，是根据个人需要特别定制的。"

"那不是小麦草吧？我之前被小麦草伤过，一朝被蛇咬，十年怕井绳了。"

姚拿起玻璃杯递给弗朗西斯，"相信我，真的很好喝！"

弗朗西斯怀疑地看着思慕雪。

"思慕雪是每天的必备项目。"姚的语气很温和。这就让人困惑，因为从语气判断，他想说的应该是："它们是可选项目。"

弗朗西斯抿了一口。"哎呀！"她有些惊讶，有芒果、叶子和浆果的味道，像是在热带地区享受假期一样，"很好喝，相当不错。"

"没错，弗朗西斯。"姚很喜欢叫弗朗西斯的名字，跟极力推销房地产的经纪人一样，"而且它不仅好喝，还充满了自然的能量！记得一定要喝完啊。"

"我会的。"弗朗西斯愉快地答应了。

接着是令人尴尬的沉默。

"啊，"弗朗西斯反应过来了，"你是说现在喝完吗？"她又喝了一大口，"真好喝！"

姚笑了，"每天的思慕雪对健康体验很关键。"

"那么说，我愿意每天都体验这种健康。"

"这是自然。"

弗朗西斯迎上姚的目光。他的眼神里没有一丝讽刺意味，反倒让弗朗西斯因为自己总把人往坏处想而觉得不好意思。

"我先走了，你可以休息一会儿，"姚说，"欢迎礼包就在那边，一定记得看一看，里面有很重要的提示，说明了接下来二十四小时的安排。拿破仑刚才提到的'神圣的静默'很快就会开始，特别有帮助。对了，说到静默，弗朗西斯，你肯定知道我要从你这里收走点儿东西！"他满怀期待地看着弗朗西斯。

"完全不知道。不会还要抽血吧？"

"该把所有电子设备给我了，"姚说，"手机、平板电脑等所有电子设备。"

"没问题。"弗朗西斯从包里拿出手机，关机后交给姚。一种顺从的感觉笼罩着弗朗西斯，但并没让人觉得很不开心。就像搭乘飞机的时候，系好安全带的显示灯亮了，空姐就会对你的生命负全责。

"很好。谢谢。你现在正式'失联'了！"姚拿着手机说，"我们会小心保管的，有些客人说戒掉数字设备的瘾是整个过程最让人高兴的元素之一。等离开的时候，你肯定会说：'别还给我！我不想要了！'"

弗朗西斯想象着接下来的十天，发现实在是太难熬了，仿佛她要留在这里十年，而不是十天。她真的能脱胎换骨吗？更瘦？更轻？不再痛苦？日出时不用咖啡就能起床而且精神饱满？

"别忘了到水疗中心按摩，"姚提醒道，"对了——还有那个可恶的划伤！"

他走到边柜，从一堆标着静栖馆品牌的化妆品中拿了一管什么东西，"让我看看你的拇指。"

弗朗西斯伸出拇指，姚小心地往伤口上涂了一些清凉的凝胶。

"弗朗西斯，健康之旅开始了。"姚还没放下弗朗西斯的手，弗朗西斯本想礼貌地笑一笑，却发现泪水涌入了眼眶。

"姚，其实我最近一直都觉得非常不健康。"弗朗西斯很煎熬。

"我知道。"姚把双手搭在弗朗西斯肩上，既没有笨拙感，也没有什么男欢女爱的暗示，只让人觉得治愈心安。"弗朗西斯，我们会让你好起来的，让你拥有前所未有的感受。"姚离开房间的时候，轻轻关上门。

弗朗西斯慢慢转了个圈，等待着孤独旅行者不可避免的沮丧时刻。但此时，她反而觉得精神振作。她并不是孤身一人，姚会照顾她的。她可是来参加健康之旅的。

弗朗西斯走到阳台欣赏景色，美得让人忘记了呼吸。旁边的阳台上有个男人，那个男人身体前倾，感觉快要掉下去一样。

"小心啊！"弗朗西斯提醒道，但声音并没有很大，免得吓坏那个人。

男人朝这边看过来，举起一只手，微笑着打招呼。是本。弗朗西斯认出了本的棒球帽。所以，弗朗西斯也朝他挥了挥手。

要是两个人大声说话，其实也能听清对方在说什么，但还是假装距离太远不能聊天吧，不然每次在阳台见面两个人都会有负担，总觉得需要聊些什么才好——况且，每次吃饭的时候，想不聊都不行。

弗朗西斯朝另一个方向看去，相似的阳台一直延伸到静栖馆的尽头。从所有的客房都能看到同样的美景。不过，现在其他阳台上都没有人。弗朗西斯还在看着的时候，最远处的阳台上出现了一个女人的身影。她站得太远了，看不清是什么样子，不过为了表示友好，弗朗西斯还是朝她挥了挥手。那个女人看到后，马上转身回到了自己的房间。

好吧，可能她没看见弗朗西斯吧。或者她有严重的社交恐惧也说不定。弗朗西斯能应付特别害羞的人：接近对方的时候要慢慢来，把他们当成森林小动物就好。

弗朗西斯转身看去，却发现本已经回到自己的屋子里了。她想知道本和杰茜卡是不是还在吵架。他们的房间挨着，所以要是本和杰茜卡吵得很凶，可能弗朗西斯也会听到。有一次参加书籍促销会，弗朗西斯住的酒店墙壁很薄，隔壁一对夫妇对夫妻生活激动且夸张的争论让弗朗西斯听得津津有味。那次的感觉太好了。

"我对陌生人没什么热情。"弗朗西斯的第一任丈夫索尔曾经这么说过，当时，弗朗西斯还极力解释陌生人才最让人觉得有意思，值得琢磨。就是人与人之间的陌生感，是一种未知。一旦了解了某个人的一切，就差不多到了要分道扬镳的时候。

弗朗西斯也回到房间整理行李。看信息手册的时候，喝杯茶再吃几块巧克力，想想就很美妙。弗朗西斯知道，静栖馆肯定有自己不愿意遵守的规则，比如很快就开始的"神圣的静默"听起来就有点儿吓人，肯定要吃点儿糖才应付得来。还有，静栖馆建议来疗养前的几天最好减少糖和咖啡因的摄入，以免出现戒断症状，不过弗朗西斯也没有严格遵守。要是现在头真疼起来，弗朗西斯肯定受不了。

弗朗西斯伸手摸摸包的底部，也就是她小心翼翼藏好违禁品的地方——裹在睡衣里，放在内衣下面。藏东西的时候，弗朗西斯也忍不住笑自己，他们应该不会查包，静栖馆既不是康复治疗所，也不是寄宿学校。

"开玩笑的吧。"弗朗西斯大声说。

东西不在了。

弗朗西斯把所有衣服都铺在床上，越来越生气。他们不至于的，对吧？这种行为一点儿都不体谅人，而且是非法的，肯定不合法。

非常没有礼貌！

弗朗西斯把整个包都倒过来，还使劲晃了几下。睡衣还在，不知道被谁叠得整整齐齐。但是咖啡、茶、巧克力和红酒连影子都没了。谁翻过她的包？不可能是姚，因为姚自从弗朗西斯到了就一直没离开过她。但就是有人翻了她的内衣，没收了她所有的零食。

弗朗西斯该怎么办？不能打电话给前台说："有人拿走了我的巧克力和红酒！"好吧，她是可以这么做，但她还是做不到肆无忌惮。网站已经写得很明白，零食、咖啡和酒精都不能带到静栖馆。所以，是弗朗西斯破坏规则，是她被人抓了现行。

可弗朗西斯什么都不说，他们也就什么都不会说。到了最后一天弗朗西斯离开的时候，他们就会心照不宣地笑着把东西都还给你，就像退还犯人的私人物品一样。

太尴尬了。

弗朗西斯坐在床尾，静静地看着美丽的水果碗。她轻笑了一下，一边想着怎么把这件事变成一个有趣的故事，讲给朋友们听，一边从水果碗里拿出一个柑橘。弗朗西斯刚刚摸到果肉就好像听到了什么。谁的声音？不是本和杰茜卡的房间。是从另一侧隔壁房间传来的。"咕咚"一声，之后是什么东西被打碎的声音——绝不会错。

一个男人的咒骂声传来，声音很大，感情很强。"去他妈的！"

说得没错，弗朗西斯想着，让人恶心的头痛慢慢在头部蔓延。

第七章

杰茜卡

　　杰茜卡坐在四柱床上，手掌按了按床垫，看看有多软。本站在阳台上，一手挡住眼睛，他并没有欣赏美丽的景色。

　　"我敢说肯定不是他们偷的。"杰茜卡本想让这句话听起来轻松可笑，但她这几天好像控制不了自己的声音，生硬感越来越强烈。

　　"没错，但他们到底把车停哪儿了呢？"本说，"这就是我接受不了的地方，我就想知道车在哪儿。难道这地方有什么地下掩体？你发现了没有？我问那个顾问是不是把车悄悄藏起来的时候，她有点儿回避这个问题。"

　　"嗯。"杰茜卡肯定地说。

　　她不想因为车的事情吵架，不想因为任何事吵架。昨天大吵之后，她的胃还在恢复中。每次两个人吵架，杰茜卡总会消化不良——换言之，杰茜卡这几天都消化不良。他们之间的争吵就像是时不时浮出水面的岩石，两个人总会一头撞上去，想避开都难。砰！砰！砰！

　　杰茜卡躺在床上看着灯。圆形的灯旁边是有张蜘蛛网吗？整个静栖馆都很老旧、很昏暗，让人沮丧。她知道这里是一栋"历史悠久"的房子，但她觉得这里应该已经被翻修过才对。但其实墙壁上满是裂缝，还透着一种潮湿的味道。

杰茜卡侧过身，往本的方向看去。本扶着阳台的栏杆，半个身子都探了出去，极力想看到静栖馆的另一侧，很危险的姿势。看来比起自己，本更看重那辆车。有一次，杰茜卡看着本手指抚摸过引擎盖的样子，竟感到一阵羡慕嫉妒。本的手法那样轻柔，那样感性，让她想到之前本的手滑过自己身体的感觉。她打算把这件事告诉顾问，所以已经写下来，免得忘记。杰茜卡对这件事印象深刻，认为它很重要，值得一提，很能说明问题。想到这件事，杰茜卡总会红了眼睛。如果顾问打算写本书讲述自己作为婚姻顾问的经历，那提到这个案例也无妨：我曾经遇到过这样一个病人，在他眼里，汽车比妻子更重要。（至于汽车是兰博基尼就不用提了。要是提了的话，所有男性读者都会说："这样啊，好吧，情有可原。"）

杰茜卡本来希望疗养中"深度夫妻咨询"的部分可以尽快开始，但他们的"健康顾问"蔻莉拉则一直没有明说什么时候开始，杰茜卡特别烦心。她想知道顾问会不会问到两个人的夫妻生活，也想知道顾问（杰茜卡觉得顾问是位女的）听到答案时，能不能掩住自己的惊讶，毕竟两个人现在共赴巫山的频率大概是每周一次，也就是说，两个人的婚姻状况真的陷入了泥潭。

杰茜卡不知道自己该不该在顾问面前主动提到夫妻生活。顾问很可能先入为主，认为杰茜卡在这种事上没什么技巧，或者是她自己在心理或者妇科方面有什么问题。杰茜卡之前也这么怀疑过自己。

显然，她还想继续整形（哪怕都已经到了这个地步），或者做什么疗程。读书，提高自己的能力。她总想提高自己，听取专家的建议。之前，她确实读了很多自助图书，也到网上搜索过。至于本，他肯定一辈子都没读过自助图书。

本从阳台走进屋里，掀起T恤衫，抓了抓肚子。他并不会刻意做卷腹训练或者平板支撑，但腹部看起来还是很有型。

"我们之前遇到的作家就住隔壁，"本从果盘里拿了个苹果，像拿着个棒球一样左右手来回把玩着，"就是弗朗西斯。你觉得她为什么来这里？"

"我猜是为了减肥。"杰茜卡觉得这个问题特别没水平，都是明摆着的事。弗朗西斯有中年女性松弛初老的迹象。杰茜卡决不允许这种事发生在自己身上——要是真有那么一天，还不如死了算了。

"是吗？"本说，"可都到了这个年纪，胖有什么要紧？"他没等杰茜卡回答，继续问："她的书怎么样？"

"我之前挺喜欢看的，"杰茜卡回答，"所有的书我都读过。有一本叫《纳撒尼尔之吻》。我在高中时候看的，当时的感觉就是……浪漫死了。"

"浪漫"这个词完全不足以表达《纳撒尼尔之吻》当时在杰茜卡心中激起的感情。她记得自己当时哭得一塌糊涂，上气不接下气，之后还把最后一章重读了好多遍，每次都会落泪。从某种程度上说，书里的纳撒尼尔是杰茜卡爱上的第一个男人。

但她不能把这件事告诉本。本根本不看小说，说了他也不明白。

不过，这是两个人婚姻出现危机的原因之一吗？杰茜卡已经不想把对自己很重要的事情告诉本了。还是说这很正常，不算是什么问题？杰茜卡也不用听本滔滔不绝地讲自己对车的热爱。本可以跟其他朋友聊车；杰茜卡也可以跟其他女性朋友聊自己看过《纳撒尼尔之吻》的感受。

本咬了一大口苹果。可杰茜卡却无法完成这个动作，至少刚加了牙冠的牙还咬不动东西。牙医还建议她晚上戴着护齿器睡觉，保护花了大价钱才得来的牙冠。可最让人讨厌的是，你得到的越好，就越会为这件东西紧张。就好像刚在走廊铺上新地毯的时候，杰茜卡和本都舍不得踩上去，因为地毯太贵了。那时的他们会踩着地毯边走，每次有客人穿着脏兮兮的运动鞋直接从地毯中间随意地走过，他们俩都提心吊胆的。

"思慕雪挺好喝的，"本还没嚼完嘴里的苹果，"但我饿死了。真不知道要是十天不吃比萨我会怎么样。真不明白为什么我们还要做那部分！和我们的婚姻咨询有关系吗？"

"我早就说过，"杰茜卡解释着，"这就是，怎么说呢，整体疗法。我们得参与调动各个方面：心灵、身体，还有思想。"

"感觉就是一堆——"本没继续往下说，直接走到墙上那一排开关的地方，试着打开了天花板吊扇。

他把风扇开得很大。

杰茜卡拿了个枕头盖在脸上，打算先忍忍，实在不行再关了电扇。之前，杰茜卡根本不会在意这些事。她只会马上大喊："你是笨蛋吗？赶紧关了！"可本会大笑两声，就是不关。每次杰茜卡想亲自关掉电扇的时候，本总是不让，最后两个人的就会摆出假装摔跤的姿势。

他们之前更快乐吗？

之前，杰茜卡是个管理员，本是皮特手下的钣金工；之前，本的车是毫不起眼的准将 V8，杰茜卡也只有毫不起眼的 B 罩杯；之前，两个人会觉得花一个晚上看电影再去餐厅吃泰餐简直是奢侈；之前，每个月的信用卡账单都让他们喘不过气，甚至杰茜卡还因为这个哭过一次。是这样吗？

杰茜卡是不想承认以前更美好。如果承认了，那就证明了自己妈妈说得对，可她就是无法忍受，不能自己承认妈妈说得对。

本把电扇调成微风模式。杰茜卡拿开盖在脸上的枕头，闭上眼睛，感受心脏的快速跳动——未知让她有些害怕。

杰茜卡会因此想到被抢劫的那天，自己那种难以言喻的恐惧。那是两年前的事了。那天，杰茜卡下班回家，发现公寓一层被抢劫了，东西散落在各处，遭受了粗暴的对待。每个抽屉都被拉开，她的白色 T 恤衫上有个黑色脚印，碎玻璃碴反着光。

本很快也回了家。"这什么情况？"

杰茜卡不知道本的第一反应是不是自己的姐姐，但杰茜卡下意识地就认为是她。

本的姐姐露西有"精神健康问题",这是本那位善良亲切但饱受折磨的母亲说的,非常委婉。但事实是,本的姐姐是个瘾君子。

露西的生活就像是一眼望不到头的过山车,所有人都必须跟着她一起起起伏伏,上上下下,重复了一次又一次,永远没机会下车。有几天,露西失踪了,不见人影,杳无音讯。之后,她又会在大半夜出现,在家里砸东西。本的妈妈不得不报警。他们打算干预!但他们要用跟上次不同的方式干预,而且觉得这次肯定会起作用。露西恢复得不错!露西谈到了康复中心。露西去了康复中心!露西从康复中心出来了。露西又遇到了车祸。露西又怀孕了。露西已经无药可救,永远不会有结束的那一天。杰茜卡知道露西之前的样子,她幽默、聪明又善良,所以现在的露西确实招人痛恨。

每次,本的家人之间关系紧张都是因为露西。她会过来要钱吗?会尖叫着骂人吗?会流下鳄鱼的眼泪,谈到自己无力抚养两个孩子,说自己"只想做个好母亲"吗?

大家都知道露西会偷东西。如果要去本的家里吃烤肉,就得记得把现金都收好。所以遭遇抢劫那天,杰茜卡回到公寓看到眼前的一切,脑海中浮现的第一个名字就是:露西。

她极力克制自己不要说出来,但还是没忍住。就两个字。她真希望能收回那句话。她甚至没用疑问的口气,而是像宣布结果一样。她真希望自己至少应该说:"难道是露西?"

杰茜卡记得本当时摇了摇头,脸因羞耻而拉得好长。

杰茜卡想过:你怎么知道不是她?

不过,事实证明,本是对的。抢劫案跟露西根本没关系。抢劫案发生的时候,露西正在澳大利亚的另一头。

所以,这只是一起普通的抢劫案,是很多人都遇到过的那种。他们没损失太多，因为也没什么值钱的东西：一台旧苹果平板电脑，屏幕还裂了；一条项链，是本送给杰茜卡的二十一岁生日礼物。项链上有小小的钻石吊坠，大概花了本两个月的工资。虽然项链做工粗糙，只有四分之一克拉左右的钻石，但杰茜卡很喜欢，现在想起来也免不了觉得遗憾。盗贼放过了杰茜卡首饰盒中的其他物品，这让杰茜卡觉得有些丢脸。杰茜卡和本都很讨厌这种感觉：有人走进自己家里，四处翻看，像在一家让人不太满意的商店逛街一样。

没经过什么复杂的程序，保险公司就完成了赔付，但本和杰茜卡不得不另付五百美元作为超额赔偿金。两个人对此很不满，毕竟他们也没主动要求谁来家里抢动。

只是普通的抢劫事件，但这件事改变了两个人的生活。

"你怎么那样盯着我看？"本站在床尾，俯视着杰茜卡。

杰茜卡回过神。"什么样？"

"感觉你盘算着要用芝士刀切掉我的重要部位。"

"什么？我本来也没看你，我想事情来着。"

本一边继续吃苹果一边挑起眉毛。两个人第一次在门罗先生的数学课上目光相遇时，本就是那副样子：左边的眉毛挑高，很酷。毫不夸张，那绝对是杰茜卡这辈子见过最性感的动作。要是当时本两侧的眉毛都挑起来，杰茜卡反倒不会爱上他。

"我根本就没有芝士刀。"杰茜卡说。

本微微一笑，把苹果核扔进房间另一头的垃圾桶，拿起欢迎礼包开始看。

"我们还得先看看这个是吧？"他拆开信封，里面的纸马上散落出来。杰茜卡好不容易才克制住自己的冲动，没有把纸张都捡起来放好。她之前负责文书工作。要是都指望本，两个人一辈子都提交不了纳税申报表。

本打开了一封看着像"附信"的纸。"很好，这就是'健康之旅'的'路线指示图'。"

"本，"杰茜卡开口了，"要想有效果，我们就得——"

"我知道，我知道，我很认真。我不是开车从那条路上来了吗，是吧？难道这还不够表示我的决心吗？"

"天啊，麻烦你别再说车了好吧。"杰茜卡都快哭了。

"我就是想说——"本撇了撇嘴，"算了。"

本浏览了一下信的内容，大声朗读起来："欢迎参加健康之旅。疗养最开始是五天的沉默，在此期间，除了咨询时间，请每个人都保持沉默，不能有肢体接触，不能看书，不能写字，不能与其他客人或自己的同伴有任何眼神交流——这究竟是什么鬼？"

"网站上没提这事儿。"杰茜卡说。

本继续朗读："你可能已经听说过'猴脑'这个词。"

他抬头看了看杰茜卡，杰茜卡耸了耸肩表示不知道。于是，本便继续往下读："猴脑指的是思想到思想的跳转就像猴子从这根树枝到另一根树枝的跳跃。"本模仿了猴子的叫声，还抓了抓腋下模仿猴子的动作。

"表演真精彩。"杰茜卡很想笑，看来他们有时候还是很和谐的。

本继续读起来："猴脑完全安静下来至少需要二十四小时。这段时间里，滋养大脑的静默和反思会让心灵、身体和灵魂安定下来。我们的目标是达到佛教中'神圣的静默'这一美妙境界。"

"这就是说，接下来的五天我们不能对视，也不能说话了？"杰茜卡问，"在房间里也不行吗？"

"我们之前又不是没有这样过。"本回答。

"真有意思，"杰茜卡伸手要那封信，"给我看看。"

她接过信继续读："静默期间，请大家按照指示，缓慢谨慎地行走，落地时按照从脚跟到脚趾的顺序，仔细观察这栋房子，避免和他人进行眼神交流，避免与他人谈话。如果必须与工作人员沟通，请到接待处，并遵循塑封蓝色卡片上的说明。我们每天也提供指导冥想课程——包括步行禅修课程及静坐冥想课程。请注意提示铃声。"

杰茜卡放下信，说："真是太诡异了。我们和陌生人吃饭的时候竟然必须一言不发。"

"至少比无聊的闲聊好。"本看着杰茜卡，"你想认真完成吗？我们可以在房间里聊天，反正没人知道。"

杰茜卡仔细思考了一下。

"我觉得应该认真对待，"她说，"你不觉得吗？就算听起来很傻，我们也应该遵守规定，按照他们的要求来。"

"我都行，"本回答，"只要他们不让我跳悬崖就行。"他挠了挠脖子，"我也没明白我们到底要在这里做什么。"

"那我告诉你，"杰茜卡说，"冥想、瑜伽和健身课程。"

"没错，"本接着说，"但这些课程之外的时间呢？不能说话又没有电视，还能做些什么？"

"确实，没有电子设备的话，时间很难熬，"杰茜卡觉得不能查看社交媒体比不能喝咖啡还可怕。

她又看了看那封信。"听到三声铃声，静默就开始了。"杰茜卡抬头看了看房间里的表，"我们还能再说半小时的话。"

还有肢体接触，杰茜卡心里想。

两个人互相看着对方。

没有人说话。

"看来，静默对我们来说不是什么难事。"本开口了。

杰茜卡笑起来，但本的脸上连微笑都没有。

他们为何不趁现在干柴烈火一把？他们之前难道不就是那样的吗？都不用明说就开始的那种？

　　杰茜卡应该说些什么。她应该做些什么。本是她的丈夫，肢体接触有何不可？

　　但去年年底的时候，一丝小小的恐惧感渗入了杰茜卡的心中，根本无法摆脱。是本看着杰茜卡的样子，或者他不看着杰茜卡的样子：是本紧绷的下巴。

　　这让杰茜卡想到的是：他不再爱我了。

　　讽刺的是，之前杰茜卡的脸没这么精致的时候，才应该是本不再爱她的时候。去年一整年，杰茜卡花费了大量时间和金钱改造自己的外貌——当然，还忍受了很多痛苦。杰茜卡做到了自己能够做的一切：牙齿、头发、皮肤、嘴唇、胸部，等等。大家都说效果非常好，Instagram账户上满屏都是这样的评论：杰茜卡，你看起来真性感！每次看照片，你都比之前更好看。只有丈夫没说过什么夸赞自己的话。现在是杰茜卡最好的样子，如果本现在都不觉得杰茜卡很美，那他大概一辈子都不会觉得杰茜卡有魅力了。本这么长时间以来一直都在欺骗自己。最初本为什么要跟自己结婚呢？

　　抚摸我啊，杰茜卡心里暗想，她的心中一阵哀号，求你了，拜托了，抚摸我吧。

　　然而，本只是站起来，走到果盘那边。"橘子看着不错。"

第八章

弗朗西斯

"什么时候开始疼的？"

弗朗西斯趴在按摩床上，除了盖在背上的白色毛巾，未着片缕。

"脱下所有衣服，披上这条毛巾。"弗朗西斯刚到水疗中心就听到按摩理疗师大声说。理疗师是个身材高大的女人，留着灰色短发，那种略带威胁的语气像是个监狱看守或者曲棍球教练，跟弗朗西斯期待的温润柔美简直有天壤之别。弗朗西斯没记住理疗师的名字，但她一时分心，什么都没做，于是理疗师又说了一遍。

"大概三周前。"弗朗西斯回答。

按摩师将温暖的双手按在弗朗西斯背上，她的手掌大概有乒乓球拍那么大。真有那么大的手掌吗？弗朗西斯抬头想看看，但按摩师用手按在她的肩胛骨上，不让她抬头。

"之前做过什么会导致这种情况的事吗？"

"身体方面的没有，"弗朗西斯说，"但最近我受到了感情冲击。我跟一个人确立了关系——"

"也就是说没有身体上的伤害。"按摩师言简意赅。显然，按摩师并没有按照静栖馆的备忘录来，不知道要轻声细语，要用催眠式的声音慢慢说话。恰恰相反，她说话就像打机关枪一样，一切结束得越快越好。

"没有，"弗朗西斯回答，"但我觉得肯定有关系。你明白吧，情感冲击，因为我和那个人在恋爱，这么说吧，他突然消失了，而且——我记得很清楚——我还给警察打过电话，那种感觉，就像被拍了一下——"

"你不说话可能效果比较好。"按摩师说。

"是吗？"弗朗西斯反问道。这位吓人的女士，我本来还想给你讲个很棒的故事呢。弗朗西斯已经讲过好几次这个故事了，所以觉得自己已经能讲得绘声绘色。每讲一次，她都会改进一点点。

还有，接下来的五天，她都不能开口说话，留给她的时间已经不多了，毕竟弗朗西斯自己也不知道该如何应对那种沉默。车里那种身临绝望深渊的恐惧感才刚刚消失，静默可能会让她再次崩溃。

按摩师用自己巨大的拇指按了按弗朗西斯脊椎两侧。

"哎哟！"

"专注呼吸。"

弗朗西斯闻到了柑橘精油的香气，想到了保罗，想到了一切如何开始，又如何结束。

保罗·德拉布尔是弗朗西斯在网上认识的美国土木工程师，是朋友的朋友的朋友。一开始，两个人之间只有友谊，后来感情进一步发展。半年的时间里，保罗一直给弗朗西斯送花、送礼物和手写便条。两个人打电话能聊好几个小时。保罗会和弗朗西斯视频通话，说自己读了三本弗朗西斯写的书，爱不释手。他熟稔地提到书中的人物，甚至还引用了自己最喜欢的章节——那些章节让弗朗西斯都暗暗感到骄傲。（有的时候，人们跟弗朗西斯说到自己最喜欢的段落时，弗朗西斯心里都会想：真的吗？好像并不是我写得最好的部分。之后，弗朗西斯总会莫名其妙地对那些句子感到有些烦。）

保罗把自己儿子阿里的照片寄给了弗朗西斯。从未想过要生儿育女的弗朗西斯非常喜欢阿里。阿里比同龄人要高一些，喜欢篮球，想进职业篮球队。弗朗西斯是即将成为阿里继母的人，她读了《养育男孩》做准备，还跟阿里打过几次电话，虽然每次通话时间不长，但气氛很好。阿里话不多，这一点可以理解——毕竟他才十二岁。不过，有的时候，阿里和弗朗西斯打网络电话时，弗朗西斯能逗得阿里笑出声，阿里羞涩的笑萌化了弗朗西斯的心。阿里的妈妈——也就是保罗的妻子——在阿里上学前班时因癌症撒手离开了。那么让人悲伤，那么凄美，那么……"恰逢其时？"弗朗西斯的某位朋友这么说过，当时弗朗西斯使劲拍了拍朋友的手腕。

弗朗西斯打算从悉尼搬到圣巴巴拉。她订好了机票，两个人得先结婚，弗朗西斯才能拿到绿卡，但她不想操之过急。如果真到了步入婚姻殿堂的一天，弗朗西斯打算戴紫水晶——非常适合第三次结婚的人。保罗寄来了自己房子的照片，他已经将那个房间收拾出来当成弗朗西斯写作的书房。书架都还是空的，等着弗朗西斯用自己的书填满。

半夜，那通可怕的电话打来时，电话那端的保罗听起来六神无主，几乎说不出话来。他哭着告诉弗朗西斯，阿里遭遇了严重的车祸，需要马上动手术，但健康保险公司那边有些问题处理不了。弗朗西斯毫不犹豫地就转了账，转了一大笔钱。

"等等，多少钱？"负责记录弗朗西斯所说的每一个字的年轻探员问道。那一刻，他的专业性下意识消失了一秒。

保罗唯一的失误就是：他没有发挥出全部的实力。弗朗西斯本来还可以转更多钱，两倍、三倍，甚至四倍——只要能救阿里就行。

随之而来的是：可怕的沉默。弗朗西斯急疯了，她觉得阿里肯定是死了，还觉得保罗也死了。保罗不回短信，不回语音留言，不回邮件。后来，是弗朗西斯的朋友迪首先试探性地问了一句："别怪我多事，但是弗朗西斯，有没有这种可能？就是……"迪不必说完弗朗西斯也明白，仿佛一切一直都藏在她自己的潜意识里，她预订不可退款的机票时就已经预料到了。

保罗给人的感觉很亲密，但其实并非如此。对他来说，那不过是交易。"这些人可真聪明啊，"警察这么说，"他们很专业，而且手法一流，专门以您这个年纪和您这种身份的女性为目标。"年轻警察英俊的脸上写满了同情，简直令人发指。在他眼里，弗朗西斯就是个绝望的老太太。

弗朗西斯很想辩白："不，不是，我并不是什么上了年纪又有身份的女士！我就是我！你根本不了解我！"她想告诉警察自己在处理跟男人的关系方面从没有失过手，而且一直都是男人追在她身后：有些男人真的爱她，有些不过只想和她欢好，但那些都是真正的男人，想要的都是弗朗西斯本人，而不是什么只想捞钱的骗子。弗朗西斯想告诉警察在不同的场合，有不同的人说过自己在欢好时表现很棒，第二次发球总能在网球场上爆冷门，还有，尽管她从不做饭，但她烤的柠檬酥皮馅饼无人能敌。她想告诉警察，自己是鲜活、真实的。

这简直是奇耻大辱。弗朗西斯对那个骗子说了太多太多。就算保罗的回应带着感情，很是幽默，且拼写毫无错处，肯定也对弗朗西斯嗤之以鼻。那个人就是海市蜃楼，是弗朗西斯自恋的结果，会完美地表达弗朗西斯想听到的一切。事情发生之后，弗朗西斯突然意识到，就连他的名字"保罗·德拉布尔"可能都是精心编造的，是陷阱的一部分，为的就是下意识地让弗朗西斯想到自己最喜欢的作家之一玛格丽特·德拉布尔——她曾经在社交媒体上明确表示过这一点，谁都能看到。

事实证明，很多女性都打算成为阿里的继母。

"另外还有几位女士和您遇到的情况一样。"警察说。

女士。我的天啊，女士。弗朗西斯不敢相信自己竟已经用得上这样一个毫不性感的词，只剩下礼貌优雅——这个想法让弗朗西斯不寒而栗。

每次诈骗的细节都不尽相同，但男孩的名字都是"阿里"，他每次都是遭遇"车祸"，而且那通惊慌失措的电话都是半夜打来的。"保罗·德拉布尔"是个假名，这个人还有很多身份，每个身份都在网络虚拟世界中有精心打造的形象。所以女士们在网上搜索自己的意中人时——大家都会这么做——看到的人完全符合自己的期待。当然，骗子也不是朋友的朋友的朋友，或者说现实世界中不是这样。他会放长线钓大鱼，首先制作一个虚假的脸书页面，假装对古董家具修复感兴趣，这样就能加入脸书小组，且这个小组是某个大学同学的丈夫管理的。给弗朗西斯发送好友申请的时候，弗朗西斯会看到，他在自己的朋友发布的内容下已经写了很多（聪明、机智、简洁的）评论，所以自然就相信他真实存在于自己的人脉圈中。

弗朗西斯约了另外一位受骗的女士喝咖啡。那位女士拿出手机，给弗朗西斯看了自己为阿里打造的卧室，墙上贴满了《星球大战》的海报。对阿里来说，海报有些幼稚了——况且，阿里根本就不喜欢《星球大战》——但弗朗西斯没说出来。

这名受害者的情况比弗朗西斯要可怜得多。弗朗西斯最后还给了她一张支票，帮她振作，重新开始。朋友们听说这件事后，都大笑起来。没错，弗朗西斯又把钱给了另一个陌生人，但对弗朗西斯来说，通过这种方式，她能够找回自尊，能够重新掌控生活，能够修补骗子给她带来的创伤。（她确实想过，要是另一位受害者能送来一张感谢贺卡就好了，但说到底，帮助别人的目的也不是为了得到贺卡。）

一切结束之后，弗朗西斯将自己犯蠢的所有证据打包归档：所有吐露心声的邮件；随鲜花送来的卡片，鲜花是真实的，可惜感情是虚伪的；手写的信笺便条，等等。弗朗西斯把文件夹放进文件柜时，一张纸的边缘像是剃须刀刀片一样划破了她的拇指。那么小的伤口，本不值一提的伤口，竟然会让人觉得那么痛。

按摩师的大拇指画着小圆，力道很大。一股暖流从弗朗西斯的下背部向周围散发。弗朗西斯趴在按摩床上，通过床上的大孔看着地板。她能看到按摩师穿着帆布鞋的双脚。脚趾白色的塑胶部分，有人用记号笔随手画了几朵花。

"我上当了，网恋。"弗朗西斯还是开口了，她就是想说话，按摩师只需要听着就可以了，"被骗了很多钱。"

按摩师什么都没说，但至少没再让弗朗西斯闭嘴，而且双手仍在按摩。

"我在意的并不是那笔钱——这么说吧，我在意，我的钱也是努力工作换来的——但有的人遇到这种骗局会失去所有，而我只是失去了……自尊心，还有……天真。"

弗朗西斯现在稀里糊涂地也不知道都说了些什么，但她就是停不下来。她能听到的声音只有按摩师平稳的呼吸声。

"我觉得自己一直认为别人说的都是真的，而且百分之九十九的人都是好人。我生活在泡沫中，从来没遭遇过抢劫，从来没被欺骗过，也从来没被谁伤害过。"

这种说法并非完全正确。弗朗西斯的第二任丈夫曾经打过她一次。打人的人哭了，但弗朗西斯没有。两个人都知道，从那一刻起，那段婚姻就已经走到了尽头。可怜的亨利。他也算是个好人，但两个人在一起的日子里，都把对方最可怕的一面引了出来，就像过敏反应一样。

弗朗西斯回味着自己漫长而复杂的恋爱史。她和所谓的"保罗·德拉布尔"说过自己之前的恋爱经历，德拉布尔也分享过自己的。他编造的故事听起来非常真实，所以其中有些应该不是假的吧？哈，一个靠编造浪漫关系谋取生计的小说家也会这么说啊。你这个傻瓜，德拉布尔当然可以编造自己的恋爱史。

她一直在说话。说话胜于思考。

"我真的觉得我爱这个人胜过任何一个在真实世界中存在的男人。我被骗得团团转。不过话说回来，爱情本来就是心灵的骗局，不是吗？"

弗朗西斯，你闭嘴吧，她根本不想知道。

"不管怎么说，整件事确实非常……"弗朗西斯的声音越来越小，"丢脸。"

按摩师现在根本一点儿声音都没有。弗朗西斯连她的呼吸声都听不到。感觉给自己做按摩的只是长着两只大手的幽灵。弗朗西斯猜，或许按摩师心里想的是：我绝对不会掉进那种陷阱。

其实，整件事中最丢脸的是这一点：之前，如果有人问弗朗西斯那种人怎么会被网恋欺骗，那她肯定会说像这个女人一样的人，只是给她换上笨重的身体、整齐的短发和不怎么样的社交技巧。绝对不是弗朗西斯这种人。

弗朗西斯又说："不好意思，我刚才没听清你的名字。"

"简。"

"简，希望你不要介意，你结婚了吗？或者在恋爱吗？"

"离婚了。"

"我也是，"弗朗西斯又补充了一下，"两次。"

"但我最近开始跟一个人约会了。"简竟然主动开口，仿佛抑制不住要说出来。

"啊，那可太棒了！"弗朗西斯的心情也好了些。难道还有什么比刚刚坠入情网更幸福的事吗？她整个事业的基石就是对新恋情的憧憬。"你们怎么认识的？"她问。

"他给我做的酒精呼吸测试。"简笑着回答。

这笑声告诉了弗朗西斯她想知道的一切。简刚刚开始恋爱。弗朗西斯为简而高兴，眼里充满了幸福的泪水。浪漫在弗朗西斯心中永存。绝不会消逝。

"这么说……也是警察喽？"

"是贾里邦的新警察，"简说，"他当时坐在路边，随机对司机进行酒精呼吸测试，有点儿无聊。所以等另一辆车路过的时候，我们就聊了一会儿。得有两个小时吧。"

弗朗西斯很难想象简和别人聊天两个小时的样子。

"他叫什么？"弗朗西斯问。

"格斯。"简回答。

弗朗西斯没说话，等着简继续说下去，让她能有机会表达对新男友的爱慕之情。她想象着那个男人的样子。格斯。当地警察。肩膀宽厚，心地善良。格斯可能有只狗，很可爱的那种。格斯可能很瘦。他可能很会吹口哨。他可能很会吹口哨而且很瘦。弗朗西斯自己都快爱上格斯了。

但简没有继续聊格斯。

过了一会儿，弗朗西斯又开始不停地说，好像简现在很想听一样。

"你知道吗？有的时候我觉得也挺值的，就当花了一笔钱买了一个人六个月的陪伴。就当买了希望。我应该给他发邮件，就说：'实际上，我知道你是个骗子，但我就是花钱让你继续假装自己是保罗·德拉布尔。'"弗朗西斯等了几秒，"我不会真的那么做。"

沉默。

"真有意思，我是个浪漫小说家。我自己就是靠虚构人物赚钱，然后我还被虚构人物给骗了。"

还是没反应。简肯定没读过弗朗西斯的书。或许她只是为弗朗西斯感到丢脸也说不定。等我回家了，一定把这个笨蛋的经历告诉格斯。

简的手指按住弗朗西斯下背部的某个地方，所以她好不容易闭嘴了一会儿。那种痛感带着一种舒适，是先苦后甜的那种。

"简，你是全职吗？"

"偶尔来，他们需要的时候就来。"

"你喜欢这样吗？"

"就是份工作。"

"你做得不错。"

"是啊。"

"相当不错。"

简没接话茬，弗朗西斯闭上双眼。"你在这里工作多久了？"弗朗西斯语气中有些困倦。

"就几个月，"简回答，"还是个新人。"

弗朗西斯睁开眼睛，简的声音好像有些不太一样。就是突然的感觉。或许她还没完全被静栖馆的理念洗脑？弗朗西斯想问违禁品的事，但该怎么把话题引过去呢？

"简，我觉得有人翻了我的包。"

"弗朗西斯，为什么这么说？"

"是这样，我有些东西不见了。"

"什么东西？"

要让不着寸缕的弗朗西斯坦白确实很难，她觉得难为情，说不出口。

"馆长是怎样的人？"弗朗西斯想到了姚之前看向那扇关着的门时的敬畏感。

沉默。

弗朗西斯看着简穿着厚底运动鞋的脚。双脚没有移动。

终于，简开口了。"她很喜欢自己的工作。"

姚也说过很喜欢自己的工作。这都是电影明星和励志演说家会用到的夸张的话。虽然她确实很喜欢自己的工作，但弗朗西斯从来不会那么说。要是太长时间没写东西，弗朗西斯会疯掉。

要是她的书永远都不能再出版了怎么办？

可为什么有人愿意出版她的书呢？她的书并不值得出版。

别想那篇评论。

"喜欢就好。"弗朗西斯说。

"是啊。"按摩师换了按压的位置。

"她有的时候会太痴迷于工作吗？"简好像有什么想说的。果真如此的话，弗朗西斯很想弄明白。

"她非常关心客人们，随时愿意……帮助客人……不计代价。"

"不计代价？"弗朗西斯反问，"听起来——"

简的双手按到了弗朗西斯双肩的地方。"我得提醒你一下，神圣的静默很快就开始了。听到第三遍铃声的时候，我们可就不能继续说话了。"

弗朗西斯有些心慌。她想在可怕的静默开始前得到更多信息。

"你说'不计代价'——"

"我不会说这里的人不好，"简打断了弗朗西斯，她现在的声音很机械，"他们都非常顾及客人的利益。"

"这听起来好像不太好。"弗朗西斯说。

"来这里的人最后都觉得不错。"简继续说。

"那还挺好的。"

"是啊。"简应了一声。

"那你会觉得他们的有些方式会有点儿……"弗朗西斯不知道该怎么表达比较稳妥，脑海里浮现出一些让人生气的评论。

第一遍铃声响了。像教堂钟声一样回荡，优美，但带着权威——清晰、纯净。

该死。

"不同寻常？"弗朗西斯语速加快，"我看我得小心点儿，毕竟刚被人骗了，被骗子骗了。一朝被蛇咬——"

第二遍铃声响了，声音比第一遍更大，直接打断了弗朗西斯的陈词滥调，所以那半句话就生生被噎回去了。

"十年怕井绳。"弗朗西斯小声说。

简双手使劲按压着弗朗西斯的肩胛骨，好像在做心肺复苏。她身体前倾，弗朗西斯的耳朵能感受到她呼吸的温暖。

"我只能说，要是有什么事让你觉得不舒服、不习惯，就不要做。"

第三遍铃声响了。

第九章

玛莎

第三遍铃声响起的时候，静栖馆的馆长玛丽亚·德米特里琴科独自坐在最上层锁住的办公室里——除了税务局的人，大家都叫她玛莎。哪怕在建筑的顶层，她也能感觉到四周渐渐变得安静，仿佛走进了某个山洞或大教堂：有轻松释放的感觉。她低下头，看着白色橡木桌上自己最喜欢的指纹形状的树眼。

断食进行到第三天了，玛莎这几天只喝水，觉得断食能让感官更敏锐。办公室窗户敞开着，阵阵清新的乡土气息飘进屋里。玛莎闭上眼睛，回忆起刚来到这个国家时，空气中那种奇特而令人兴奋的味道：桉树味、刚修剪的青草味，还有汽油味。

怎么会想起这些呢？

完全是因为玛莎的前夫昨天发了一封邮件过来——多年以来的第一次。玛莎已经删除了邮件，但那个人的名字——哪怕只有一瞬间——也能渗透进她的意识。所以，此时微风中桉树的芬芳让她不由自主地回到三十年前，想到那个三十年前的自己，那个已经非常模糊的自己。玛莎确实想起了乘坐飞机长途跋涉（莫斯科、德里、新加坡、墨尔本）之后第一天的点点滴滴：她和丈夫站在小货车车尾，看着对方，城市的灯光让他们震撼，完全忘记了自己就站在马路中央。两个人会窃窃私语，讨论朝他们微笑的陌生人。他们这种做法真奇怪！非常友好！然而，之后，他们回头看那些人时，陌生人脸上的微笑已经瞬间荡然无存——这一点是玛莎首先发现的。微笑，消失；微笑，消失。俄罗斯人不会这样微笑。如果他们真的会笑，那都是发自内心的。那是玛莎第一次体会到"礼貌性微笑"。你可以有不同的解读，对礼貌性的感受见仁见智。玛莎的丈夫也会朝那些人笑笑，但玛莎没有。

该死！她现在没时间追忆往昔。还得照顾疗养中心呢！大家都仰仗着她。今天的方式还是第一次，疗养从静默开始，不过，玛莎心里知道，这样是对的。静默能让客人们更透彻。有些可能会害怕，有些会抗拒，有些会不小心或故意打破沉默。夫妻可能会在床上私语，但这也无所谓。静默会为下一步奠定正确的基调。有些客人把这里当作夏令营。中年女性因能从每天晚上做饭中脱身而兴奋。所有人都在大声聊天。如果两个男人成了"哥们儿"，那一定守不住规矩。

刚开始的时候，也就是玛莎刚面向公众开放静栖馆的时候，她很惊讶地发现一份家庭装加肉比萨被送到后门的栏杆处。"这是怎么回事？"她的尖叫不仅把可怜的送餐员吓了个半死，也把客人吓得不轻。出了什么事？

玛莎已经掌握了客人们的小聪明。她现在会采取预防措施。静栖馆周围都安装了摄像头，定期监控。带进来的包都会被检查。这也都是为了他们好啊。

她侧坐在椅子上，抬起一条腿，额头抵住小腿骨。她认为，自己的身体像十岁男孩的身体，放松自在，她也喜欢这种想法，说自己只有十岁，因为某件事的十周年纪念日就要到了——心脏骤停事件。那是她死去之后重生的日子。

要不是那一天，她肯定还会在大公司任职，生活在高楼大厦之中，她仍会是全身臃肿、压力过大的那个人。作为跨国乳品生产商的全球运营总监，她致力于将澳大利亚最美味的奶酪推广到全世界！（现在，玛莎也不吃奶酪了。）玛莎还记得自己那间能看到悉尼歌剧院的办公室，也记得曾经完成任务后、制定好程序简化政策，还有让一屋子男人俯首称臣的愉悦感。那时，她的精神生活非常空虚，但在智力成果让人振奋。她尤其喜欢开发新产品，喜欢看到公司的整条产品线铺在会议室的桌子上：各种规格的样品，色彩鲜艳的包装，等等。奇怪，浏览西方国家非法购物目录时，她总能感到小时候的某种渴望得到了满足。

然而，公司生活带来的乐趣就像是礼貌性的微笑，其中并没有任何实质。她的思想、身体和灵魂就像一家公司的不同部门，却从来没有充分交流过。她对之前工作的怀念和对前夫的喜欢一样，只不过是自欺欺人。不断在玛莎脑海中涌起的回忆不过就是计算机故障。她必须得集中精力。还有九个人等着她：这九个人现在还相互不认识，不过很快就会变得如亲人一般。

她的手指划过花名册：

弗朗西斯·韦尔蒂

杰茜卡·钱德勒

本·钱德勒

希瑟·马尔科尼

拿破仑·马尔科尼

佐伊·马尔科尼

托尼·霍格布恩

卡梅尔·施耐德

拉尔斯·李

这九个陌生人正在各自的房间安顿，了解这座建筑，略带紧张地阅读信息手册，喝着思慕雪，或许有的还在享受自己第一次水疗护理——全都在担心迎接他们的会是什么。

玛莎现在就已经喜欢他们了。这九个人的自我意识、自我厌恶、路人皆知的谎言还有为了掩藏在她面前崩溃时的痛苦而讲出来的自保性笑话。接下来的十天中，这九个陌生人都是玛莎的，玛莎要教化他们，要培养他们，要让他们成为最好的自己。

玛莎翻到了第一个人的档案。

弗朗西斯·韦尔蒂。五十二岁。从上传的照片上看，这个人涂着红嘴唇，还拿着一杯鸡尾酒。

像弗朗西斯这样的人，玛莎已经治愈了一百来个。很简单，剥离她们一层层的伪装，找到内心深处的痛点。这种人都希望有人来帮自己卸下重担，一直等着对她们有兴趣的人来了解自己。这并不难。她们只是受过伤：丈夫、恋人、不再需要她们的孩子、让人失望的工作和人生，还有死亡。

她们基本上都厌恶自己的身体。女性以及她们的身体！最粗鲁最有害的关系。玛莎曾经见过有些女性会使劲掐腰上的肉，力道太大，竟然都掐青了。可与此同时，这些人的丈夫则会带着悲哀的自豪感，温柔地拍拍自己鼓胀的肚皮。

玛莎看到的这些女人饮食过量，然而还是营养不良，她们依赖各种化学品，身心疲惫，不堪重负，伴有偏头痛、肌肉疼痛或消化不良的问题。如果能充分休息，多呼吸新鲜空气，选择营养丰富的食物并给予关注，她们的问题很好解决。到了那一刻，她们的眼神会更为明亮，身材更为有型，整个人都会变得神采奕奕，精力充沛。她们会一直说个不停。等到了离开的时候，她们会紧紧拥抱玛莎，热泪盈眶，车上路时还会多次按响喇叭。之后，她们会寄来表示衷心感谢的卡片，一般还会附上近照，也让玛莎了解自己已将学到的内容融入日常生活，人生之旅幸福顺畅。

然而，两年、三年或者四年之后，有相当一部分人会回到静栖馆，跟第一次来的时候一样，看上去很不健康——甚至比第一次来的时候更不健康。"我早上没坚持冥想。"他们会瞪大眼睛忏悔，但并没有太多歉意，似乎认为偶尔失手稀松平常，无伤大雅，自然而然就会如此。"之后我又开始每天喝酒。""我失业了。""我离婚了。""我出了车祸。"看来玛莎之前做的只是让他们暂时获得抚慰！危机面前，他们又回到了默认设置的状态。

这还不够好。在玛莎眼里还不够好。

正因如此，制定新规则才势在必行。深夜之中，她再也不会因为莫名其妙的焦虑感而难以入眠。玛莎之前在公司上班时之所以能颇有成就，就是因为她随时准备迎接挑战，勇于冒险，事后多思。在静栖馆也是一样。她用指尖轻抚弗朗西斯·韦尔蒂疲惫不堪的脸，看了看弗朗西斯自己想要在接下来的十天中想要达到的目标："缓解压力""精神滋养""身心放松"。哈，这一点很有意思，她居然没有勾选"减重"这一项。肯定是疏忽了，看来弗朗西斯是粗心大意的那种人，不太注重细节。有一件事很明显：这个女人渴望得到精神上的转变——玛莎一定会帮她完成这个心愿。

玛莎打开了下一份文件。本·钱德勒和杰茜卡·钱德勒。

从这两个人上传的照片中能看到一对魅力四射的年轻夫妇坐在游艇上。他们笑得很开心，但两个人都戴着深色墨镜，所以玛莎看不到他们的眼睛。这两个人勾选的是夫妻问题咨询，玛莎觉得自己能帮助他们。这两个人遇到的是新问题，多年的争执和痛苦也没能让这些问题最终有定论。新的规则非常适合他们。

接下来是拉尔斯·李。他用的照片是亮面的大头照。玛莎非常了解这类客人。于他而言，来到疗养中心就是社交的一部分，和剪头发或美甲一样。这种人通常不会夹带违禁品进来，但会觉得有些规则不适合自己，所以会不自在。这个人对新规则的反应值得研究。

卡梅尔·施耐德，三十九岁，孩子年纪还小，离异。玛莎看了一眼她的照片就笑了，耳边传来的是自己母亲的声音：若是女人不懂得打理自己，她的男人必会离去。可怜的小兔子。非常自卑。除了"夫妻问题咨询"一项，卡梅尔标记了目标清单上的所有项目。玛莎为此有些不忍。没问题，可怜的小东西，你的问题很好解决。

托尼·霍格布恩，五十六岁，也是离异，也是为了减重。他的目标清单上只有这一项。看来，自愈式生活方式带来的变化会让他变得脾气暴躁，甚至会易怒好斗。这个需要好好监控才行。

看到下一份文件，玛莎皱了皱眉。

这难道是她的万灵符吗？

马尔科尼一家人。拿破仑·马尔科尼和希瑟·马尔科尼，都是四十八岁。女儿佐伊·马尔科尼，二十岁。

一家人集体来静栖馆疗养，这还是第一次。玛莎见过很多一起来的人：夫妻、母女、兄弟或姐妹、密友，等等，但从没有一家人一起来过。此外，佐伊是静栖馆有史以来最年轻的客人。

为什么一个看起来非常健康的二十岁女孩会和父母一起来静栖馆疗养十天呢？饮食失调？很有可能是这样。以玛莎的经验看，他们三个人都营养不良。难道是某种奇怪的家族性功能紊乱？

不知道是三个人口谁填写的问卷，但这一家人的目标只有一个："缓解压力"。

马尔科尼一家人提交的照片是三个人站在圣诞树前的样子。显然是张自拍照，但为了挤进镜头，三个人的角度都比较滑稽。他们都面带微笑，但眼神黯淡空虚。

"小可怜们，这是怎么回事？"

第十章

希瑟

　　第三遍铃声过后，希瑟·马尔科尼感到周围都沉默下来，仿佛一张毯子轻轻盖在了静栖馆上。安静如此明显，让人难以置信。她之前根本未曾察觉周围有这么多噪音。

　　铃声响起来时，她刚从浴室出来。这声音比她预想的要更响亮，也更有震慑力。一开始，希瑟还有些犹豫不决，没想好要不要接受这种荒谬的"沉默"——要是想去一个静修的疗养中心，那就直接预订静修疗养中心好了——但神圣的铃音让她消除了杂念。如果做不到沉默，哪怕在私人空间中，也让人觉得有些无礼。

　　丈夫坐在房间角落里的古董沙发上，手指像老师一样比在唇边，毕竟拿破仑之前是老师，而且很受欢迎，只是学校所处区域不是很好。二十五年中，他一直教地理，要面对很多顽皮的男孩子，不可能没些老师的职业病。

　　别对着我嘘，我又不是你的学生，希瑟心里这么想，我想说话就会说话了。希瑟朝拿破仑眨了眨眼，但拿破仑马上看向别处，好像有什么要隐瞒一样。但拿破仑根本没什么好隐瞒的，他就是一本完全摊开的书，他之所以避开希瑟的目光，是因为文件中明确提到接下来的五天中"不能有眼神交流"。就算某项规定根本没意义，拿破仑也绝不会忘记。

夫妻之间没有眼神交流会有什么好结果？但拿破仑对路标和制式表格中的小条款都有深深的敬畏。于他而言，规则意味着礼貌和尊重，是文明社会生存的保障。

拿破仑穿着超短的睡袍坐着，希瑟就仔细看着拿破仑，拿破仑跷着二郎腿，双腿很长，上汗毛浓密。他双腿交叠的方式有些女性化，像脱口秀节目中接受采访的超级名模。拿破仑两个又矮又胖的哥哥都很爱嘲笑拿破仑女性化的坐姿，然而拿破仑只是一笑而过，顶多就是比个中指。

他们之前泡了温泉游了泳，现在拿破仑的头发还没有干。

温泉很好找，从静栖馆后面的路走过去就是，而且路上设置的路标很明显。周围一个人都没有。他们发现了所谓的"秘密洞穴"：是个小池塘，有岩石遮阴，正好能容下三个人围成半圆，欣赏山谷的美景。希瑟和佐伊一直听拿破仑念叨水中的矿物质会促进循环，缓解压力。希瑟不记得拿破仑到底说了些什么。拿破仑的声音就像她生活中的背景音，是收音机里永远都不会停的对讲节目，偶尔只有几个词会溜进希瑟的潜意识中。显然，之后五天的沉默期让拿破仑有些不知所措，他说话的速度都比平常快了不少，根本没有停顿，含混不清的声音永无止境，很像他们身体周围温暖且带着硫黄味的泡沫。

"亲爱的，我当然可以做到五天不说话！"拿破仑安慰着佐伊。女儿看着父亲，年轻的脸上写满担忧，"如果你能不用手机，你妈妈能不喝咖啡，我也可以不说话啊！"

之后，三个人在泳池中凉快了一会儿。泳池里的水呈碧蓝色，很清凉，刚泡完温泉，带有氯气的水仿佛有了神奇的效果。希瑟看着佐伊和拿破仑比赛：拿破仑是蝶泳，佐伊是自由泳，而且先出发了五秒。然而，最后还是拿破仑赢了，就算拿破仑不想赢，但他真的装不出来，做不到还把佐伊当个小孩，假装输掉。之后，三个人一起坐在泳池边，佐伊讲了个关于大学辅导员的笑话。虽然希瑟并没有找到笑点，但从佐伊的神情判断，这应该是件好笑的事，所以她就笑笑应付过去。这种幸福的时刻难能可贵。希瑟知道大家都只注意到了这一点，希望这能是个好兆头。

好了，从现在起，他们五天之内都不能说话。

希瑟突然感到非常烦躁——或许只是身体需要一杯玛奇朵——毕竟"休假"也不是为了找罪受。肯定有其他疗养中心能提供相似的环境，安宁静谧，而且不会有这么苛刻的规矩。一家人都不用减肥。体重从来就不是希瑟担心的问题！每天早上六点整，希瑟都会踩在体重秤上，只要看到指针移动的方向有问题，她马上就会调整饮食。从 BMI（身体质量指数）判断，希瑟属于"体重过低"，但只低于标准值一公斤。她自始至终都非常苗条。有时候，佐伊会说希瑟饮食失调，因为希瑟对吃饭的时间和吃的东西都非常挑剔。希瑟对入口的东西有所选择——这和拿破仑很不一样。拿破仑像个真空吸尘器，周围有什么就吃什么。

拿破仑站起来。他把手提箱提到床上，拉开拉链，把折叠整齐的 T 恤衫、两条短裤和几件内衣拿出来。他之前像士兵一样打包，好像有谁要检查他的装备包一样。拿破仑脱下睡袍，露出瘦削、白亮、汗毛过多的身体。

一反常态的沉默让他突然变得有些陌生。

套上 T 恤的时候，他背部的肌肉就像一台精心设计的机器一样协调运动。拿破仑太高了，再加上他刻板的举止，性感已完全体现不出来。

这么多年，他们第一次翻云覆雨时，希瑟一直想的是：好吧，这真是个惊喜啊，谁能想到像拿破仑这种人竟然懂得技巧？她确实很喜欢拿破仑，喜欢他的贴心、幽默、专情，但希瑟又觉得跟他云雨就像在做社区服务，就是那种要礼貌、友好、"晚餐很不错，凯文·科斯特纳的电影很好看"的那种床上运动，远非爽到忘乎所以的那种。她知道拿破仑对两个人的初次约会有不同的印象。拿破仑记忆中的初次约会完美、甜蜜而且正确，就是未来夫妻第一次约会应该有的回忆。

拿破仑拉好短裤拉链，系好腰带。把棕色皮革穿过银色金属扣的时候，他手速很快，似乎有些懊恼。拿破仑肯定感受到了希瑟的目光，但他没有看希瑟，下定决心遵守那些愚蠢的规则：要从各种方面看都做到完美。

生孩子的时候，突如其来的愤怒给了希瑟宫缩的力量，根本无路可逃。希瑟想象自己攥紧拳头打在拿破仑脸上，打碎了他的颧骨，订婚戒指上的钻石划破了他的皮肤，一道一道又一道，鲜血从伤口处滴下来。这股怒气笼罩着希瑟的身体，都快把她气得跳下床。看到拿破仑拉好背包拉链，把包放在房间角落免得绊倒谁的时候，希瑟的每根脚趾都紧紧蹭着地板，才克制住自己冲过去的冲动。

她对着墙上的一个点集中注意力：是墙纸上一个小岛形状的划痕。此外，她还用上了自己在课上教育其他母亲应对分娩过渡阶段的方法：吸气，吸气，呼气，吸——吸——呼，吸气，吸气，呼气。

拿破仑穿过房间，走到阳台上。他双腿分开站着，双手紧抓着栏杆，仿佛是站在某条船身倾斜的船上。

怒气缓和，消退，最终消失了。

好了，她又一次平息了。愤怒中有件无形的武器敲在拿破仑头上，砍到他毫无防备的白皙脖子上。拿破仑根本不知道。要是拿破仑知道希瑟心底的秘密想法，知道这种暴力，他肯定会相当震惊，会觉得非常受伤。

希瑟不禁哆嗦了一下。她嘴里有胆汁的微苦，好像刚呕吐过一样。

她打开自己的手提箱，找出短裤和一件背心。傍晚，"冥想"之后，她一定得去跑步。单单坐着关注呼吸一个小时并不能让她放松，反而会把她逼到发疯的边缘。

来这里绝对是个错误，代价高昂的错误。他们应该到某家不知名的大酒店去才对。

希瑟使劲系好跑鞋上的鞋带，张开嘴准备说话。她肯定要说话。根本没必要沉默。别的客人在，他们不说话就好了。但在自己的房间，在自己的私密空间，没必要保持这种尴尬、奇怪而且很不健康的沉默。

那可怜的佐伊怎么办？独自一个人在隔壁房间沉默不语？要是在家里，佐伊单独在自己卧室待太长时间，希瑟和拿破仑就会觉得恐慌。可佐伊总得一个人待在房间很久，毕竟她已经二十岁了，需要学习。如果很长一段时间没动静，希瑟和拿破仑中的一个就会找各种借口过去看一眼。佐伊从来没有抱怨过，也没有锁过房门。可静栖馆没有家庭套房，所以没办法，两个人只能给佐伊预订了单间。

佐伊说自己没问题，总向爸爸妈妈保证自己很好，很开心——她能理解爸爸妈妈的不安。不过，这一年佐伊太刻苦了，刻苦得有些过度，对着电脑一个劲地敲，好像"媒体研究"的学位关乎生死。所以，她得休息下才好。

希瑟看着床上面的墙，就是这堵墙把两个人的房间与佐伊的房间隔开了，要是能透视就好了。佐伊在做什么呢？她还没有自己的手机。二十多岁的年轻人都要随时随地拿着手机，可佐伊要是发现手机电量不到百分之八十就会觉得颇有压力。

希瑟和拿破仑可不敢这样拿女儿的心理健康冒险。佐伊直到十岁才独自睡在自己的床上。

她曾经一个人住过酒店的房间吗？

从来没有。佐伊有的时候确实会和其他女孩子一起度假，但大家都是住在一个房间里，不然希瑟总会胡思乱想。

她刚跟男朋友分手，现在竟然一个人待在房间，谁都没有，只能乱想。

天啊。希瑟心跳加快。她知道这样不好。佐伊是个成年人了，她不会有事的。

阳台上的拿破仑转过身，正好迎上希瑟的目光。可拿破仑再次移开了目光。希瑟开始磨牙。要是在"神圣的静默"期间希瑟说五分钟话，拿破仑一定会对她非常失望。

上帝啊，沉默这件事难得出乎意料。沉默让希瑟的思想惊声尖叫。她之前根本没意识到拿破仑的喋喋不休竟能让自己分心不少。太讽刺了，两个人之中无法应对沉默的竟然不是拿破仑，而是希瑟。

他们不需要沉默，不需要断食，不需要排毒，只是需要逃离一月。去年一月，一家人待在家里，简直是一场灾难——比前年一月更糟糕。一月似乎是一只秃鹰，眼神凶残，鹰爪尖利，永远威胁着希瑟的小家。

"不如这次我们不待在家吧，"拿破仑几个月前建议道，"去个平和安静的地方。"

"不如去修道院，"佐伊的眼睛一下就亮了，"啊，我知道了，有个健康疗养中心！爸爸的胆固醇指标肯定能降下来。"

六月，拿破仑的学校取回了所有教职员工免费体检的报告，拿破仑的胆固醇过高，高血压让人有些担忧，但好在拿破仑会坚持做运动，所以情况还好，不过现在拿破仑需要严格控制饮食。

于是希瑟就在谷歌上搜索了"疗养中心"这个关键词。

需要治愈吗？

一点开静栖馆网站的首页，跳出来的第一句话就是这个。

"没错，"希瑟对着电脑屏幕在心里说，"是的，我们需要治愈。"

静栖馆的目标客户群似乎是那些社会经济地位比高中教师和助产士要高出几个档次的人。不过，上次一家人去好好度假已经是几年前的事了，而且拿破仑从祖父那里继承来的一笔小钱一直在做定期存款。所以，一家人能负担得起，毕竟他们也没什么别的需要或者想要的东西。

"你真的想和爸爸妈妈在疗养中心待十天吗？"希瑟问佐伊。

佐伊耸了耸肩，微笑着说："这个假期我就想睡觉。实在太累了。"

暑假的时候，二十多岁的正常女孩不会花很多时间陪父母，但怎么说呢，佐伊并不是正常的二十岁女生。

希瑟点击了立即预订，可马上就后悔了。这种感觉好奇怪，某件事看起来如此吸引人，可下定决心要做的那一刻，它却又变得没那么吸引人了。然而，一切为时已晚。她已经点击了同意所有条款。他们可以更改疗养的时间，但不能退款。不管三个人愿不愿意，为期十天的"净化"都势在必行。

整整十天，希瑟一直在反复掂量。他们不需要"转变"。他们的身体根本没有任何问题。所有人都说这家人是狂热的运动分子！这个地方根本不适合马尔科尼，拿破仑在楼梯上遇到的那种女人才适合出现在这里。她叫什么名字来着？弗朗西斯。看一眼就知道，这个女人的生活中只有午餐、面部护理和丈夫的杂事琐事。

希瑟好像对这个人有点儿印象——可能是见过太多这种人了吧：生活富足的中年女人，生了孩子之后就不再工作。这种女人本身并没有什么错。希瑟挺喜欢这种人的。只不过，跟这种人待在一起太久，希瑟就会不由自主地燃起怒火，而且还不得不克制。这些人根本没经历过人间疾苦。她们唯一要担心的就是自己的身体，因为午餐会让身材走样，所以需要到静栖馆这种地方"充电"，要听到专家亲口传达这个好消息：如果少吃多动，体重会减轻，整个人的状态也会变好。

等沉默期结束，大家又可以说话的时候，拿破仑和弗朗西斯又会表现得火急火燎的样子。弗朗西斯故作低调地吹嘘孩子在哈佛或牛津上学或者正在欧洲享受间隔年时，拿破仑肯定会饶有兴趣地听——可孩子们在欧洲去夜店的次数肯定比去博物馆多。

希瑟瞎想着自己要不要跟拿破仑提议让他趁此机会"红杏出墙"。或许可怜的拿破仑很想和另一个人干柴烈火，而且弗朗西斯看起来是个不错的选择。

她清楚地记得上次与丈夫滚床单的日期，是三年前的事了。要是早知道那是最后一次，希瑟肯定一辈子都不会停下，而且会用心记住每一个细节。希瑟敢肯定．那次的感觉一定很好，总体不错吧。然而，一切都不会重演了，至少不会在希瑟身上重演。

希瑟坐在床尾，拿破仑过来坐在她身旁。希瑟能感觉到拿破仑身体传来的温暖，但为了遵守规定，两个人并没有身体接触。

两个人都在等着女儿。佐伊说洗完澡就会过来敲门。计划是这样的。之后，三个人会一起等着，沉默不语，等着钟声敲响，然后一起下楼参加第一次"引导式静坐冥想"。

佐伊没问题。她当然没问题。她一直很乖，说到做到，总是如此。佐伊一直很努力为父母做到所有，而父母一直很努力假装佐伊是两个人活下去的唯一理由。

希瑟觉得悲伤如此刺痛，像武士刀一样锋利。

希瑟总能掩饰自己的愤怒，但永远无法掩饰悲痛。因为悲痛的根源太深。她把手压在嗓子上，如老鼠叫一样的微小声音冒出来。

"亲爱的，释放出来吧。"拿破仑的声音很小，跟说悄悄话一样。他还是没有看希瑟，只是把希瑟的手握在自己温暖的手掌中——为了希瑟，拿破仑打破了自己珍视的规定。

希瑟紧紧抓着拿破仑的手，手指按在他关节的凹陷处，像生孩子的女人疼到要命紧握住丈夫的手一样。

第十一章

弗朗西斯

第一次"引导式静坐冥想"的提示铃声响了，弗朗西斯打开房间的门，正好隔壁的本和杰茜卡也出门。大家都没说话，沿着走廊往楼梯那边走，大家也都避免眼神接触——弗朗西斯觉得很难适应，几乎无法接受。

本没有换衣服，杰茜卡则换上了一套紧身的瑜伽服，衬得身材凹凸有致。弗朗西斯真的很想称赞她的费心努力。一定得下很大决心，需要不少硅胶才能练就这样一副好身材。可惜了，这可怜的孩子没能等来应得的目光，她步履匆匆，双肩内扣，仿佛身处禁地，尽量避免被人发现。

本则相反，走路姿势很僵硬，但很坦然，像某个已经认罪的犯人走向监狱。弗朗西斯很想带他们俩去酒吧，一边吃花生喝桑格利亚汽酒，一边听他们讲讲自己的经历。

真是不明白了，她怎么还能想到桑格利亚汽酒？弗朗西斯都好几年没喝过桑格利亚汽酒了。她的大脑不听使唤，接下来十天不能碰的每种食物和每种饮品都会随意蹦出来。

停不住嘴的大个子拿破仑和他的家人们在下楼梯。母亲叫希瑟。希瑟的皮肤像皮革。女儿是不惹人注意的佐伊。很好，弗朗西斯，你可真是个天才。然而，记名字的技巧再高超又有什么用？反正又不是参加鸡尾酒会，而且跟这些人正眼相视都不行。

拿破仑走路的姿势很奇怪，像修道士一样低着头，抬腿落腿的动作都慢得让人难受，跟在太空漫步一样。弗朗西斯觉得有一阵不开心，之后想到了沉默中走路要专心慢行的提示。于是，她也放慢了自己的脚步，正好瞄到杰茜卡轻轻拍了拍本的胳膊，示意本走慢一些。

六个人走下楼梯，按照从脚跟到脚趾的顺序落下脚步，专注且留心。弗朗西斯极力克制自己不要在意其中的荒唐。要是开始笑，肯定会大笑到歇斯底里。她已经饿得头晕眼花，距离之前舔奇巧巧克力包装纸已经过去了好几个小时。

每个人都跟着拿破仑，变成了最热诚的步行者，凝神静气。大家全神贯注地跟着拿破仑穿过静栖馆，走下楼梯，来到了凉爽昏暗的瑜伽冥想室。

弗朗西斯在冥想室后面找了张蓝色垫子坐好，想模仿房间前面两个角落里两位健康顾问的姿势。那两个人像考官一样，只是双腿交叠，双手搭在膝盖上，五指并拢，光滑安然的脸上半笑不笑，让人心烦。

弗朗西斯又看了看电视大屏幕，虽然目之所及都没有遥控器，但她在想是不是有些被罐子破摔的客人已经裹着睡衣昏昏欲睡，打算看看深夜电视节目。

她尽量让自己坐得舒服些，觉得后背虽然没有太明显的改善，但确实好一些了。痛感依然存在，但感觉众多螺栓中有一颗稍稍松了一些。

弗朗西斯深吸了一口气。很久之前她上过冥想课，知道冥想的关键是正确的呼吸，可现在她根本无法呼吸。其他人之后一定会这么说她：房间里呼吸最用力的女士。之后，弗朗西斯肯定会睡着；再之后，一声响亮的呼噜声，她就会把自己惊醒。

她干吗不参加游轮之旅呢？

叹了口气，她环视房间，看看之前还没见过的客人。右边坐着的男人和弗朗西斯年纪相仿，面色苍白，一脸的不高兴。他坐在垫子上一动不动，双腿向前伸直，大肚子搭在大腿上，就跟谁没经过他同意就给他往腿上放了个孩子一样。弗朗西斯友好地朝他微笑了一下，毕竟看到真正需要疗养中心的人也挺好的。

男人的目光与弗朗西斯的目光对上了。

等等，不对。拜托了，别这样。弗朗西斯的胃一阵难受。是那个男人。是那个在路边停车，看到弗朗西斯尖叫而且像个疯子一样狂按喇叭的男人。弗朗西斯还曾跟他大尺度讨论过自己的绝经症状。是那个正在度假的连环杀手。

弗朗西斯之前并不在乎连环杀手对自己的看法，毕竟她觉得两个人这辈子也不可能再见到了。她从未想过这个人也会来静栖馆，因为当时他是朝反方向开的，根本不是来静栖馆这边，这一点刻意误导了弗朗西斯。

好吧，确实挺尴尬，但就这样吧。弗朗西斯再次微笑，嘴角向下撇，有点儿自嘲的味道，表示有些惊讶：接下来的十天，她要和这个男人一起待在静栖馆，而且这个男人之前还见到了她在马路边的脆弱。可话说回来，弗朗西斯是成年人了，这个男人也是个成年人，这都是搞什么鬼啊。

男人也笑了，是嘲笑。绝对是嘲笑，几乎可以肯定是嘲笑。之后，他没再看弗朗西斯，很快移开了目光。

弗朗西斯讨厌这个男人。之前在马路上，他就说弗朗西斯不能再开车，这未免也太自大狂妄了。他是警察吗？不是。（弗朗西斯觉得他们都比较善于社交。）当然，弗朗西斯肯定会给连环杀手改头换面的机会：她读过《傲慢与偏见》，知道第一印象可能并不准确。然而，弗朗西斯还是希望之后的十天里，他别那么惹人烦才好。精神振奋啊，或许是新陈代谢加快了。

另外两位客人走进房间，弗朗西斯一心一意关注着他们。能说话的时候，她马上就会和大家成为朋友，因为她就是善于交朋友。弗朗西斯几乎可以肯定，连环杀手交朋友的能力肯定很差，这样，弗朗西斯就能扳回一局了。

第一位走进来的是个女人，弗朗西斯猜这个人大概三十多岁。她穿着一件白色 T 恤，应该是新买的。T 恤是超大号，下摆都快到膝盖了。她还穿着黑色紧身裤。身材一般的女士即将开始新的锻炼计划，要想遮住自己普普通通的身材就会这么穿。这个女人有一头浓密的黑色长卷发，她把头发编起来束在脑后，用闪闪发光的灰色头绳绑起来。此外，她还戴着猫眼形状的红框眼镜：要想显得古灵精怪且理智聪明，这种眼镜就是标志性选择。（弗朗西斯自己也有一副。）一眼看上去，这个女人有些慌忙，感觉她刚赶上公交车，但今天还有很多地方要去，而且可能会提前离开一样。

跟在这位慌张女士身后的是一位男人，高大英俊，万众瞩目，颧骨很高，眼神熠熠。他在房间前面停住脚步，仿佛是刚刚走出聊天室的电影明星，享受着热烈的掌声。他的胡子修剪得恰到好处，身材比例非常完美，甚为自恋——他确实也有这样的资本。

刚看到这个人，弗朗西斯差点儿没克制住大笑出来。那个人是很好看，跟弗朗西斯笔下身材高大、皮肤黝黑、长相俊美的男主角一样。要是写在书里，最好的方式就是让这个男主角成为残疾人。他坐轮椅的设定应该很棒。说实话，弗朗西斯可能抛开他失去双腿的事实，他也可以继续当自己的主角。

男人坐下来，像每天都会进行瑜伽习练的人一样轻松地坐在瑜伽垫上。

弗朗西斯不想连环杀手出现在自己的余光中，所以保持坐姿的时候，脖子上的肌腱有些难受。她转了转肩。有的时候，弗朗西斯会把自己弄得精疲力竭。

弗朗西斯转头直接看向连环杀手。

他塌着背坐着，手指插进 T 恤衫下摆附近的一个小洞中。

弗朗西斯叹了口气，移开目光。唉，这个男人连让自己讨厌都不值得。

现在做什么？

现在……算了。大家都只是坐着。等待。他们到底想要做什么？

与人沟通交流的想法让人心里抑制不住地痒痒。

坐在弗朗西斯正前方的杰茜卡清了清嗓子，好像准备开口说话一样。

弗朗西斯也咳了几声。不过，她的咳嗽听起来有些糟糕。没准儿是肺部感染。这里有抗生素吗？或者他们能用天然补品治好这种病？不管怎么样，她都会病得越来越严重，最后死掉。

咳嗽和清嗓子的声音让弗朗西斯有置身教堂之感。她上一次去教堂是什么时候呢？肯定是参加谁的婚礼。弗朗西斯朋友们的孩子也一个个结婚了。八十年代时穿着恨天高靴子的女孩子们，现在穿着新娘母亲的服装，披着漂亮的夹克，遮住蝴蝶臂。

至少在婚礼上，等新娘出现的时候，可以和其他客人小声聊天、夸赞朋友的短外套很漂亮等等。现在就好像参加一场葬礼，可就连葬礼上都可以说话，大家可以小声表达自己的哀伤。弗朗西斯是花钱来的，可一切比葬礼还差劲。

弗朗西斯悲哀地环视整个房间，没有教堂里好看的彩色玻璃窗，没有窗户，没有自然光，几乎就是个地牢。弗朗西斯身处偏远处的某栋建筑物，坐在地牢里，周围都是一群陌生人，其中至少有一个还是连环杀手。她禁不住颤抖起来。空调温度太高了。她想到了姚给自己看过石匠犯人刻下的字，觉得没准儿这个地方是被他们饱受折磨的灵魂诅咒了。弗朗西斯的几本书确实是以鬼屋为背景，给书中的角色找个理由相互安慰取暖。

拿破仑打了个喷嚏。声音很大，音调很高，跟狗叫一样。

"保重！"英俊的男人大声说。

弗朗西斯吓了一跳。拿破仑已经打破了神圣的静默！

话音刚落，英俊男人马上伸手捂住了嘴。他眼神飘忽不定。弗朗斯西心中大笑起来。我的天啊，就像上课的时候想笑一样。弗朗西斯看到英俊男人的肩膀发抖，他肯定是在笑。弗朗西斯也咯咯笑起来。有一瞬间，弗朗西斯觉得自己会大笑到停不下来，这时，肯定会有人让她离开房间，"能控制住自己的时候再回来。"

"有礼了。下午好。"

一个人大步走进房间，气氛一下变了。这个人周围的气场强大，大家的注意力都放在她身上，咳嗽声、喷嚏声和清嗓子的声音全部戛然而止。

弗朗西斯憋在心里的笑意瞬间消失。英俊男人也一动不动地坐好了。

"非常欢迎大家来到静栖馆。我是玛莎。"

玛莎样貌出众，像超级名模，像奥林匹克运动员。她至少六英尺高，皮肤白得泛光，绿色的眼睛非常美丽，大到不成比例。

其实，跟房间里的其他人相比，包括那个英俊男人在内，玛莎像是另一个物种，更高级的物种。作为女人，玛莎的声音很低沉，说话时某些音会稍稍变化，但口音很迷人，比如"有礼了"变成了"有你了"。她讲话的节奏和韵律一会儿像普通澳大利亚人的，一会儿又有别的味道，弗朗西斯觉得有点儿像俄罗斯人的。其实，这个女人很可能是俄罗斯间谍，俄罗斯刺客。和这里的所有工作人员一样，她也穿着白色的衣服。不过这衣服在她身上不像是制服，更像是一种选择：完美的选择，也是唯一的选择。

这个女人胳膊和腿部的肌肉线条很是光滑，头发呈浅淡的灰金色，剪得很短。估计她洗完澡准备面对新的一天时，像小狗一样甩一甩头发就干了。

弗朗西斯从头到脚打量着玛莎精致的身体曲线，暗暗和自己的比了比，心一下就沉了下来。她就是赫特人贾巴①，胸部扁平，臀部扁平，浑

---

① 电影《星球大战》中的角色，外形很胖。

身上下的肉一点儿都不紧实，全部下垂。

不许想了，弗朗西斯对自己说。她并不想沉溺于自我厌恶之中。

然而，玛莎身材的美感无可否认。弗朗西斯一直都不相信"每个人都有自己的美"这句话，只有女性才会相信这种陈词滥调，因为男人并不在意自己是否美丽，只在乎自己有没有男子气概。眼前的这个女人和之前那个英俊男子一样，有庞大的气场，让人震惊。弗朗西斯与他们不同，要想让别人认识自己，她得说话，得写作，得打情骂俏，得讲笑话，总之得有某些举动，从以往的经验判断，她要是不做些什么，那站在商店柜台前一辈子都不会有人理。可大家都无法不注意到玛莎的存在。她想要吸引别人的注意力很简单：出现就行。

漫长的时间中，玛莎检视了整个房间，让人有些不舒服。之后，她缓缓转头，看看大家盘腿的坐姿，依旧是沉默。

这有点儿羞辱人，弗朗西斯心想，我们都像幼儿园小孩一样坐在她脚边，唯独她站着；我们都得闭嘴，唯独她可以说话。尽管规定里说不能有眼神接触，但玛莎好像很喜欢看别人。规矩是她定的，所以她打破没关系。我花钱来的，弗朗西斯对自己说，所以，这位女士，应该是你为我服务。

玛莎与弗朗西斯对视了，眼神里都是温暖和轻松，好像两个人是久别重逢的老友。她知道弗朗西斯到底在想什么，也觉得这种想法确实可爱。

终于，玛莎再次开口："感谢大家愿意参与神圣的静默。"我谢谢你们。

她停顿了一会儿。

"我知道，对有些人来说，这段沉默期很难熬。我也知道，沉默让大家意外。可能有些人现在很难受，也很生气。你们可能会想：我来不是干这个的！我都明白。我要告诉大家的是：觉得沉默最难做到的人，最后也会觉得沉默最有意义。"

嗯嗯，弗朗西斯想，这一点有待验证。

"现在，大家来到了山脚，"玛莎继续说，"山峰似乎遥不可及，但是，我来这里就是为了帮助大家爬到山顶。十天之后，所有人都会面貌一新。这一点很重要，所以我一定要说明。"

玛莎又停下来，像正在讽刺某位政客一样，慢慢环视了整个房间。她演的这出戏可真够浮夸，甚至都让人觉得没那么好笑。这件事本来应该很搞笑，然而事实并非如此。

"十天之后，所有人都会面貌一新。"玛莎重复了一遍。

大家都没什么反应。

弗朗西斯感受到，整个房间里都升起了希望的气息，这股气息像薄雾一样盘桓不散。哈，大家都会改头换面，变成另一个人，变成更好的自己。

"离开静栖馆的时候，你们会觉得更幸福、更健康、更轻盈、更自由。"玛莎接着说。

每一个词都像是祝福。更幸福。更健康。更轻盈。更自由。

"在这里的最后一天，你们见到我肯定会说：玛莎，你之前说得没错。我再也不是从前的自己了。我完全好了。我摆脱了所有阻碍我前进的坏习惯、化学品、毒素和有害思想。我的身体和心灵都已经变得清澈。我从来没想过自己能变成这样。"

都是胡扯，弗朗西斯一边并不认同，一边还想着，太好了，求你让一切成真。

她想象着十天之后回家的场景：没有疼痛，精力充沛，鼻伤风已经好了，后背如橡皮筋一样柔韧，情感骗局带来的伤害和羞辱一扫而光，洗涤至净！她走路的时候是昂首阔步，站着的时候也是抬头挺胸。无论新书能不能出版，她都可以面对。之前看到的评论也无法再对她有丝毫影响。

（弗朗西斯现在还很介意那篇评论，觉得如鲠在喉，吐不出，咽不下。）

她甚至可以再一次穿上那条齐默尔曼牌子的连衣裙——看吧，这就是她突然的幼稚，跟圣诞节许愿一样。每次穿那条裙子，弗朗西斯总能得到人们的赞美（通常赞美她的都是有妇之夫，所以让人感觉更美妙了）。

或许，成为新的自己之后，她会回家动笔写一部惊悚片或者老式谋杀谜案，书中的主角形象丰满鲜活，各有各的秘密，而且，书里还会有一个让人猜不透是谁的大反派。用烛台或者毒茶谋杀的主意不错，背景就设定在疗养中心！凶手的武器可能是某根她之前在健身房看到的绿色松紧带。弗朗西斯可以把场景设定在历史更为悠久的疗养中心，大家刚治好结核病，脸色还没从苍白中恢复，这也挺有意思的。当然，弗朗西斯也可以插入浪漫情节作为副线。有谁能抗拒浪漫的情节呢？

"这一趟旅程中会有惊喜，"玛莎接着介绍，"每天清晨，大家会收到各自的日程，但整个过程会有意外，也会有计划改变的情况。对一丝不苟想要掌控自己生活的人来说，这种安排很难适应，这我都理解。"

玛莎一边说，一边微笑着握紧拳头，表达自己的观点。她笑起来可真美啊：温暖、感性、容光焕发。弗朗西斯意识到自己也笑了，她看了看周围，大家都是同样的反应。没错，大家都是如此。就连连环杀手都朝着玛莎微笑，尽管他那个样子就像是谁未经允许将他的嘴角暂时拉起来一样——等能控制自己的时候，他的脸就会沉下来，抻着T恤毛边上的线头。

"请把自己想象成溪流中的一片叶子，"玛莎说，"放轻松，享受这段旅程。溪流会带着你四处漂游，但最终会带你到达目的地。"

拿破仑若有所思地点了点头。

弗朗西斯看着坐在前面的本和杰茜卡，这两个人一动不动，后背直挺，身材苗条，年轻之中透着些脆弱——这一点似乎不太合常理，毕竟他们不像是那种每次从椅子上站起来都忍不住唤一声的人。

本转身看向杰茜卡，他张开嘴，感觉马上就要打破现在的沉默，可他最后什么也没说。杰茜卡移开了手，手指上那颗大钻戒闪过耀眼的光。我的天啊，这钻石得有多少克拉大啊？

"第一次冥想开始之前，我要给大家讲件事，"玛莎说，"十年前，我死过一次。"

好吧，这倒是出乎意料。弗朗西斯身体坐直了一些。

玛莎的脸带着莫名其妙的快乐。"不相信的话，可以问姚！"

弗朗西斯看向房间另一侧的姚。姚此时好像正憋着笑意。

"我心脏骤停，临床概念上讲已经死了。"玛莎绿色的眼睛散发出喜悦的光芒，仿佛正在描述自己一生中最美好的一天。

弗朗西斯皱起眉头。等等，你为什么要提到姚？难道当时姚也在场？玛莎，你说话得有逻辑。

"大家说我经历的是'濒死体验'，"玛莎接着讲，"但我觉得这个说法不对，因为我不是快死了，我是真死了。我体验到了死亡，这是我一生都永远感恩的一点。我的体验，所谓的'濒死体验'，改变了我的人生。"

房间里没有人咳嗽，也没有人乱动。人们是觉得尴尬，还是心怀敬畏呢？

该到柳暗花明的情节了，弗朗西斯对自己说。不是已经证实这种现象背后有科学原理吗？然而，就算弗朗西斯心里不服气，她还是起了一身鸡皮疙瘩。

"十年前的那天，我暂时离开了自己的身体。"玛莎的语气很笃定，不希望被人质疑。

她的眼睛扫过房间里的每一个人。"有人可能不信，你们可能会想：'她真的死过？'我说实话吧，姚是当时照顾我的急救人员之一。"

玛莎朝姚点了点头，姚也是。

"姚可以作证，我的心脏当时真的已经停跳。后来，我和姚成了朋友，对健康产业都产生了极大的兴趣。"

姚更使劲地点了点头。难道是弗朗西斯想象出来的吗？还是有个健康顾问真的翻白眼来着？算是嫉妒吗？她叫什么来着？对了，是德莉拉。

把力士参孙的头发剪掉之后，德莉拉的结局是什么来着？弗朗西斯很想去谷歌搜一下。之后十天，这种问题总也得不到马上回答，让人怎么办才好？

玛莎讲下去："我真的很想多描述一些濒死体验，但很难找到恰当的词。这么说吧——这种体验超越了人类的理解范围。我找不到合适的表达。"

至少试试看啊。弗朗西斯有些懊恼地抓了抓胳膊——一篇标题党文章说这是阿尔茨海默病的症状，但弗朗西斯不能百分之百确定，因为她没法上谷歌。

"我能说的就是，除了我们现在的物质世界，还存在着另一个平行世界。现在，我知道了，死亡无可畏惧。"

就算是这样，还是尽量多活着吧，弗朗西斯心里说。人们越认真，弗朗西斯就越轻率。这可是个坏毛病。

"死亡只是离开我们在尘世的身体。"玛莎带着超凡脱俗的优雅移动了自己尚在尘世的身体，向大家展示一个人离开躯壳的样子，"这是自然进程，就像走进另一个房间，就像离开子宫一样。"

她停下来，房间最里面有些动静。

弗朗西斯转过身，看到众人之中年纪最小的佐伊一下子从盘腿坐姿站起来。

"不好意思。"佐伊的声音很小。

弗朗西斯发现佐伊的耳朵上穿着很多耳饰，而且有些耳洞的位置很特别，弗朗西斯从没想过那些地方也可以打耳洞。佐伊脸色苍白，她那样优美高雅，让人心疼——或许是佐伊太年轻了，也或许是弗朗西斯上了年纪。

"对不起。"

佐伊的父母也惊讶地看着自己的女儿，伸出双手想拦住她。可佐伊朝他们疯狂地摇了摇头。

"旁边就是洗手间。"玛莎说。

"我就是需要……透口气。"佐伊回答。

希瑟站起来，"我和你一起去。"

"妈妈，不用了，我没事，"佐伊说，"求你了，就让我……"她指了指门。

大家都看着，想知道谁会最终胜利。

"她没事，"玛莎坚定地说，"佐伊，准备好了再回来。长途跋涉，你也累了，仅此而已。"

显然，希瑟并不愿意投降，但她还是坐了下来。

大家看着佐伊离开。

现在，房间里似乎有些躁动，仿佛佐伊的离开打破了事物间的平衡。玛莎用鼻子深吸了一口气，之后从嘴里呼出。

有人开口了。

"是这样，现在这个，呃……神圣的静默……已经被打破了，我可以问个问题吗？"

是连环杀手。他有些挑衅，很符合连环杀手的样子。他的嘴没怎么张开，所以说话也是断断续续的。而且，他显然有些不高兴。

弗朗西斯发现，玛莎的眼睛因为连环杀手的违规而稍稍瞪大了些。"如果你觉得现在很有必要，就问吧。"

连环杀手抬起下巴："有人翻我们的包了吗？"

第十二章

佐伊

佐伊站在楼梯最底下冥想室沉重的木门外。她弯下腰，双手抵在大腿上，极力稳住呼吸。

最近，她偶尔会出现轻微恐慌的情况。不是真正的恐慌发作，佐伊知道，真正的恐慌感觉很糟，得叫救护车送医院才行。她经历的只是旋转训练课程上心跳加快的感觉，莫名其妙，不知道从何而来。旋转训练课程上，气喘吁吁的状态就还好，但盘腿坐在地板上什么都不做，光听一个女疯子喋喋不休谈论死亡，她实在是受不了。

扎克曾经说过，哮喘发作的时候，就像是谁在他胸口压了十块砖头。佐伊很想知道，这是不是就是扎克描述过的感觉。

佐伊一手按住胸口。没有砖头。不是哮喘。只是普通的恐慌。

平时，佐伊总能找到恐慌发作的原因。这一次，引发这种情况的是玛莎的疯狂想法，那个女人居然觉得濒死体验有其奇妙之处。佐伊想到了亚历山德罗叔叔在哥哥葬礼上念的诗——《死亡微不足道》。佐伊接着想到自己非常讨厌那首诗，因为诗里说的都是谎言：她哥哥并不是走进了另一个房间，他走了，无处可寻，沉寂默然，没有短信，没有发帖，没有推文，杳无音讯。想到这里，佐伊就觉得喘不过气，她唯一的想法就是：我要出去。

她确实本来没想打破神圣的静默，况且父亲刚刚的喷嚏已经引起了小小的骚动。疗养中心的人根本不知道，这还是父亲极力克制的喷嚏声。父亲的一个学生曾经拍过一场三分钟的短片《喷嚏·马尔科尼先生》，内容就是把她父亲不同时候打喷嚏的样子拼接在一起，只有单声音轨。这部短片很快就走红了。

"有人翻我们的包了吗？"一个男人的声音从门那边传来。

佐伊敢打赌，肯定是那个邋遢的男人——他差不多和父亲一样高，可却比父亲胖一倍。佐伊没听见回答。

她走上狭窄的石头台阶，用力推开第二扇沉重的门，走回静栖馆的主馆。

佐伊不能离开太久，因为父母会担心，这真是有些让人喘不过气。自从扎克去世之后，佐伊的生活仿佛就永远处于危险之中，唯一的救命良方就是父母神秘且持续的警惕心。爸爸妈妈真的相信，要是佐伊得了流感，要是佐伊的刹车没有半年一检，要是佐伊没想好怎么回家，那她一定会死掉。简单至此。他们若无其事地问问题时脸色都会变，比如"你要叫优步回来吗？"这种稀松平常的问题。他们手里忙着别的事，但永远无法掩盖话语之中的恐惧。所以佐伊并没有抗拒，妈妈站在旁边，想悄悄听她呼吸，她也没有马上走开：佐伊和扎克不同，扎克小时候就得了哮喘，可佐伊到现在还没有出现哮喘的症状。她努力压抑自己的烦闷，让父母聆听自己的呼吸声，尽量满足父母的愿望，让他们放心宽慰。

佐伊不是想从爸爸妈妈视线中消失。她只想自己安静地待十分钟，之后她就会悄悄回到冥想室，希望那时候疯狂的玛莎已经控制住了局面，大家都已经在沉默中冥想。

佐伊走进薰衣草房间，里面没有工作人员。薰衣草确实很多。房间里有很多高大的花瓶，里面塞满了薰衣草的小枝，房间内饰和靠垫都是深浅不同的薰衣草色。此外，未免大家不记得这是薰衣草房间，薰衣草色的墙壁上装饰着薰衣草的图片。

佐伊走到窗前，望着外面的玫瑰园。玫瑰园是长方形的，周围是高高的树篱，绿草长势很好，白色的玫瑰花填满了整片区域。这里就是第二天早上大家打太极拳的地方。

确实，这里很无聊，但是个好地方没错——可要是真有人搜过客人的包就还挺让人难以接受的！还好，佐伊早有准备，以防万一。她知道怎么把酒精饮品带进无酒精派对。这次故技重演，她把违禁品包成了礼物的样子，用泡沫纸裹住酒瓶，最后还贴上了礼物标签：爸爸妈妈，周年纪念快乐！到了自己的房间之后，佐伊检查过，礼物还完好无损地待在自己包里。

扎克二十一岁生日时，佐伊本打算和他一起在午夜开瓶葡萄酒庆祝。她和扎克出生时，爸爸学校的数学老师给他们每个人准备了一瓶格兰奇酒做礼物，把这个当成送给婴儿的礼物还真是挺奇怪的。这几瓶酒本来应该放在有温控的地窖里，但佐伊一家人很少喝酒，所以一直放在亚麻色橱柜中浴巾的后面，只等他们二十一岁生日。网上说，这个特定年份的酒"酸度很特别，混合着干果和香料的香气，余味悠长，无可挑剔"。

扎克觉得酒瓶标签上的话很有意思："余味悠长，无可挑剔"。

佐伊看着地平线上连绵起伏的青山，线条柔和。她想到了前男友，想到了男朋友极力说服自己一起和朋友们去巴厘岛冲浪的样子。前男友根本不相信佐伊，觉得她所说的一切根本不可能发生。"我得和爸爸妈妈一起，"佐伊这样说，"别的时候去，一月绝对不行。"结果，前男友生气了；再之后，两个人突然就决定冷静一下；最后，两个人分了手。佐伊本来还以为那个人很爱自己呢。

佐伊把额头轻轻抵在玻璃窗上。难道他觉得自己想和父母待在一起吗？难道他以为自己不想去巴厘岛吗？

去年一月情况已经够糟糕了，她爸爸妈妈内心饱受煎熬。为了假装一切安好，他们憋得三脏六腑都快炸了。

"你好。你叫佐伊，对吧？我们之前见过。我是弗朗西斯。"

佐伊转过头，是那个有着金红色头发的女士。爸爸在楼梯那边和她搭话的时候，她还涂着大红色的口红。面前的弗朗西斯戴着一个老式的玳瑁大发夹，面色微红。

"你好。"佐伊说。

"我知道我们不该说话，但我觉得这件事是个意外的小插曲，不在玛莎神圣的静默的计划中。"

"底下怎么了？"

"挺尴尬的，"弗朗西斯坐在一张薰衣草色的沙发上，"啊，太好了，这是那种软软的沙发。"她拿了两个靠垫抵住背部，"哎哟，我的后背，哎呀，"弗朗西斯扭了扭身体，"没事，我还行，现在好多了。好了，说实话，你知道那个人吧，就是脾气暴躁、咳嗽声很大的那个？说真的，别离我太近。虽然我觉得我身上的细菌比那个人身上的强，但我还是不想传染你。总之，他的情绪有点儿激动，毕竟从他说的话判断，他偷偷带过来的大概是个小酒吧。说实话，虽然有点儿不好意思，但他们也从我包里拿走了点儿东西，我觉得自己应该支持那个坏脾气的人。这种事儿，你明白吧，是侵犯隐私。人们不能这么做，我们可是有人权的！"弗朗西斯在空中挥了下拳头。

佐伊坐在弗朗西斯对面的沙发上，看到她的动作，不禁笑了起来。

"我觉得不好意思是因为我不想让大家知道我带了违禁品进来，结果还给没收了。我知道这不是拍《幸存者》，但我不想和那个男人有什么瓜葛，因为他好像有点儿太……怎么说呢……所以我就说我也得来透透气。这大概是我最勇敢的时候。"

"我也带了违禁品。"佐伊说。

"真的？"弗朗西斯双眼放光，"他们发现了吗？"

"没有，就算他们翻了我的包也没发现。我把它包起来了，假装是给爸爸妈妈的礼物。"

"你简直是个天才。你带了什么？"

"一瓶红酒，"佐伊回答，"很贵的红酒。对了，还有一包瑞斯牌的花生酱谷物杯。简直爱到无法自拔。"

"不错，"弗朗西斯感叹道，"恭喜你啊，这个创意绝了。"

"多谢夸奖。"佐伊回答。

弗朗西斯拿起一只靠垫抱在胸前。"我完全能做到十天不碰红酒，就是……其实我也不知道，我就是有点儿逆反。"

"我根本不喜欢红酒。"佐伊说。

"这样啊，那你是想证明自己能暗度陈仓喽？"

"我带红酒来是为了庆祝我哥哥二十一岁生日。就这几天了。可他三年前去世了。"

如料想的一样，弗朗西斯的脸色暗下来。

"没事，"佐伊很快接着说，"我们感情没那么好。"

一般听她这么说完，大家都会松口气，但弗朗西斯的表情没变。

"替你难过。"弗朗西斯开口了。

"没事，我也说了，我们真的……不怎么合得来。"佐伊还是想澄清自己。别紧张！你已经解脱了。

佐伊记得，扎克葬礼之后的那天，自己的朋友卡拉说过："还好你们感情不深。"卡拉跟自己的姐姐可是感情很好。

"你哥哥叫什么？"弗朗西斯像煞有介事地问。

"扎克。"佐伊回答。这两个字从她嘴里说出来音调有些奇怪，感觉很痛苦一样。佐伊觉得耳朵嗡嗡作响，马上要晕倒了一样。"我们一个叫佐伊，一个叫扎克，是双胞胎，首字母都是 Z，故意的。"

"我觉得挺好听，"弗朗西斯说，"你们是双胞胎的话，也就是说，过几天也是你的生日。"

佐伊从大花瓶里拿出一枝薰衣草开始揪。"理论上说是的。但我不喜欢那天，已经把生日换成别的日子了。"

她已经正式地把自己的生日改成了三月十八日。这个时间更好一些，一年中比较凉爽的日子，风刮得也不大。三月十八日是奶奶玛丽亚的生日。奶奶说过，她生日那天从来没下过雨，这很可能是真的。大家都说自己要查查天气记录，看看奶奶说的是不是实话，但没人真的去查。

奶奶常说要像自己的母亲一样活到一百岁，可扎克去世一个月后，她伤心过度，也去世了。就连医生都说，心确实伤了。

"扎克离开的那天正好是我们十八岁生日的前一天，"佐伊说，"本来还打算办一场以'Z'为主题的聚会来着。而且我的名字是佐伊①，当时觉得很有意思。"

"佐伊啊。"弗朗西斯身体前倾。佐伊知道弗朗西斯想伸手安慰下自己，但还是克制住了。

"所以我就改了生日，"佐伊继续讲，"因为对爸爸妈妈来说不太公平，他们前一天要祭奠哥哥，后一天就要给我庆祝生日。一月对他们俩来说很难熬。"

"确实是，"弗朗西斯的眼里满含同情，"我明白，对你来说也很难。所以你觉得……逃避比较好？"

"我们就想找个安静的地方待着，疗养中心听起来不错，毕竟我们一家人都真的很不健康。"

"是吗？我看你就挺健康的呀。"

"好吧，首先，我特别爱吃糖。"佐伊说。

"糖是我们的新敌人，"弗朗西斯说，"开始会让人发胖，后来是碳

---

① 扎克（Zach）和佐伊（Zoe）的名字首字母都是 Z。

水过多，但放下糖真的很难。"

"也不是，但糖真的不是好东西。"佐伊说。放下糖根本就不难！大家都知道糖对身体不好。"人们都研究过了，我得戒糖才行。"

"嗯。"弗朗西斯表示赞同。

"我巧克力吃得太多，喜欢健怡可乐，所以皮肤才很差。"佐伊指了指嘴边的暗疮，她控制不住自己，总想摸摸那个包。

"你的皮肤很棒！"弗朗西斯的手势很夸张，可能是为了尽量不去看佐伊脸上的痘痘。

佐伊叹了口气。诚实是一种美德。

"我的爸爸妈妈是运动狂人，但我爸爸喜欢吃垃圾食品，妈妈可以说是饮食失调。"她是经过了思考才说的。佐伊的妈妈肯定不想听到这场对话。"千万别跟我妈说我说过这个。她不是真的饮食失调，就是对待食物的态度异于常人。"

扎克去世之前，佐伊的妈妈就这样了。她无法忍受在食物方面的铺张，但这是个问题，因为她丈夫来自一个意大利大家庭。希瑟隐晦地说自己有胃灼热、胃痉挛和其他"消化问题"。她从来不把食物当食物，对待吃的东西总有很大反应：不是挨饿就是饮食过量，要么就是疯狂地想要某种根本找不到的特殊食物。

"不说我了，你呢？"佐伊问弗朗西斯，她想转移焦点，毕竟已经向陌生人透露了太多关于自己和家人的事，"你为什么来？"

"呃，这么说吧：我觉得很累，后背难受，而且感冒总也好不了，所以我觉得要是能减几公斤，可能情况会好一些……就是中年人会遇到的那些问题吧。"

"你的孩子多大了？"佐伊问。

弗朗西斯笑了，"我没有孩子。"

"这样啊，"佐伊往后靠在沙发上，担心自己可能因歧视冒犯了别人，

"不好意思啊。"

"没什么不好意思的，"弗朗西斯说，"我自己选的不要孩子。我一直觉得自己不适合当妈妈。从始至终都是。我小时候就这么觉得了。"

但你很有母性啊。佐伊心里想。

"我也没老公，"弗朗西斯继续说，"离了两次婚。没有男朋友。孤孤单单一个人。"

她说男朋友这几个字的时候可真可爱。

"我也是孤孤单单一个人。"佐伊说完，弗朗西斯就微笑起来，好像她的话很逗人一样。

"最近，我还以为自己和另一个人相爱了，可那个人骗了我，"弗朗西斯说，"是网上那种'情感诈骗'。"她一边说，一边用手指比了双引号。

天啊，佐伊心想，你是有多蠢？

"你是做什么工作的？"佐伊换了话题，因为她真真正正为眼前这个女人感到丢脸。

"写浪漫小说，"弗朗西斯回答，"或者说之前是写浪漫小说的，之后没准儿得换个工作。"

"浪漫小说。"佐伊重复了一遍。越问越糟糕。她想尽力让自己看起来很正常。上帝啊，求你了，别让一切染上色情的成分。

"你喜欢看？"弗朗西斯问。

"有时候看，"佐伊回答，心里想着再也不看浪漫小说了，"你是怎么成为浪漫小说家的。"

"这个嘛，我十五岁的时候读了《简·爱》，碰巧那是我人生中比较难过的时候——我父亲刚去世不久，当时的我很冲动，很伤心，而且非常敏感。后来，我读到了那句著名的话——你肯定听说过：读者们，我嫁给了他——也不知道为什么就对我有了很大影响。我坐在浴缸里，重复了一遍那句话：'读者们，我嫁给了他'，之后就开始哭。那句话在我脑海中挥之不去。读者们，我嫁给了——呜呜呜！"弗朗西斯一手按在额头，夸张地表现出自己还是小女孩时哭泣的样子。

佐伊大笑起来。

"你也读过《简·爱》吧？"弗朗西斯问。

"应该看过那部电影。"佐伊回答。

"这样啊，"弗朗西斯心里觉得有点儿同情，"总之，我知道'读者们，我嫁给了他'这句台词已经过时了，现在的人们都会说：读者们，我离婚了，或者，读者们，我杀了他。但对我来说，对那时候的我来说，这句话……很重要。我还记得当时的感觉，这七个字竟然会对我有这么大的影响。我觉得，就是因为这样，我才会对文字的力量感兴趣。我写第一部浪漫小说的时候，在很大程度上都有夏洛蒂·勃朗特的影子，不过我的书里可没有阁楼上的疯女人，主角是罗切斯特先生和罗伯·劳的结合体，很顽固。"

"罗伯·劳！"佐伊忍不住重复了一遍。

"我墙上还贴着他的海报，"弗朗西斯说，"我还能吻他的双唇，光滑，干燥，亚光的。"

佐伊咯咯笑得很开心。"我对贾斯廷·比伯也是这种感觉。"

"没准儿这里也有我写的书呢，"弗朗西斯说，"我的书出现在这种地方的概率很大。"她浏览了书架上的书脊，带着一丝自豪微笑起来，"那儿就有。"

弗朗西斯站起来，挠了挠后背，走到一个书架前，蹲下拿出一本很厚的平装书，书页边缘已经发毛了。"你看。"她把书递给佐伊，咕哝着坐回沙发上。

"真赞啊。"佐伊看了看那本已经不像样的书。

是《纳撒尼尔之吻》，书的封面上是一个女孩，一头长长的金色卷发。至少看起来没有情爱的成分。

"不过，我刚写完的新书被退了，"弗朗西斯接着讲，"所以我可能得找份新工作。"

"这样啊，"佐伊说，"好遗憾啊。"

"是啊，"弗朗西斯耸了耸肩，勉强挤出一个微笑。她将双手手掌向上摊开。佐伊猜到了弗朗西斯要说什么。佐伊的朋友艾琳觉得如果不先说开场白，就没法抱怨自己的生活。"我知道这跟你经历过的相比不算什么。"艾琳的表情严肃，眼睛睁大。这时，佐伊就会说："艾琳，都三年了，你生活里要有什么不满就说出来啊！"之后，佐伊还会同情地点点头，可她心里实际想的是：没错，你的车要换三个新轮胎，这确实没什么可抱怨的。

"我该回楼下了，"佐伊说，"我爸妈要是找不到我肯定会抓狂，他们就差在我身上装个跟踪器了。"

弗朗西斯叹了口气："我也该下去了。"她说是这么说，但并没有动。弗朗西斯用奇怪的眼神看着佐伊："你真的觉得我们最后能'改头换面'吗？"

"不太相信，"佐伊回答，"你觉得呢？"

"我也不知道，"弗朗西斯说，"我觉得玛莎什么都干得出来，她都快吓死我了。"

佐伊笑起来。这时，"咣咣咣"的声音响起来，像锣声，也像警报，一声接着一声，把两个人都吓了一跳。

她们俩一下全站了起来，弗朗西斯抓住佐伊的胳膊。"我的天啊，这儿简直就是寄宿学校！你觉得我们俩是闯祸了吗？还是有火灾，我们都得撤离？"

"我觉得这声音的意思是静默时间重新开始。"

"没错，你说得对。好了，我们一起回去吧。我先走，我年纪比较大，不那么怕她。"

"你最害怕了！"

"我知道，我确实害怕，我都怕死了！行了，我们赶紧走吧！静默室里见。"

"我会看你的书的。"两个人离开薰衣草房间往楼下走的时候，佐伊举起手里的书说。太不可思议了，她竟然会说这种话。佐伊对浪漫小说根本没兴趣，可那又怎样，她喜欢弗朗西斯。

"静默期间可不能读书。"

"我可是叛逆分子。"佐伊回答了一句。她把书藏进上衣，塞在骑行裤里。"我跟你是一拨的。"

她想接着弗朗西斯之前对《幸存者》的评价讲个笑话，可惜笑点不是那么强。然而，弗朗西斯还是停下脚步，回头带着灿烂的微笑说："佐伊，很高兴能跟你一拨。"

突然之间，一切有昨日重现的感觉。

第十三章

玛莎

佐伊·马尔科尼还有弗朗西斯·韦尔蒂，这两位客人找借口离开了冥想室，一直都没回来。静默已经被打破，叫托尼·霍格布恩的客人要求退款，还威胁要向消费者协会举报静栖馆，等等。这些话玛莎之前都听过。其他客人都关注着事情的进展，有的是出于好奇，有的是出于关心。

玛莎看见可怜的姚投来焦急的目光。他一向都担心过度，但没必要这么大压力。玛莎自己可以应付一个男人的孩子气，何况这个男人并不开心，也不健康。解决意料之外的问题能让玛莎充满活力，这可是她的强项之一。

"退全款没问题，"玛莎盯着托尼，双眼仿佛像钉住蝴蝶的大头针，"你可以随时打包离开。我还有个小建议，不如你先开车到最近的村子，去一家叫'雄狮之心'的高档酒吧怎么样？他们店里有一款'怪兽巨无霸'的汉堡，炸薯条随便吃，饮料无限续杯，听起来不错吧？"

"是挺不错。"托尼的语气还没有缓和。

但托尼没站起来。哈，小可怜，你需要我，你也知道你需要我，你也知道自己要改变。你当然要改变。你不变谁变？

托尼很想摆脱玛莎的目光，但玛莎就是不肯放松。"我知道翻包让你们不开心，但健康合同条款上清清楚楚写明白了我们有权搜查行李并没收所有违禁品。"

"真的？有人看过吗？"托尼看了看大家。

拿破仑举起手。他的妻子希瑟则抬眼看着天花板。

"肯定是小字标注的。"托尼的脸唰地一下红了，像没煮熟的牛排。

"成长必然经历痛苦。"玛莎的声音柔和下来。托尼还是个孩子，是个生闷气的巨婴。"这十天里，大家都可能会觉得不舒服，或者有不开心的时候。但只有十天而已！人的平均寿命大概有两万七千天呢。"

托尼的突然发作其实带来了一个偶然的机会，正好趁机引导大家的期望，塑造他们之后的行为。表面上，玛莎只是跟托尼一个人说话，实际上，话里的信息是说给所有人听的。

"托尼，你随时都可以离开。你不是犯人！这里是疗养中心，不是监狱！"

几个人笑起来。

"而且你不是个孩子了！想喝什么就喝什么，想吃什么就吃什么。但你来这里肯定有自己的原因，如果你选择留下，那就得按照要求全身心投入，信任我和静栖馆的其他员工。"

"好啊，行，这个……我的意思是，我确实没好好读完小字的部分。"托尼使劲挠了挠没刮胡子的侧脸，掖了掖深蓝色厚牛仔裤。"我不喜欢别人翻我的包。"托尼的气焰越来越弱，现在他的声音里都是不好意思。他的身体就像一座监狱，他蜷缩在这个饱受折磨的躯壳里，理亏地看着玛莎，迫切需要别人救赎。

玛莎赢了。玛莎已经完全控制了托尼。等玛莎搞定之后，托尼一定会容光焕发。所有人都是。

"恢复静默之前，还有别的想说的吗？"

本举起手。玛莎发现他妻子害怕地看了他一眼，然后移开了目光。

"呃，有，我还有个问题。车都停在地下吗？"

　　玛莎盯着本看了一会儿。这已经足够让本明白他对物质财产的依恋其实真让人悲哀。

　　本不自在地看向别的地方。

　　"本，车都停在地下，别担心，所有的车都很安全。"

　　"好吧，但，呃，车都停在哪里？我四处走了走，可都没找到……"本说话的时候摘下帽子，摸了摸头顶。

　　有一瞬间，玛莎看到另一个戴着棒球帽的男孩朝自己走过来，陌生又熟悉。关爱之情油然而生，她赶紧双臂交叉在胸前，悄悄掐了掐自己胳膊上的肉。疼了才会清醒，那个身影才会消失。关注现在，最重要的任务即将开始。

　　"本，我已经说过了，大家的车都很安全。"

　　本张开嘴还想接着说，可他妻子咬着牙轻轻"嘶"了一声，所以本就没再说下去。

　　"好了，如果大家都没什么别的问题，我就宣布神圣的静默重新开始，指导式冥想也将开始。姚，麻烦你敲一下锣，提醒那两位还没回来的客人抓紧时间好吗？"

　　姚用小槌敲响了锣，用的力气可能比玛莎敲锣时要大一些。没过一会儿，弗朗西斯和佐伊就回来了，脸上带着歉意和内疚。

　　玛莎一眼就看出来了，这两个人一直在聊天。或许两个人已经成了朋友，这就得好好观察了。静默的目的就是防止这种情况出现。弗朗西斯和佐伊坐回瑜伽垫的时候，玛莎一直温柔地微笑。佐伊的爸爸妈妈也终于松了一口气。

　　"今天由我引导大家，"玛莎说，"但冥想是个人的体验，别有太高期望。敞开心扉，面对所有可能性。虽然这个叫引导式静坐冥想，但不一定非得坐着！大家找到最自然最舒服的姿势就好。可能有人愿意盘腿坐；有人喜欢坐在椅子上，双脚踩在地板上；有人觉得躺着更好。都没有问题，我们对姿势没有硬性规定！"

　　玛莎看着大家按照自己的喜好选好了姿势。弗朗西斯平躺在瑜伽垫上；托尼和拿破仑坐到了椅子上；其他人还盘腿坐着。

　　等大家都安顿好之后，玛莎接着说："请闭上双眼。"

　　她能感受到每个人不安的灵魂：他们的焦虑、希望、梦想和恐惧。玛莎对这方面非常擅长。优越让人身心愉悦。

　　采访的人可能有一天会问："第一次介绍新规定的时候紧张吗？"玛莎会这样回答："根本不紧张。我们之前已经做过功课，从一开始就知道这会成功。"或许承认稍稍有些紧张更好一些。这个国家的人都欣赏拥有谦逊品格的人。对一个成功的女人来说，"谦虚"是最好的称赞。

　　眼前的九位客人都听话地闭上眼睛，等着玛莎进一步指示。他们的命运掌握在玛莎手中。玛莎要的不是暂时改变他们，而是永远改变他们。

　　"我们开始吧。"

第十四章

弗朗西斯

在静栖馆的第一天结束了。弗朗西斯躺在床上，一边看书，一边享用"晚安思慕雪"。没人能同时放弃红酒和书籍吧。

她带了四本书，打发接下来的时间。这四本小说幸存下来，不像红酒和巧克力一样被没收了——可能是因为书没在"违禁品清单"上吧（否则的话，她肯定不来这里）——但每本书的第一页里都夹了一张小纸条：谨在此提醒，静默期间不建议看书。

这绝对是开玩笑。不读书怎么睡觉？不看书绝不可能。

弗朗西斯在看的这本书是一本新小说，好评如潮。关于这本书的"讨论"有很多。据说，这本书"充满力量，卓尔不群，描写了男子气概"——作者是弗朗西斯去年在聚会上见过的一个男人。那个男人很开朗，有些害羞，戴着眼镜（并没有什么男子气概），所以弗朗西斯就原谅了他对尸体的大量描述。在找到凶手之前，究竟有多少年轻美丽的女性要死掉？弗朗西斯"哧"了一声，表示反感。

现在看的这部分讲的是长相粗犷的侦探在充满烟气的酒吧里喝了杯纯麦芽威士忌就醉了，一个年龄差不多跟他女儿一样大的长腿女郎正在他耳边说悄悄话，根本没有停顿（这就是充满力量的文学小说了）：我想跟你滚床单。

弗朗西斯忍到了极点。她一下把书扔到了房间对面。老大，做你的春秋大梦吧！

弗朗西斯双手抱在胸前躺着，想到了自己的处女作：那本小说中的主角是个会弹钢琴、会吟诵诗歌的消防员。太搞笑了，那个戴眼镜的作者居然能想得出来，一个二十多岁的女孩会对着一个五十多岁的男人小声说："我想跟你滚床单"。下次在作者节再看到这个人，弗朗西斯一定会轻轻拍拍他的肩膀，表示安慰。

可说到底，弗朗西斯自己又懂什么？或许二十多岁的女孩一直就是这样的。她得问问佐伊。

她当然不会真的问佐伊。

她伸手想从床头柜上拿手机看看新闻，查查第二天的天气。

手机不在。

肯定不在啊，好吧，没事儿。

床很豪华：床垫很舒适，床单是超密纺织，非常柔软。她的后背还是很疼，但多亏了简的大手，好像没之前那么痛了。

按照规定，她现在应该努力让"猴脑"平静下来。

实际上，弗朗西斯的脑袋里装满了新面孔和新经历：来时路的漫长；路边的尖叫；正在度假的连环杀手（都怪那本该死的书，她才想到了连环杀手）；坐在车里的本和杰茜卡；姚突然抽了一试管的血；玛莎还有她的濒死体验；多话的拿破仑和他精神紧张的妻子；年轻可爱的佐伊还有佐伊耳朵上的耳洞，又长又光滑的棕色双腿——她坐在薰衣草房间里，跟自己讲了去世的哥哥。难怪佐伊的妈妈在楼梯上表现得那么难过。或许希瑟不是神经紧张，只是很难过而已。还有那个大喊一声"保重"的高大英俊、皮肤黝黑的男人，最后是和弗朗西斯有一样眼镜的慌张女士。

这一天需要消化的东西太多了。新鲜刺激，神思恍惚。弗朗西斯没时间应对生存危机，这一点非常重要。除了跟简和佐伊说了事情的经过，她甚至都没怎么想到保罗·德拉布尔。离开的时候，她肯定会忘记这场网络诈骗，忘了那篇评论，忘了所有。

苗条！她会变得很瘦！她的肚子叫起来，好饿啊。今晚的晚餐应该是她一生中吃得最艰难的晚餐。

在长长的餐桌旁找位置坐好后，弗朗西斯拿起餐盘前的小卡片：

静栖馆建议您专注饮食。请小口慢食。每吃一口，请将餐具放回餐桌，闭上双眼，仔细咀嚼十四秒以上，细嚼慢咽，心怀愉悦。

上帝啊，弗朗西斯想，我们得在这里吃一辈子了。

她放下卡片，抬眼扫视，想跟别人交换一下心照不宣的眼神："这是逗我的吧？"唯一一个也想跟别人对视的是那个英俊男人。好像那个男人还朝她眨了眨眼。佐伊也看了弗朗西斯一眼，笑着用眼神告诉弗朗西斯："我懂。我也觉得这是在逗我。"

玛莎不在餐厅，但她仿佛也在，就像是总经理或者学校老师一样，随时都可能出现。姚和德莉拉在餐厅，并没有和客人们一起用餐。他们站在房间的两侧，身旁是摆着大烛台的华丽餐具柜。房间里的灯也"静默"了，光源是大烛台上点着的三支蜡烛。

大家坐着一言不发，至少有十……分钟……仿佛永无尽头，终于，一位戴着厨师帽的女士送来了晚餐。这位女士满头灰发，脸上带着微笑。她一句话也没说，但浑身上下散发着善意。不能开口感谢真是失礼。弗朗西斯朝那位女士点了点头，聊表感激之情。

每个人的晚餐都不一样。希瑟和佐伊坐在弗朗西斯旁边，她们俩的晚餐是看起来很美味的牛排和烤土豆。弗朗西斯的晚餐是藜麦沙拉。沙拉很好吃，但在弗朗西斯的世界里，这只能算是配餐。等弗朗西斯按照提示每口咀嚼十四秒之后，菜品早就没了味道。

坐在弗朗西斯对面的拿破仑吃的是扁豆菜。他身体前倾，伸手把菜的热气往上挥，仔细闻着菜的香味。显然，那个可怜人很想跟别人说话。弗朗西斯敢打赌，要是平常的话，拿破仑肯定会大谈特谈扁豆的历史。

连环杀手仔细研究着眼前的一大碗蔬菜沙拉，满脸悲痛。过了很久，他才拿起餐具，用叉子叉了三颗樱桃番茄，一副视死如归的样子。

那位戴着奇怪眼镜的慌张女士拿到的是鱼，她好像很开心。

英俊男子的晚餐是鸡肉和蔬菜，他似乎有点儿意外。

本的晚餐是咖喱时蔬，他是第一个吃完晚餐的人。

杰茜卡的晚餐是看起来很好吃的炒菜。不过，这道菜不太适合那个可怜的女孩。她花了很长时间才好不容易用叉子卷起长长的面条，吃完后才忧心忡忡地拿起餐巾拍了拍脸，擦掉蹭在脸上的食物。

没人打破沉默，也没人跟其他人对视。拿破仑又打了喷嚏，但大家都没什么反应。人们适应奇怪规则的速度可真快啊！

希瑟吃了一小半牛排就放下了刀叉，有点儿不耐烦似的。弗朗西斯努力克制自己，免得像扑食的饿狼一样。

一整餐饭，姚和德莉拉都站在一边，一动不动，一言不发。他们跟男仆一样，可惜你不能打个响指让他们转告厨师自己的女伴需要更大份的藜麦沙拉，要是有半熟的西冷牛排就更好了。

其他人咀嚼食物、餐具碰撞、刮擦碗碟的声音传进弗朗西斯的耳朵里。她之前好像读过一篇这样的文章，对吧？其他人吃饭的声音可能真的会诱发心理疾病。这种病好像有个专有术语来着。弗朗西斯可能就有这种病，之前用餐时都会说话，所以一直也没发现。等拿到了手机，她一定要记得上谷歌搜一下这种病。

终于，大家都吃完了饭。所有人撤开椅子，各自回了房间。你居然都没机会跟大家说"晚安，好梦！"

弗朗西斯喝完最后一口思慕雪，盘算了一下之后还要在沉默中吃多少顿半饥不饱的餐点，打算第二天一早就离开。

姚今天说过："弗朗西斯，没人提前离开。"好吧，那就让弗朗西斯做第一个提前离开的人吧。开天辟地第一人。

弗朗西斯又想到了按摩师在静默开始前的小声叮嘱：不要做任何让你觉得不舒服的事。这到底是什么意思？当然了，要是弗朗西斯不愿意，她肯定不会做。

艾伦推荐这个地方时说的话回响在耳边："他们的方法可能确实不同寻常。"艾伦是她的朋友，不可能让她来危险的地方……没错吧？就为了减三公斤？要是他们做的事很危险，那你肯定不会只减三公斤。究竟会是什么事呢？走在燃烧的煤块上获得启示？弗朗西斯肯定不会那么做。她在沙滩边都不愿意踩在热沙子上。

如果真的让人从烧热的炭块上走过，那艾伦肯定会告诉她。艾伦可是弗朗西斯的好朋友。

"我一点儿都不相信那个艾伦，"吉莉恩这么说过，虽然阴暗且故作博学，但吉莉恩总能说出这种话，好像每个人都跟黑手党有秘密联系，而且只有吉莉恩自己知道。

弗朗西斯很想艾伦。

一阵疲倦袭来，毕竟今天开了那么长时间的车。她关掉床头灯，马上就睡着了，平躺在床上，背部舒服得像在晒日光浴。

★

一道光照在脸上。

弗朗西斯瞬间惊醒。

第十五章

拉尔斯

"干他妈什么？"

拉尔斯坐起来，心脏怦怦直跳。有个人站在他的床尾，举着小手电筒照在他脸上，像巡房的俯视一样。

拉尔斯打开床头灯。

是他的"健康顾问"，也就是可爱的德莉拉。德莉拉站在拉尔斯床边，一手拿着静栖馆的睡衣。她没说话，勾起一根手指示意拉尔斯跟着，好像断定拉尔斯会乖乖听从自己的指示，毫无怨言。

"亲爱的，我哪儿都不去，"拉尔斯说，"大半夜的，我要睡觉。"

德莉拉说："现在是星光冥想时间。第一晚都会有这个安排，千万不要错过。"

拉尔斯躺在床上，挡住眼睛。"我宁愿错过。"

"你会喜欢的。真的很美。"

拉尔斯把手从眼睛上移开。"你没敲门也没经过允许就进我房间了？"

"当然敲了。"德莉拉回答。她举起手中的睡衣。"来吧，好吗？如果你不去，我会失业。"

"不会的。"

"可能会的。玛莎要所有的客人都参与，而且只需要半个小时而已。"

拉尔斯叹了口气。他原则上是可以拒绝的，但这里是第一世界，他根本一点儿特权都没有。况且，他也已经醒了，睡不着了。

拉尔斯坐起来，伸手接过睡衣。他是裸睡着的。本来拉尔斯可以潇洒地跳下床，可你也得知道，大半夜叫醒客人就可能会遇到这种情况，好在拉尔斯举止得体。拉尔斯把床单拉上来的时候，德莉拉避开了视线，不过拉尔斯还是赶紧钻进了被窝。说到底，德莉拉也是个普通人。

"别忘了我们在静默期。"德莉拉往走廊走的时候说。

拉尔斯则回应："我怎么可能忘记美妙而神圣的静默呢？"

德莉拉把手指比在嘴边，示意拉尔斯不要再说了。

★

夜晚空气清爽，繁星满天，一轮圆月挂在天空，散发着银色的光芒，月光如银，倾泻在花园中。炎热的一天之后，温柔的微风拂过拉尔斯的皮肤。他不得不承认，感觉好极了。

九张瑜伽垫铺在地上，围成一个圆圈。客人们穿着静栖馆的睡衣，平躺在垫子上，头冲着圆形的中心。圆圈中心盘腿坐着的是美丽的引导人玛莎。

拉尔斯到的时候，只剩下最后一张空瑜伽垫了。看来，他是最后一位过来的客人。或许，从床上被叫起来的时候，他是闹得最凶的一个。来这种地方的人真乖啊，听话得让人惊讶。打着"蜕变"的名义，他们可以泡在泥地里、裹上塑料布，可以挨饿，可以放弃所有权利，可以被折磨，还心甘情愿。

当然，拉尔斯也是其中一员。但他已经暗暗下定决心，必要的时候就马上与其他人割席断交。比如，他永远不可能接受灌肠。还有，他永远永远都不想跟人讨论自己排便的问题。

　　德莉拉带拉尔斯走到一张瑜伽垫前，一边是拉尔斯早上说"保重！"时咯咯笑出声的女士，另一边是抱怨自己的违禁品被没收的大块头男人。

　　拉尔斯总觉得那个带违禁品的大块头看着眼熟，所以吃晚餐的时候老是忍不住看他。好像在哪儿见过那个男人，这种感觉挥之不去，可拉尔斯也说不清到底在哪儿见过。

　　难道他也是那些丈夫之一？果真如此的话，那他是认出了拉尔斯所以跟着来的吗？有一次，拉尔斯在登机的时候，被一个在经济舱登机排队的男人发现了，那个人一看到拉尔斯就情绪失控，大叫着："你！就是因为你，我才得坐经济舱！"可拉尔斯倒是很享受飞机上的巴黎之花（而且可以优先下机，在海关那边也可以优先排队）。大块头看起来不像是众多丈夫之一，但拉尔斯肯定在哪儿见过他。

　　拉尔斯不太擅长记人脸，但雷在这方面就很有天赋。每次看新电视剧的时候，坐在沙发上的拉尔斯都会指着屏幕说："是她啊！之前见过她！在哪儿见过来着？"可雷一般几秒钟就会想起来："《绝命毒师》。就是那个女朋友，沃尔特弄死她了。赶紧看，别说话。"这绝对是一种能力。拉尔斯很少能在雷之前想到一切，每当此时，拉尔斯就会非常兴奋，必须得跟雷击掌才行。

　　拉尔斯一边是那个大块头，另一边是咯咯笑的女士。这位女士让拉尔斯想起雷诺阿的女人之一——小脸，圆眼，一头卷发，皮肤光滑，丰腴可人，还稍微有些虚荣——但拉尔斯觉得他和这位女士应该挺合得来，毕竟这位女士看起来像个享乐主义者。

　　"有礼了，"玛莎开口说，"感谢大家从床上爬起来参加今天的星光冥想。感谢大家灵活安排，感谢大家敞开心扉，感谢大家接受新的体验。我为大家而骄傲。"

　　她为大家而骄傲。这也太高高在上了。她根本都不太认识每个人！他们都是玛莎的客人，他们都是交钱来的。然而，置身花园中的拉尔斯却感到一丝满足，好像大家都希望玛莎为自己感到骄傲。

"接下来，大家要进行的疗养包括两方面：东方文化在治愈方面的古老智慧和本草疗法，以及西方医学的前沿技术。我想让大家知道的是，我并不信奉佛教，但我将佛教的某些哲学思想融合到了我们的习练中。"

是啊，是啊，东方与西方的结合，从来没听过。拉尔斯心里想。

"这项活动不会花很长时间。我也不会说太多，星星是我的代言人。我们经常会忘记抬头看看天上的星星，这不是很有趣吗？日常生活中，我们如蝼蚁，忙忙碌碌，可大家看，抬头看，天上有什么？我们一辈子都低着头。现在不妨抬头，看看夜空中的星星！"

拉尔斯看着天上闪烁的星星。

左手边的大块头狠命咳嗽了一声，紧接着是右手边丰满的金发女郎。老天，拉尔斯应该戴上口罩再出来的。要是星光冥想之后得了感冒，那才真是让人不高兴。

"可能你们中的某些人听说过心印，"玛莎接着说，"心印是禅宗佛教徒在冥想中帮助自己开悟的悖论或难题。最著名的心印是这个：一只手拍手的声音是什么样的？"

天啊，网站上看，这个地方更像是奢华的养生之地。拉尔斯可以每天做瑜伽和冥想，但要是疗养中心能不再聊这么多让人尴尬的文化，他可能会更开心一些。

"今晚看星星的时候，我想让大家思考两个心印。第一个：思想从无中生来。"玛莎停顿了一下，"第二个：让我看你最初的脸，看你父母尚未降生前你的脸。"

拉尔斯听旁边的大个子喘了口气粗气，咳嗽声随之而来。

"不要强求答案，"玛莎说，"这可不是考试测验！"玛莎轻轻笑了一下。

这个女人身上的气质很奇怪：既是有魅力的领导者，也是热忱的书呆子。这一刻还是一位上师，下一刻就成了电信公司新任命的首席执行官。

"答案无所谓对错。大家只需要看着星星，放松地思考问题。关注呼吸。这样就行。呼吸和看星星。"

拉尔斯深吸缓呼，看着天上的星星。他没想那两个心印。他想到的是雷，想到感情刚刚开始的时候，雷劝自己一起去野营的样子（再也不去了）。两个人一起躺在沙滩上，手牵着手，看着天上的星星。那幅画面真美啊，拉尔斯心中聚集了越来越多莫名的情绪，最后，他实在忍不了了，一下站起来跑向大海。他一边大声喊，一边扯掉自己的衣服，假装自己就是想随意乱喊的那种人，就是那种不会在乎海里有没有鲨鱼或十月时海水温度如何的人。拉尔斯嘴角微微上扬，因为他知道自己已经逃不开了。雷知道，拉尔斯怕死了鲨鱼。

雷问过自己能不能和拉尔斯一起来疗养中心，但拉尔斯不知道雷为什么想这么做。雷之前根本没想过要来。拉尔斯一年要疗养两次，但雷总说疗养地就是地狱。为什么雷这次突然想要来呢？

拉尔斯想到自己承认想一个人来时雷的神色。有那么短暂的一刻，就像雷被拉尔斯扇了一巴掌一样，可很快雷就耸了耸肩，笑着说没关系，还说拉尔斯不在的时候，自己每晚都会吃烤宽面条，看体育节目。

雷的生活方式极度健康，果蔬汁、思慕雪、蛋白粉奶昔之类的都有，他根本没必要来疗养中心。拉尔斯需要独处，就一个人。

难道雷是想让拉尔斯觉得自己很差劲？这和雷的姐姐萨拉那天早上送来的信有关吗？信上就一句话：拜托你再考虑一下好吗？

萨拉寄信的时候雷肯定不知道。拉尔斯非常肯定，雷已经接受了自己在孩子方面的决定。并不是说拉尔斯直接说过自己对建立家庭缺乏兴趣，是他从未说过自己想有个家。

"我说过不想吗？"拉尔斯跟雷说的时候马上就要喊出来了，他真是忍不了这个。拉尔斯忍不了一段感情中大吵大闹带来的粗鲁和侮辱。

他害怕这个，不寒而栗的那种，雷很清楚。

"你从来没说过，"雷语调平平，没有提高嗓音，"你从来没误导过我，我不是这个意思。我只是希望你能改变主意。"

萨拉眼神明亮，真挚诚恳，提出帮两个人生个孩子。雷的家人就是这样，自由开放，心地纯良，充满爱心。而且真他妈烦人。

这个想法让拉尔斯退缩了，是实打实身体上的退缩。"不要啊，"他对雷和雷的姐姐说，"就是……不行。"太可怕了。要是他们有了个孩子，真诚的爱让他感到窒息，可以说无处可逃。所谓的家庭功能啊！雷的妈妈从始至终都只会抹眼泪。

不可能的。永远不可能。思想从无中生来。

禅宗的心印。赐予我力量吧。

如果雷真的想当个父亲，那拉尔斯是不是应该放手让他追寻另一个人？但这种事不是应该由雷自己决定吗？如果雷一定要孩子的话，那他随时都可以走。毕竟两个人还没结婚。房子写了两个人的名字，但他们经济上没什么困难，而且头脑聪明，总能找到解决问题的方法。显然，拉尔斯愿意公平分割财产。

这是向前推进的唯一方法吗？他们的关系是不是已经陷入了无法解决的僵局？无论如何选择，都要有人做出不可能的牺牲是吗？谁的牺牲更大呢？

但雷没再问下去！他接受了。拉尔斯觉得雷还想从自己身上得到其他东西。是什么呢？是拉尔斯同意放手让他走吗？拉尔斯不想让雷离开。

天空中闪过一颗星。好棒啊，是一颗流星。玛莎是怎么做到的？拉尔斯听到所有人都禁不住赞叹。

拉尔斯闭上双眼，突然之间，他想起来为何觉得左手边的大个头很眼熟了，要是雷也在就好了，这样拉尔斯就能跟雷分享：我明白了，雷，我知道了！

第十六章

杰茜卡

那个叫弗朗西斯·韦尔蒂的作家躺在杰茜卡旁边的瑜伽垫上，很快就睡着了。弗朗西斯并没有打呼噜，但从她的呼吸来判断，杰茜卡知道弗朗西斯已经睡着了。杰茜卡本想用脚轻轻踹一踹，叫醒她，毕竟她刚刚错过了一颗流星。

不过，几经思考，杰茜卡还是决定不要打扰弗朗西斯。已是深夜了啊，弗朗西斯这种年龄的人需要睡觉休息。如果杰茜卡的妈妈晚上睡不好，第二天眼袋就会很明显，像恐怖电影中的人物一样。杰茜卡想教妈妈用遮瑕膏，但妈妈也只是笑笑而已。没必要让自己看起来蓬头垢面的。太傻了。要是杰茜卡的爸爸抛下她跟助手在一起，那杰茜卡的妈妈真怨不得别人，只能怪自己。眼部遮瑕膏的存在肯定是有原因的啊。

杰茜卡扭头看看另一侧的本。本面无表情，神色呆滞，看上去像在思考禅宗心印，实际上心里可能就是在倒数，看看还有多长时间自己才能离开这里，能再次触碰豪车的方向盘。

本转过头，朝杰茜卡眨了眨眼。杰茜卡禁不住心中小鹿乱撞，仿佛自己的心上人在教室里对自己眨眼一样。

本看着星星，杰茜卡伸手摸了摸自己的脸：月光下，没化妆，自己的皮肤看起来会很差吗？没时间涂粉底，两个人直接就从床上被拽下来了。那个女孩走进房间的时候，两个人可能正在翻云覆雨：敲门声那么轻，而且根本就没等两个人说"请进"，她就径直走了进来，举着手电筒照着他们的眼睛。

没有干柴烈火——本已经睡着了，杰茜卡睡不着，黑暗中躺在本身旁，惦记着自己的手机——没有手机的她，仿佛身体的某个部分被割掉了。在家的时候，要是睡不着，杰茜卡就会拿起手机，浏览 Instagram 和 Pinterest①，直到累得睁不开眼。

月光下，杰茜卡看着自己涂着红色指甲油的脚趾。要是有手机，她肯定会拍一张照片：自己的脚和本的脚并在一起。还有，她还要加上不同的标签：星光冥想，疗养，心印学习，我们刚刚看到流星，一只手拍手的声音。

最后一个标签能让人觉得她既聪明又有灵性，杰茜卡心里想。挺不错的嘛，毕竟是社交，谁都不想被人看成太肤浅的人。

杰茜卡摆脱不了这种感觉：要是自己没有用手机记录这一刻，那这一刻就没有真正发生过，根本不作数，不是真实的生活。她也知道这样很不理性，但就是克制不住。没有手机在身边，她真的是浑身不自在。显然，她对手机上瘾了。可话说回来，手机上瘾总比毒品上瘾好吧，谁知道本的姐姐这一阵又选了什么新货啊，露西喜欢"混搭"。

有的时候，杰茜卡会觉得她和本之间所有的问题，根源都在于本的姐姐。两个人打造了蓝天白云的世界，可本的姐姐就像是一朵大乌云，随时会出现。说实话，除了露西，他们生活中还有什么值得提心吊胆的？根本没有。两个人尽情享乐就可以。究竟是哪里出了问题？

从第一天开始，杰茜卡就一直小心翼翼。她妈妈说的那是什么话啊？"杰茜卡，亲爱的——这种事能毁了一个人。"

———————

① 著名图片分享网站。

妈妈皱着眉说了那句话：那天本应该是杰茜卡一生中最灿烂的一天，却成了她生活的分水岭。

是两年前了。周一的晚上。

杰茜卡匆匆忙忙回到家，赶着上六点半的旋转训练课。她冲进层压板台面已经很难看了的小厨房。刚想把水瓶灌满，杰茜卡就看见本坐在地板上，后背靠着洗碗机，双腿张开，手无力地握着电话。本的脸色惨白，眼里充满泪水。杰茜卡赶紧蹲下来，心跳得超级快，喘不上气，也说不出话。第一个出现在脑海里的念头是："谁？是谁？"第一感觉应该是露西，这很正常。要是每天不挑衅死神，露西应该都不知道过完这一天。然而，杰茜卡感觉又不是露西。因为本看起来很震惊，要是露西丢了命，估计不会让他那么惊讶。

"你还记得妈妈寄了张卡片来吗？"本开口了。

杰茜卡的心一下收紧，觉得去世的人是本的妈妈——她还挺喜欢本的妈妈的。

"怎么回事？"杰茜卡问，"到底发生了什么？"去世的怎么可能是唐娜？唐娜每周打两次网球，比杰茜卡更健康，身材也胜过杰茜卡。这么说，大概是过度担心露西的缘故。

"你还记得妈妈寄的卡片吗？"本勉强重复了一遍，"因为抢劫的事儿对我们打击太大才寄来的。"

可怜的本啊，他这是悲伤过度，一直抓住那件事不放。

"记得。"杰茜卡轻声说。

卡片是邮寄来的，正面有一只可爱的小狗，小狗旁边的对话气泡里写着："别不开心了。"跟卡片一起寄来的，还有一张彩票。唐娜的便条上写着：希望把好运送给你们俩。

本说："彩票中奖了。"

杰茜卡接着问："你妈妈怎么了？"

"没事啊，妈妈很好，"本回答，"我还没告诉她。"

"没告诉她什么？"听到这话，杰茜卡只觉得脑子不够用，进而有些恼怒，"本，到底有没有人去世？"

本笑了："没有。"

"你确定？"

"大家都健康得不得了。"

"好吧，"杰茜卡有些无奈，"好吧，那就好。"肾上腺素水平急速下降，杰茜卡觉得有些疲惫，估计旋转课程是上不了了。

"彩票中奖了。抢劫案之后，妈妈寄给我们的彩票中奖了。是彩票办公室打来的。我们中了一等奖，两千两百万美元。"

杰茜卡语气中很是疲惫："别傻了，不可能。"

本转身看着杰茜卡，双眼通红，充满泪水，带着些恐惧。"我们中奖了。"他说。

要是事先知道这消息就好了：请留意，您明天会中彩票。那他们就能像正常中彩票的人一样。过了好一会儿，两个人才回过神来。杰茜卡上网反复核对了彩票号码，还给彩票办公室打了电话确认。

之后，两个人给家人和朋友打了电话，事情才逐渐变得愈发真实。最后，他们俩终于开始了尖叫、跳跃、哭泣和大笑的流程。每个中彩票的人都会这样。他们邀请了所有人一起庆祝，还买了一瓶酒行里最贵的香槟。

两个人感谢那些可怜的小偷，要不是因为他们，本和杰茜卡也中不了彩票！

本的妈妈一直别不过劲来。"我之前从来没想过给你们买彩票！这是我这辈子第一次买彩票！我还当时还问过报摊的女人要怎么买！"本的妈妈想让所有人都记得这张彩票是她买的。她不是想要钱（不过两个人最后还是给了她一笔钱），就想让大家知道，在这份幸运之中，自己扮演了至关重要的角色。

那天，两个人觉得比结婚时还幸福。杰茜卡觉得自己格外抢眼，是众人的焦点。她一直微笑，笑得脸都僵了。有了这笔钱，她一下就变得更聪明，更漂亮，更时尚。她从此与众不同，所以大家对待她的方式也不同了。那天晚上，她站在浴室镜子前，看着自己的脸，看到的是财富散发出来的光芒。从天而降的这笔钱是世界上最好的面部护理产品。

然而，第一晚，就算本和兄弟们喝醉了酒，一直在争吵要买哪辆豪车时，杰茜卡还是能感觉到，本的恐惧有增无减。

"别让钱改变我们，"本睡觉前含混地说。杰茜卡心想：这叫什么话？它已经改变了我们！

接着是杰茜卡的妈妈，她一脸"中奖等于灾难"的样子。

"杰茜卡，你一定得特别小心，"她劝说着，"意外之财容易让人脱轨。"

的确，新生活中确实有意想不到的困难。有些棘手的问题仍待解决。他们失去了一些朋友。一家人跟他们疏远了。不，两家人跟他们疏远了。还不对，是散架。

本的表兄觉得自己的抵押贷款应该由中奖的夫妻俩还清。他们给这位表兄买了辆车。在杰茜卡看来，这已经够大方了！本喜欢自己的表兄，中奖之前，两个人很少见面。事情发展到最后，他们还是帮这个人还清了贷款，但"伤害已经铸成"。这算什么。

还有杰茜卡的妹妹。两个人给了她一百万美元，可她贪得无厌，总伸手要更多。本总是说"给她吧"之类的。每次妹妹要钱，杰茜卡都给。可有一天，杰茜卡和妹妹共进午餐后，就因为杰茜卡没有主动付钱，两个人从那时起再也没说过话。想到这些，杰茜卡难免有些别扭。一直都是她请客，自始至终都是，就那一次没有，所以就不可原谅了。

本的继父也来了。本的继父是理财规划师，认为自己应该负责规划所有人的财产，而且现在本他们有钱了——可本一直觉得继父是个白痴，一分钱都不想交给他，所以事情就尴尬了。要不是中了奖，本对继父的看法可以一直是个秘密。

这种时候当然少不了本的姐姐。他们怎么能把钱给她呢？可他们怎么能不给她钱呢？本和妈妈都不知道如何是好。大家都想做好事，用正确的方式，用谨慎的方式。他们开设了一个信托基金。不能把现金给姐姐，但露西想要的就是现金。本和杰茜卡给露西买了辆车，可不到半个月，露西就卖了车变现。不管本和杰茜卡给露西买了什么，露西都会卖掉。不只如此，她还大骂可怜的本：有钱了你自己开豪车，连给家人帮把手都不肯。本的妈妈之前一直想让露西进行比较贵的康复治疗，觉得那些独特的方法就是一家人追寻的解决之道，可就是没钱——于是，本和杰茜卡也在这方面烧了大把大把的钱。可有了钱，大家才发现，原来那也并不是解决的办法。事情还在继续，循环往复。本一直觉得有解决的办法，但杰茜卡知道那是不可能的。是露西本人不想解决问题。

还有，不只是本和杰茜卡的亲人们想要钱。每一天，都有长久不联系的家人和朋友联系本和杰茜卡，想"借钱"，请他们"帮忙"，或者让本和杰茜卡支持自己看好的慈善项目、当地学校、孩子的足球俱乐部，等等，甚至朋友的朋友也会这样。多年不见的亲人们凑了过来。他们根本不认识的亲戚也浮出了水面。每个人的请求通常都夹带着道德绑架的优势："一万美元对你们来说可能不算什么，可对我们来说确实是一笔巨款。"

"要就给吧。"本一贯如此，但杰茜卡有的时候就很生气。也不知道这些人哪里来的勇气。

杰茜卡不明白，她和本之前一直为钱争吵，可现在两个人有钱了，很难想象，天上掉下来的钱反而会让两个人变得更不开心。

一夜暴富就像立刻承担一项压力巨大但魅力四射的工作，他们既没有学过该怎么办，也没有经验。然而，这份工作实在是不错，基本上没什么可抱怨的。干吗要破坏这一切呢——本好像一直都打算这么做。

有的时候，杰茜卡也想问本有没有过后悔中彩票。本曾经说过自己怀念之前工作的感觉。"那你就自己开公司啊。"杰茜卡回答。他们现在想干什么都可以！但本说自己比不过自己之前的老板皮特。他和姐姐露西没什么区别：根本不想解决自己身上的问题。

本说自己不喜欢"吵闹的新邻居"，杰茜卡就说大家还不够了解，还说不如请他们过来喝两杯，但本觉得这个想法有点儿吓人。两个人在旧公寓的时候也不熟悉自己的邻居，大家都朝九晚五，没什么沟通交流。

本很享受两个人的豪华假期，但旅行并没有让本真正开心。杰茜卡记得，有一天，两个人在圣托里尼看日落。景色美极了，美到令人窒息，而且杰茜卡此前刚给自己买了一条闪闪发亮的手镯。杰茜卡转头看着本，本好像正在深沉地思考。于是，杰茜卡便问："你在想什么？"

"露西，"本回答，"她之前说想来希腊这边旅行。"

听完之后，杰茜卡真的想大喊大叫，因为他们可以负担让露西来圣托里尼的费用，可以让露西住在奢华的酒店，但一切都不可能，因为露西更愿意往自己胳膊上注射毒品。那就这样吧，就让露西毁掉自己的生活啊，可她为什么还要毁掉本和杰茜卡的生活？

彩票中奖之后买的车才让本高兴。他并不在意其他事情——图拉克最佳位置买的大房子、音乐会门票、设计师服装、旅行，等等，本都不在乎。只有那辆车。他梦寐以求的车。说真的，杰茜卡恨死那辆车了。

突然，杰茜卡意识到，大家都挨个儿站了起来，抚平睡衣，克制着打哈欠的冲动。

于是，杰茜卡也站起来，最后看了一眼天空：繁星闪烁，却没有答案。

第十七章

弗朗西斯

才早上八点，弗朗西斯正在散步。

肯定又是炎热的一天，但现在的温度刚好合宜，微风如丝绸般轻柔，滑过弗朗西斯的皮肤。她走在有好多小石子的小路上，除了偶尔传来百灵鸟清晰甜美的叫声、路上踩断小木枝的嘎吱声或踢开小石子的簌簌声，万籁俱寂。

她觉得从起床到现在已经好几个小时了。没错，事实就是如此。

今天将是她在静栖馆度过的第一个完整的日子，天还没亮就开始了（**天还没亮呢！**），因为响亮的敲门声叫醒了她。

弗朗西斯睡眼惺忪，从床上爬起来开了门。走廊上一个人影都没有，地板上放着一只银色托盘。托盘里有她的晨间奶昔和一个密封的大信封——里面装着"定制日程"。

弗朗西斯回到床上，把枕头竖起来靠着，一边喝奶昔，一边看日程，一边觉得美好，一边觉得害怕：

弗朗西斯·韦尔蒂日程安排表

清晨：太极课程，玫瑰园。

早上7点：餐厅享用早餐。（请记得继续体会沉默。）

早上8点：步行冥想。在静栖山山脚下集合。（这是一次舒缓、安静、

专心的徒步经历，时间充裕，停下来，将美丽的景色尽收眼底。尽情享受吧！）

上午 10 点：一对一健身课。请到健身房找德莉拉。

上午 11 点：到水疗中心找简进行治疗按摩。

中午 12 点：餐厅享用午餐。

下午 1 点：瑜伽冥想室，指导静坐冥想。

下午 2—4 点：自由活动。

下午 5 点：瑜伽冥想室，瑜伽。

晚上 7—9 点：自由活动。

晚上 9 点：熄灯。

熄灯！这是建议还是命令？弗朗西斯还是个小小女孩的时候，就没晚上九点之前睡过觉。

不过话说回来，她没准九点的时候就真的想睡了。

和姚一起在玫瑰园打太极的时候，弗朗西斯哈欠不断。之后，她在餐厅默默吃了第一顿早餐（挺好吃的，荷包蛋配蒸菠菜，虽然少了酵母面包和卡布奇诺佐餐，让人觉得这餐饭略没有灵魂吧）。现在，她正和其他客人一起参加"步行冥想"，说白了，就是到离静栖馆附近丛林地带上的小山坡爬山。

陪着大家的是健康顾问——姚和德莉拉。德莉拉在前面，负责带路。她的节奏非常慢，连弗朗西斯都觉得慢得让人难受。如此说来，如果弗朗西斯都觉得走得这么慢是一种折磨，那她真的担心马尔科尼一家人会疯掉——毕竟佐伊说过，他们都是"运动分子"。

弗朗西斯走在队伍中游，前面是佐伊，再前面是她的父亲。佐伊的头发很有光泽，束成马尾。弗兰西斯身后跟着的是连环杀人犯，但至少现在要想杀人，就得是小心翼翼的慢动作，所以弗朗西斯有足够的时间逃跑。

大家一边走一边不时停下来休息。休息的时候，每个人都会站着，眺望远处地平线上的某处，沉默不语，仿佛时间凝滞了。

弗朗西斯很喜欢慢悠悠地爬山，还总能停下来欣赏美景，可按照这个速度，要爬上山顶简直不可能。

慢慢地，慢慢地，慢慢地，他们沿着上山小路往前走。在这个过程中，慢慢地，慢慢地，慢慢地，弗朗西斯觉得自己的思绪和身体也适应了这种节奏。

慢是确定的……慢慢的……但这种慢也非常……美妙。

她开始考虑自己的生活节奏。过去十年中，整个世界运转得越来越快。人们说话越来越快，开车越来越快，走路也是。每个人都急匆匆的。每个人都忙忙碌碌。每个人都觉得自己的要求得马上得到满足。编辑自己的书时，弗朗西斯甚至就已经发现了这种情况。节奏！乔会插手她的编辑评论，不然的话，她肯定会这么写：好极了！

弗朗西斯觉得，之前的读者更耐心一些，他们喜欢读到的内容徐徐展开，偶尔有一两个章节放下对事件的描述，除了无意间意味深长的眼神交流，整个章节都是对景色细致的描绘，让人觉得赏心悦目。

小路变陡了，但他们走得实在是慢，所以弗朗西斯的呼吸依旧很平稳。曲径通幽，林间风景就如天赐的礼物。他们已经爬到了比较高的位置。

当然，乔编辑时使用的强烈语气可能也是为了挽回弗朗西斯小说销量下降的颓势。毫无疑问，乔能看到墙上的文字，所以才会日益恳切地说：往这一章里加点儿刺激的东西。比如转移话题，让读者能换下脑子？

弗朗西斯根本没把这些建议放在心上，静静地看着自己的事业逐渐溜走，像沉沉入梦的老妪。她之前真傻啊。被骗了的傻瓜。

弗朗西斯不由得加快了脚步。她刚才觉得自己走得好像太快了，鼻子就一下撞在了佐伊的肩胛骨上。

　　佐伊一动不动地站着。弗朗西斯听到了她的喘息声。

　　希瑟不知为何远离了小路，走到一块悬在山坡的大石头上。大地消失在她眼前。只要再往前走一步，等着她的就是万劫不复。

　　拿破仑一把抓住妻子的胳膊。他的手捏着希瑟瘦弱的上臂，拽着她回到小路上。拿破仑面色苍白，但弗朗西斯不确定那是因为生气还是害怕。

　　希瑟并没有感谢丈夫，也没有微笑，甚至都没看拿破仑一眼。她只是甩开拿破仑的手，不耐烦地耸了耸肩，把 T 恤衫的袖子捋直，就兀自继续往前走了。拿破仑回头看了看佐伊，胸部起起伏伏，跟女儿大口的喘息节奏一样。

　　缓了一会儿，父女俩低下头，继续沿着小路爬山，仿佛弗朗西斯刚刚目睹的一切根本无足轻重。

第十八章

托尼

托尼·霍格布恩回到房间。他刚刚经历了地狱般的"引导式冥想"。一个人究竟可以冥想多少次？

"吸气，就像你借助稻草秆那样吸气。"上帝都忍不住会哭，真是一大堆屁话。

早上莫名其妙的缓行漫步冥想后，他的腿隐隐作痛。这让托尼觉得有些丢脸。曾几何时，他肯定能沿着那条小路奔跑，一点儿问题都没有，只当成是热身。可现在呢，只是走一走，还是按照百岁老人的步伐节奏走了走，他的腿就软了。

坐在房间外的阳台上，他无限怀念冰啤酒的味道，也想抚摸老牧羊犬皮毛柔滑的头。原本，对啤酒的渴望并不强烈，对挚爱宠物的思念带来的悲伤也并不令人痛苦，但现在，他感受到了沙漠中的人要渴死的状态和极度的心痛。

他反反复复站起来两百次了，总想从僵硬的痛苦中解脱。可下一秒，他就第两百次想起来，这里根本没有安慰。没有冰箱。没有储藏柜。没有播放无聊纪录片的电视。没有可以漫无目的浏览信息的网络。没有听到自己口哨声就会咖嗒咖嗒马上跑过来的牧羊犬。

班卓走的时候十四岁。对牧羊犬来说，算是漫长的一生。托尼本来应该有心理准备，但仿佛并没有。第一周，每次把钥匙插进前门的锁眼，他都能感到一阵阵悲痛袭来。伤感让他僵住不动。丢脸啊。成年人了，竟然为了一只狗迈不开步子。

他之前也经历过宠物狗的离开。一生之中，有三只狗陪伴过他。这是养狗必然要承受的一部分，所以托尼不知道为什么班卓的离开会带来如此大的打击。我的天，到现在都六个月了。难道，与怀念生命中离开的人相比，他怀念这只狗的时间会更长？

没错，很有可能。

他还记得，孩子们小时候，给最小的孩子咪咪过八岁生日时，送了一只杰克罗素梗给她。结果，这只杰克罗素犬从后院跑了出去，被车撞了。咪咪一下就崩溃了，在小狗的"葬礼"上，一直趴在托尼的肩头哭个不停。托尼也流下了眼泪，既是因为没有补上篱笆上的洞而感到内疚，也为那只可怜的小笨狗感到难过。

那时的女儿非常可爱，胖乎乎的小脸颊很嫩，还梳着马尾辫，让人忍不住喜欢。

现在的咪咪是个二十六岁的牙科保健医生，和她妈妈简直是一个模子刻出来的：身材消瘦，脸型瘦长，走路和说话都很快，托尼很难跟上节奏。她很注重卫生，也非常忙。现在的咪咪，虽然托尼仍旧爱她，但好像没那么让人忍不住去喜欢了。托尼愿意为了女儿付出生命，可有的时候却不想接她的电话。作为牙科保健医生，咪咪已经习惯自说自话，根本不在乎别人打断。她跟妈妈更亲近。三个孩子都是。毕竟孩子们小时候，托尼陪他们的时间比较少。后来，孩子们一眨眼就长大了。托尼有时候觉得，孩子们打电话或者来家里探望的时候是在履行"义务"。有一次，托尼过生日，咪咪给他留言了，声音甜美温柔。可在留言的最后，咪咪用完全不同的语气对另一个人说了一句："好了，说完了，咱们走吧！"之后就挂了电话。

儿子们根本记不住托尼的生日——他也没指望儿子们能记住。首先，他自己都不一定记得自己的生日；其次，他之所以能记得儿子们的生日，也是因为咪咪会在兄弟们生日的当天早上给托尼发短信。詹姆斯住在悉尼，每个月都换个女朋友。大儿子威尔跟一个荷兰女孩结了婚，搬到了荷兰居住。托尼有三个孙女，他几年才能真正见一次，通常都是圣诞节的时候视频相见。那三个孩子说话都带着荷兰口音，跟托尼完全没有亲近感。托尼的前妻常常见到三个孙女，每年要去荷兰两次，每次待两三周。托尼的大孙女擅长"爱尔兰舞蹈"。（为什么要在荷兰跳爱尔兰舞呢？为什么要跳爱尔兰舞呢？好像大家都不觉得这一点很奇怪。托尼的前妻说，小孩子都跳爱尔兰舞。对孩子们的"心肺功能"好，能增强他们的协调能力还是什么的。托尼在前妻的手机里看过一段视频：孙女戴着假发，像是用电工胶带在她背上粘了个大尺子。）

托尼从来没想过当爷爷会是这样：口音怪异的小女孩们隔着屏幕跟他说些他根本不懂的东西。之前，他想象过，自己要是当了爷爷，肯定会紧紧握着孙子信任的小手，慢慢走到街角的商店买冰淇淋吃。这种场景从没有出现过，街角的商店也已经是昨日烟云。所以他的生活到底是他妈怎么了？

托尼站在那里。他需要吃东西。想到孙女们，他胃里翻江倒海一阵难受，必须得补充一些碳水化合物。平时他肯定会做奶酪吐司——我的神啊。没有面包。没有奶酪。没有烤箱。"你现在的情况就是我们说的'甜食焦虑症'，"他的健康顾问德莉拉含蓄地说，"别担心，这种感觉会消失的。"

托尼一屁股坐回椅子上，回忆起自己预订这个地狱之旅的那天。那一刻，他肯定是疯了。上午11点，是他约好和全科医生见面的时间。他甚至清楚地记得时间呢。

医生开口了。"好吧，托尼，"一阵停顿，"你的检查结果。"

托尼当时肯定屏住了呼吸，因为他不由自主地倒吸了一口气。医生看了看那叠纸，摘下眼镜，身体前倾，那种眼神让托尼想到兽医对自己说班卓到了寿终正寝的时候。

托尼永远都忘不了之后那一刻的震惊。

仿佛过去二十年，他一直在发呆，浑浑噩噩，直到那一刻才突然醒了。他记得开车回家时思绪翻飞。他记得自己思路清晰，神情专注。他必须采取行动了。马上行动，不能把剩下的短暂生命都用在工作和看电视上。但该怎么办呢？

他打开谷歌搜索了一下。"如何改变……"谷歌为他填充了这个句子。如何改变我的生活。从宗教到自助书籍，几万亿条建议扑面而来。这时，托尼看到了一篇关于疗养胜地的文章。静栖馆排在推荐榜首位。

十天净化之旅。这有什么难的？毕竟他也好多年没有喘口气了。托尼经营着一家体育营销咨询公司。托尼一生做出的英明决定不多，其中之一就是聘请皮帕担任办公室经理。在工作的各个方面，皮帕都略胜托尼一筹。

托尼得减肥了。他得打起精神。他要制订行动计划。从机场开车过来的路上，托尼甚至都体会到了积极乐观。

要是他没有最后一刻愚蠢地决定储存些应急物品就好了。他决定掉头开往最近的小镇时，都已经开上了去静栖馆的路。掉头之后，托尼发现了一家驶入式酒行。他就买了半打啤酒（低度啤酒）、一包薯片和一些饼干（饼干他妈的招谁惹谁了？）

要是他当时没有掉头，肯定不会遇见路边那个女疯子。托尼还以为她有什么事儿呢。大马路边，坐在车里，尖叫、狂按喇叭，有什么合理的解释？那个女疯子摇下车窗，托尼看到了她的脸——她的气色很差。更年期真的那么可怕吗？还是这个女人有抑郁症？或许更年期确实这么可怕。等回家之后一定得问问姐姐是不是真的。

女疯子后来看起来正常了，脸色也好多了。要是托尼遇见她的地方不是在马路边，肯定会觉得她是个眼神明亮、忙忙碌碌的"超级母亲"，就跟托尼的孩子去学校之后，四处跑来跑去的拉布拉多犬一样。

托尼有点儿怕她。女疯子让他觉得自己就是个白痴。一段童年时期尘封的屈辱往事浮上脑海。他喜欢上了姐姐的一个朋友，好像发生了些什么——托尼不是说了什么就是做了什么，他现在也记不清了——但是他记得跟生理期和卫生棉条有关，反正是才十三岁的他还不懂的事，是当时如末日到来一样的天真的事。

现在，他五十六岁了。都当爷爷了！他亲眼见过妻子生下三个孩子，早就不会因为女性身体的黑暗奥秘而觉得尴尬。然而，那个女疯子还是让他再次体验到了那种感觉。

托尼站起来，有些恼怒，椅子猛地往后挪。两个小时，晚餐之前还有两个小时的"自由活动"时间。在家里的话，这些时间完全可以用工作或者躺在床上喝酒吃东西看电视来填满。然而，现在，他不知道该去哪儿。房间盛不下他了。怎么会有这么多可爱的装饰品。昨天，他一转身碰到了靠墙小桌子上的花瓶。花瓶掉在地上摔碎了，托尼忍不住大声骂起来，隔壁的人估计都听到了。希望那只花瓶不是什么古董。

托尼趴在阳台上，盯着底下的路面。两只袋鼠站在房子的阴影里：一只正在梳毛，抓挠的动作和人一样；另一只静静地坐着，竖着耳朵保持警觉，感觉像嵌在石头里一样。

托尼能看到肾脏形状的大泳池，水光粼粼，泛着蓝色。或许可以去游个泳。他都想不起来自己上次游泳是什么时候了。之前，孩子们还小，沙滩占据了他生活的一大部分。有好多年，每个周日早上，他都会带着三个孩子去尼珀斯，学习怎么在保证安全的情况下冲浪。这么想来，三个皮肤白皙的孙女大概在可怜的荷兰生活中还没见识过怎么劈浪呢吧。

他从行李箱里翻出滑板短裤，尽力不去想曾经有个陌生人翻过自己的衣服，不去想那个人查找违禁品时看到过自己都褪了色的内衣。他得买新衣服了。

之前，托尼所有的衣服都是前妻负责买的。他从来没开口让前妻买过衣服，都是前妻直接买。托尼对衣服不感兴趣，但也渐渐习惯了。多年以后，处理离婚事宜期间，买衣服这件事成了前妻认为托尼觉得是"理所当然"的事。显然，这种事情还有很多。他"一次都没说过谢谢"。没有吗？是真的吗？老天啊。这要是真的，为什么要等了二十二年才说？他肯定说过"谢谢"。但为什么不直接告诉他，他当时就是头不知感恩的蠢猪呢？这样，多年以后面对律师时，他就不会觉得自己是世界上最差劲的男人了。托尼当时确实不能说话，但那一刻让他觉得羞愧。结果，这反而成了他"封闭自己"、"情感疏远"和"什么都不上心"的例子——这种情绪一直持续着，直到最后，托尼真的什么都不在乎了，只是机械地在离婚协议书上签了字。

之前妻子是怎么形容他的来着？难道很有意思吗？"业余人类。"她甚至对律师也这么说。

几个月的咨询结束之后，托尼发现，在这一段婚姻中，自己做的很多事也没得到感谢或认可。比如说，妻子的车，一切都是他处理的，是业余人类给车加满了油。他经常在想，前妻是不是一直以为汽车是自动加油的。他还会帮妻子给车做年检，还给她填纳税申报单。

难道不是两个人互相把彼此视为理所当然吗？难道把彼此当作理所当然不是婚姻的好处之一吗？

不过，那时，一切为时已晚。

分居到现在五年了，这是他前妻一生中最美好的五年。前妻重新找到了"真正的自己"。她独立生活，参加夜校课程，还会和一群离婚之后幸福满满的女士们共度周末。还有，她们总会去的地方就和托尼现在待的地方一样。他的前妻现在正在进行"每日冥想练习"。"能真正做好的话得多久？"托尼之前问过。前妻只是翻了个白眼。真不错啊，他们竟然没因为这个折腾。现在，无论前妻跟托尼说什么，总能做到停下来深呼吸。想想吧，她好像真的是在用吸管呼吸。

托尼穿上滑板裤。

我的老天爷啊。

短裤缩水可太厉害了。可能是他洗的方法不对。用冷水，还是热水来着。反正就是没用对。他用力拽了半天滑板裤，好不容易才系上扣子。

好了。除了没法呼吸都挺好。

托尼咳嗽了一下，结果扣子决定奔向自由，掉在地板上弹了几下。他难以置信地大笑起来，看着自己长着不少汗毛的圆滚滚的大肚子，感觉像是别人的肚子一样。

他想起了自己的另一副样子。早已是前尘往事。一群疯狂的人大声吼着。还有在胸腔震荡的声音。那时，他的身体和灵魂之间毫无障碍。他想"奔跑"就奔跑。他想"跳跃"就跳跃。

托尼把滑板裤往下松了松，移到大肚子底下。这让他想起了前妻身怀六甲的时候，也是这样穿着一条松紧带裙子。

拿起房间钥匙，把白色浴巾披在肩上。浴巾能带出去吧？没准儿合同中真有一条关于这个的规定。高个的老家伙或许能给他答案吧。也许是个律师。托尼太了解律师了。

托尼走出房间。静栖馆安静得有如教堂。他打开前门，走进下午的炎热中，沿着石子小路朝泳池走去。

迎面有个女人走过来，穿着黑色泳衣，腰间系着围裙，梳着马尾辫，戴着鲜艳的猫眼眼镜。托尼给她贴了个标签：知识分子，左翼女权主义者。不用五分钟，她就能让托尼没了兴趣。然而，要是让托尼选是被女权主义者忽视还是跟那个女疯子接触，那他选前者。

路太窄了，两个人没法并排通过，所以托尼先侧身让到一边，希望这个动作没有冒犯她女权主义的原则。还记得有一次，他为一位女士开门，结果换来的却是她的嘘声。"我自己能开门，谢谢。"托尼真想直接把门甩到她脸上，当然，他没那么做，他只是像个傻瓜一样微笑了一下。毕竟，就算每个人偶尔都有对女士施暴的想法，但并不是每个人都做得出来。

那个女人看都没看托尼一眼，只是抬手示意表示感谢，就跟坐在车里抬手感谢别人让路一样。等那位女士走过去，托尼才意识到，她在无声地掉眼泪。托尼不禁叹了口气，他受不了女人哭。

看着她走远——身材还不错——托尼才继续朝泳池走去。他紧了紧滑板裤，免得裤子掉下去。

他打开门。

真他妈倒霉。

那个疯女人在泳池里，像个软木塞一样在水里起起伏伏。

第十九章

弗朗西斯

我的亲娘祖奶奶，弗朗西斯暗自想着。连环杀手来了。

弗朗西斯来的时候，足足研究了五分钟，才终于把泳池门打开，但显然，这个人很顺利地就进来了。他用一只肥硕的手抬起黑色的小把手，然后用力一端门，就这么简单。

本来弗朗西斯就不得不忍着上下浮动的眼镜，在泳池制造出快艇尾波一样的波浪。现在还得忍着他。

连环杀手把浴巾放在躺椅上（本来应该使用的是接待处领取的蓝白条纹毛巾，但他显然不守规矩），径直走到泳池边，还用脚趾先试了试水温。接着，他直接入水。弗朗西斯朝另一个方向用蛙泳姿势冷静地游了几下。

现在好了，弗朗西斯被困在泳池这里了，因为她不想当着那个人的面走出去。她这个年纪，应该已经不用担心被别人盯着看，也没人会评价她套着泳衣的身材，但显然这种从十二岁开始的敏感从未消失。

其实，弗朗西斯主要是想传达一种力量，渗入她之后同这个人有所互动时的力量。她柔软的白色身躯只表达出了两点：五十二年悠闲安逸的生活；对瑞士莲巧克力球毫无抵抗力。跟玛莎高大飒爽的身姿更是没得比，真该死啊。连环杀手肯定会给遇到的每个女人评分，依据就是"我愿意和她上床吗？”

弗朗西斯想到了三十多年前自己的第一个男朋友。那个人的双手按在弗朗西斯的乳房上，却对她说自己更喜欢小一点儿的，好像弗朗西斯想听他这么说似的，好像女性的身体就是菜单上的菜，而男人是该死的食客。

弗朗西斯当时的回应是："对不起。"

而她的第一个男朋友则大度地回答："没关系。"

弗朗西斯的这种卑微也不能怪她的成长经历。弗朗西斯八岁的时候，一个走在郊区街道上的男人拍了拍她妈妈的臀部。"真不错啊。"那个人的语气好像还挺友好。弗朗西斯清楚地记得自己的想法，嘿，他还挺会说话。可之后那一幕让她震惊：自己那五英尺①高的母亲追着那个男人，把他逼到墙角，把装满图书馆馆藏精装书的背包狠狠甩在那个人的后脑勺上。

行了。别想了。弗朗西斯得上岸了，按照她自己的节奏。她不会急匆匆地抓起毛巾裹住自己的身体。

不对。

她不想离开泳池！是她先来的。凭什么那个人来了她就得走？她就应该好好游泳，之后再离开。

弗朗西斯扎进水底，贴着泳池铺有鹅卵石的底部往前，享受着斑驳的阳光，缓解早上徒步造成的腿部酸胀感。还好，真是美妙轻松，弗朗西斯感到惬意极了。她的后背尤其舒服——简给她做完第二次按摩之后就好多了——她好像已经有点儿知道什么是蜕变了。还有，毫无疑问，评论的话像毒蛇一样盘踞在脑海：歧视女性的机场垃圾书刊，令人不齿。

弗朗西斯想，或许佐伊说她会读《纳撒尼尔之吻》可能只是出于礼貌。那个忧伤且漂亮的孩子最不需要的就是读什么歧视女性的垃圾。过

---

① 约合 1.52 米。

去三十年里，弗朗西斯偶然写过歧视女性的垃圾吗？她浮上水面，喘了口粗气，感觉像哭声一样。

连环杀手在泳池的另一端。他靠着瓷砖大口喘息着，手臂搭在泳池边。他盯着弗朗西斯看，眼神里有种东西，很像是……害怕。

神经病吗，弗朗西斯心里想。是，我不是二十岁的时候了，但我的身体至于那么没吸引力都快吓死你了吗？

"嘿。"那个人大声说。他做了个鬼脸。他真真正正做了个鬼脸。看来这个人是觉得弗朗西斯很恶心。

"干吗？"弗朗西斯回答。她沉了沉肩，想起妈妈像铁饼运动员一样把包甩出去。"我们按道理不应该说话。"

"呃……你在……"他指了指自己的鼻子。

难道他是想说"你是没洗澡吗？"

弗朗西斯没怪味好吗！

她摸了摸自己的鼻子。"啊！"

她流鼻血了。她这辈子都没流过鼻血。那篇评论竟然让她流鼻血了。

"谢谢。"弗朗西斯冷冷地说。每次一跟这个人有什么接触，她都会处于下风，落入可怕的境地，让人痛苦的境地。

弗朗西斯仰着头，划着狗刨式走到台阶处。

"往前伸头。"连环杀手的声音传来。

"你是说往后仰头吧。"弗朗西斯不耐烦地打断了他。她走上台阶，一只手抻开泳衣，免得泳衣往上卷，同时用另一只手尽力接住滴下来的血。大滴大滴的血从她凹着的手中落下来。太恶心了。真不敢相信。好像她是中枪了。弗朗西斯见不得血。这就是为什么她一直都不想要孩子。弗朗西斯仰头看着天空，感到一阵眩晕。

"我觉得我要晕倒了。"她说。

"不，不会的。"那个人回答。

"我血压低，"弗朗西斯说，"经常晕倒，*很容易晕倒*。"

"我帮你。"那个人说。

走出泳池的时候，弗朗西斯抓着那个人的胳膊。那个人倒没有很用力，但他的触碰带着些疏离，他是集中精力做事，好像要把一件笨重的家具推进窄门一样。比如冰箱，或许吧。被人当成冰箱的滋味可真不好受。

血一个劲儿地从鼻子里流出来。那个人带着弗朗西斯走到有躺椅的地方，让她坐好，给她披上浴巾，又拿了条浴巾抵在弗朗西斯的鼻子上。

"使劲捏住鼻梁。"那个人说，"像这样。"他捏了捏弗朗西斯的鼻子，之后让弗朗西斯自己捏着同一个位置。"没错，很快就没事了，马上就不流血了。"

"你刚才要说的是*向后仰头吧*？"弗朗西斯还在抗议。

"是向前。"那个人回答，"否则血会流进喉咙。我没说错。"

弗朗西斯放弃了。没准儿那个人说得对呢。他是那种很绝对的人。绝对的人通常是正确的，这一点很烦人。

恶心和头晕的症状渐渐减轻。弗朗西斯还捏着鼻子，不经意间往上瞄了一眼。那个人一动不动地站在她眼前，所以弗朗西斯的目光正好落在他肚脐眼的位置。

"你没事吧？"那个人问。他咳嗽了一声，好像得了流感，还含着口痰。

"我叫托尼。"那个人说。

"谢谢你。"弗朗西斯说。他其实还挺好的，就算他之前把弗朗西斯当成冰箱一样对待。"还有——停在路边那会儿，我是……"

那个人好像不太想回忆这件事儿。

"我之前从来没流过鼻血，"弗朗西斯告诉托尼，"不知道怎么回事儿，不过我觉得可能是得了重感冒。其实，你听着好像也是得了重——"

"我该走了。"托尼不耐烦地打断了弗朗西斯，很突然，好像弗朗西斯是在公交车站缠着他不放的老太太，不肯让他说一个字。

"要去哪儿？见什么人？"弗朗西斯觉得自己深受冒犯，她可是刚经历了急症的人。

托尼对上了她的目光。他有一双浅棕色的眼睛，浅到几乎跟金色差不多，让人想到一种濒临灭绝的小动物。比如说，兔耳袋狸。

"不是，"托尼回答，"我就是觉得，我该……换衣服吃晚餐了。"

弗朗西斯哼了一声。离吃晚餐还早着呢。

两个人陷入了尴尬的沉默。托尼没有离开。

他清了清嗓子。"我不知道我能不能熬过……这次体验。"他摸了摸自己的肚子，"不太像是我会做的事。我没想到会有这么多乱七八糟的事。"

弗朗西斯也放下了戒备，微笑起来。"你肯定行。就十天。现在只剩九天了。"

"是啊，"托尼叹了口气，瞄了一眼远处蒙着一层蓝色的地平线，"这儿挺美的。"

"是挺美的，"弗朗西斯回答，"也让人觉得安静。"

"所以你好些了吗。"托尼问，"捏着鼻梁，等不流血了再说。"

"好的。"弗朗西斯答应了一声。

她低头看了看毛巾上猩红色的血迹，换了块干净的地方堵住鼻子。

等再抬起头，托尼已经朝泳池大门走过去了。刚抬起胳膊要打开门，托尼的短裤滑下来，露出了整个臀部。

"这他妈的！"托尼气急败坏地骂了一句。

弗朗西斯盯着看。什么情况？那个男人的臀部居然有文身，还都是亮黄色的笑脸。太特别了吧。就像是发现他正装里面还穿着小丑服一样。

弗朗西斯低下头。一秒钟之后，她听到泳池大门"砰"地关上了。她抬起头，托尼已经走了。

笑脸文身。他到底是醉成什么样了啊？这完全转变了弗朗西斯对他的看法。他不再是那个傲慢的会嘲笑人的男人了。他叫托尼。臀部有笑脸文身的托尼。

托尼，臀部有笑脸文身的连环杀手？

弗朗西斯轻轻笑出声，吸了吸鼻子，血的味道钻进嘴里。

第二十章

玛莎

又是他的邮件。才过了几天。玛莎盯着电脑屏幕上前夫的名字。这封邮件的标题是：POZHALUYSTA PROCHTI MASHA。

玛莎，求你打开看看。

好像是他本人直接说话一样。邮件有附件。玛莎听见自己啧啧了两声，有点儿愚蠢，也有点儿可怜。像是被人踩到的儿童玩具。

她记得，当年她和前夫待在一间公寓里。这间公寓和他们自己的很像，只是多了个特别的东西：VCR。两个人坐在一点儿都不舒服的苏联产沙发上，丈夫的手搂着她，那种力度和温暖还记在玛莎心里。

如果不是那台又神奇又可怕的 VCR，她现在会在哪儿？她会成为什么样的人？肯定不会在这儿。肯定不会成为现在的自己。或许，他们还依然在一起。

玛莎删掉了邮件，接着直接打开"已删除"文件夹，把邮件彻底删了。

现在是她职业生涯中的关键时刻。必须专注。大家都仰仗着她：客人们和员工们都是。她没时间处理所谓的……德莉拉用的那个押韵短语是什么来着？过去的冲击。她没时间应付过去的冲击。

不过她的胃还是不舒服，翻江倒海。她得不断练习，变得更超脱。首先，她需要认识自己正在经历的感觉，观察这种情感，标记这种情感，最后放手。她得找一个词形容自己的感受。她唯一能想到的就是母语中的一个词：toska。英语中没有对应的词足以描述自己痛苦的渴望：无法拥有某种东西，甚至不想拥有。或许是因为使用英语的人没经历过这种感觉吧。

这是怎么回事？她本来不是这样的！她站起来，走到办公室地板上的瑜伽垫那里，开始做俯卧撑，直到自己满头大汗。

玛莎回到办公桌后，大口喘气，打开电脑上的监控，观察客人们现在的位置和活动。她的注意力再次集中。在静栖馆安装摄像头是为了保证安全，但现在，大部分客人也会出现在镜头中。

年轻的夫妻沿着后面的小路往温泉走。杰茜卡在前面，低着头，本落后了几步，望着远处的地平线。

马尔科尼一家似乎没有一起行动。拿破仑在玫瑰园里。他跪在地上，轻嗅着花朵。看到这里，玛莎微笑起来。他竟然真的停下脚步，细嗅玫瑰。

与此同时，拿破仑的妻子正在跑步。希瑟已经快到静栖山的山顶了。玛莎看了一会儿。希瑟在上坡路上的跑步节奏让她惊讶。虽然不如玛莎跑得快，但也相当不错了。

他们的女儿在哪儿呢？玛莎依次点开模糊的黑白图像，发现佐伊正在健身房里举重。

托尼·霍格布恩刚准备离开泳池，弗朗西斯·韦尔蒂坐在躺椅上，脸上按着块毛巾。

拉尔斯·李躺在凉棚的吊床上，刚喝了点儿东西，能搞到手，显然是说服了厨房的工作人员。他可以利用手语和英俊的外表。玛莎有他的电话。

没有其他人了？她点开楼上走廊的监控，屏幕上出现了一个裹着围裙的女人，脚步轻快。是卡梅尔·施耐德。另一个单身女人。

卡梅尔摘下眼镜，抬手擦了擦脸颊。难道是哭了？

"深呼吸。"玛莎小声说。屏幕里的卡梅尔拿着房间钥匙却打不开门，沮丧地一拳砸在门上。

最后，卡梅尔打开了门，差点摔倒。要是玛莎能看到她在房间里的所作所为就好了。人们现在都是一本正经的样子。姚和德莉拉正忙着处理违禁品。玛莎没兴趣看客人们的裸体！她只是想多了解些信息，尽力完成好自己的工作。

现在，她只能依靠声音了。她扭了一下屏幕上的旋钮，输入了卡梅尔的房间号。

那个女人哭得上气不接下气。玛莎的听筒里传来清晰的哭声。

"冷静。冷静。冷静。"

第二十一章

卡梅尔

卡梅尔站在房间里，猛扇自己的脸。一下。两下。三下。第三下的力气真大，把眼镜都打掉了。

她捡起眼镜，走进浴室，看着镜子里被打红的脸颊。

刚才在那边，她在泳池里一圈接一圈地游泳。在神奇小路上步行之后，内啡肽游走在她的身体里。她觉得好极了，不只是好极了——可以用"精神焕发"四个字形容——上次有时间游泳已经是好久之前了。

游泳的时候，她很是得意，因为无处可去，无事可做，无人担心。不用去接听爵士乐的人，不用送谁去上空手道课，不用监督谁写作业，不用惦记给谁买生日礼物，不用想着跟医生预约，等等：生活中数不尽的小事全都不用想。每种小事看起来都很轻松。然而，压垮她的正是无数小事的堆叠。

现在好了，她甚至都不用自己洗衣服。卡梅尔只需要把要洗的衣服装进小洗衣袋，放在门口就好，不到一天，自然有人会把洗好烫好的衣服送过来。读到这些内容的时候，卡梅尔真的是喜极而泣。

她为自己设定的目标是五十圈自由泳，每一圈比前一圈游得更快一些。她将在这里变得特别特别健康！她甚至能感觉到多余的体重正从身体里流走。她一直以来需要的就是锻炼的时间以及没有零食的储藏柜。

游泳的时候，她一边做动作一边默默在心里唱歌：好开心啊，太开心了，真是开心，呼吸，好开心啊，太开心了，真是开心，呼吸。

可就在这时，一丝细小的声音出现在欢快歌声的背后。就像是最缥缈的悄悄话：真想知道他们现在都在做什么。

卡梅尔本想无视它，继续大声唱歌：好开心啊，太开心了。

那个声音也越来越大，最后变成了喊叫：不是的，认真一些，你觉得他们现在在做什么呢？

那一刻，她感受到的是理智的远去。惊慌失措的感觉让她想起一个反复出现的梦。梦中，她失去了四个女儿，莫名其妙，都是因为她照顾不周。比如，把女儿留在马路边，比如完全忘记自己还有女儿，直接出去跳舞，等等。

她试着用理智让自己平静下来。孩子们没有被留在马路边。她们正跟爸爸还有爸爸完美的新女朋友索尼娅待在一起。卡梅尔看了行程，几个人现在在巴黎，待在"超棒的"爱彼迎公寓里。索尼娅"很喜欢旅行"，之前去过巴黎。当然，一月的巴黎还是很冷，但孩子们都买了新外套。她们在进行自己终生难忘的旅行。她们正在享受美妙的教育之旅，与此同时，她们的妈妈则在享受"充电"的时光。

爸爸喜欢孩子们。爸爸的新女朋友也喜欢这几个孩子。"索尼娅说自己爱她们胜过爱生活。"罗西才见过那个女人三次，就这么对卡梅尔说。当时，卡梅尔的反应是："好吧，她说这话简直是疯了！"不过，她说出口的不是这句，而是："那太好了！"

两个人是和平分手。至少乔尔觉得是。至于卡梅尔，她觉得就像没人发现的死亡。乔尔就是不爱她了，仅此而已。对乔尔来说挺难受的吧，毕竟要和一个自己不再爱了的女人生活在一起。他肯定很挣扎，可怜的男人，但他终究还是选择要对自己诚实。

就这么发生了。这种事常常发生。被遗弃的妻子要保持尊严，这一点相当重要。除了在洗澡，或者把孩子们送到学校和学前班之后她才能掉眼泪，别的时候她不能哭，不能软弱。还有，一个人和其他伤心落泪的妻子在郊区的时候也行。被丢下的妻子一定不能对新入主的妻子疾言厉色或挑剔刻薄。她必须得忍着一切，绝不能苦着脸。要是卡梅尔身材好的话，一切都会更好。

卡梅尔游完一圈掉头时，正好看见有别人来游泳了。是那个看起来挺友善的女士，她年纪不小了，发色混合了草莓色和金色。卡梅尔刚要说"嗨"打个招呼，马上就记起来要保持沉默，所以就什么都没说。

她继续游泳，那位女士的发色和索尼娅的非常像，这让她非常纠结。她们为了做头发肯定花了一大笔钱。

卡梅尔的女儿露露有一头金发。露露跟卡梅尔一点儿都不像。本来这也不算是什么大事，直到那天露露给她讲了这件事：爸爸和索尼娅带着女儿们吃晚餐的时候，一位女士走到桌边对露露说了一句："你美丽的头发和妈妈的真像啊！"

卡梅尔的声音紧张起来，高了八度："哈，挺有意思。你没告诉她索尼娅不是你妈妈吗？"

露露的回答是：爸爸说了，不用每次都说索尼娅不是我的亲生母亲。听完，卡梅尔马上说："亲爱的，每次都说显然很有必要，你每一次都应该大声说出来"——然而这句话只是在她脑子里过了一遍，真正大声说出口的是："露露，该刷牙了。"

记住这一点，卡梅尔加快了速度，手臂划水，双腿蹬水，越来越用力，速度越来越快。但她保持不了多久。她还不够健康。这么说吧，她不健康，肥胖，而且很懒，让人恶心。她心里想着世界另一端的四个女儿。她们去了卡梅尔从没去过的巴黎，头发是索尼娅帮忙梳好的——梳头的时候可能还得坐着一动不动。想到这里，她呛了一大口水。

她到泳池边撑起上半身，直接跳出泳池，根本没看那位友好的金发女士。幸好啊，有规矩做掩护，因为眼泪止不住地掉下来，她一路哭着回到房间。回去路上那个往泳池走的大块头肯定也发现了。

"冷静。"卡梅尔对着镜子中的自己说。

她双臂抱住自己。

她想念孩子们了。这种思念就像突然袭来的高烧。她渴望四个漂亮的小女孩带来的舒适感，她们不经意间对卡梅尔身体的占有：女儿们会跳上卡梅尔的大腿，好像她是张椅子；她们会把自己热乎乎的小脑袋顶着卡梅尔的腹部，或靠在她胸口。卡梅尔总是要对其中一个大喊大叫："离我远点儿！"跟孩子们在一起的时候，卡梅尔有被人需要的感觉——实际上，这一点很重要：一切都依赖卡梅尔。女儿们总会说："妈妈在哪儿？""我要告诉妈妈你说的话。""妈妈妈妈妈妈！"

可现在呢，卡梅尔从责任和义务中解脱出来了，像个气球一样膨胀而自由。

卡梅尔解开泳衣的带子，随它在浴室地板上堆着，然后对着镜子欣赏着自己的裸体。

"对不起。我还是很关心你。但我们一直说要彼此坦诚，对吧？"一年前，乔尔一边给卡梅尔倒了杯葡萄酒一边说，"这么说，其实我也很难过，但问题是，我对你没什么感觉了。"

他是真的觉得自己很仁慈很善良。他真的觉得自己是个汉子，做的是正确的事。他自己没有出轨。他就是想离婚了，然后去交友网站找个人直接取代卡梅尔。他的良心清清楚楚知道怎么回事。自始至终，他都希望自己的东西能保养得宜，要是修不好了，不能"像新的一样"，那他就直接替换掉。

卡梅尔双手把胸部托到原来没有下垂的位置，当年的胸部"像新的一样"。她看着圆滚滚的腹部上的妊娠纹，想起脸书上说的那些蠢话：妊娠纹因其所代表的含义而美丽，它带来了新的生命，等等。要是孩子的爸爸依然能喜欢你的身体，那或许妊娠纹就是美丽的吧。

乔尔问自己能不能和索尼娅趁着孩子们一月放假一起带她们去欧洲时——去巴黎的迪士尼乐园！去奥地利滑雪！去罗马滑冰！——卡梅尔真想说："你是蠢货吗？你要去我们之前说好一起去的地方？却不是跟我去？"然而，这句话还是只出现在她的脑子里。实际上，她说的是："听着还不错！"之后，她就开始给孩子们办护照了。

她跟姐姐说，孩子们不在的时候，她要吃得简单一些，做有氧运动，还要举重、做瑜伽。她本来的目的就是重塑自己的身材。

她不是为了让乔尔回心转意，而是想看到他回来之后看到自己时目瞪口呆的样子。她不需要乔尔合不上下巴，不过要是真这样也不错。她就是想让自己的身体看起来更顺眼，此外，或许吧，可能，也可能不会，但有这个可能，她也会去那些可以替代自己配偶的交友网站看看。

"你的身体根本没任何问题。你身材很正常，别傻了！你聪明，而且迷人，别犯蠢！整个一月你就躺在吊床上吃奶酪。"这是卡梅尔的姐姐瓦妮莎说的，她对乔尔和肥胖羞辱的父权主义极为不满。

卡梅尔放下胸部，一只手摸了摸鼓起来的肚子。正常的身材还不够好。这也算正常的话，那正常也太大了。谁都能看出来。整个国家正在经历肥胖危机！她不想让别人觉得肥胖是可耻的，当然她自己也不想，因为她本来就该感到羞耻。她之前穿的衣服都比现在要小两个尺码。她现在的衣服要大两个码根本不是因为四个孩子，而是她疏于照顾自己。女人就应该"照顾自己"。男人们不是经常在交友网站上说吗？我喜欢会照顾自己的女生。他们实际想说的就是：我喜欢瘦的女人。

也不是找不到关于如何照顾自己的信息！每个人都知道，要做的很简单，减少饮食中碳水、糖分和反式脂肪酸的摄入！明星们都慷慨大方地分享了自己的秘籍。他们每天把"少量坚果"或"两块富含抗氧化剂的黑巧克力"当零食！每天喝大量水。不晒太阳。尽量走楼梯！这不是什么高深的火箭科学！但卡梅尔之前会走楼梯吗？不，她不走楼梯。

没错，她经常跟孩子们在一起。如果他们走楼梯，其中一个肯定会走得太快，另一个会坐下来说走不动了。不过，之前，卡梅尔本来也可以在生活中加入一些"偶尔的锻炼"。然而她没有。她忽视了自己的身体：好几个月才剪一剪头发，眉毛没有修整，忘了刮腿毛什么的。难怪丈夫要离开她，毕竟她也会这么教孩子：有因必有果。

玛莎颀长精致的身体曲线出现在她的脑海中。

她想象玛莎过着卡梅尔的生活。站在前门，等着乔尔和索尼娅把孩子们带回来。乔尔最开始就不会离开玛莎，但假设他那么做了，玛莎看到前夫和前夫的女朋友也不会感到痛苦或羞耻。玛莎不用躲在门边向乔尔遮掩自己的身材，她会昂首挺胸地站着。她不需要卑躬屈膝保护自己纯真的、破碎的心。

她姐姐说，乔尔所谓的"没感觉了"是乔尔的问题，跟卡梅尔无关，还说卡梅尔应该学会热爱自己，还发来了"直觉饮食""身材如何都健康"这样的文章链接。卡梅尔知道这些文章都是胖子写的，目的就是让胖子觉得自己悲哀肥胖的生活也没那么差劲。

如果她能塑造自己的身材，塑造自己的生活，那她就有可能走出婚姻失败的阴影。这不是假的。这是事实。

卡梅尔的姐姐有钱，而且大方——这种组合真棒。卡梅尔过生日的时候，姐姐给了她一个大红包，还说：卡梅尔，我觉得你不用减肥。你很美。乔尔就是个肤浅的傻瓜。你完全不用管他怎么想。但如果你想变得更健康，我希望你能尝试新的方式，舒舒服服的。我给你预订了静栖馆，十天的净化之旅，趁着孩子们不在家。希望你喜欢！亲亲，还有，别忘了结束之后回家吃芝士。

从小到大，这是卡梅尔收礼物时最开心的一次。

还记得玛莎说的话："十天之内，你们都会改头换面。"卡梅尔满脑子想的都是"拜托了"这个词。拜托了，拜托了，拜托了，让它实现吧。拜托了，拜托了，拜托了，让我换个样子。她看着镜子里自己愚蠢、臃肿、恳求的脸。她的皮肤粗糙发红，像老洗衣妇的手。她的上嘴唇像条细线，一笑就没了。浑身上下，卡梅尔最瘦的地方就是上嘴唇了。可嘴唇本来应该是丰满的玫瑰花蕾的样子，不应该是这样细长、浅淡、一笑就没的线。

天啊，卡梅尔，他当然会对你没感觉！你在想什么呢？他怎么可能对长成你这样的人有感觉？卡梅尔抬手又给了自己一巴掌。

门口传来轻轻的敲门声。卡梅尔吓了一跳。她穿上静栖馆准备的睡袍，过去打开了门。

是姚。他低着头，没有看卡梅尔，也没有说话，只是递过来一张小卡片。

卡梅尔接过卡片后，姚马上就走了。卡梅尔关上门。

是方形卡纸，很厚，奶油色的，像结婚请柬。卡片上有黑色的字，笔力扎实，透着权威。

亲爱的卡梅尔，

尽管现在是您的自由活动时间，但我们请您马上到静栖馆的水疗中心。我们为您准备了特别的放松舒缓面部按摩。这是九十分钟的安排，晚餐前刚好可以完成。您的理疗师期待您的到来。

你的，

玛莎

另，姚是您的专属健康顾问，但请您知悉，我也愿意尽一切努力为您提供所需的和应得的健康和幸福。

这一刻，卡梅尔·施耐德向玛莎投降了，如刚入门的修女将自己献给上帝那般。

第二十二章

姚

晚上九点。客人们已经用过了晚餐，好好待在自己的房间里，希望他们已经进入了甜美的梦乡。姚、玛莎和德莉拉坐在玛莎办公室角落的小圆桌前，面前放着记事本。员工例会，姚和德莉拉得汇报最新情况。

玛莎用指尖敲了敲桌子。她开会的时候，每次的举止都不太一样。从她的用词、讲话的干脆程度和僵硬的姿势中，你就能看到她之前在公司工作的状态。德莉拉觉得很好笑，但从未在大公司工作过的姚则觉得很有魅力。

"好了。日程上的下一个项目。沉默。今天有人打破沉默了吗？"玛莎问。她似乎有点儿忐忑，肯定是对新的规定有些紧张。姚自己也很紧张。

"拉尔斯打破了沉默，"德莉拉说，"他不想参与每日验血。我让他别像个小孩子一样。"

姚绝对不会这样对客人说。德莉拉只是说出了自己的真实想法，而姚有的时候觉得这样有点儿……做作虚伪，像在表演。比如，他会辅助坏脾气的客人做平板支撑，耐心温和地鼓励他们——"您可以的！"——与此同时，他心里实际想的是：你根本就没用心，你这个粗鲁懒惰的浑蛋。

"弗朗西斯给我写了张纸条，"姚说，"她问自己能不能不要验血，因为之前她流鼻血了。我跟她说，就是因为这样，才应该验血。"

玛莎咕哝了一声。"大家都不喜欢验血，"她开口了，"我也不喜欢！我讨厌针头。"她耸了耸肩。"这么多年，我们申请来这儿的时候，不得不做好多次验血：检验艾滋病、梅毒什么的。政府需要我们的头脑，但身体也得健壮。就连牙齿也得检查。"她用手指敲了敲自己洁白的牙齿。"我还记得有个朋友说：'好像他们在选马一样！'"玛莎回忆的时候抿着嘴，好像自尊心受到了伤害。"但该做的还是得做。"玛莎没有看姚，也没有看德莉拉，好像在跟某个房间里看不到的人说话。

玛莎穿着简单的白色无袖上衣，姚看了看玛莎上衣系带下的锁骨。遇见玛莎之前，他从没想过锁骨是女人身体中尤其性感的部分。

"你是爱上这个女人了吗？"姚的妈妈打电话的时候问过。上个星期的事了。"所以你才像只小狗一样听她吆喝是吗？"

"妈妈，她差不多和您一个年纪，"姚对妈妈说，"而且我没像只小狗一样听她吆喝。"

"和小狗也没什么区别，"德莉拉这么说姚，"你喜欢上她了。"当时，两个人正在滚床单。德莉拉很美，而且床上功夫很好。姚很喜欢她。虽然不涉及金钱，但两个人的苟且偷欢总觉得像是交易。

"我是感激，"姚看着天花板，双手背在脑后，若有所思的样子，"她救了我一命。"

"她没有。是你救了她一命。"

"是主管救了她，"姚说，"你不知道我都做了点儿什么。"

"可你现在就是爱爱爱爱她。"德莉拉说着穿上自己的内衣。

"爱姐姐那种爱。"姚回答。

"好吧，没错。"德莉拉说。

"爱表亲那种。"

德莉拉轻哧了一声。

姚确实非常关心玛莎。这么做真的很奇怪吗？爱上自己的上司？如果是一起生活一起工作，而且老板是个像玛莎一样的人，显然也没那么奇怪。她是个很有意思的人，能激励别人。姚觉得她不正宗的口音和她的身体一样让人着迷。姚承认，自己确实对玛莎暗生情愫。或许他的暗恋确实奇怪，是他性格缺陷的体现，也是他童年时期心智失调的后果——哪怕他当时只是个害羞、认真的男孩，对事情有些过分紧张，但大部分时候总能逃过一劫。姚的父母说话都轻声细语的，很谦逊，从来没有逼过他。父母相信，希望越小，失望越小。他父亲曾经大声说过一次："姚，做好失败的打算，这样你永远都不会失望。"这句话字里行间没有一丝讽刺。正因如此，姚才觉得玛莎的自尊自强让人耳目一新。她显然是自己高于生活的那种人。玛莎根本不知道什么是自嘲，当然也不理解别人的自嘲。

而且，玛莎确实救过他一命。

心脏病治好之后，玛莎给芬恩和姚写过信，感谢他们的照顾，还说"濒死体验"彻底改变了自己。玛莎说，灵魂飘在众人之上时，她在姚的头皮上看到了红色的小胎记。她的描述非常准确：草莓形。

芬恩从来没给玛莎写过回信。"她就是个小屁孩，要看到你的胎记，根本不需要灵魂飘到我们该死的头上。她可能是坐在办公桌前的时候看见的，晕倒之前。"

但姚对玛莎的濒死体验很感兴趣。他给玛莎发了邮件，多年之后，两个人一直还偶有联系。玛莎说，心脏手术之后，她放弃了"相当成功"（她自己的原话）的公司事业，把公司的股份兑现，在乡下买了一栋著名的古宅。她要在里面建一个泳池，然后好好休整一番。一开始，她打算把这里打造成高端酒店，但后来对健康方面越来越关注，所以就改了主意。

玛莎的信里这样写：姚，我的身体、思想、灵魂都已经焕然一新。我想帮助别人做到这一点。

姚觉得玛莎的邮件里有些夸张的内容很有意思，让人忍不住思考，但实际上，玛莎当时对姚来说没有那么重要，只是一个心怀感恩的前病人，使用的措辞比较有意思而已。

可姚刚过完二十五岁生日，一切就像多米诺骨牌一样倒地不起：啪、啪、啪。先是他的父母说要离婚。他们卖掉了家里的房子，各自搬到了新的公寓。这已经让人觉得困惑不解，倍感痛苦。后来，在一系列戏剧性事件中，未婚妻跟他解除了婚约。晴天霹雳，毫无预兆。姚还以为他们深爱着彼此。婚礼、接待会、蜜月的安排都已经预订好。这怎么可能呢？感觉就像生活的根基在脚下土崩瓦解。分手并不算是悲剧，可这让姚觉得丢脸，所以就像是一场灾难。

他的车被偷了。

他患上了压力过大诱发的皮炎。

芬恩搬到了另一个州，所以急救服务部把姚调到了另一个他谁都不认识的地区，而且那个地区的人要是拨打急救电话，一般离不开暴力事件或毒虫。有一天晚上，一个男人拿着一把刀比在自己的脖子上："如果你们不救她，我就把你们全杀了。"那个女人已经死了。警察来的时候，那个人拿着刀扑过来，所以警察给了他一枪。姚最后救活了那个人。

姚还是按部就班地上班。然而，两天后，他一下醒了，闹钟还有几分钟才会响。但那一刻，姚感觉就像头部炸裂一样。他觉得自己内部炸开了。是身体上的感觉。他觉得是脑出血，可最后被关进了精神科病房。

"你最近应该压力很大吧。"一位黑眼圈很重的医生问。

"不至于死人。"姚说。

"可感觉就跟他们死了一样，对吧？"

没错，就是这种感觉：死亡一场接着一场，连续上演。芬恩走了。未婚妻走了。家庭散了。连车都离他而去。

"我们之前管这个叫神经衰弱，"医生说，"现在我们叫重度抑郁发作。"

他给姚推荐了一位精神科医生，还给他开了些抗抑郁的处方药。"神经衰弱要是管理得好，也是件好事，"医生这么告诉姚，"把它当成一种机会，成长和了解自己的机会。"

出院的第二天，姚就收到了玛莎发来的电子邮件。玛莎说，要是姚什么时候想脱离"激烈的竞争"，可以到她的新客房待几天。

这就是一种预兆。

现在是个好时机。我最近不太好，姚给玛莎回信，我可能需要过去待几天休息一下。

刚到的时候，姚竟没有一眼认出玛莎。他只看到一个穿着白色衣服的女神走过草地。女神拥抱了他，在他耳边说："我会让你好起来的。"

每次，他走出静栖馆迎接新的客人时，都想为他们带来同样的体验：就像迷失在海面的人看到了陆地一样。

玛莎像照顾生病的鸟儿一样照顾姚。她为姚做饭，教姚冥想和瑜伽。他们两个一起学习了太极。两个人在静栖馆里一起度过了三个月。虽然两个人没有云雨之欢，但确实分享了很多。像是某种旅程。一种复苏的感觉。那段时间，姚的身体状态发生了变化，变得强壮有力。此外，他的心灵也痊愈了。他完全像变了一个人一样，经历了生命中从未有过的平和与确定。他已经脱胎换骨，不再是之前的姚了。

之前的姚只是偶尔做运动，会吃添加剂很多的食物。之前的姚总是担心忧虑，经常失眠，经常夜半惊醒，想着白天工作中可能出现的失误。

新的姚可以安睡一整晚，第二天醒来时精神焕发。新的姚不再强迫症一样想着自己的未婚妻正和另一个男人躺在床上。新的姚很少想到伯纳黛特，最终将她完全从脑子里清除出去。新的姚活在当下，对"健康"充满了热情，为玛莎静栖馆的前景深深着迷。静栖馆做的不只是像姚之前当急救人员的工作，它存在意义是改造别人，就是姚自己体会过的改造的经历。这像是一种信仰，但一切的基础都是科学和有证据的研究。

　　姚的父母分别来看望过他，让他返回悉尼，让生活重回正轨。然而，姚来到静栖馆不到半年，就和玛莎打开了静栖馆的大门，迎来了第一批客人。那一次，他们获得了成功。整个过程也充满了乐趣。比当急救人员有意思多了。

　　再过几天，就是静栖馆开业五周年纪念日了。德莉拉是四年前加入的，他们三个人相互学习了很多，经常一起完善静栖馆的各种细节。玛莎给的薪水很丰厚。这简直就是可遇不可求的梦想职业。

　　"明天，我会开始一对一辅导，"玛莎说，"之后把笔记给你们看。"

　　"好的，对每位客人了解得越多越好。"姚说。

　　这个特殊的疗养之地为开展业务开创了新的模式。紧张是自然的。

　　"我希望能进一步了解托尼·霍格布恩的过去，"德莉拉说，"他有秘密，我触及不到。"

　　"一切都会好起来的。"姚几乎自言自语一样小声说。

　　玛莎伸手按住姚的胳膊，她美丽的绿色眼睛里充满了活力，散发出让姚觉得鼓舞人心的激情。

　　"姚，不只是好起来，"玛莎说，"一切会变得非常美好。"

第二十三章

弗朗西斯

今天是在静栖馆的第四天了。

弗朗西斯发现自己已经能相当轻松地融入静栖馆温和的生活节奏中。她很少需要决定要如何度过每一天。

每天早上，弗朗西斯要在玫瑰园里跟姚一起打太极。通常，她的日程安排中会包括至少一次按摩，按摩师是简。有的时候，她甚至一天可以按摩两次。有几天，她得去水疗中心好几次——比如，"被分配"到做面部护理的时候。她不觉得这样有什么麻烦。面部护理产品的味道很好闻，如梦幻般的体验，让弗朗西斯面色红润，容光焕发，头发柔顺地垂下来，如花朵的花瓣。此外，她还会到瑜伽冥想室参加瑜伽课程，到周围的丛林中进行冥想。每天的漫步冥想过程中，步伐越来越快，路线也越来越陡。

傍晚，热气渐渐散去，有些客人会跟着姚一起跑步（马尔科尼一家人好像除了跑步别的什么都不用做，自由活动时间也都用来跑步。弗朗西斯会坐在阳台上，看着他们三个人围着静栖山跑步，仿佛在奔命）。其他人都在玫瑰园里和德莉拉一起进行"温和"的运动。德莉拉似乎找到了新使命：让弗朗西斯像男人一样做俯卧撑。由于弗朗西斯不能说话，所以不能说"不用了，谢谢，我根本不知道俯卧撑有什么意义。"现在，弗朗西斯意识到了，俯卧撑的意义就是"锻炼身体的每一块肌肉"，这应该是件好事。

弗朗西斯温驯地允许姚每天抽血和检查血压，之后默不作声地站到体重秤上，让姚记录自己的体重。她还是不敢看，但觉得体重在直线下降，就跟自由落体一样。这就是增加运动量，同时放弃高热量食物和红酒的结果。

神圣的静默一开始似乎让人觉得很无聊，很愚蠢，是非常随意且很难做到的一点。然而，随着时间的流逝，保持静默好像也没那么难了，也似乎有了些实际意义，就像热浪来袭。其实，暑热确实加剧了。是那种干燥的热，气温很高，明亮且泛着白光的热，和沉默本身差不多。

起初，没有了噪音和交谈的打扰，弗朗西斯的思绪总会冒出来，疯狂地冒出来，永无止境，重复循环：保罗·德拉布尔、自己损失的钱、惊喜、伤害、愤怒、惊喜、伤害、愤怒、保罗的儿子——可能甚至不是他的儿子，她在心中默默书写的充满错觉的爱——之后被拒绝了，事业可能就此终结，她一开始就不该看的评论。弗朗西斯并没有找到解决办法，也没有经历过惊世骇俗的事件而获得启示，但观察循环出现的想法似乎让它们放慢了速度，最后完全消失了。那时，弗朗西斯发现，自己脑子里……一片空白。什么都没有。她的思维中空无一物。这种感觉好极了。

其他客人也都在沉默中，目之所及，都是弗朗西斯不喜欢的人。现在，忽视别人、看到某人坐在温泉边上不打招呼反而直接踏进冒着气泡、有鸡蛋味的水中背过身，逐渐变得非常正常。

有一次，她和那个高大、皮肤黝黑的英俊男人一起坐在秘密石窟的温泉里，感觉一起经历了永恒。两个人谁都没说一个字，都望着远处的山谷景色，沉浸在各自的思绪中。虽然两个人没有聊天，甚至没有看对方一眼，却觉得他们相互分享了精神层面的东西。

惊喜不止这些。

比如，昨天下午，弗朗西斯在楼梯上遇到了佐伊。那个女孩与她擦身而过的时候，往她手里塞了个什么东西。弗朗西斯控制住自己，极力保持目视前方，什么都没说（太了不起了，她之前根本不擅长这种事。她的两任丈夫都说，世界上最差劲的侦探就是弗朗西斯。尽管那两个人性格不同，但显然他们都有资格立刻加入中央情报局）。回到房间之后，弗朗西斯发现自己手里的东西是里斯牌花生酱杯。她从来没吃过这么美味的东西。除了佐伊，弗朗西斯和别人基本没有互动。拿破仑打喷嚏的时候，她不会再被吓到了。她发现托尼刺耳的咳嗽声逐渐减弱，后来就消失了。其实，她自己也基本上不咳嗽了。呼吸变得尤其顺畅。被纸划伤的地方已经痊愈。确实是"治愈之旅"。等弗朗西斯回到家，一定要给艾伦寄一张热情洋溢的感谢卡，大力称赞这个地方。

按照今天的安排，弗朗西斯午餐之后跟玛莎有个一对一辅导。她一辈子都没经历过任何形式的咨询辅导，不过有朋友试过。他们是相互辅导，基本上是双向的过程。弗朗西斯想象不出这是什么感觉：自己坐着对别人讲出生活中的难题，但不用听别人倾诉，也不用给出优于自己收到的建议的建议。她通常都觉得，自己给出的建议比收到的更好。别人的问题都非常简单，一个人自己的问题一般都会更为微妙复杂。

然而，沉默、炎热和日常按摩结合在一起，营造出了一种隐退的平静感。玛莎要是开心的话，就随她"辅导"弗朗西斯吧。

弗朗西斯当天的午餐是素食咖喱。她已经不再注意每个人咀嚼食物的声音，逐渐从自己的食物中获得巨大的满足感——太意外了，因为她之前觉得自己已经从食物中找到了很多快乐！她一小口一小口品尝着咖喱，其中有一丝藏红花的味道，让她大吃一惊。藏红花总是这么神奇吗？弗朗西斯不知道答案，但觉得这是一种宗教体验。

午餐之后，尽管脑子里还在想着藏红花，弗朗西斯还是打开了标有

"非请勿入"的牌子的那扇门，走上两层楼梯，到达静栖馆顶部的公主塔，敲了敲玛莎办公室的门。

"请进。"里面那个人的声音很干脆。

弗朗西斯走进去，感觉就像在寄宿学校时走进校长办公室一样。

玛莎正在写东西，她指了指自己对面的椅子，示意弗朗西斯坐下，等她先完成手头的事情。

通常，玛莎的举止会让弗朗西斯戒备，她还没有那么皈依禅道，所以没注意到自己其实有权利保持戒备。她是花钱来的客人，在约定的时间出现了，麻烦你意识到这一点，我不是你雇来打工的，谢谢。但弗朗西斯没有叹气，也没有清嗓子或忸怩不安，因为她基本上已经焕然一新了，肯定瘦了，昨天还连续做了两个踮脚俯卧撑。或许，很快她的身材就会和玛莎差不多了。

弗朗西斯心里忍不住笑起来。她打量着房间，分散自己的注意力。

她喜欢这样的办公室。要是她能有一间这样的办公室，那可能没有巧克力也能写出惊世大作来。房间四面都有大玻璃窗，玛莎能三百六十度观察随风荡漾的绿色田野。从这里往下看，真像在看一幅文艺复兴时期的油画。

玛莎不用保持沉默。与此同时，"不得携带电子设备"的规则对她来说好像也不适用。玛莎似乎并不抗拒前沿科技。她的桌子上不止有一个非常漂亮的超大屏电脑显示器，而是两个。此外，她还有一台笔记本电脑。

所有客人都进行去数字化排毒的时候，她自己却在这里上网？弗朗西斯觉得右手抽了一下。她想象着自己抓着鼠标，盯着显示器屏幕点击新闻网页的样子。过去四天里都发生了什么？或许僵尸末日来了，或许明星夫妇分手了，反正弗朗西斯什么都不知道。

弗朗西斯的目光从诱人的电脑屏幕上移开，观察起玛莎桌子上另外几样物品。没有相框，没有私人物品。有几件弗朗西斯梦寐以求的漂亮古董。她伸手触摸了那把拆信刀。金色的把手上有复杂的图案……是大象？

"小心，"玛莎开口了，"那把拆信刀跟匕首差不多，很锋利。弗朗西斯，拿着它杀人绝对都没问题。"

弗朗西斯像小偷一样缩回手。

玛莎拿起拆信刀，把它从护套里取出来。"至少有两百年的历史了，"玛莎说着，把拇指按在刀尖的位置，"我们家祖传的。"

弗朗西斯轻哼了一声，对此很有兴趣的样子。她不确定自己能否打破沉默。突然之间，她对此觉得有些恼火。

"我觉得现在不用进行神圣的静默了吧？"好长时间不说话，弗朗西斯自己的声音听起来都有些陌生。她一直表现很好！甚至在房间里独处的时候，都没跟自己说话。通常，她一个人的时候也特别爱说话，愿意和没有生命的物体进行友好的对话。"哦，胡萝卜皮，你藏哪儿了？"

"啊，你是那种喜欢遵守规则的人，对吧？"玛莎双手托住下巴，仔细打量起弗朗西斯来。她瞳孔里的那一抹绿真迷人啊。

"一般来说是这样。"弗朗西斯回答。

玛莎没有移开目光。

"我知道你知道，我确实带了些违禁品进来。"弗朗西斯对自己冷淡的声音很满意，但脸很烫。

"没错，"玛莎说，"我知道。"

"我在坚持读书。"弗朗西斯鼓起勇气说。

"是吗？"玛莎反问道。

"是的。"弗朗西斯回答。

"好看吗？"玛莎把拆信刀放回桌子上。

弗朗西斯想了想。这本书本来写的是谋杀之谜。但作者过早引入了太多人物，而且到目前为止，每个人都活得好好的。书里的节奏放慢了。

赶紧的吧。抓紧时间杀个人。"挺好看的。"弗朗西斯告诉玛莎。

"弗朗西斯，告诉我，"玛莎开口问道，"你离开这里的时候想变成全新的自己吗？"

"这个，"弗朗西斯从玛莎的桌子上拿起一个彩色玻璃球。这样做好像有些不太礼貌——你不应该拿别人的东西——然而，弗朗西斯没忍住。她想感受下玻璃球在手里的重量。"我觉得是。"

"我不这么认为，"玛莎接着说，"我觉得你来这里是为了放松一下，对你现在的状态非常满意。我觉得这里的一切对你来说有点儿好笑。你已经习惯了不那么认真对待生活里的事，没错吧？"玛莎的声音沉下来一些。

弗朗西斯提醒自己，这个女人没有权利控制自己。

"就算我来这里是为了'放松一下'又怎样？"弗朗西斯把玻璃球放回去，推远了一些。玻璃球开始滚动，吓了她一跳。她赶紧用指尖按住玻璃球，然后把手放在大腿上。这太荒谬了。她为什么会觉得有点儿丢脸？像高中生一样？这里可是疗养胜地才对啊。

玛莎没有回答她的问题。"我想知道，你觉得自己的生活中遇到过什么真正的挑战吗？"

弗朗西斯调整了一下坐姿。"我也经历过失去。"她语气中带着防备。

玛莎轻轻摸了摸自己的手。"当然了，"她说，"毕竟您已经五十二岁了。但这并没有回答我的问题。"

"我一直很幸运，"弗朗西斯说，"我知道自己一直非常幸运。"

"那就是说你生活在'幸运的国度'。"玛莎伸开双臂，像是要拥抱周围的田野。

"好吧，这个生活在'幸运的国度'的说法似乎有点儿不对。"弗朗西斯似乎在自己的语气中听到了一丝卖弄，她在思考自己为什么要模仿第一任丈夫索尔。每次有人说澳大利亚是幸运的国度时，他总觉得自己有必要自鸣得意地指出这一点。"说这句话的人想要暗示的是，期待中的繁荣并没有到来。"

"那么说，澳大利亚并没有很幸运了？"

"这个，不是这个意思，我们是很幸运，但是……"弗朗西斯停下来。玛莎想表达的难道是这个意思吗？弗朗西斯没有获得期待中的繁荣？

"你一直没要孩子，"玛莎指着桌子上打开的档案说。弗朗西斯很想亲眼看看，好像自己的档案能揭示什么秘密。玛莎之所以知道自己没孩子，是因为弗朗西斯在填写预订表格的时候勾选了这一项。"是你自己的选择吗？还是环境所迫？"

"自己选的。"弗朗西斯说。这位女士，这不关您的事。

她想到了阿里和到达美国后阿里要给她看的游戏机里的游戏。阿里现在在哪儿？还是那个男孩假装是阿里？或许他正在跟别的女人打电话？

"我明白了。"玛莎回应了一声。

玛莎觉得她不生孩子是因为自私吗？这不是弗朗西斯第一次听到这种指责了，但她从来都没放在心上。

"您有孩子吗？"弗朗西斯问玛莎。她可以问问题。这个女人又不是她的心理治疗师。或许从头到尾她根本都没什么资格证书！弗朗西斯身体前倾，很是好奇。"您在谈恋爱吗？"

"我没结婚，也没孩子。"玛莎回答。她变得非常冷静，直直地看着弗朗西斯——这种目光太坚定了，弗朗西斯忍不住猜玛莎没说实话，尽管很难想象玛莎谈恋爱的样子。她永远不可能是某段感情中的另一半。

"你说自己有过失去，"玛莎说，"跟我说说你失去的吧。"

"我爸爸在我很小的时候就去世了。"弗朗西斯说。

"我也是。"玛莎回答。

弗朗西斯有些惊讶，毕竟她没问，玛莎就说了。

"抱歉啊。"弗朗西斯想到自己对父亲的最后一段记忆。那是个夏天，

184

是个周六。她正准备去塔吉特商店，因为她在那里做兼职收银员。父亲坐在客厅里，听着《炎热的八月夜晚》，抽着烟，眯着双眼，跟着曲调一起哼。父亲很喜欢尼尔·戴蒙德，觉得他就是个天才。弗朗西斯亲吻了父亲的额头。"亲爱的，再见。"父亲都没睁眼。对弗朗西斯而言，香烟的味道就是爱的味道。就因为这样，她才和好多抽烟的男人约会。

"一位女士开车过来，在人行道的地方没减速。"弗朗西斯接着说，"太阳很刺眼。可我父亲当时正在散步。"

"我父亲是被俄罗斯黑手党的杀手在市场上枪杀的，"玛莎说，"也是意外。他们认错人了。"

"真的吗？"弗朗西斯努力掩盖自己对此的兴趣，想知道更多离奇的细节。

玛莎耸了耸肩。"我妈妈说我爸爸长得太普通了。大众脸。和别人一样，基本没区别。就因为我爸爸的大众脸，她很生气。"

弗朗西斯不知道自己该不该笑。玛莎没笑，所以弗朗西斯也没笑。

弗朗西斯主动开口了。"我妈妈生气的是我爸爸出去散步。有好多年，她一直说：'那天外面那么热！他为什么不能像个正常人一样待在家里？为什么非得到处溜达？'"

玛莎点了点头。就一次。

"我爸爸本来也不应该出现在市场。"玛莎接着讲，"他是个非常聪明的人，在一家吸尘器公司当高管，但苏联解体之后，通货膨胀……"玛莎吹了声口哨，手往上指，"我们的全部积蓄，消失了！我爸爸的公司开不出工资，就拿吸尘器抵了。所以……他就拿着吸尘器去市场上卖。他本来就不应该做这种事。大材小用。"

"太可怕了。"弗朗西斯承认。

片刻之间，仿佛两个人之间的巨大差异——文化上的，童年经历方面的，身材上的——都可以因为失去父亲这件事得以弥合。她们经历了可怕的意外，她们的妈妈也都痛苦而悲伤。但接着，玛莎轻哼了一声，仿佛突然之间对什么难以察觉的举止感到厌恶。她合上面前的文件。"好了，跟你聊一聊很开心，弗朗西斯，这样我就能多了解你一些。"

她这么说，给人的感觉就是她已经了解了弗朗西斯的一切。

"那你怎么来澳大利亚了？"弗朗西斯突然迫切希望这场对话不要结束。享受过与人互动的乐趣之后，她已经不想再次回到沉默之中。玛莎不想多了解弗朗西斯一些也没关系，挺好的，但弗朗西斯肯定想更了解玛莎一些。

"我前夫和我申请了不同的大使馆，"玛莎冷冷地回答，"美国。加拿大。澳大利亚。我选择了美国，我丈夫选择了加拿大，但澳大利亚选择了我们。"

弗朗西斯尽量不去想她这种态度是针对自己的，虽然她确实觉得玛莎是针对自己的。

还有，前夫！她们两个人的另一个共同点就是都离过婚！但弗朗西斯觉得玛莎不会告诉自己关于离婚的事。玛莎的某种性格让弗朗西斯想到了大学时的一位朋友，那位朋友极度以自我为中心，而且非常没有安全感。让她敞开心扉的唯一方法就是赞美：而且是要非常小心地赞美，就好像拆炸弹一样。你根本不知道自己什么时候会碰到那根弦。

"这需要很大勇气，"弗朗西斯说，"在新的国家开始新生活。"

"其实，我们不用坐船穿过公海，摇摇晃晃的。澳大利亚政府付了机票钱，在机场接了我们，负责我们的食宿。你们需要我们，我们都是高级知识分子。我有数学学位，我丈夫是才华横溢的世界级科学家。"玛莎回味着弗朗西斯想要了解的过去。"非常有才华。"

玛莎说"非常有才华"这几个字的时候完全不像是已经离婚的人。她的那种语气就跟自己是寡妇一样。

"这是我们的荣幸。"弗朗西斯代表澳大利亚人民谦卑地说。

"没错。你们确实很幸运，非常幸运。"玛莎身体前倾，脸突然耷拉下来，"我告诉你我们为什么来！就因为VCR。一切都是从VCR开始的。可现在大家都不用VCR了！科技……"

"录像机？"弗朗西斯问。

"住在隔壁公寓的邻居有一台。当时很少有人买得起。他们有亲戚在西伯利亚去世了，所以就继承了一笔钱。我们跟邻居是好朋友，所以他们就邀请我们过去看电影。"玛莎的目光有些涣散，再次陷入了回忆之中。

弗朗西斯一动不动，不想让玛莎停下突如其来的秘密分享。就好像你趾高气扬的老板和你一起去酒吧，喝了杯酒轻松了一下，然后就把你当成平等的同事，开始说个不停一样。

"那简直是就是另一个世界的窗户，通往资本主义世界。一切都非同凡响，让人惊叹，特别……丰饶。"玛莎笑起来，仿佛在梦中，"《辣身舞》《神秘约会》《早餐俱乐部》，等等——并没有很多电影，因为当时的电影贵得离谱，所以人们都是交换着看。电影里的声音是同一个人捏着鼻子发出来的，为的是遮掩自己真实的声音，毕竟他这么做是违法的。"玛莎捏住自己的鼻子，用鼻音说话，给弗朗西斯模仿了一下。

"要不是为了那台VCR，为了那些电影，我们可能也不会这么辛苦地想离开。想离开也不容易。"

"现实不符合你的期望吗？"弗朗西斯问道，她脑子里想的是上世纪八十年代电影中光彩夺目的世界，想到自己和朋友们从电影院里神采奕奕地出来，平淡的悉尼郊区会是怎样的感觉。"生活不像电影里的那么精彩吗？"

"特别精彩，"玛莎一边回答，一边拿起弗朗西斯刚才放下的玻璃球，放在自己摊平的手掌上，害怕它会滚落一样。玻璃球完全静止不动。"同时特别不精彩。"

她果断地将玻璃球放回原处。突然之间仿佛记起了自己优越的地位，就像老板记起你第二天还必须得去上班一样。

"好了，弗朗西斯，明天我们会正式打破沉默，你有机会了解其他客人的。"

"我很期待——"

"享受晚餐吧。明天没有任何餐点。第一次轻断食就要开始了。"

玛莎伸出手，那种姿态让弗朗西斯发现自己竟然不由自主地站了起来。

"你之前断食过吗？"玛莎看着弗朗西斯问。她说"断食"的样子就好像那是一种令人兴奋、充满异域情调的练习，和肚皮舞差不多。

"好像没有，"弗朗西斯承认，"但是是轻断食，对吧？"

玛莎灿烂地笑起来。"弗朗西斯，你可能会觉得明天比较难熬。"

第二十四章

卡梅尔

"我发现你已经瘦了一些了。"玛莎打开卡梅尔的档案，开始了自己的辅导。

"真的吗？"卡梅尔问，她觉得自己中了奖一样，"瘦了多少？"

玛莎没回答。她的手指滑过档案里的一张表格。

"我觉得自己可能瘦了——但我不确定。"卡梅尔听到自己的声音有些颤抖，是太高兴了。她之前甚至不敢期望。好像姚之前一直是故意那么站着，不让卡梅尔看到体重秤上可怕的数字。

卡梅尔一只手按在肚子上，觉得这样可能肚子会更平，衣服会更宽松！她最近一直悄悄揉肚子，好像自己第一次怀孕那样。这种疗养就好像当时那种幸福的时光：感觉整个身体都朝着全新而奇妙的方向变化。

"我猜，明天的断食会让我瘦更多吧？"卡梅尔想表达自己对疗养的热情和忠诚。她会尽一切努力的。

玛莎一言不发。她合上卡梅尔的档案，双手打开，托住下巴。

卡梅尔又开口了："希望减掉的不是水分。他们说饮食调整前几天，减掉的基本上都是水分。"

玛莎还是什么都没说。

"我知道这里的饮食都是控制了热量的。我觉得，回家之后怎么保持体重才是真的挑战。要是你能给我一些能继续坚持的营养建议就太好了，或者有什么饮食计划吗？"

"你不需要饮食计划，"玛莎说，"你很聪明。你知道怎么能减重，只是你想不想的问题。你也没那么胖，当然也没有特别瘦。你只是想更苗条一点。这是你的选择。我觉得这一点没什么好说的。"

"这样啊，"卡梅尔说，"不好意思。"

"跟我说说你自己吧，跟减肥没关系的事。"玛莎说。

"好吧，我有四个女儿，"卡梅尔想到女儿们，脸上不禁浮现出微笑，"分别是十岁、八岁、七岁和五岁。"

"这个我已经知道了。你是位母亲，"玛莎说，"跟我说些别的。"

"我丈夫离开了我。他现在有了个新女朋友。这就是——"

玛莎不耐烦地挥了挥手，仿佛这也没什么关系。"其他的事。"

"目前没有其他的了。"卡梅尔回答，"没时间管其他的了。我就是个普通的妈妈，特别忙。超重、压力大、住在郊区的妈妈。"她一边说，一边打量着玛莎的桌子，想看看全家福。她不可能有孩子。因为如果她有孩子，就会知道为人之母会把你整个人拖垮。"我兼职工作，"卡梅尔还在试着解释，"我母亲年纪大了，身体不太好。我觉得很累。总是很累，自始至终一直很累。"

玛莎叹了口气，仿佛卡梅尔就是不听话。

"我知道，我得在日程中安排更多运动，对吧？"卡梅尔试探性地问。这是玛莎想听的吗？

"没错，"玛莎回答，"没错，你说得对。但我觉得这个没什么意思。"

"孩子们大一些了，我就有更多时间——"

"跟我说说你上学的时候是什么样，"玛莎打断了她，"你之前是什么样子？聪明吗？学习好吗？很差吗？听话吗？说话声音大吗？害羞吗？"

"我的成绩基本上是班里第一，"卡梅尔说，"一直都这样，不淘气，不害羞，说话声音不大。"她想了想，"不过，也能很吵。如果刺激够强烈。"

她想起来，自己有一次和老师进行了激烈的争论。那位老师在黑板上写了"雷声轰隆，闪电不止"。卡梅尔站起来，说老师写错了，单词里少了一个字母e。老师不相信。卡梅尔不肯让步，老师大声反驳的时候，卡梅尔都没退缩。知道自己绝对正确的时候，她浑身上下充满力量。但一生之中，你能有多少次确定自己是对的？几乎没有。

"有意思，"玛莎说，"但现在你似乎不是个很吵的人。"

"那是你没见过我早上的时候吼孩子。"卡梅尔回答。

"那我为什么没见过这个'很吵'的卡梅尔？她去哪儿了？"

"呃——因为我们不能说话？"

"这是个好理由。不错，你得明白——即便如此，即使你说的很有道理，你还是像在说问句一样。你在句子结尾的时候还是带着疑问的口气。是这样吗？你的声调会往上，对吧？就像你自己不太确定？你说的所有话？"

玛莎这种对卡梅尔说话语气的模仿让她感到不安。她听起来真的是这样吗？

"还有你走路的时候，"玛莎说，"这是另一回事了：我不喜欢你走路的样子。"

"你不喜欢我走路的样子？"卡梅尔有点儿羞恼，这么说不觉得很没礼貌吗？

玛莎站起来，走到办公桌前面。"你现在是这么走路的。"她驼着背，低着头，在房间里走起了小碎步，"好像你不希望别人注意到你。为什么会这样？"

"我没觉得我——"

"没错，你就是这样的。"玛莎坐回原位，"我觉得你之前应该不是这样的，之前的走路姿势应该是正确的。你希望女儿们也这么走路吗？"

这显然是个反问句。"你现在可是在自己最美好的年纪啊！你应该昂首挺胸地走进房间！就像走 T 台，走向战场！"

卡梅尔愣住了。"那我试试？"她这么回答。接着，她咳嗽了两声，记起来自己应该用陈述句。"我会试试的，我会试着那么走路。"

玛莎笑了。"很好。一开始你可能会觉得有些奇怪。你得先假装一下，但之后就习惯了。然后你会这么想：哈，没错，我就应该这么说话，我就应该这么走路。这才是我，卡梅尔。"她攥紧拳头按在自己心脏的位置，"这才是我本来的样子。"

玛莎向前俯身，压低声音。"我告诉你个秘密，"玛莎的眼睛里闪烁着光芒，"这么走路能让你变瘦！"

卡梅尔笑起来。她是在开玩笑吧？

"再过几天你就知道了，"玛莎说着做了个手势。卡梅尔马上站起来，仿佛自己待的时间太久，已经不受欢迎了。

玛莎把平板电脑拿出来，不知道写了点儿什么。

卡梅尔反应了一下。她尽力挺直肩膀。"你能告诉我，我现在减了多少斤吗？"

玛莎没抬头。"出去的时候把门关上。"

第二十五章

玛莎

玛莎看着坐在桌子对面的大个子。他的双脚牢牢地踩在地板上，双手攥拳，放在大腿上，就像等着假释的罪犯。

玛莎记得德莉拉暗示过，托尼·霍格布恩身上有些不寻常的地方，很神秘。玛莎不这么认为。这个男人没有特别复杂。在她眼里，不过就是个头脑简单、脾气暴躁的人。他已经瘦了一些。如果男人不喝酒了，很快就能瘦下来，而像卡梅尔这种基数小的女人，减重的时间就会比较久。实际上，卡梅尔一点儿都没瘦，但让她知道也没什么好处。

"托尼，你为什么来静栖馆？"玛莎问。

"我就在谷歌搜索了一下'如何改变人生'。"托尼回答。

"这样啊。"玛莎说。跟实验一样，她靠在椅背上，跷起二郎腿，等着托尼打量自己。当然，托尼确实这么做了（毕竟他不是个死人），不过也没盯着玛莎看很久。"你为什么想改变自己的人生？"

"这个嘛，玛莎，生命短暂。"他望向玛莎身后的窗户。玛莎注意到，跟之前发现违禁品被没收的时候相比，他现在冷静多了，也自信多了。静栖馆带来的积极效果！"我不想浪费剩下的时间。"

托尼的目光回到玛莎身上。"我喜欢你的办公室。坐在这儿，就跟坐在世界之巅一样。我在瑜伽练习室里总觉得会犯幽闭恐惧症。"

"那你希望怎么改变自己的人生？"

"就变得健康一些，身材好一点儿。"托尼回答，"减点儿肥。"

男人们总是这么说："减点儿肥。"说这几个字的时候，他们的语气里没有任何羞愧，也没有别的感情，好像体重是他们随时想减就能减的。女士们说到自己需要"减肥"的时候，通常眼睛都会垂下来，仿佛多余的体重是她们的一部分，是她们可怕的罪恶。

"我之前身材不错。我应该早点儿开始。我很后悔……"托尼停下来，清了清嗓子，可能自己说太多话了。

"你后悔什么？"玛莎问。

"不是后悔我做了什么，更像是后悔我还没做什么。我已经这样郁闷了二十年了。"

"郁闷"这个词让玛莎反应了半秒钟——她不经常听到这个词。

"二十年的郁闷确实挺久。"玛莎回答。这个蠢男人。她自己从来都不郁闷。一次都没有。只有脆弱的人才会郁闷。

"我有点儿习惯那种状态，"托尼说，"不知道怎么停下来。"

玛莎等着听他之后要说的话。女人们喜欢别人问到关于自己的问题时才会说，但面对男人，还是得耐心，得靠沉默，等着看最后的结果。

玛莎等待着。时间一分一秒流逝。托尼换了个坐姿，玛莎都快放弃了。

"你的濒死体验，"托尼开口了，没看玛莎，"你说你不害怕死亡了，还是类似什么来着？"

"没错。"玛莎回答。她仔细打量起托尼，想知道他为什么对这件事感兴趣，"我不害怕死亡。它很美。人们觉得死亡就是睡着，但是我觉得那是觉醒的时刻。"

"隧道？"托尼又问，"你看见的是隧道吗？有光亮的隧道？"

"不是隧道。"玛莎停顿了一下，想换个话题，把关注点再带回到托尼身上。她之前已经跟弗朗西斯·韦尔蒂说过太多自己的生活了。那个人有一头卷发，涂着红色口红，差点儿把玛莎的玻璃球从桌子上弄掉，像个小孩子一样，总问些贪婪的问题，爱管闲事，让玛莎忘记了自己的身份。

很难相信，弗朗西斯居然和玛莎一样大。这让她想到二年级同伴的一个小女孩：胖乎乎的，很漂亮，普通的小女孩，口袋里总装着糖果。弗朗西斯这种人的生活里充满了糖果。

但玛莎觉得托尼并不是这种人。"不是隧道，是一片湖。"玛莎回答，"一大片湖，泛着彩色的光。"

她之前从来没跟客人说过这个。跟姚说过，但没跟德莉拉说过。托尼一只手摸了摸自己没刮胡子的下巴，好像在思考玛莎刚才说的话。那片难以置信的湖水再次出现在玛莎眼前：红色、绿松石色、柠檬色。她不仅见过那片湖，她还亲自感受过：用呼吸，用听觉，她嗅到了湖水的气息，她品尝了湖水的味道。

"那你见到……自己在乎的人了吗？"托尼问。

"没有。"玛莎说谎了。她见到一个年轻男子朝自己走来，从湖水的光亮中走来，各种色彩从他身上散发出来，流光溢彩。

那个人很普通，但长相俊美。他戴着棒球帽，跟现在很多年轻人一样。他摘下帽子，挠了挠头。玛莎只见过他尚是自己襁褓婴儿的样子：那时的儿子很美，脸颊胖嘟嘟的，还没长出牙齿。但玛莎一眼就认出来了，那个年轻人就是自己的儿子，儿子就是这样的，应该长成这样。她心中还是充满了对儿子的爱，那种爱太过清晰、强大，如她第一次把儿子抱在怀中的感觉，让人震惊。玛莎不知道再次体验到这种爱是珍贵的礼物还是残忍的惩罚。或者二者兼有吧。

她见到了自己的儿子，可能用尽了一生，或者可能只是几秒钟。玛莎没有了时间的概念。后来，儿子消失了。玛莎飘在办公室天花板上，看着两个人试图拯救自己毫无生气的身体。那两个人扯开了她的丝绸衬衫，玛莎看到了地板上的扣子。她看到自己的双腿张开，呈一个奇怪的角度。还有，玛莎看到了其中一个年轻人的头，黑色头发之间的白色部分就像是一颗小小的草莓——带有形状的胎记。这个年轻人的额头冒出细密的汗水，是因为给她做除颤的时候电脉冲引起的。不知为何，玛莎能感受到那个人的感受：他的恐惧，他的专注。

玛莎到了第二天才恢复意识。她回到了禁锢着自己的身体，一个高大美丽的护士说："睡美人，你醒啦！"那种感觉就像是重回监狱。

不过，那个人并不是护士，而是医生，给她做了心脏搭桥手术的医生。接下来的几年里，玛莎一直在想，要是给自己做手术的医生像其他大部分心外科医生一样，自己的生活会有怎样的不同。她会心存偏见，对医生说的话全然不在乎，无论是否有道理。她会把对方当成自己头发灰白的手下，玛莎本人比他们知道的多得多。但这位女士吸引了玛莎的注意力。玛莎为她感到骄傲，莫名其妙。这位医生也是在男人主导的世界中的精英，而且她个子很高：跟玛莎一样，不知为何，这一点也很重要。所以医生说要从饮食、运动和戒烟方面减少玛莎的风险时，玛莎听得很认真。玛莎听到医生说："别让心脏成为思想的牺牲品。"医生想告诉玛莎的是，她的思想状态和身体状态同样重要。"我刚来心脏外科病房的第一年，我们有一种说法叫'胡须暗示'，"医生说，"意思就是，如果男病人可怜到甚至都不想刮胡子，那他恢复的可能就比较小。玛莎，你要知道，自己的整个身体都需要好好照顾。"第二天，玛莎就刮了腿毛——上次刮腿毛还是好多年前。她听从了医生的建议，参加了心脏康复锻炼计划，下定决心要成为同组中最优秀的。她战胜了健康的挑战，战胜了心脏问题的挑战，如她克服工作中诸多困难一样。自然而然，她的成绩超过了所有人的期望。"我的天啊。"玛莎之后第一次去复查的时候，连外科医生都惊叹不已。

玛莎从来都没有郁闷过。她重新塑造了自己。那位高大美丽的医生给了她动力。那个湖里的年轻人给了她动力。

"我姐姐也经历过濒死体验，"托尼开口了，"骑马发生的意外。意外之后，她像变了一个人。包括事业，包括生活的一切。她一下扎进了园艺的世界。"托尼不安地看着玛莎，"我不喜欢她这样。"

"你不喜欢园艺？"玛莎有点儿开玩笑的样子。

托尼也微笑了一下。玛莎在那一瞬间看到了他散发出男人的魅力。

"我觉得我只是不喜欢我姐姐的这种变化，"托尼回答，"我觉得她很陌生。或许就像是她经历了我无法理解的东西。"

"自己不理解的东西确实让人害怕，"玛莎告诉托尼，"在那之前，我从来不相信有来世。现在我相信了。正因如此，我现在生活得更好。"

"好吧，"托尼说，"没错。"

玛莎又开始了等待。

"怎样都好……"托尼呼了一口气，拍了拍自己的大腿，好像该说的都说完了。玛莎不可能再从他身上知道别的东西。不过，无所谓。接下来的二十四小时会让玛莎更了解这个男人。他会发现不一样的自己。

托尼离开房间，一只手提了提裤子。看着他离开，玛莎感到一种光荣的平静。最后一丝疑虑消失了，或许是因为想到了自己的儿子吧。

风险已经计算过了。风险在合理范围内。

谁爬山的时候不会冒些险呢。

第二十六章

拿破仑

静栖馆的黎明。疗养的第五天。

拿破仑做了三遍野马分鬃式。

他喜欢太极拳力道内含的动作。虽然每次他都能听到膝盖像压在碎石小路上的轮胎一样咯吱作响，但野马分鬃式仍是他最喜欢的太极体式之一。医生说没什么好担心的：拿破仑这个年纪的人，关节都响。就是软骨也到了中年而已。

今天早上带着大家在玫瑰园打太极的是姚。九位客人都穿着静栖馆绿色的长袍，在他身边围成半圆形。姚语调平平，一边做动作，一边告诉大家体式的名称。最近一段时间，大家好像经常穿着长袍出现。姚身后的地平线上，两只热气球从葡萄园慢慢升空，如油画中的样子。拿破仑和希瑟之前也坐过热气球，那是个浪漫的周末：他们品尝了红酒，去了古董店。太多年前的事情了，那时候两个人还没有孩子。

有意思的是：你觉得有了孩子，生活会彻底改变。这话没错，但只是在一定程度上改变了。没有什么能比失去孩子带给生活的变化更大。

那天，玛莎这位看起来身材非常匀称健康的女士热情地介绍了自己所做的一切（他的妻子不相信这种热情，佐伊还太年轻，觉得有些尴尬，但拿破仑心中带着钦佩）。那是来这里的第一天，玛莎说这里的经历会让大家"以意想不到的方式"得到改变。拿破仑之前坚信自我完善，但仍觉得有不同寻常的讽刺。他和家人们已经通过意想不到的方式得到了改变。他们需要的只是平和以及安静，当然还有饮食的调整。

我欣赏并钦佩您的热情，玛莎，但我们想要的可不是进一步转变。

"白鹤亮翅。"姚说，大家都跟着他一起优雅地做出了这个体式。很美的场景。

拿破仑如平常一样站在后面（他长到六英尺三英寸 [①] 的时候就学会自动站在最后了），看着妻子和女儿同时抬起手臂。她们精力集中的表现也一样，会像花栗鼠一样咬住下唇。

他听到旁边那个人的膝盖也嘎吱作响，这倒给人送来几丝欣慰，因为拿破仑觉得那个人至少比自己年轻十岁。就连拿破仑都看得出，那个人确实特别帅。他看了一眼希瑟，或许希瑟也正看着那个帅气的男人呢。但希瑟的眼神很难懂，就像洋娃娃的眼睛。她内心的某处充满悲伤，一如既往。

希瑟的心碎了。

她一直都非常脆弱，如一件精致的瓷器。

刚开始恋爱的时候，拿破仑觉得希瑟是个活泼开朗、伶俐有趣、要强好胜的女生，运动能力强，性格外向，带着去看足球或者露营也绝对没问题。拿破仑没错，希瑟就是这样的人。她喜欢运动，喜欢露营，从来不挑剔，也不贪心。正相反：她很少承认自己需要别人或需要什么东西。两个人刚开始约会的时候，希瑟自己搬书架，结果弄伤了大脚趾。可当时拿破仑就在过去的路上，单手就能把胶合板书架举起来。可即便如此，希瑟还是非得要自己来。

隐藏在活泼开朗背后的脆弱过了很久才逐渐表现出来，方式很奇怪：

---

① 约合 1.9 米。

对某些食物的挑剔可能是因为它会引起胃部不适，也可能是别的原因；如果两个人的争执太激烈，她就不会看着拿破仑，说"我爱你"的时候也必须撑着下巴，好像随时准备挨一拳。拿破仑当时还很浪漫地想过，自己可以保护希瑟伶俐有趣的一面，保护她脆弱的小心灵，把她当成自己大手掌中的小小鸟。拿破仑满怀着爱意和男性激素，认为可以保护自己的女人，不让她受到一丁点儿伤害：无论对方是其他坏男人、沉重的家具还是让人讨厌的食物。

拿破仑第一次见到希瑟疏离且孤僻的父母时，他明白了，希瑟的成长过程中缺乏爱。如果缺少本应该得到很多的东西，那即便得到了，你也永远不会真正相信。希瑟的父母并没有虐待孩子，但他们待人很冷淡，让人三米之内不敢靠近。拿破仑在希瑟父母面前会表现得尤其关爱希瑟，仿佛想通过这种方式让两个人以应有的方式关爱自己的妻子。"希瑟穿着这条裙子不美吗？"他会这么反问。"希瑟说了吗？她在助产士考试中考了第一。"后来有一天，希瑟亲口对拿破仑说：别这么做了。拿破仑听了她的话，但每次两个人去希瑟家里时，他还是会更多地抚摸希瑟，不顾一切地通过自己与希瑟的肢体接触表达这样的信息：有人爱你，有人爱你，有人深深地爱着你。

拿破仑当时太年轻，已太幸福，不知道仅仅有爱是不够的。太年轻了，不知道生活伤害你的方式究竟有多少种。

儿子的死让希瑟崩溃了。

或许无论是哪位母亲，失去儿子都一样会崩溃。

明天是儿子的忌日。拿破仑已经感受到了这一天的阴暗，感受到带着恶意的阴影。一整天都害怕好像太不正常了。只是悲伤的一天，是他们无论如何都不会忘记的一天。拿破仑提醒自己，有这种感觉很正常。其他人也会这样。去年，他也有同样的感觉，厄运将至。仿佛一切会再次上演，仿佛这是他之前读过的故事，结局早已了然于心。

200

他希望，来疗养能让自己更平静地面对儿子的忌日。整座场馆很壮丽，看上去很平静，还有，没错，"安宁"。此外，工作人员似乎也很友善，懂得关心。然而，拿破仑却仍觉得不安。前一天晚上吃晚餐的时候，拿破仑的右腿开始颤抖，不受控制，最后他不得不把手按在腿上才好一些。是因为明天是忌日吗？还是因为静默？

或许是沉默吧。他不喜欢只和自己的各种想法、回忆和遗憾共处。

太阳升得高了一些，静栖馆的客人们跟着姚做动作。

拿破仑瞥了一眼那个试图把违禁品偷带进来的大块头。他看起来是个爱找麻烦的人，拿破仑一直用当老师的眼光看待他，不过，那个人似乎已经安定下来了，就好像你觉得某个学生会在整个学年都与你为敌，可突然之间他改头换面了。那个大块头的样子让拿破仑想起了过去的某个人或某次经历。是他小时候喜欢看的电视节目里的一个演员。应该是吧？感觉是段美好的回忆，他带来了愉悦感，但拿破仑却表达不出来。

不知何处的鞭鸹叫了一声。拿破仑喜欢鞭鸹的叫声：拖着长音，如美妙乐音，澳大利亚随处可闻。等之后你离开这片土地，才知道自己有多想念这种声音，才知道它已经深入灵魂。

"倒撵猴。"姚又说了体式的名字。

拿破仑做了倒撵猴式，回忆回到了三年前：同样的日子，同样的时间。恍如昨日。

大约三年前的这个时候，拿破仑正在和睡意蒙眬的妻子翻云覆雨。那是他们婚姻中的最后一次。（拿破仑觉得是最后一次，虽然他还没有完全放弃。如果希瑟准备好了，拿破仑肯定能感觉到。一个眼神就够了，拿破仑明白。现在，两个人的欢好让人觉得廉价、低级、敷衍，但拿破仑不介意这种低级敷衍的觅爱追欢。）希瑟会再次睡着——当时的她很喜欢再补个觉——而拿破仑则会轻手轻脚地离开家去海湾。长长的暑假中，拿破仑的冲浪装备一直放在汽车的车顶行李架上。回来的时候，扎克正在洗手池旁吃早餐，没穿上衣——扎克经常不穿上衣——头发也不梳。看到父亲，他抬起头笑了一下说："没牛奶了。"这句话的意思是，他把牛奶都喝完了。之后，扎克说自己第二天想和拿破仑一起去冲浪。接下来的几个小时，拿破仑收拾了花园，清理了泳池，扎克则和朋友克里斯一起去了沙滩。后来，拿破仑在沙发上睡着了，家里的女孩子们都不在家——希瑟去上班，佐伊去参加聚会。等扎克回了家，拿破仑就烤了双人份排骨。后来，父子俩还在泳池里游了泳，讨论了澳大利亚网球公开赛、塞雷娜^①获胜的机会还有阴谋论（扎克对阴谋论很感兴趣）。还有，克里斯告诉扎克，自己想学胃肠病学。扎克对克里斯这一奇怪的职业规划有些惊讶，因为扎克连自己第二天要做什么都不知道，更别说下半辈子要做什么了。拿破仑跟儿子说这也没问题，他还有很多时间思考自己的职业，反正现在也不会有人一辈子只从事一项工作（拿破仑绝对说过这样没问题，他已经回想过成千上万遍）。接着，两个人借着打网球的名义打了乒乓球，三局两胜。拿破仑赢了。最后，父子俩一起看了《天才一族》，两个人都很喜欢，笑点不断。看完电影已经很晚了，所以第二天拿破仑才觉得很累，这才按了手机上的闹钟延时按钮。

这一瞬间的决定足以让他后悔到死。

拿破仑很清楚那天发生的一切，因为他已经回想了一遍又一遍，像谋杀案的侦探，一遍遍梳理证据。他的脑海中一次次重复这样的场景：自己伸出手，拿过手机，大拇指按下了延时按钮。一次又一次，他能想象到自己如果不这样做，生活会是怎样：如果他做出了正确的决定，如果他如往常一样决定，如果他没有按下延时按钮，如果他按掉闹钟起床。

"揽雀尾。"姚的声音传来。

最先发现扎克的是希瑟。

---

① 塞雷娜·威廉姆斯（1981—　）美国著名女子网球运动员。

拿破仑从没听到过像妻子那天早上的尖叫声。

他想起自己跑上楼的样子：仿佛花了一生的时间，仿佛在泥地里奔跑，仿佛是梦中的场景。

扎克用新腰带做了个套索。

是 R. M. 威廉牌的棕色皮带。几周之前，希瑟刚买回来给扎克的圣诞节礼物。一条皮带九十九美元，贵得离谱。"好贵的皮带。"希瑟给拿破仑看的时候，拿破仑忍不住说。他还记得自己从塑料袋里拿出收据时扬了扬眉毛。希瑟耸了耸肩。扎克之前说过自己喜欢。而且希瑟每个圣诞节都会挥霍一下。

儿子，你算是让你妈妈崩溃了。

扎克没有留下纸条或者信件。他选择不解释自己的行为。

"抱虎归山。"姚还很年轻，可能也就比扎克大十岁。扎克本来也可能在这种地方上班。他本可以留长头发。要是扎克留着现在流行的胡须样式肯定也好看。他本可以拥有精彩的人生，大把的机会。扎克要头脑有头脑，要样貌有样貌，胡子都很好看。他擅长动手，本来可以做生意！他也可以选择学法律、学医或者学建筑。他可以去旅行。他可以吸毒。为什么他不吸毒呢？要是儿子做了错事，但不是不可挽回的错事该多好啊！哪怕是吸毒，哪怕甚至是贩毒，哪怕被逮捕了，哪怕人生脱轨都好吧。拿破仑能带他重回正轨。

扎克还没有自己的车。为什么你要选择死呢？你还没有体会过那种快乐，那种拥有自己的车的无与伦比的快乐。

显然，自己前面那个年轻人开了辆兰博基尼。

扎克选择放弃这个拥有鞭鸰和兰博基尼的世界，选择放弃拥有长腿女孩和汉堡的世界。他选择接受母亲的礼物，选择用这份礼物做自杀的工具。

儿子，这样是不对的。是错的。真的是错到家了。

拿破仑听到了什么声音，接着意识到发出这种声音的正是自己。佐伊转过身来看着他。拿破仑挤出个微笑，让女儿宽心。佐伊，我没事儿，我刚才骂你哥哥来着。泪水迷蒙了双眼。

"海底针。"姚接着说。

我的儿子。我的儿子。我的儿子啊。

拿破仑没有崩溃。悲伤永远不会消失，但葬礼结束后的那一周，他做了个决定。他绝不能崩溃。他有责任痊愈，他有责任支撑自己的妻子和女儿，有责任带着她们渡过难关。所以他开始研究文学，上网买了书，仔细阅读每一个字。他还下载了播客，在谷歌上搜索。此外，他每周二晚上都会参加自杀幸存者小组活动，就像他妈妈每周日去参加弥撒那样虔诚。现在，拿破仑已经是小组的负责人了。（希瑟和佐伊觉得拿破仑说得太多，但只是在社交场合如此。周二晚上，拿破仑很少说话。他只是倾听，坐在折叠椅上倾听，痛苦如海啸般席卷而来，他仍岿然不动。）拿破仑会在家长会上讲话，会在学校演讲，参加过广播采访，编辑过线上新闻通讯，帮助组织筹款活动，等等。

"那是他的新爱好。"有一次，拿破仑碰巧听到希瑟晚上给别人打电话时这么说。他一直不知道电话那头是谁，因为他没提过这件事，但他忘记不了，忘不了那种挖苦的语气，太像是痛恨。这句话之所以让人伤心，是因为它既是恶意的谎言，但同时也是让人羞愧的事实。

如果深究起来，拿破仑心里也怨恨希瑟。幸福婚姻的秘诀就是不要深究。

他看到妻子瘦弱的手臂朝太阳打开，"汲取生命的力量"，拿破仑的心里感到痛苦的温柔。希瑟的伤口还没有愈合，她甚至拒绝尝试让伤口愈合。这么长时间，希瑟只去过一次互助小组。她不想听其他家长讲自己失去儿子的事，因为她心里的扎克比其他人愚蠢的儿子强多了。拿破仑也觉得扎克比别人愚蠢的儿子强多了，但为这个自己主动加入的团体付出时，拿破仑能找到慰藉。

"白鹤亮翅。"

有时候，事情的发生就是毫无征兆。

周二晚上的小组活动中，拿破仑这么对刚加入的一对心碎的父母说。拿破仑告诉他们，有研究表明，青少年自杀通常都是因为冲动。很多人在自杀之前八个小时才有了这个想法。有些愚蠢的孩子在做出生死攸关的选择时甚至只考虑了五分钟而已。

拿破仑没说自己从其他研究中得到的信息，比如自杀幸存者经常说，自己在吞了药、跳下楼、割了腕之后的第一个想法都是：天啊，我这是在做什么？！他没说很多自杀幸存者都因为自己的经历而改头换面，过上了幸福的生活，有时候还会接受一点心理干预。拿破仑没有说，要是放弃生命的决定通过某种方式缓和了些，如果没有自杀工具，那么孩子们自杀的念头通常会随着时间的流逝而消失，再也不会回来。拿破仑没有说，英国的自杀率因淘汰煤气的使用而下降了三分之一，因为人们没有办法再一头扎进烤箱的时候，就有时间让这种黑暗且可怕的念头慢慢溜走。拿破仑觉得父母知道这些并没什么用，只会觉得自己运气太差才会失去孩子，或许他们需要的只是适时的干预，一个电话或者什么让注意力分散的事。

但拿破仑知道这些，因为失去的是扎克。冲动。这绝对是冲动。扎克没想清楚，他没想过自己的行为会有什么后果。在当时那个时刻，他仿佛命中注定就要这么做。他练习过正念。不念过去，不念将来，关注现在。我现在觉得要这么做，所以我现在就要做。

如果你在沙滩逐浪，那新的跑步鞋肯定会被水打湿，而且一整天都干不了。如果在空中花粉含量比较高的日子里出去跑步（就算有人让我们待在家里），你可能会患上哮喘。如果你选择放弃生命，那就无可挽回了，孩子，生命一去不返。

"扎克，你得学会思考！"拿破仑曾经这样朝儿子大喊过。

所以拿破仑知道。毫无疑问，如果自己按照原计划起了床，如果自己没有按下闹钟的延时键，如果他敲了扎克的房门说"和我一起去划水"，那么他现在还能拥有没有崩溃的妻子，一个洗澡时会唱歌的女儿，还有一个即将迎来二十一岁生日的儿子。

拿破仑本应该是了解并且理解男孩子的人。他有个抽屉，里面装满了卡片和书信，都是这么多年他教导过的男孩子们和家长们寄来的，全部都是赞扬，说拿破仑很特别，为他们的生活做出了巨大贡献，他们永远不会忘记拿破仑。还有，说拿破仑把他们从可怕的边缘拉了回来，让他们离开错误的道路。他们将永远感激自己优秀的老师马尔科尼先生。

然而，不知为何，拿破仑却没能成功辅导自己的儿子。可他的儿子才是世界上最重要的男孩子啊。

整整一年，拿破仑一直在寻找答案。他和每个朋友、每个队友、每位老师、每个教练都聊过。大家都不知道为什么。根本没有隐藏在背后的东西。

"闪通臂。"姚说。

拿破仑做了闪通臂，肌肉得到了拉伸。和煦的阳光照在脸上，泪滴从脸上滚落，他品尝到了海水的味道。

但拿破仑没有崩溃。

第二十七章

佐伊

佐伊看到眼泪从父亲脸上滑落，想知道他自己知不知道自己在哭。她爸爸经常哭，但有时候似乎没意识到自己在哭，就好像他没意识到伤口在流血，好像他的身体在不知不觉中宣泄着悲伤的情绪。

"仰天式。"姚说。

佐伊跟着姚优美的动作转身，朝向母亲的方向。她看到母亲脸上深深的皱纹，那个糟糕的早上母亲的尖叫又回荡在耳边。那种尖叫就像动物被困在陷阱中不得脱身一般。那一声尖叫如一把尖刀，彻底撕裂了佐伊的生活。

明天，就是三周年了。爸爸妈妈会觉得好过一些吗？显然，现在看上去，一切并没有好转。好像期待他们在下一个周年忌日时能更好一些也没什么用，毕竟前两年的忌日佐伊就是这么想的。她知道，等大家回家之后，一切都会一如往常。

佐伊觉得父母像是得了重病，病入膏肓，无药可医，只能任由疾病肆虐身体。就像他们遭到了袭击，有谁高举着棒球棍在后面追着他们。佐伊之前并不知道，悲伤竟可以引起身体上的不适。扎克自杀之前，佐伊觉得悲伤只存在于心里，她不知道悲伤会让身体难受——它会破坏人的消化系统、生理周期、睡眠模式和皮肤状态。伤害死敌的方法也不过如此。

有的时候，佐伊觉得自己只是在等待生命的结束，忍着。每一件事、每一天、每个月、每一年就这样过去，佐伊只能让自己熬过一段不明不白的时光，希望一切好转。然而，她一直都没熬过去，一切也都没有好转。佐伊自始至终未能原谅扎克。扎克的死就是终极"炸弹"。

"至少，你们也没什么感情。"朋友卡拉的话盘绕在佐伊的脑海。

至少我们也没什么感情。至少我们也没什么感情。至少我们也没什么感情。

第二十八章

希瑟

打太极的时候，希瑟好像没发现拿破仑哭了。

她心里想的是上周发生的一件事，那天她的夜班漫长而辛苦，接生了两个男孩。

每次接生的是男孩时，看到婴儿悲伤睿智的眼睛，希瑟难免就会想到扎克。所有婴儿都眼神明亮，好像刚从另一个世界来，领略了无法言说的美。每一天都会带来无穷无尽的新生命。

希瑟下班之后去医院咖啡厅喝咖啡，遇到了过去的熟人。没机会转身离开假装没看到。那个人一下就认出了希瑟，是足球队里另一个队员的妈妈。扎克之前在队里踢足球来着。她好像叫丽莎什么的。人挺好的，挺爱说话的一位女士。好多年没见了。那个叫丽莎什么的看见希瑟马上就眼前一亮。啊，我认识你！之后，她的脸马上就沉下来了——这种场景总会发生，因为她想起来自己听到的小道消息。你基本上完全可以读懂她的想法：唉，该死，她就是那个妈妈，但没时间闪开了！

有些人为了避开希瑟会走到马路对面去，希瑟亲眼见过。有些人会闪开，他们是真的闪开，好像希瑟家里发生的是什么卑鄙可耻的事情。这位女士算是勇敢的。她没闪开，没躲藏，也没掩饰。

"我听说扎克的事了，真遗憾。"丽莎说到扎克名字的时候甚至都没压低声音。

"谢谢。"希瑟嘴上这么回答，心里在想自己的咖啡怎么还不来。她看着旁边拄着拐杖的男孩，'这肯定是……贾斯廷吧？"这个名字随着记忆的洪水出现了，那个让人瑟瑟发抖的周六早上，足球场。突然之间，毫无来由，希瑟怒火中烧。这个孩子，眼前这个活生生的蠢孩子成了她的目标。

"我记得你，"希瑟咬着牙对他说，"你之前从来不传球给扎克！"

那个孩子眼神空洞地盯着希瑟看，嘴巴微张，满脸害怕。

"你之前从来不传球给扎克！你为什么不传给他？"希瑟转头对丽莎说，"你应该告诉他传球给扎克的！"希瑟的声音很大，超过了公共场合应该有的说话音量。

这种情况下，大多数人都会找借口匆忙走开。有些人可能已经回嘴了。您是失去了儿子。可这不是粗鲁的理由。但这位丽莎，这位希瑟几乎不认识的女士，这位（希瑟现在想起来了）扎克在赛场上哮喘发作时把佐伊带回家给她做午餐的女士，只是稳稳地看着希瑟，特别伤心："你说得没错，希瑟，我应该让他传球的。"

这时，跟扎克一起踢足球时才九岁的贾斯廷用年轻男士深沉的声音说："扎克超级擅长射门，马尔科尼夫人。我应该多给他传球的。我之前不太擅长传球。"

那天，那个年轻人也表现了自己的慷慨、友善和成熟。希瑟看着他的脸——鼻子上的小雀斑，年轻男孩嘴边的青色胡茬，仿佛看到了自己儿子生命最后一天时的怪异面孔。

"对不起。"后悔让希瑟感到脆弱，她颤抖着。她没再看那对母子，也没拿自己的咖啡就径直离开了。然而，她还是会把自己的愤怒转嫁给别人。

"蛇身下式。"姚说。

希瑟想象自己一个人坐在扎克的房间，打开床头柜的抽屉。希瑟就是悄悄爬过草地的蛇。

第二十九章

弗朗西斯

快下午三点了，弗朗西斯下楼来到冥想室，心里有些渴望，毕竟沉默要结束了。前一天吃过晚餐之后，她就再没有吃过任何固体食物，所以现在非常饿。早餐铃声和正午铃声敲响的时候，弗朗西斯去了餐厅，发现餐台上有一排思慕雪，标有不同的名字。弗朗西斯找到了自己的那一杯，一小口一小口细细品尝着，但还没反应过来，思慕雪就见底儿了。她的胃咕咕叫，很大声，尴尬得不得了。

她不是真的快饿死了，就是想吃东西。她不是想吃东西，是想完成吃东西的仪式。或许要是在家，忙得不可开交，偶尔忘记吃饭也没什么（这并不是说弗朗西斯之前偶尔会吃不上饭，毕竟她一直很难理解"我忘吃午餐了"是种什么感觉），然而，在这里，尤其是沉默期间，餐点时间是一天之中重要的休息时间。

她试着躺在吊床上看书分散注意力，但好像书都发生了奇怪的变化，她根本无法抵抗胃部空空如也的感觉。

走进冥想室的时候，弗朗西斯的精神振奋了些。房间里没开灯，点着一圈火光闪烁的蜡烛。地下的房间很凉快，有种香薰燃烧器把让人讨厌的雾气抽走了，看不到在哪儿的扬声器里传来让人兴奋的音乐声。

刚走进来，弗朗西斯很满意这种努力营造出来的氛围。她注意到，房间周围摆放着类似露营床的物品，上面还有毯子和枕头。耳机和眼罩放在枕头上，水杯在旁边，像是精心安排长途飞行的商务舱。

玛莎、姚和德莉拉盘坐在房间中间，马尔科尼一家三口还有那个高大、英俊、皮肤黝黑的男人也在。

"欢迎，请过来围坐吧。"玛莎说。很多人跟着弗朗西斯一起进来了。

玛莎穿着白色长袍，无袖，丝缎材质，缀着蕾丝边，像是婚纱，又像是睡袍。她化了眼妆，眼睛显得更大了。姚和德莉拉都是很有吸引力的年轻人，可在玛莎这个仙气飘飘的人面前，他们看上去都不过是凡夫俗子而已。

不一会儿，大家就到齐了。弗朗西斯的一侧是希瑟，另一侧是年轻的本。她想知道本有什么感觉。可能还在惦记自己的车吧。弗朗西斯借着烛光打量着本那小麦色的腿，腿毛很多——弗朗西斯打量他不是因为对他有感觉。我的天，就是单纯地喜欢这个人，过去几天默然沉思的冥想让一切都变得非常具有吸引力。本腿上的每根汗毛都像是一小片可爱森林里的一棵小树——

本清了清嗓子，移开了自己的腿。弗朗西斯坐直了身体，跟坐在对面那个身材高大、皮肤黝黑的英俊男士的目光相遇了。那个人背部挺直，神情严肃，然而又透露着某种感觉，他好像并没有认真对待目前发生的一切。弗朗西斯不由自主地移开了目光，但那个人还是看着弗朗西斯，竟还眨了眨眼。弗朗西斯也朝他眨了眨眼，可那个人却似乎受到了惊吓。弗朗西斯不擅长眨眼，她很难一只眼睁着一只眼闭着。别人说，她眨眼的时候跟面部抽筋没什么两样。

"神圣的静默马上就要结束了，"玛莎说，她微笑起来，伸手一挥，"我们做到了！"

大家都没说话，但有空气中有轻柔的杂音：有人长舒了一口气，有人换了换姿势，有人心照不宣地轻笑起来。

"现在，我希望大家逐渐恢复谈话，恢复眼神交流，"玛莎说，"我们现在要轮流介绍自己，简单说说自己想到的东西：比如你为什么来静栖馆，目前最喜欢哪项体验，觉得哪项最难做到之类的。是不是特别想喝卡布奇诺或者长相思葡萄酒？我都明白！和大家分享一下自己的痛苦！是不是想自己爱的人了？跟我们说说！或者直截了当地介绍自己也没问题：年龄、职业、爱好、星座，什么都可以。"

玛莎微笑起来，光彩照人，大家都跟着笑了。

"要是愿意，背一首诗也行，"玛莎接着说，"说什么并不重要，就是简单地享受一下说话、沟通还有跟其他客人有眼神交流的乐趣。"

大家都清了清嗓子，调整了坐姿，调整感觉，为公开讲话做准备。

"自我介绍的时候，姚和德莉拉会把大家的思慕雪送来。"玛莎接着说。

这就是玛莎充满魔力的魅力，弗朗西斯甚至都没注意到姚和德莉拉已经站了起来。他们现在已经开始分发思慕雪了。每个人的都是一样的，都是祖母绿色的。菠菜？弗朗西斯有点儿慌乱，但尝了一小口之后：蔓延在嘴里的是苹果、蜜瓜和梨子的味道，还有一点点苔藓和树皮的基调。这让人想到了漫步在绿色的森林，阳光斑驳，有小溪欢快地流过。弗朗西斯像喝龙舌兰一样将思慕雪一饮而尽。

"不如从你开始吧？弗朗西斯。"玛莎说。

"哦，好的。嗯，我叫弗朗西斯，大家好。"她放下已经空了的玻璃杯，点了点头，舔了舔牙上粘的口红。她发现，自己公开演讲专业的一面自动出现了：热情、谦虚、和蔼可亲，但有点儿疏离冷淡，免得等着签名的人要过来拥抱她。

"我来静栖馆是因为我状态不太好：身体、个人生活、事业，各方面吧。"她环视了围坐着的客人们。再次看到所有人，弗朗西斯体会到一种异常亲近的感觉。"我是一名小说家，最近的一本书被退稿了。还在网恋中深受重创。就这样。"

为什么她要告诉别人自己被骗了呢？唠唠叨叨，都是些有的没的。

托尼一直看着弗朗西斯，他的胡茬比之前更明显了，脸部轮廓似乎更明显了些。男人减肥总是很容易，真他妈该死。弗朗西斯有些犹豫。他又在嘲笑自己了吗？还是托尼只是……看着自己？

"其实，之前的五天感觉很好！"她突然之间很想说话，根本不关心自己是不是给了别人"太多信息"。一句句话就从嘴里出来了。就好比特别饿的时候坐在美味佳肴面前，吃完第一口之后你就刹不住车了，像机器一样不停地往嘴里塞食物，很是贪婪。

"我本来以为自己不会喜欢静默。它确实让我平静了一些。除了书被退稿，网上还有人留下了很恶毒的评论，我一开始一直沉溺在其中无法自拔，但我现在根本不把它当回事儿了，所以还不错。嗯，我想喝咖啡，想喝香槟，想上网，还……"闭嘴吧，弗朗西斯，"还想，你们懂的，做正常生活里的正常事。"

她重新坐好，脸有些发烫。

"我第二个吧，"是那位个子很高、小麦色皮肤的英俊男人，"我叫拉尔斯，特别喜欢养生。我会先放纵，然后弥补。放纵、弥补。挺适合我的。"

弗朗西斯看到他瘦削的颧骨和小麦的皮肤。可爱的拉尔斯，这样确实适合你。

"我是家庭律师，所以下班之后会喝不少红酒。"他停下来，等着听众们笑，可谁都没笑。

"我一般都选择一月休息，因为二月是一整年里最忙的一个月。电话响个不停，新的学年开始了。你懂的，爸爸妈妈们意识到下一个夏天再也不能跟对方一起度过了。"

"我的天啊。"拿破仑很不开心。

"至于静栖馆，我喜欢这里的食物，喜欢这里的位置，我觉得自己做得还不错。我倒没特别惦记什么，除了网飞的账号。"他举起手里的思慕雪玻璃杯，仿佛自己拿的是鸡尾酒，向房间里的人致意。

接下来是那位戴着眼镜慌慌张张的女士，不过很明显，她比刚来的那天镇定多了。

"我叫卡梅尔。显然，我来这里是为了减肥。"

弗朗西斯叹了口气。她说显然什么意思？卡梅尔比自己瘦多了。

"我喜欢这里的一切，"卡梅尔接着说，"一切。"她直直地看着玛莎，目光让人不安。接着，她举起思慕雪的杯子，喝了一大口。

接下来开口的是杰茜卡，她表现得很急切，仿佛早已迫不及待。"大家好，我叫杰茜卡。"

她盘坐着，双手放在大腿上面，是小学生拍集体照才有的姿势。弗朗西斯仿佛观察到，不久之前，杰茜卡还是个可爱的小女孩，那时的她还没有臣服在所有化妆步骤的诱惑之下。

"我们来这儿是因为婚姻遇到了非常严重的危机。"

"不用跟大家说这个吧。"本小声说。

"是不用，但是，亲爱的，你知道吗？你说得对，说我太迷恋自己的外表了。"她转身专注地看着本，"亲爱的，你说得对！"杰茜卡提高了嗓音，让人不太舒服。

"没错，但是……好吧，老天啊。"本让步了。弗朗西斯看到他的脸红到了脖子根。

"我们朝着离婚的方向发展。"杰茜卡带着感人的真诚说，仿佛"离婚"两个字会让所有人震惊。

"我可以把名片给你。"拉尔斯插嘴道。

杰茜卡没理他。"神圣的静默对我来说非常有帮助，非常大的益处，有净化作用。"杰茜卡转向玛莎，"就感觉，我来这里之前脑子里乱七八糟的想法太多。我之前，怎么说呢，太痴迷于社交媒体，我承认。我一直都在不停地闲聊。"杰茜卡伸出手，比成鸭子嘴，开合了几次做演示，"现在，我能更清醒地认识一切。最开始是因为钱。我们中了彩票，没错，然后一切都变了，我们都被毁了。"

"你们中了彩票？"卡梅尔说，"我还不认识中过彩票的人呢。"

"我们本来打算保持这种状态……嘘，别出声，"杰茜卡一边说一边伸出食指比在唇边，"但后来改了主意。"

"是吗？"本反问。

"你们中了多少？"拉尔斯问，接着他马上抬起双手，"太不礼貌了！不用理我！不关我的事。"

"你们是怎么发现自己中奖的？"弗朗西斯问，"跟我们说说吧。"她想知道两个人生活经历巨变的那一刻。

"杰茜卡，很高兴静默让你得到了净化。"玛莎突然打断了对话，是个转移话题的好方法。她总有办法忽视自己不感兴趣的东西。"之后谁想说？"

本开口了。"好吧，我叫本，是杰茜卡的丈夫。杰茜卡已经说过我们为什么来这儿了。我很好。静默也不错。食物比我想象得好。我不确定会有什么样的结果，但都挺好的。我就是挺想念我的新车。"

"伙计，什么车？"托尼问。

"兰博基尼。"本目光温柔，仿佛刚才说的名字是刚出生的儿子的名字。

托尼笑了。这是弗朗西斯第一次看到托尼笑，意料之外，有些甜美的笑。这个笑容让他整张脸都显得不同了，像是婴儿的微笑。他的双眼消失在皱纹之中。"难怪你想它。"托尼说。

"要是我中了彩票，估计会买辆布加迪。"拉尔斯幻想着。

本摇了摇头。"太贵了。"

"他竟然说太贵了！世界顶尖的车居然太贵了！"

"要是我中了彩票，就买辆好看的红色小法拉利。"佐伊也加入进来。

"行吧，其实法拉利是——"

玛莎打断了大家关于跑车的谈话。"现在谁还没发言呢？托尼？"

"你们都知道我，我就是那个绝望的人，想把违禁品带进来。"托尼开口了，他再次露出了微笑，"来这里是为了减肥。我想念啤酒，想念比萨，想念梅子酱排骨，周围涂着酸奶油，想念家庭装巧克力棒——你们懂的。"他最初的热情消退了，眼睛低垂，显然是希望所有人不要看过来。

"谢谢。"他眼睛看着地板，一本正经地说。

弗朗西斯不相信他说的话。他除了要减肥，肯定还有别的目的。

拿破仑举起手。

"拿破仑，请说吧。"玛莎说。

拿破仑抬起下巴，背了首诗。"无论大门何等狭窄，无论承受多么深重的责罚，我是我命运的主宰，我是我灵魂的统帅。"烛光暗影中，他眼神明亮，"这是，呃，是纳尔逊·曼德拉最喜欢的诗《不可征服》。"他忽然有些犹豫，"你说过可以背诗的。"

"没错，"玛莎热情地说，"我喜欢用诗表达感情。"

"嗯，是这样，我脑子里突然出现了这首诗。我是高中老师。孩子们喜欢听这种话，命运掌握在自己手中，尽管……"他笑起来，笑声有些奇怪。坐在旁边的希瑟温柔地把手放在他颤抖的膝盖上。拿破仑好像没注意到。"明天是我儿子去世三周年的纪念日。这就是我们来这里的原因。他选择结束自己的生命，我的孩子以这种方式选择成为自己命运的主人。"

房间里顿时变得鸦雀无声，仿佛一瞬间，大家都屏住了呼吸。蜡烛金色的小火苗晃动着。

弗朗西斯捂住自己的嘴，免得发出半点声音。她觉得自己的身体撑不住了，所有的感情太过强烈，很难消化。仿佛她马上就要大哭或者大笑，仿佛很多过于感性或过于亲密的话就要脱口而出。就像是她在不合适的场合喝了太多酒，比如和出版主管们一起开商务会的时候。

"拿破仑，我深表遗憾。"玛莎伸出手，仿佛想拍拍拿破仑，但他坐得太远了，"真的很遗憾。"

"没关系，谢谢，玛莎。"拿破仑情绪好了一些。

要是弗朗西斯不知情的话，可能会觉得拿破仑是喝醉了。难道他喝光了佐伊偷带进来的红酒？他是要崩溃了吗？还是只是打破静默后自然的情感流露？

佐伊看着自己的爸爸，皱着眉，像个老太太一样。弗朗西斯想象着那个已经离去的男孩坐在她身边的样子。哦，佐伊。弗朗西斯心里想。佐伊没说哥哥怎么去世的时候，弗朗西斯就觉得那个男孩是自杀。弗朗西斯的好朋友莉莉之前总能写出优美的历史小说，但她十年前失去了丈夫，每次跟别人说都是一句话"尼尔的事是意外"，大家听完都心知肚明。之后，莉莉再也没动过笔。

"还有谁想——"

但拿破仑打断了玛莎。"明白了！"他大声说，"我知道你是谁了！"他对托尼说，"我都快疯了。希瑟，亲爱的，你知道他是谁了吗？"拿破仑转头问妻子。

希瑟之前一直盯着空了的思慕雪杯子看。"不知道。"

"我知道了，"拉尔斯骄傲地说，"我刚来的第一天就知道了。"

弗朗西斯看向托尼，那个人正难为情地低着头，看着自己的杯子，感觉不太适应，但一点儿都不困惑，仿佛他早就知道大家说的是什么。他是谁？著名的连环杀手？

"希瑟！"拿破仑大声说，"你见过他！我保证你见过！"

"学校的？公司的？"希瑟摇了摇头，"我不……"

"我给你个提示。"拿破仑高声说，"《我们是海军》！"

希瑟仔细看着托尼。突然，她像恍然大悟了一样。"笑脸霍格布恩！"

拿破仑朝希瑟点点头，仿佛觉得她猜中了自己出的谜语。"没错！就是笑脸霍格布恩！"接着，他仿佛又有了一丝疑虑，"没错吧？"

托尼有些紧张。"很多年前我是，"他回答，"瘦回去三十公斤的时候。"

"可是笑脸霍格布恩是卡尔顿的，"杰茜卡说，"我本人就是卡尔顿的忠实支持者！那你……不就是……传奇吗？"她的语气让人觉得肯定有什么东西弄错了。

"那会儿可能还没你呢。"托尼说。

"卡尔顿是足球队是吧？"弗朗西斯小声问本。她对体育方面的事一无所知。有朋友曾经说，她这一辈子就好像一直生活在原始时代。

"没错，"本回答，"澳式足球。"

"就是要跳起来的那种？"

本咯咯笑起来。"确实得跳，没错。"

笑脸霍格布恩，弗朗西斯心里想。这个名字确实带着某些模糊的熟悉感。她对托尼的感觉变了。他之前肯定不是这样的，和弗朗西斯一样。这是两个人的共同点。不过，弗朗西斯的事业是渐渐褪色，托尼的职业生涯或许已经正式结束，可能是因为受了什么伤——毕竟总要跳啊！——他已经不会活跃在足球场上了。

"我早就发现你是笑脸霍格布恩了！"拉尔斯又说。他似乎在寻找某种自己先前没有得到的认可。"我通常不太擅长记人脸，但我一眼就认出你了。"

"你是因为运动受伤才离开赛场的吗？"弗朗西斯问。她觉得问运动员这个问题可以理解，也显得善解人意。可能跟韧带有关。

托尼有点儿开心："我受的伤确实不少。"

"这样啊，"弗朗西斯说，"那真不是好消息。"

"两次膝盖重建，髋关节置换……"托尼好像对自己身体的评估不太好。他叹了口气，"还有慢性关节问题。"

"别人叫你笑脸霍格布恩是因为你之前总是微笑吗？还是因为你不笑？"佐伊问。

"因为我总是笑，"托尼回答这句话的时候倒是不苟言笑，"我当时很单纯。幸福带来好运。"

"曾经的你？"弗朗西斯掩饰不住自己的惊讶。

"之前的我是这样的。"托尼回答，朝弗朗西斯微笑了一下。他好像觉得弗朗西斯挺有意思的。

"你不就是那个臀部有笑脸的人吗？"拉尔斯说。

"我见过！"弗朗西斯没克制住自己，脱口而出，声音很大。

"你现在还有？"拉尔斯的问句里带着些暗示的意味。

"弗朗西斯。"托尼举起食指比在嘴唇上，仿佛两个人有什么不可告人的秘密。等等！他这是在调戏弗朗西斯吗？

"啊，不是，不是那个意思。"弗朗西斯赶紧说，她有点儿紧张地看着玛莎，"我偶然看见的。"

"我哥哥之前在卧室里贴过你的海报！"说话的是德莉拉，打破了等级，像个普通人。"就是你腾空六英尺的那张，其他运动员拽下了你的短裤，露出了你的文身！太搞笑了！"

"真好。我们当中竟然有著名运动员。"玛莎的声音稍微弱了一些。或许她希望自己是众人之中唯一一个运动健将吧。

"前运动员，"托尼更正了一下说法，"很久之前的事了。"

"所以……还有谁没发言吗？"玛莎问，显然很想换个话题。

"后运动抑郁，"拿破仑开口了，"你是这样的吗？我读过这方面的文章。影响了很多精英运动员。你得关注自己的心理健康，托尼……笑脸……托尼——别介意我叫你笑脸——你肯定介意的，对吧，因为抑郁很狡猾——"

"谁是下一个？"玛莎打断了他。

"我来吧，"佐伊说，"我叫佐伊。"

她似乎在整理自己的思路。还是因为她有些紧张？哦，亲爱的。

"刚才我爸爸说了，我们来静栖馆是因为我们很难在家度过一月的日子，因为我哥哥就是在家里上吊的。"

玛莎一脸惊讶，发出了奇怪的声响，抬手掩住自己的嘴巴。这是弗朗西斯第一次看到玛莎表现出有弱点的样子。就连她说到自己的父亲，就算她为父亲感到悲伤，也仍然很克制。

弗朗西斯看着玛莎不由自主地咽了几次口水，仿佛自己被噎住了一样，但很快，她就恢复了之前的镇定，继续听佐伊往下讲。然而，她的眼里有些泪水，仿佛真的被噎到了一样。

佐伊看着天花板。一圈人似乎都朝她侧着身子，带着毫无意义的同情心。

"啊，等一下，爸爸好像没说扎克是上吊自杀，但你们可能会好奇，比如，他用的什么方法，就是这个！很流行。"

佐伊微笑起来，左右摇晃了下。耳朵上的银色耳钉闪了几下。

"他有个朋友说扎克这样非常'勇敢'——选择这种方式自杀。不是吞药。就跟他在蹦极一样。我的天！"佐伊呼出了一口气，额头上的头发被吹了起来。

"总而言之，我们后来成了……这么说吧，自杀专家，接着就再也不告诉别人扎克是怎么自杀的了。因为自杀会传染。真的会。我爸妈都担心我被传染，像水痘那种。哈哈，不过我肯定不会。"

"佐伊？"拿破仑开口了，"亲爱的，适可而止。"

"我这才开了个头，"佐伊对大家说，她看了看自己的双手，又开始讲，"这么说吧，有的时候，人们觉得因为我们是双胞胎，所以肯定感情很好，但我们没在同一所学校上学。我们的兴趣爱好不一样。价值观也不一样。"

"佐伊，"这次是她妈妈开口了，"现在好像不是……"

"他那天早上起得很早。"佐伊忽略了自己的妈妈，摸着自己耳垂上众多耳钉之一。她已经喝完了思慕雪，把杯子放在旁边，靠在大腿上。"他很少那么早起来。他去倒了垃圾，因为轮到他了，之后就回到楼上自杀了。"佐伊叹了口气，觉得有点儿无聊的样子，"我们轮流倒垃圾，我不知道他这么做是想表达什么。反正真的让我很生气。就那种感觉，谢谢你，扎克，你是个好人，所以就当是对你自杀这件事的补偿。"

"佐伊？"希瑟的语气有些严厉。

佐伊转身看着妈妈，但动作很缓慢，好像背部僵硬。"干吗？"

希瑟拿起思慕雪的杯子，放在地板上，以免碍事。她凑到女儿面前，把一缕头发从她眼前拨开。

"有点儿……"希瑟环视了大家，"不太对劲。"

她看着玛莎，开口问道："你是一直在给我们下药吗？"

第三十章

玛莎

集中。只在。呼吸上。集中。只在。呼吸上。

玛莎很好，非常好。她完全控制住了自己。佐伊说话的时候，有那么一会儿，玛莎的注意力几乎完全涣散了。时间溜走。但现在她回来了，呼吸平稳，控制住了自己。

关于哥哥的这段话应该在她跟马尔科尼一家一对一辅导时说出来才对。他们都主动说了自己来这里是因为儿子去世的纪念日，但谁都没说那个男孩是自杀的。玛莎本应该从他们回避的行为中看出来的。不是说她忽略了这件事。她本身非常敏锐。是马尔科尼他们故意误导了玛莎，所以她才会措手不及，觉得自己被蒙在鼓里。

现在是希瑟提的问题："你是一直给我们下药了吗？"

希瑟开口之前，玛莎一直在观察所有人，看他们的举止变得更自如，瞳孔稍稍扩大，嘴巴也放松了些。他们显然都放下了束缚，自由发言，非常真诚。有些人，比如拿破仑，好似有些烦躁不安；但有些人则非常镇定，比如弗朗西斯。有些人面色红润。有些人脸色苍白。

现在的希瑟，脸上两种颜色都有：面色苍白，脸颊上有发红的斑点。

"是不是？"希瑟还是想要答案，"你给我们下药了吗？"

"从某种意义上说，是的。"玛莎平静地回答。

希瑟的问题很尖锐，很突然，尽管玛莎或许应该有所预料，毕竟希瑟是助产士，是所有客人中唯一的一位，所以玛莎知道她有医学方面的专业知识。但玛莎能处理这个问题。

"你说的'从某种意义上说'是什么意思？"

玛莎不喜欢希瑟的语气。严厉。没礼貌。

"这么说吧，用药意味着……"玛莎在寻找正确的词汇，"让感觉变得迟钝。我们这里做的是锐化大家的感官。"

"你得告诉我们一直用的是什么！现在就说！"希瑟跪直身体，仿佛随时准备站起来。玛莎看到她这个样子就想到了凶猛的小狗。她真想过去踢一脚。

"等等？到底怎么回事？"拿破仑问希瑟。

玛莎给姚和德莉拉使了个眼色：随时准备着。他们微微点了点头，动作难以察觉。两个人抓紧了别在腰间的秘密医疗袋。

事情本来不该发展成这样的。

第三十一章

拉尔斯

会出入各种疗养地的拉尔斯经历过不少奇怪的、不同寻常的方法，但这样还是第一次。还真是有点儿讽刺，因为来这里的次要任务之一，就是减少他休闲时嗑药的行为。

"微量给药，完全安全。"他们让人敬仰的领导说。那个人一切如常，盘腿坐着，腰背挺直，白皙的大长腿交叠在一起。有的时候拉尔斯会走神，因为他想知道每条腿从哪里开始盘绕，从哪里结束。

"这样做有很多好处：创造力更强，注意力更集中，精神意识更高，还能改善关系——我还可以举出很多。基本上说，各项功能都会超过正常人一点点。剂量大概是平常致幻剂所用剂量的十分之一。"

"等等，什么？"弗朗西斯问。她难以置信地笑起来，仿佛自己听到的是没有理解到笑点的笑话。拉尔斯一下就喜欢上了她。"不好意思，你说的不会是我们一直在使用致幻剂吧？"

拉尔斯发现，大多数客人都在盯着玛莎，目光呆滞，一脸不解。他们都太传统太保守了，一时没反应过来，听到嗑药这件事就蒙了，甚至连郊区流行可卡因都还接受不了。

"我刚才说过了，是微量的。"玛莎回答。

"这是往我们的思慕雪里加料，加致幻药。"希瑟尖锐地说。

希瑟。这之前，拉尔斯并不觉得她应该叫这个名字。对于一个身材瘦削、小麦色皮肤、肱四头肌发达到像机器部件一样的女性来说，这个名字太过温柔了，况且，她还一直眯着眼，就像在直视太阳。神圣的静默中，每次拉尔斯看到她，都会想象自己用拇指按在她双眉间，让她冷静的情景。现在，拉尔斯觉得自己反应过激，所以有些难过，毕竟她失去了自己的儿子，这个女人有权利一直皱着眉头。

"太过分了。"希瑟还在继续。她现在没有眯着眼，目光锐利，怒不可遏。

"我还是有点儿不懂。"希瑟那位衣冠楚楚的丈夫开口了。这个男人像根大长芹菜，有点儿蠢，但也不失可爱。他叫拿破仑，还真能再给他加几分男子气概。

拉尔斯没觉得自己嗑药。他一直觉得都挺好，不过话说回来，每次净化的时候，他都觉得很不错。或许剂量太小根本对他没什么影响吧。要么就是他已经有了耐药性。他伸出食指，蹭过思慕雪玻璃杯边缘，之后舔了舔手指，像是不信邪一样。他开始回想，第一天来这里的时候，自己喝完思慕雪，还问德莉拉："挺好喝的。这里面放了什么？"德莉拉当时的回答是："离开的时候，我把配方给你。"拉尔斯想象中的配方应该是写明放几茶匙奇亚籽，而不是多少微克致幻剂。

"但是……可是……我们来这里是为了排毒啊！"弗朗西斯对玛莎说，"所以你的意思是我们戒了咖啡因，然后致幻药上瘾？"

托尼——也就是笑脸霍格布恩，开口了："你们没收了我的啤酒，现在居然给我下毒，我真是接受不了。我从来没嗑过药！"

"你不觉得酒精也是一种毒品吗？"玛莎反问，"致幻剂造成的伤害还不到酒精的十分之一！这么说你有什么感想？"

"致幻剂应该没热量吧。"卡梅尔接着说。她的名字很好记，因为拉尔斯有个朋友也叫卡梅尔，也很无聊地觉得自己很胖。卡梅尔的眼镜歪着架在脸上，但她好像还没发觉。过去五天，卡梅尔一直很是彷徨，带着最近刚被打了脸的表情，拉尔斯很熟悉这种表情，他的好多客户都这样。这点燃了他心中的怒火，这种怒火贯穿了他的整个职业生涯。他得索赔一百万美元，就因为卡梅尔的丈夫为了个花瓶女人而离开了她。

"致幻剂会增加新陈代谢吗？"卡梅尔满怀希望地问，"我真的觉得我的新陈代谢加快了。我之前也没嗑过药，但我觉得这样也没什么问题。我完全尊重你和你的方法，玛莎。"

亲爱的，变瘦不会让你觉得更好。赶紧把那个白痴忘了吧。拉尔斯之后要跟卡梅尔聊一聊，看谁是她的离婚律师。

"我女儿还没成年，你居然给她致幻剂。"希瑟说。

"我不是未成年人，妈妈。"佐伊开口了，"我现在觉得挺好，比我最近一段时间感觉都好。就是微量的，什么事儿都没有。"

"不是什么事儿都没有！"佐伊的妈妈叹了口气，"我的神啊。"

拿破仑的语气很认真。"玛莎，你听我说，我年轻的时候在嗑药这方面经历过很可怕的事。按别人的话说，那就是'很糟糕的经历'。那是我一辈子最差劲的体验，我一直跟孩子们说，我发誓永远不会再碰毒品。所以虽然很感谢你说的话，但我不会再碰别的东西了。"

"我的老天爷，拿破仑，你已经碰了！"希瑟咬牙切齿的样子，"你没听见我说什么吗？"

"胡说八道。"那个中彩票的年轻人说。他叫什么来着？反正是个挺好的名字，很正常、很直男的名字。是什么来着？那个人压抑着自己的怒火，竟然颤抖起来，跟癫痫发作一样，他紧咬着牙齿，"我要的不是这个。"

他年轻的妻子说："本就是……怎么说呢，全盘反对毒品的那种人。"

本，拉尔斯想起来了。没错，就是这个名字。本还有他化妆过度的妻子……杰茜卡。本和杰茜卡。他们俩不可能签过婚前协议，现在要是两个人要离婚，那可涉及一大笔钱。他们是那种会把钱砸在律师身上的人。

"他甚至都不肯用阿司匹林，"杰茜卡接着说，"她姐姐吸毒。真真正正的瘾君子。不太好。"她把手放在丈夫的肩上，"我不明白这个怎么帮助我们的婚姻，这样我也不高兴。非常不乐意。"

她可怜的芭比娃娃脸没让人觉得她特别不开心。拉尔斯觉得自己心里有什么东西展开了，对可怜的杰茜卡深表同情。真可怜啊，可怜的假面杰茜卡。迷失的小富婆。有那么多钱，却不知道怎么花，只能花在整容上，可整容对她来说也没有什么特别大的好处。

"我明白你的担忧，"玛莎说，"你们已经被政府散布的错误信息洗脑了。"

"我们没有被洗脑，"本说，"我自己亲眼见过。"

"没错，但那些都是街头毒品，本，"玛莎接着说，"街头毒品的问题在于你没有办法控制成分和用量。"

"我接受不了。"本站了起来。

"其实，致幻剂在戒除毒瘾方面的作用非常成功。"玛莎说，"你姐姐可以试试。如果有正确的指导。"

本扇了自己一巴掌。"不敢相信。"

玛莎说："你知道吧，有个伟大的人，叫史蒂夫·乔布斯。"

拉尔斯还以为玛莎要说甘地，他悄悄笑起来。

"我一直很崇拜他。"玛莎继续讲。

"那你干吗要没收我们的 iPhone。"托尼笑着嘟囔。

"你知道史蒂夫·乔布斯说过什么吗？他说使用致幻剂是他一生中最重要的、最难忘的体验之一。"

"哈，那好吧，"拉尔斯觉得特别好笑，"要是史蒂夫·乔布斯说过我们应该使用致幻剂，那我就真的应该这么做！"

玛莎悲哀地对着他们摇了摇头，好像客人们都是可爱的孩子，但是被误导了。"精神药物的副作用很小。常春藤名校受人尊敬的研究人员此时此刻正在进行临床试验！结果非常好！就是因为微量给药，上个星期你们在冥想和瑜伽习练中才能那么专注，才能远离很多症状，否则要是直接戒掉酒精或者糖分这样更危险的物质，你们的反应会很大。"

"没错，但是，玛莎……"希瑟的声音比刚才镇定了一些。她摊开双手，感觉像等着刚做的美甲干透。"我现在感觉到的效果，我怀疑大家都逐渐察觉到了什么，说明剂量不是微量。"

玛莎朝希瑟微笑着，仿佛对她感到极为满意。"希瑟，"她开口了，"你真聪明。"

"刚才那杯思慕雪不太一样，"希瑟说，"对吗？"

"希瑟，你说得没错，"玛莎承认，"我刚准备解释，但你一直追着我不放！"她马上更正了自己的用词。"揪着我不放！"烛光下，玛莎坚固的白色牙齿微微发亮。很难判断她是在微笑还是在做鬼脸。

"现在大家经历的是新规则的下一阶段，规划和执行都非常严谨的。"玛莎环视整个房间，对每个人都微微点头，仿佛对他们没有说出的疑惑给出了肯定的答案。没错，没错，没错，她好像是表达这个意思。"你们将开始真正的变革性体验。我们之前在静栖馆从来没这样试过，但我们都很期待。你们是获得这次非凡机会的前九名客人。"

拉尔斯浑身上下感到一种光荣的幸福感，像蜜糖一样流遍全身。

"你们中的大多数人刚才喝的那杯思慕雪里有一点点致幻剂和液态裸盖菇素，是某种蘑菇中的天然物质。"

"神奇的蘑菇。"托尼厌恶地说。

"我的天，"弗朗西斯接着说，"感觉我重新回到文学学校的课堂。"

拉尔斯很高兴自己这次选择了静栖馆进行净化。真是个神奇的地方。多么有创新性啊，多么先进啊。

"但就是因为这样，所以我才觉得不好，"拿破仑说，"我之前糟糕的经历，就是神奇的蘑菇。"

"拿破仑，我们不会让历史重演的，"玛莎接着说，"我们都是经过训练的医护专业人士。是为了帮助你们，引导你们。你们食用的药物经过检验，确保是最纯粹的。"

可爱的、优质的、纯粹的药物，拉尔斯仿佛在梦里一般。

"这叫指导性迷幻疗法，"玛莎解释着，"自我消解之后，你们会进入更高水平的意识中。幕布撤下，你们将以全新的方式看待整个世界。"

拉尔斯有个朋友在亚马孙旅行过几天，参加过死藤水仪式。他在那里的时候总是呕吐，在寻找启示的过程中被虫子活活吃掉了。相比之下，这种方式算是非常文明了，让人愉快。五星级的启示！

"胡说八道。"托尼说。

"但我之前上瘾过，"拿破仑说，"真的堕落过，我不喜欢那种感觉。"

"那是因为你没有处在安全的环境中。专家称之为'安全与环境'，"玛莎说，"正向体验需要正确的心态和可控的环境，就如我们今天在这里为大家准备的一样。"她指了指房间各处，"姚、德莉拉和我会在这里引导大家，确保你们的安全。"

"你知道你们会因为这个被告上法庭吧。"希瑟沉着地说。

玛莎朝她温柔地微笑。"很快，我会让大家躺在简易床上，你们只要尽情享受，我保证你们都会拥有真正的超然体验。"

"要是我们不想要这种体验呢？"托尼问。

"我觉得我们现在都已经坐在太空飞船里系好安全带了，"拉尔斯用肩膀撞了一下托尼宽厚的肩膀，"你只能坐稳，享受这次飞行。还有，我还是觉得你微笑起来比较有魅力。"

"哈，我也这么觉得！"弗朗西斯说，"我喜欢他的微笑！感觉他整张脸都凑在一起，像是……像是……一张皱巴巴的纸巾。"

"我的天啊。"托尼忍不住说。

"你自己也很帅，"弗朗西斯对拉尔斯说，"可以说是帅到窒息。"

拉尔斯非常喜欢那些坦言自己很帅的人。

"谢谢，"他谦虚地说，"我倒不敢这么说。我还不至于帅到让人窒息的地步。"

"我觉得没经过我们同意就给我们用药肯定是违法的。"杰茜卡说。

当然是违法的，你这个白痴。拉尔斯心里想。

"请别说我白痴。"杰茜卡说。

拉尔斯一下清醒了。杰茜卡能读懂他的想法，而且非常有钱。她现在有能力掌控全世界，实现自己邪恶的目的。

"我们来这里是做夫妻咨询的，"杰茜卡对玛莎说，"我们付钱是为了接受夫妻辅导。这些对我们来说完全没意义。"

"这会对你们的婚姻有重大作用，"玛莎说，"你和本在体验中不会分开。你们会坐在一起，作为夫妻共同体验。"玛莎指了指角落里的一堆垫子。"你们的思慕雪和别人的配方不同。我们很仔细地研究过，发现 MDMA 是最好的——"

"摇头丸，"希瑟打断了她，"她说的就是摇头丸。她给你们的是聚会药物。太难相信了，每年都有孩子吃摇头丸去世，可你居然不当回事。"

"妈妈，你太抗拒这些事儿了。"佐伊说。

"我们走吧，"本对杰茜卡说，他朝妻子伸出手，看着玛莎，"我们要走了。"

"还要……等一下。"杰茜卡没有牵住本的手。

"再说一次，在可控环境中，MDMA 完全安全。经过试验，它已经作为处方药用于心理治疗，在治疗创伤后应激障碍、社交恐惧方面获得了成功，也包括夫妻疗法！"玛莎说，"临床上，对 MDMA 控制用量的尝试中，还没有出现过一例死亡的情况，甚至没出现过不良反应。"

"这里不是临床环境！"希瑟大声说。

玛莎没理她。"MDMA 是神入感激发剂，有助于生成同理心，有助于敞开心扉。"

"大家听我的，这是很好的体验。"拉尔斯满怀赞赏。

玛莎给了他一个不赞同的眼神。"但这跟你们在俱乐部跳舞一整夜不一样。这是指导治疗。本还有杰茜卡，你们会发现自己的感官更敏锐，更能接受对方的观点。你们接下来要通过可能从未体验过的方式交流。"

"同意，"拿破仑说，"我觉得这就是这里缺少的。我觉得……我很肯定……"他伸出食指，"我仔细读过文件，我确定没同意这个。"

"没同意，我们他妈的肯定没同意。"托尼附和道。

杰茜卡把自己长长的假指甲放进嘴里咬。

小心些，拉尔斯心里想，事情有些紧张。

"什么很紧张？"杰茜卡皱着眉看着拉尔斯，之后她转头看着本，"或许我们可以试试？"

本还站着，摇了摇头，眼睛盯着远处只有他自己才能看到的地平线。"我要的不是这个，"他又说了一次，"毒品很危险。毒品是不好的东西。毒品会毁掉人生。"

"亲爱的，我知道，"杰茜卡抬头看着本，"但或许我们可以试试。"

"我觉得你们应该试试，"拉尔斯说，"我见过很多不幸的婚姻，但我觉得你们的婚姻有……"他需要找到一个词完成自己的句子，但就是想不到。

这个词像一只活泼的蝴蝶在杰茜卡和本之间飞来飞去，最后落在托尼的手上。拉尔斯凑过去念了出来。

"潜力！"他说，"我觉得你们的婚姻还有潜力。"

时间的脚步变得缓慢，最后回到了正常的节奏。

德莉拉站在拉尔斯面前。她是穿越来的吧，聪明的浑蛋。

"拉尔斯，该躺下了。"德莉拉说。拉尔斯永远学不会穿越这种技巧。

他要买一本《穿越傻瓜书》才行。他觉得自己的新朋友弗朗西斯会喜欢这种俏皮话，但他看到弗朗西斯和姚一起，躺在简易床上。弗朗西斯带着信任抬起头，姚帮她戴好眼罩。

"站起来吧。"德莉拉伸出手。拉尔斯瞬间被她肩上浓密柔亮的黑色卷发打动了。他盯着看了得有一个小时，才握住德莉拉的手。

"我见识过各种糟糕的婚姻。"德莉拉把他拽起来时，拉尔斯还在解释。德莉拉很强壮，像神奇女侠一样有力气。还有，她长得也很像神奇女侠。不管从哪方面，她都很完美，但拉尔斯不会让她靠近自己的头发。

"我们一会儿再说那个，"德莉拉带着拉尔斯往一张简易床那边走，"我们之后在指导疗法的过程中再谈。"

"不用了，亲爱的，谢谢，我已经接受过好多年的治疗了，"拉尔斯说，"我对自己的心理状态无所不知。"

他想象出厚厚的文件，里面密密麻麻全都是手写的字——《拉尔斯的惊天秘密》，其实只要几段简短的文字就能总结完。

拉尔斯十岁的时候，他爸爸为了一个叫格温的女人离开了他妈妈。或许世界上有很多人品不错的人也叫格温，但拉尔斯对此深表怀疑。他妈妈当时几乎身无分文。现在，拉尔斯整天做的就是把那些离开自己妻子的男人开膛破肚：这是一场关于复仇的幻想，永无止境，毫无意义，对他早就去世的父亲的复仇。这份工作很好，填补了他的情感，也满足了他对金钱的需求。

他的控制欲极强，因为他小时候就失去了自己对生活的掌控。此外，他对金钱的态度很奇怪，因为他成长过程中家里捉襟见肘。还有，他在恋爱中绝不会让自己变得脆弱，因为……他不想。他之前爱着雷，但他心里总保留着一部分，因为雷曾经拥有幸福快乐的童年，所以拉尔斯在潜意识里很想给他一拳，就因为他经历过拉尔斯没有经历过的开心童年。就是这样。别的也没什么需要了解的了。几年前，拉尔斯改变了治疗方法，到不同的疗养院，雷则成了自行车骑手，变得很瘦，和所有城市骑手一样痴迷于这项运动。生活很是美好。

"你还没试过这种疗法。"德莉拉说。

"不用了，谢谢，"拉尔斯很坚定，也很有礼貌，"我还是去太空之旅。"

拉尔斯躺下来，换了个舒服的姿势。大个子托尼，也就是笑脸霍格布恩躺在他旁边的简易床上。玛莎在托尼身边跪下来，让他躺好，动作毫不迟疑，非常迅速，仿佛霍格布恩是个闹脾气的巨婴一样。拉尔斯跟托尼刚对视了一眼，玛莎就给他戴上了眼罩。拉尔斯看到的是和囚犯一样恐惧的双眼。可怜的托尼。放松，大块头，享受这个过程。

德莉拉凑近拉尔斯，她的呼吸温暖香甜。"我要离开一会儿，但我之后会回来看你，聊聊你的想法。"

"我没什么想法，"拉尔斯说，"德莉拉，我睡觉的时候别碰我的头发。"

"真有意思。我之前都没听过这个笑话。玛莎和姚也在这里。你不是一个人。你很安全，拉尔斯，需要什么直说就行。"

"真贴心。"拉尔斯回答。

德莉拉给拉尔斯戴上了眼罩，然后给他戴好耳机。

"好好看看星星吧。"德莉拉说。

耳机里传来的古典音乐直接飘进了拉尔斯的大脑。他能听出每一个音符，完整的音符，纯粹干净。太特别了。

一个小男孩来了，他有黑色的头发，小脸脏乎乎的。他对拉尔斯说："跟我来，我想给你看样东西。"

"不用了，谢谢你，小家伙，"拉尔斯说，"我有点儿忙。"

他认出了这个小男孩。是童年时的自己。是小拉尔斯。他想传达某种信息。

"求你了，"小男孩说着走过来拉住拉尔斯的手，"我想给你看样东西。”

"过一会儿吧,"拉尔斯甩开小男孩的手,"我很忙,你自己去玩儿吧。"

记住这个,拉尔斯心里想,记住这一切。他之后回家了要把一切都告诉雷。雷肯定感兴趣。雷对发生在拉尔斯身上的一切都很感兴趣。他的脸那样真诚、坦然,充满希望。

雷并不想从拉尔斯身上得到什么。雷只想得到他的爱。

片刻之间,这个简单的想法意味着一切。它停留在拉尔斯的意识中,这就是所有问题的答案,是打开所有锁的钥匙。不过,之后,拉尔斯的思想爆裂,变成无数紫色的花瓣。

第三十二章

佐伊

佐伊的父亲拒绝躺下，拒绝戴耳机。这是规则，可她父亲不想遵守这些规则。这是佐伊有生之年第一次看到父亲不想守规矩，整个场景特别好笑，简直棒极了。

玛莎试着说服父亲躺下的时候，佐伊悄悄地用拇指触碰其他手指的指尖。她妈妈一直在大喊："违法的……不合理！太可怕了！"

她就像个野蛮人，怒气冲冲。挺可爱的。妈妈之前气疯了的时候扎克是怎么说的来着？"妈妈就是棵野蛮的大白菜。"

佐伊闭上双眼。妈妈现在就是棵野蛮的大白菜。

还以为你不会跟我说话呢。他的声音在耳边响起，如铃音一样清晰。

我不会跟你说话。我讨厌你。简直忍不了你。

没错，我也忍不了你。你为什么一直跟别人说我们没什么感情？

因为我们本来就没有。你死之前，我们，大概，有一个月没说话了吧。

那是因为你蛮不讲理。

不是，是因为你完全就是个失败的人。

滚。

你滚。我下载了你的"莎士比亚式辱骂生成器"。

我知道你下载了。挺有意思的，对吧？你喜欢吗？你这个奸诈的半面女妖。

我还弄坏了你的电吉他。

我看见了。你直接把它扔到了房间那头。你这个坏脾气的懦弱的好色之徒。

我很生你的气。

我知道。

你故意的。为了报复我。为了赢。

好吧，不是这样的。我都不记得我们为什么吵架了。

我每天都很想你，扎克，每一天。

我知道。

我不可能再像正常人一样了。都是因为你。你让我变得不正常。而且不正常的感觉好孤独。

你本来就已经很不正常了。

真好笑是吧。

我觉得爸爸妈妈想让我们过去一下。

什么？

佐伊睁开眼睛，瑜伽习练教室变得很宽，大概有一百万英里，爸爸妈妈是远处的两个微小的斑点，在朝她招手。"过来和我们坐一起。"

第三十三章

弗朗西斯

弗朗西斯和朋友吉莉恩乘坐白色骏马拉的车飞过星光熠熠的天空，柔软的雪花落在脸上，弄得人痒痒的。

她腿上堆着很多书。都是她之前写的，还有很多是外文版。这些书像麦片盒子，顶部打开。弗朗西斯把手伸进每本书里，抓住一大把单词，洒向天空。

"中了！"坐在雪橇后面的索尔说。他和亨利一起坐着抽烟，用弹弓打掉了所有不必要的形容词。

"别动它们。"弗朗西斯生气地说。

"也别放过那些副词！"索尔很开心的样子。

"包括押韵的那些？"亨利温和地问。

"那是不完全韵。"弗朗西斯指出。

"弗朗西斯，那只是单词而已。"吉莉恩开口了。

"吉莉恩，太有道理了。"索尔说。

"索尔，你闭嘴。"吉莉恩回答。

"她一直都不喜欢你。"弗朗西斯告诉索尔。

索尔说："那种女人心里想要的都是有大男子主义的男人。"

弗朗西斯微笑着看着索尔，心存欢喜。自我主义者，但简直性感得要命。"你是我第一任丈夫。"

"我是你第一任丈夫,"索尔应和了一声,"你是我第二任妻子。"

"第二任妻子通常都年轻貌美,"弗朗西斯说,"我喜欢当第二任。"

"之前,吉莉恩吻过我一次,"亨利说,"在某人的三十岁生日聚会上。"

"她喝多了,"弗朗西斯解释着,"别太当回事儿。"

"我是喝多了,"吉莉恩也这么说,"后悔了一辈子。"

"亨利,你是我的第二任丈夫,"弗朗西斯说,"但我会永远是你的第一任妻子。所以是不好看的那位。"

吉莉恩开口了:"你为什么一直想分清楚自己的丈夫?"

"读者们要是弄不清楚哪个人物是哪个就会特别烦躁,"弗朗西斯解释说,"得帮帮他们。我们谁都无法重回年轻岁月。"

"可惜这不是一本书。"吉莉恩说。

"你会知道它是一本书,"弗朗西斯回答,"我是主角。"

"那个俄罗斯高个女人不是吃素的。"吉莉恩说。

"可不是吗,"弗朗西斯说,"我才是主角,但我还不确定自己爱谁。"

"我的天啊,太明显了,"吉莉恩说,"瞎子弗雷迪都选得出来,"她朝着天空大喊,"你最开始就已经有答案了,对吧?"

"吉莉恩!你刚才不是想要冲破第四面墙吧?"弗朗西斯吓坏了。

"我没有,"吉莉恩回答,但内疚的表情出卖了她,"反正没人看见。"

"真不礼貌,"弗朗西斯说,"真会玩儿。"

她鼓起勇气抬头看,数不清的星星在眨眼睛,寻找她故事中的漏洞:性别歧视、年龄歧视、种族主义、象征主义、体能歧视、剽窃、文化挪用、肥胖羞辱、身体羞辱、荡妇羞辱、素食主义羞辱、房地产经纪人羞辱。万能互联网的声音从天而降:真无耻!

弗朗西斯低下头。"就是本小说而已。"她喃喃自语。

"我想说的就是这个。"吉莉恩说。

无数像游丝的句子交织在一起，绣成瑰丽的隐喻。很多用词和含义都太过晦涩，紧紧缠绕在弗朗西斯的脖子上，但这条围巾似乎不太适合她，所以弗朗西斯一把扯下来扔到天上。围巾就在那里飘浮着，直到后来有一位腼腆的作家去领奖时路过这里，才把它从天上抓过来，用它盖住最美丽的尸体之一。放在她身上可太美了。胡子花白的批评家为之欣喜，很是开心这不是什么沙滩读物。

"年轻的读者知道'瞎子弗雷迪'这个梗吗？"乔飘在弗朗西斯身边，正在改句子。她的坐骑是一根巨大的铅笔芯。"这算是体能歧视吗？"

"有意思的是我是个虚构人物，"马车后面的网络诈骗犯说，他坐在亨利和索尔之间，手臂搭在他们俩肩上。"可她就是爱我胜过爱你们。"

"你就是个骗子，"索尔说，"她根本都没见过你，更别说跟你上床了，你这个浑蛋！"

"哼哼！！！！"乔大声说。

"我同意。删掉。"吉莉恩这么建议，"我妈妈看你写的书。"

"作为她充满爱心的前夫，我们有责任把你打败，"亨利对保罗·德拉布尔说，"骗子，骗局。"

"生活本就是个骗局，"吉莉恩说，"就是个巨大的幻象。"

"骗子，骗局，"索尔轻笑着，"不错。"

他和亨利攥紧了拳头。

"你们俩打架也太老了点儿。"弗朗西斯叹了口气，但她的前夫们都忙着称兄道弟。她一直知道，要是两个人见过，肯定觉得一见如故。等五十岁生日的时候，干脆把两个人都邀请过来庆祝好了。

弗朗西斯发现保罗·德拉布尔消失了，无影无踪。他留下的空间中丝毫没有痛苦的痕迹。事实证明，他根本没那么重要。不值一提。

"他不过就是我银行存款的贷款方。"弗朗西斯这么对吉莉恩说。

"借记方，你这个笨蛋。"吉莉恩回答。

"借记方，贷款方，"弗朗西斯说，"随便吧，我完全不当回事儿了。"

"我才是那个你应该在乎的人。"一个小孩子的声音传来。是阿里，保罗·德拉布尔的儿子。

弗朗西斯没回头。她不敢看。

"我还以为能成为他妈妈呢，"她告诉吉莉恩，"这是我一辈子唯一一次想当妈妈。"

"我知道。"吉莉恩说。

"太丢脸了，"弗朗西斯的声音很小，"我真的觉得太丢脸了。"

"弗朗西斯，这是一种损失，"吉莉恩劝她，"就算觉得丢脸，你也有权利难过。"

雪静静地下了好几天，弗朗西斯为自己失去想象中的儿子而难过，吉莉恩一直坐在身边陪着她，低着头表示同情。最后，两个人被冻住了，身上覆满了雪。

"我爸爸呢？"雪化了，春天来了，蝴蝶翩翩，蜜蜂嗡嗡，弗朗西斯忽然问道，"他怎么没在？我才是动笔写东西的，吉莉恩，不是你。把爸爸给我写出来。"

"我来了。"她爸爸的声音从马车后面传来。

他一个人，穿着1973年圣诞节午餐时穿着的卡其色狩猎装。这个形象永远定格在弗朗西斯书桌的相框中。她伸出手，握住爸爸的手。"爸爸，你好。"

"你对男生毫无抵抗力。"她爸爸摇了摇头。弗朗西斯闻到了他刮完胡子后，脸上留下的"老香料"牌须后水味。

"我小时候你就走了，"弗朗西斯说，"所以我才不懂得怎么挑选男人。我总想有个人取代你的位置。"

"太俗气了吧？"骑着铅笔的乔问，那根铅笔竟然像马一样弓起了背，"吁，男人！"

"别纠正我了，"弗朗西斯对乔说，"你已经退休了，赶紧去照顾你的孙子们。"

"别装了，你根本还没解决你爸爸的问题——你还没有，"吉莉恩说，"负点儿责任。"

弗朗西斯在吉莉恩的胳膊上掐了一下。

"哎哟！"吉莉恩大叫了一声。

"对不起，我不知道会疼。感觉都不是真的。"弗朗西斯说，"就是我一边写一边编的故事而已。"

"说到这个，我总觉得情节可以组织得更好一些，"吉莉恩说，"你的生活也是。离婚，再婚，换丈夫。或许你该计划一下最后几个章节。我活着的时候没勇气说这些。"

"你活着的时候已经说过了，"弗朗西斯说，"而且还不止一次。"

"你总是觉得自己是小说里的一个女英雄。你直接就张开双臂拥抱旁白给你安排的下一个男人。"

"这个你也说过了！"

"是吗？"吉莉恩反问。"那是我不礼貌了。"

"我一直都这么觉得。"弗朗西斯说。

"我可以变得更善良点儿，"吉莉恩说，"或许我一直都这样。"

"你别觉得你还能再有什么发展，现在你已经死了，"弗朗西斯说，"彻底完了。所以，我们现在先把精力放在我的发展上吧。"

"你的很好说：你是公主，"吉莉恩说，"被动的公主，等着你的下一个王子。"

"我能杀死鸸鹋。"弗朗西斯说。

"好吧，我们就等着看吧，行吗，弗朗西斯？我们看看你能不能杀死鸸鹋。"

"或许吧，"弗朗西斯看着鸸鹋活过来了，但还是飞不了，只能跑过繁星闪烁的天空，"吉莉恩，我真的想你了。"

"谢谢，"吉莉恩说，"我也应该说我想你了，但我现在很幸福，所以我说的这不是实话。"

"预料到了。太美了，"弗朗西斯说，"有点儿像北极光是吧？"

"它一直都在那儿。"吉莉恩说。

"什么？北极光？北极光可不是一直都在。艾伦花了一大笔钱，可什么都没看见。"

"这个，弗朗西斯。这种美，在另一边。你要做的就是安静下来。待着不动。不说话。不期待。就待着。然后你就能听见，或者感受到。闭上眼，你就看到了。"

"有意思，"弗朗西斯说，"我跟你说过那篇评论的事儿吗？"

"弗朗西斯，别管评论了！"

天呐。吉莉恩的语气好奇怪，她可是个什么都不想做，就想躺着享受来世美好一切的人啊。

第三十四章

姚

"弗朗西斯，你现在在哪儿？"姚问。

姚坐在地上，紧挨着弗朗西斯的简易床。他摘下弗朗西斯的耳机，好让她听见自己说话。

"我在故事里，姚。"弗朗西斯回答，她戴着眼罩，所以姚看不到她的眼睛，但她的脸上充满生气，"我在写小说，我自己在小说里。非常好的故事。我觉得有一种神奇的现实主义氛围，我之前从来没体会过。很喜欢！一切都不需要有什么道理。"

"好吧，"姚说，"故事里还有谁？"

"我的朋友吉莉恩。她死了。睡着的时候离开的，才四十九岁。成人猝死综合征。我还以为只有孩子才会这样呢。我之前根本不相信这种事儿真的存在。"

"吉莉恩跟你说什么了吗？"

"也没说什么。我跟她说那篇评论了。"

"弗朗西斯，放下那篇评论吧！"

虽然很不专业，但姚没克制住自己的崩溃。弗朗西斯心心念念想的都是那篇评论。难道作家不是应该已经习惯这些负面评论了吗？还是说这就是职业风险之一？

尽力假设自己是急救人员。假设你到了一个地方，想救一个人的妻子，可那个神经病丈夫却把刀架在你的脖子上。你救不了那位妻子，因为她已经死了。弗朗西斯，想想这种事行吗？

弗朗西斯摘下面罩，看着姚。她的头发支棱着，很搞笑，跟刚睡醒起床一样。

"我要海鲜扁面条。谢谢。"她很快合上想象中的菜单，戴好眼罩，哼起了《奇异恩典》。

姚帮弗朗西斯检查了脉搏，记忆回到很久之前：大学聚会后，他在某个人的房间里，照顾一个醉酒女孩。姚听着那个女孩断断续续地说话，含混不清，好几个小时没停。他的任务就是确保女孩不会被自己的呕吐物噎住。后来，姚终于睡着了，清晨醒来时，他的脸跟那个女孩的脸凑得很近，也就几英寸的距离。女孩半难闻半甜美的呼吸钻进姚的鼻孔。"出去。"女孩说。

"我没碰你，"姚说，"什么都没发生。"

"给我滚。"女孩是这种反应。

姚觉得自己占了她的便宜，强奸了一个神志不清的女孩。就算他从来没想过做这种事，就算他只想当个医护人员，在当时也无关紧要：因为那一刻，他代表的是所有男性，得为其他男性犯下的过失背锅。

引导弗朗西斯进行迷幻治疗和照顾喝醉的女孩完全不同。可是……感觉就是在照顾一个喝醉的女孩。

"我好久没跟人滚床单了。"弗朗西斯说。她的嘴角堆着白色的泡沫。

姚看着玛莎。玛莎和本还有杰茜卡坐在一起，他们三个映在墙上的影子很大。夫妻俩说话时，玛莎总在点头。看来他们那边的治疗不错。德莉拉在跟拉尔斯交谈。拉尔斯坐在简易床上，心平气和地跟德莉拉聊天，仿佛是来参加聚会的客人。

所有病人都挺好的。他有急救车待命。他们的状况都在监控之中。没什么可担心的，但还是很奇怪，因为此时此刻，他所有的感官都在大喊一个字：跑。难以理解。

第三十五章

托尼

托尼抱着球跑过一望无际的碧绿色田野。足球的形状很奇怪，重得有三块砖那么沉。他的胳膊疼得不行。足球一般都没那么重才对。

班卓跟在他身边跑，又成了小狗的样子，像个小孩子，跑来跑去不知疲倦。它待在托尼双腿之间，尾巴一个劲儿摇晃。

托尼明白，要想让自己开心起来，只需要把这个形状奇怪的破足球踢进球门就可以了。足球代表了他痛恨自己的一切：所有的错误、遗憾和耻辱。

"坐！"托尼对班卓说。

班卓听话地坐下了。它大大的棕色眼睛看着托尼，充满信任。

"别动。"托尼说。

班卓没有动。尾巴来回扫过草地。

托尼看到白色球门立杆，戳在那儿，跟摩天大楼一样。

他抬起左脚，一脚射门。足球以完美的弧线滑过湛蓝的天空。他马上就知道这一脚没错。胃里涌来翻江倒海的感觉。太美妙了。比跟人做爱还美妙。光阴似箭啊。

人们的欢呼声排山倒海而来，足球从球门立杆中间入门。他被大家托起来，兴奋感如火箭燃料一样点燃了他整个人。托尼像超级英雄一样，一拳挥向天空。

第三十六章

卡梅尔

　　卡梅尔坐在高端时装店柔软的天鹅绒沙发上。这家店里的产品都是最新的设计师款。

　　卡梅尔没有身体。这种感觉不要太好，非常放松。没有大腿。没有胃。没有臀部。没有二头肌。没有三头肌。没有橘皮组织。没有鱼尾纹。没有川字纹。没有晒伤。没有细纹。没有衰老的七大迹象。没有干燥的头发。没有卷曲的体毛。没有灰白的头发。不用打蜡，不用染发，不用护理。不用拉长或拉直，不用隐藏或伪装。

　　她就是卡梅尔，只是没有身体而已。

　　让我看看你最初的样子，你父母出生之前你的样子。

　　她的两个女儿也坐在沙发上，一边一个，等着给自己选个新身体。她们俩安静地看着书，都是适合她们这个年龄段的好书。一边看书，一边吃着刚切好的水果。没有电子设备。没有高糖分零食。没有政治。卡梅尔是有史以来最完美的母亲。

　　"我们来给你选一个神圣的新身体吧，开启你神圣的新人生。"店长玛莎说。她打扮成了迪士尼公主的样子。

　　玛莎的手指滑过挂着不同身体的架子。"不行，不好，或许……啊，这个还不错！"她取下那件身体，搭在胳膊上，"这个你穿上肯定也很美。

挺时尚的，而且曲线很好！"

那是索妮娅的身体。她顺滑的金色头发。她纤细的腰部。

"我不喜欢这个脚踝，"卡梅尔说，"我喜欢更细一些的脚踝。还有，我丈夫的新女朋友就是一副这样的身体。"

"那我们就不选这个！"玛莎把这个身体挂回去，又从架子上选了一个。"这个怎么样？太美了。你穿上这个肯定回头率很高。"

是玛莎的身体。

"确实很美。但说实话，我觉得我无法驾驭，"卡梅尔回答，"对我来说太夸张了。"

女儿露露放下手里的书。她嘴边沾着桃子果肉。卡梅尔想帮她擦掉，可忽然想起来自己没有手指。想想也是，有手指还挺有用的。

"妈妈，你的身体在那儿呢。"露露指着门把手上耷拉着的身体，连个撑起它的衣架都没有。

"是我的身体，亲爱的，"卡梅尔说，"可妈妈现在需要一个新的。"

"那个是你的。"露露一如既往地坚决。

玛莎拿起卡梅尔的旧身体。"这个看着挺舒服的。"她说。

"我们能把它改瘦一些吗？"卡梅尔问。

"当然了，"玛莎微笑着回答，"我们能把它做得非常美。给你，试试吧。"

卡梅尔叹了口气，穿上了自己的旧身体。

"非常适合你，"玛莎说，"只需要微微调整一下。"

"我确实很喜欢这个脚踝，"卡梅尔承认，"孩子们，你们觉得怎么样？"

女儿们跑过来抱住她。卡梅尔摸了摸女儿的头，发现手背上的静脉好美。还有她的心跳，她左右手各抱着一个女儿的力量，都让她暗暗惊讶。

"就这个吧。"卡梅尔说。

"你肯定会爱上这个身体的。"玛莎说。

第三十七章

玛莎

　　我的天啊，一切进展得太顺利了，玛莎心里想。疗法的实际效果就跟研究中心说的一模一样。卡梅尔·施耐德在自己的身体形象方面取得了巨大突破。之前有一会儿，不知为何，卡梅尔一直想脱掉衣服。但玛莎制止了她，还跟她进行了非常有成果的交流，让她能接纳自己的身体。

　　胜利就在眼前，如奖杯一样，握在玛莎的手掌心，沉甸甸的，闪着金光。

第三十八章

拿破仑

拿破仑背靠着习练教室的墙坐着，眼睛盯着地板。地板一直在呼吸，很急促，像个熟睡的婴儿，带着令人心碎的脆弱。

上次也是这样，他提醒自己。这就是视觉幻想。墙壁和地板不会呼吸。可如果它们确实会呼吸呢？又有什么不好？

那个烟味熏死人的俱乐部的墙也会呼吸，他甚至确定自己被困在一个穿梭于太空中的变形虫里。当时觉得一切完全合情合理。变形虫把他整个人吞下，就像鲸鱼一口吞下了约拿。他已经困在这个变形虫里达千年之久。

二十岁时，他肯定是脑子坏掉了，竟然那样傲慢。之后凄惨的日子中，拿破仑安慰自己的唯一方式就是不断重复：永不回头，永不回头，永不回头。

可现在呢，他又这样了，再次被困住。

我不是在变形虫里，他告诉自己，我是在疗养胜地。他们给我下了药，没经过我的同意，我要做的就是等药劲儿过去。

至少这次的环境还不错，香气袭人，习练室里还点着蜡烛，不是拥挤的酒吧，不是凑过来的大脸。

他握着妻子和女儿的手。左手是希瑟，右手是佐伊。拿破仑拒绝躺在简易床上，不肯戴眼罩和耳机。他知道，要想抓住仅存的理智，他只能挺直身体坐着，眼睛睁大。

玛莎假装自己不介意，但拿破仑知道玛莎有些生气，因为他们不肯遵守要达到"最佳效果"的正确流程。

拿破仑感受到了那一刻，玛莎决定不在这件事上坚持的一刻。好像他能读懂玛莎的心思。精力放在正事上吧，玛莎是这个想法。拿破仑对待学生也是这样。他很擅长把精力放在正事上。他之前也是这么教孩子的。

"把精力放在正事上，"他语气平和，"好好选择什么是正事儿。"

"我知道我的正事儿是什么——我要把那个女人送进监狱才罢休。"希瑟看着玛莎在房间里走来走去，她会跟客人们聊天，还会把手背搭在他们额头上测体温。

"你看她，来回走，真他妈把自己当成弗罗伦斯·南丁格尔了，"希瑟说，"迷幻疗法，我呸。"

拿破仑想知道希瑟这种表现是不是出于职业上的嫉妒。

"你发现墙在呼吸了吗？"拿破仑想转移希瑟的注意力。

"那都是药物作用。"希瑟说。

"好吧，我知道，亲爱的，"拿破仑说，"我就想知道你的药物作用是不是也是这样。"

"爸爸，我觉得墙在呼吸，"佐伊开口了，"它们像鱼一样。太神奇了。你能看见五颜六色的东西吗？"她前后挥手，好像在游水。

"能！"拿破仑大声说，"跟磷光一样。"

"真好。嗑药父女的亲密时光。"希瑟说。

拿破仑发现了，希瑟心情不太好。

"扎克肯定觉得这个很搞笑，"佐伊说，"我们大家一起嗑药了。"

"他就在这儿呢，"拿破仑说，"扎克，这儿来。"

"爸爸。"扎克就坐在他们面前，穿着短裤，没穿上衣，这个场景好像也没什么特别的。反正扎克总是不穿上衣。感觉一切回到了正轨，跟之前一样，四个人在一起，仿佛彼此的存在理所当然，这就是家的样子，普通家庭的样子。

"你看见他了吗？"拿破仑问。

"看见了。"佐伊回答。

"我也看见了。"希瑟说，她声音里透着哭腔。

"扎克，今天该你扔垃圾了。"佐伊说。

扎克朝妹妹比了中指。拿破仑大笑起来。

第三十九章

弗朗西斯

弗朗西斯坐在简易床上，摘下耳机，把眼罩拉到脖子上。

"谢谢。"她对坐在旁边的德莉拉说。弗朗西斯在微笑，但其实是一副居高临下的样子。"太好了。相当不错的体验。我觉得自己学到了很多。我该给你多少钱？"

"我觉得你这个还没结束。"德莉拉说。

弗朗西斯环视了房间。

拉尔斯的简易床旁边是托尼的简易床。托尼的头歪向一边，双腿自然呈 V 字形打开。还有，拉尔斯的姿态仿佛希腊天神，双脚交叠，盘腿而坐，跟在火车上一边听播客一边打瞌睡一样。

本和杰茜卡在房间的角落，像热恋的年轻人一样吻着对方，就像刚体会过亲吻的美妙，仿佛时间在此凝滞。他们双手抚摸着对方的身体，缓慢，但充满激情。

"天啊，"弗朗西斯说，"那个看着挺有意思。"

她又打量起整个房间。

卡梅尔躺在自己的行军床上。浓密的黑发像海草一样散开。她举起双手，手指扭动，感觉能透过眼罩看到手指。

拿破仑、希瑟还有佐伊三个人并排靠墙坐着，就像滞留在机场的年轻旅客。他们面前坐着一个男孩。那个男孩朝佐伊比了中指。

"那个男孩是谁？"弗朗西斯问，"没穿上衣的那个。"

"那边没有男孩。"德莉拉一边回答，一边伸手去够弗朗西斯的耳机。

"他还在笑呢。"弗朗西斯说，她想抓住德莉拉的手，免得她再给自己戴上眼罩，可惜没成功。"我觉得应该过去打个招呼。"

"弗朗西斯，跟着我走。"德莉拉说。

第四十章

希瑟

　　希瑟将注意力集中在自己的呼吸上。她下定决心，大脑的一部分一定要是安全清醒的，监控裸盖菇素和摇头丸的区别。黑漆漆的办公大楼里，某个办公室的窗户透出亮光来。

　　比如，她知道，实际上儿子已经深埋在地下，并没有真的跟他们在一起。但扎克的感觉是那样真实。希瑟伸手触碰了他的胳膊，是扎克的胳膊没错：紧致、光滑、呈小麦色。他很容易就会晒黑，而且让他涂防晒霜太难了。就算希瑟唠叨一万遍也没用。

　　"扎克，别走。"拿破仑坐直身体，伸出双手。

　　"爸爸，他没走，"佐伊指着扎克说，"他还在呢。"

　　"我的儿子啊，"拿破仑啜泣着，身体不住颤抖，"他走了，"拿破仑的哭声不受控制，从喉咙里传出来，"我的儿子，我的儿子，我的儿子。"

　　"别哭了。"希瑟说。这里不是该哭的地方，也没到该哭的时候。

　　是药物作用。每个人对药物的反应都不相同。有些生产中的母亲只需要一点儿笑气就能忘记痛感；还有一些则会朝希瑟咆哮说笑气根本不起作用。

　　拿破仑一直都很敏感。咖啡因对他的影响都很大。一杯澳式黑咖啡之后，你肯定会觉得他像打了鸡血。一片非处方止疼药就能马上让他反应迟钝。他只接受过一次全麻手术，是扎克去世前一年进行的膝盖重建手术。手术过后，他的麻醉反应很差，据说因为"含含糊糊"地一直说伊甸园的事儿把可怜的护士吓了个半死，不过也很难说，如果说当时拿破仑的声音含含糊糊的，那护士怎么知道他说的是什么呢。"看来她说话肯定挺明白。"扎克这么说，佐伊笑得前仰后合。希瑟生命中最快乐的事情不过就是两个孩子让彼此欢笑。

观察你的丈夫，希瑟心里想，监控他的情况。希瑟眯着眼睛，咬紧牙关，努力集中注意力，但还是觉得自己精神涣散，根本控制不住，一头扎进回忆的海洋中。

她走在马路上，两个孩子坐在双人婴儿车里，她推着孩子们，每个上了年纪的女士都忍不住停下来夸赞，希瑟觉得自己可能一辈子都到不了商店。

她是个小女孩，盯着妈妈的肚子看，希望她肚子里也有个小孩子生长，这样就能有个弟弟或者妹妹了。然而希望并没有成真。所以，她长大之后决定一定不能只有一个孩子，一个孩子太孤独。

她打开儿子的卧室房门，因为要洗衣服，所以可能得从他房间地板上捡起来一堆衣服。她全身各个部分都在抗拒自己见到的一切，脑子里的想法就是，我就是想洗衣服，别这样，扎克，我想洗衣服，我想生活能一直这样，求你了，求你让我能一直这样生活下去。然而她听到自己尖叫起来，因为她心里清楚，木已成舟，一切都太晚了。已经无法挽回，一秒钟之前的那种生活必定一去不复返。

儿子的葬礼上，女儿正在念悼词，之后人们轻抚希瑟给予安慰。很多人都这样安慰她，每个人都想朝她伸出自己的爪子，太讨厌了。还有，每个人都在说，哎呀，你肯定觉得很骄傲，佐伊讲得很好。怎么，好像这是学校演讲之夜，不是自己儿子的葬礼，难道你看不出来吗？我女儿现在孤身一人了，没了哥哥她该怎么办？没了哥哥她根本活不下去，谁在乎她讲得好不好，她根本都站不住，要不是她爸爸扶着，我女儿连走都走不了。

佐伊十一个月大的时候，她看着女儿迈出第一步。扎克深表震惊，他根本就没想过这种事，他简直不敢相信。当时，扎克坐在地毯上，两条肉乎乎的小腿伸直，他惊讶地看着妹妹，目瞪口呆。每个人都能看出来他的想法：她在干什么？希瑟和拿破仑笑得很大声，或许希望真的能够实现，因为这就是家庭，是希瑟从没有过的、从不知道的、从未梦到过的，这一刻那么完美有趣，是她自己的生活，一连串完美有趣的时刻一个接一个出现，如同串珠，一个个串联起来，永无尽头。

可惜，事实并非如此。

她一个人在扎克的卧室里哭泣，觉得拿破仑和佐伊在家里的某个角落也在落泪。每个人待在单独的房间里哭。她觉得家人悲伤的时候或许应该待在一起，但谁都没这么做。为了转移自己的注意力，她第一万次翻查扎克的抽屉，就算她清楚里面什么都没有，没有纸条，没有解释，她非常明白自己能看到什么——可这一次，她确实找到了些东西。

她回过神来。

拿破仑还在左摇右晃的，一直小声哭。

她是恍惚了一秒钟？还是一个小时？一年吗？希瑟自己也不知道。

"请问马尔科尼一家人现在觉得怎么样了？"玛莎出现在大家面前，"现在可以了吗？能聊聊大家失去的东西了吗？"

玛莎有好多条胳膊和好多条腿，但希瑟拒绝承认她有千手千腿，因为那不是真的，人不可能有那么多肢体。希瑟接生的婴儿中，没有一个有那么多胳膊和腿。她不能被这个蒙蔽。

"拿破仑，你说是你的问题，指的是扎克这件事吗？"玛莎的关心真虚伪。

希瑟听到自己哼了一声。"真他妈该死。"

希瑟现在是条蛇，芯子很长，能直接像鞭子一样抽过去，抽开玛莎的皮肤，把毒液刺入她的血管，让她中毒，就像玛莎给希瑟一家人下药一样，以其人之道还治其人之身。"你不配提我儿子！你根本就不了解他。"

"我的错，我的错，我的错。"拿破仑的头一直撞墙。再这么下去，他就该脑震荡了。

希瑟尽力集中所有的精神，双手双脚着地，勉强到了拿破仑面前。她双手抱住拿破仑的头。拿破仑的耳朵在她手心里，她能感受到粗糙的皮肤传来的温暖。

"听我说！"希瑟的声音很大，通常制止生产的女士不间断的尖叫时她才会发出这种声音。

拿破仑的眼睛转过来，向前凸出，布满血丝，像是受惊的马。

"我按了延时键，"他喃喃重复着，"我按了延时键，我按了延时键。"

"我知道，"希瑟说，"你跟我说过好几次了，亲爱的，但改变不了结局。"

"不是你的错，爸爸。"佐伊这个孤独的孩子说。希瑟觉得女儿现在说话不像大学生，像个僵尸，她年轻美丽的心像个煎鸡蛋，嘶嘶作响，"是我的错。"

"好吧，"玛莎开口了，这个下毒的人，"很好！你们都是真心的。"

希瑟转过身，对着玛莎大吼。"给我滚！"

一滴口水从希瑟的嘴里喷出，正好落在玛莎的眼睛上。

玛莎微笑了一下。她擦了擦眼睛。"很好。希瑟，把自己的愤怒都释放出来。完全释放。"她站起来，成千上百条肢体像章鱼触手一样在她周围飘动着。"我一会儿再回来。"

希瑟转身看着自己的家人。"听着，"她说，"听我说。"

　　拿破仑和佐伊看着希瑟。他们三个待在清醒状态的临时气囊中。不会保持太久。希瑟不得不赶紧说。她张开嘴，把无数条绦虫咽下去。她觉得有些憋得慌，很想吐，但也觉得有些轻松，因为她最终将之从身体里释放了出来。

第四十一章

佐伊

墙壁不再呼吸了。各种色彩逐渐褪去。佐伊觉得自己在渐渐清醒。感觉刚参加完聚会，走出闷热的房间，进入夜晚的空气，头脑逐渐清醒。

"扎克在吃药。"佐伊的妈妈说，"因为有哮喘。"

这有什么关系？佐伊觉得妈妈现在说的非常重要，但她知道，对父母来说很重要的事情通常对她来说都没那么重要，对她来说很重要的事情对父母来说都没那么重要。

"我管这个叫扎克重要性理论。"扎克还没离开。

"别跟我说你的理论。我现在就自己一个人，照顾爸爸妈妈，"佐伊说，"这是非常沉重的责任，你这个浑蛋，他们俩现在都疯了。"

"我知道，很抱歉，你弄坏了坑坑洼洼的盆。"扎克说。

"佐伊，我需要你专心。"妈妈说。

"我知道他因为哮喘吃药，"佐伊的爸爸说，"预防性的。那又怎么了？"

"有副作用，其中一种就是抑郁和自杀，"希瑟回答，"我跟你说专家要给他开这个处方，你当时问过我'有没有副作用？'我说……我说……'没有。'"

悔恨爬上了她的脸。如爪子留下的挠痕。

"你说没有。"佐伊的父亲重复了一遍。

"我说没有。"佐伊的妈妈说，目光里满是乞求，乞求大家的原谅，"对不起。"

巨大的悬崖壁一下出现在佐伊面前。

"我都没看盒子里的说明书，"佐伊的妈妈说，"我知道张医生是最好的医生，我知道他开的药不会有危险的副作用，我相信他，所以直接说：'没有，没问题，我看过了。'但我骗了你，拿破仑，我骗了你。"

佐伊的父亲眨了眨眼睛。

过了一会儿，他缓缓地开口："换成是我，也会相信他。"

"但你会看说明书，你会仔仔细细地看，一个词都不放过，问我问题，问到我快疯了为止。我是接受过医疗培训的，但我根本就没看说明书。我觉得自己当时太忙了。真不知道我到底在忙些什么。"佐伊的妈妈双手使劲搓着自己的脸颊，感觉要把自己搓没了，"他去世半年左右，我看了说明书。在他抽屉里找到的。"

"好了，亲爱的，不会有什么不一样的，"佐伊的爸爸木讷地说，"怎么着也得治哮喘啊。"

"但如果我们知道可能会带来抑郁，那就多注意他，"佐伊的妈妈这样说，极力想让拿破仑看到自己是完全彻底地愧疚，"你会看的，拿破仑，你肯定会看说明书！"

"没有征兆，"她爸爸说，"有的时候就这么发生了。完全没有征兆。他一直很快乐。"

"有征兆。"佐伊说。

她的父母转过头来，他们的脸就像游乐园里小丑的脸，来回转头，嘴巴张开，等着球掉下来。

"我知道他因为一些事不开心。"

佐伊记得自己从扎克的卧室门前走过，看到扎克躺在床上，没有看手机，没有听歌，也没有看书，就只是躺着，扎克绝对不可能这样。扎克不可能只躺在床上盯着天花板看。

"我以为是学校的事，"她告诉父母，"但我当时生他的气。我们不说话。我不想当第一个开口的人。"佐伊闭上眼睛，不想看父母写满失望和痛苦的脸。她小声说："就跟比赛一样，看谁能憋得更久。"

"佐伊，我的宝贝，"妈妈的声音听起来像从很远的地方传来，"不是你的错。你知道的，不是你的错。"

"我本来打算过生日那天跟他说话的，"佐伊说，"我本来想说：'蠢货，生日快乐。'"

"哈，佐伊，你这个小傻瓜。"扎克说。

扎克伸手揽住佐伊。两个人从没有拥抱过。他们不是那样的兄弟姐妹。有的时候在走廊里偶然遇到，也会无缘无故推对方一下。怎么说呢，力气挺大的，反正肯定能让对方疼一阵。可现在，扎克揽着佐伊，在她耳边说话。是他，是扎克，绝对是，还有山猫沐浴露的味道，真蠢。扎克说自己用这个是为了表达讽刺，实际上就是因为他相信广告，觉得这个牌子的沐浴露能更吸引女孩子。

扎克把佐伊揽得更近一些，在她耳边悄悄说："跟你没关系。我不是为了报复你。"他抓住佐伊的手，让她理解自己说的话。"我不是那种人。"

第四十二章

拿破仑

他愿意为了妻子和女儿做任何事，什么都行，所以他带走了两个人心中可怕而沉重的秘密。看到她们吐露心声之后的轻松，他有了自己的秘密。他永远都不会说，她们的秘密让自己有多生气，永远都不说，永远绝对不会说。

妻子和女儿握着拿破仑的双手，墙壁还在呼吸。拿破仑知道，噩梦将持续一生。

第四十三章

玛莎

本和杰茜卡盘腿坐在垫子上，面对着彼此。他们的手抓住对方的小臂，仿佛待在狭窄的横梁上，得努力保持平衡。这幅画面真美啊。本直接表达了自己的想法，杰茜卡认真地倾听，为本说的每个词而着迷。

玛莎只会在必要时提供指导。摇头丸正在发挥应有的作用：消除障碍。他们本来有可能得花好几个月才能达到这个状态。这是一条捷径。

"我想念你之前的脸，"本对杰茜卡说，"你之前美丽的脸。我认不出你来。我认不出我们，也认不出我们生活中的一切。我想念我们之前的公寓。我想念我之前的工作。我想念我们因为这个失去的所有朋友们。但我最想念的，是你的脸。"

他说的每个字都清晰响亮。毫不含混。也没有模棱两可。

"很好，"玛莎说，"太棒了，杰茜卡，你有什么想说的吗？"

"我觉得本这是身体羞辱，"杰茜卡说，"我还是我。我还是杰茜卡。我还是在这里！我看起来有些不同又怎么样？这是流行。只是时尚。这并不重要！"

"对我来说重要。"本说，"就好像你曾经拥有宝物，最后全糟蹋了。"

"但我觉得好看啊。"杰茜卡说，"我觉得自己之前很丑，现在好看了。"她像芭蕾舞演员一样举起双臂。"问题在于：谁来判断我究竟是美还是丑。我？你？还是网友？"

这一刻，她确实看上去很美。

本思考了一会儿。

"是你的脸。"本说，"所以应该听你的吧。"

"但是不对啊！西施在……"杰茜卡指着自己的眼睛，她笑起来，"情人眼里才出西施啊。"

她和本一起哈哈大笑。两个人抓住对方，重复着"情人眼里出西施"这句话。玛莎看着他们，有些疑惑地微笑着。这有什么好笑的？或许是他们两个才知道的梗吧。她慢慢失去了耐心。

终于，两个人不笑了。杰茜卡坐直身体，手指摸着下嘴唇。"很好。很公平的决定。我上次可能整嘴唇有些过分了。"

"我喜欢你之前的嘴唇，"本说，"我觉得你的嘴唇很美。"

"是啊，本，我明白了。"杰茜卡说。

"我喜欢我们之前的生活。"本说。

"之前是糟透了的生活，"杰茜卡说，"普通平凡糟糕的生活。"

"我不觉得糟糕。"本说。

"我觉得比起爱我，你更爱你的车。"杰茜卡说，"我嫉妒你的车。是我划的车。是我。因为我觉得你的车是个不知检点的女生，跟我的丈夫不清不楚，所以我就把她狐狸精的脸弄花了。"

"这个，"本不禁双手按在头顶，"这个。这个……好吧。竟然是你。"他好像不是生气，就是有点儿纳闷。

"我喜欢钱，"杰茜卡说，"我喜欢有钱的感觉。但我希望我们能既有钱又能保持自己的本心。"

"钱，"本慢慢说，"就像只狗。"

"嗯。"杰茜卡答应了一声。

"很大一只，失控的宠物狗。"

"没错，"杰茜卡附和着，"没错，就是这样，"她等了一会儿，"为什么像只狗？"

"就是这样，就像我们养了只狗。我们一直想养只狗，这是我们梦寐以求的狗，但它改变了我们生命中的一切。就好像，真的很烦人，它每天晚上都在叫唤，让我们注意它，不让我们睡觉，要是不想着这只狗，就什么都做不了。我们必须得遛狗，喂狗，担心这只狗，而且……"他捏了捏脸，想找个合适的词，"你看，狗身上的问题是它咬人。它会咬我们，咬我们的朋友和家人。这只狗，真的很恶毒。"

"但我们还是爱它，'杰茜卡说，"我们喜欢这只狗。"

"我们是喜欢，但我觉得应该放它走，"本说，"我觉得这只狗不适合我们。"

"我们可以养只拉布拉多，"杰茜卡说，"拉布拉多都很可爱。"

玛莎提醒自己，杰茜卡还太年轻。

"我觉得本是用狗来……作为一个故事，解释彩票中奖这件事对你们生活的影响，"她说，"是个比喻，没错。""比喻"这两个字比她预想的慢了半拍才说出来。

"没错，"杰茜卡狡黠地看了玛莎一眼，手指点了点自己的鼻子，"如果我们要养狗，得在生孩子之前养。"

"什么孩子？"玛莎问。

"什么孩子？"本问。

"我怀孕了。"杰茜卡说。

"真的？"本反问，"但这是个好消息！"

玛莎很是震惊。"但你从来——"

"我妻子怀孕了，你还给她下药。"本对玛莎说。

"没错，这个让我很生气，"杰茜卡对玛莎说，"气死我了，就为这个，你得被关在监狱好多年。"

第四十四章

希 瑟

希瑟醒了，但没有睁开眼睛。

她侧身躺在很薄但很柔软的东西上，双手垫在脑后。

生物钟告诉她现在是早上。可能是七点左右，她这么猜的。

药劲已经过了。她的思维非常清晰。她待在静栖馆的瑜伽冥想室中。还有，今天是扎克去世的周年纪念日。

闹心了这么多年，她终于吐露了自己心中的秘密。现在的她觉得浑身绵软，陌生而空虚，但也觉得好多了。她感觉得到了净化，这可太有意思了，净化不正是静栖馆承诺做到的吗？希瑟决定给静栖馆超级好评：来过静栖馆我觉得好多了！我特别喜欢和我丈夫还有女儿在一起的"堕落"时光。

显然，他们要马上离开这个地方。他们不可能再吃什么或者喝什么玛莎给的东西了。他们要马上回到自己的房间，收拾行李，开车就走。或许他们会到路上遇到的第一个镇子里的那家咖啡厅，要一大份有你的早餐，纪念扎克。

这一年的纪念日，希瑟只想和家人一起度过，聊聊扎克。第二天，她想通过另外一种方式纪念孩子们二十一岁的生日，没有羞愧，也没有悲伤，大家也都不用假装忘记这也是佐伊的生日。拿破仑一直说了很久：

我们必须把扎克和他选择结束自己生命的这种方式分开来看。除了自杀之外，扎克身上还有很多别的品质。一段记忆不能掩盖其他所有记忆。但希瑟都没听进去。不知道为什么，她总觉得这次不幸足以让扎克在生命中做过的其他所有事都黯然失色。

现在，希瑟顿悟了，她知道拿破仑说得对。今天，他们要这样纪念扎克的纪念日：将扎克十八年人生中最美好的回忆拼凑在一起。虽然悲伤难以承受，但希瑟比谁都清楚，难以承受的终究可以承受。过去三年，她一直沉浸在扎克自杀的悲伤中无法自拔。现在，终于到了为他的失去而悲伤的时候了。英俊、愚蠢、聪明、浮躁的男孩所失去的一切。

希瑟希望扎克的妹妹今天能配合一些。别再说什么我们之间"没什么感情"。希瑟为她感到心痛。这个孩子很崇拜自己的哥哥。他们十岁的时候才能做到做噩梦的时候不跑到对方的床上一起睡。希瑟需要一遍遍告诉女儿，那不是她的错。是希瑟一个人的错。她没能注意到儿子行为上的变化，也没能给谁一个理由注意到他的变化，包括扎克自己。

今天，他们要报警，跟警察报告那个疯女人的所作所为。

希瑟睁开眼睛，发现自己躺在瑜伽垫上，和熟睡的女儿面对面。女儿还在睡着，眼皮一直在动。母女两个挨得很近，她能感受到佐伊的呼吸落在自己脸上。她伸出手，摸了摸女儿的脸颊。

第四十五章

弗朗西斯

弗朗西斯摘下耳机。耳机跟头发缠在了一起。她随便放好耳机，但没睁开眼睛。

她刚才在坐飞机。能戴着耳机睡着的时候只可能是坐飞机。

她能听到远处工地传来的声音。电钻。手提钻。挖掘机。类似这种工具吧。断断续续的机械轰鸣声。割草机？吹叶机。她侧躺着，毯子盖到肩部，想再次进入甜美的深度睡眠。但不行，还是有声音，无情地把她叫醒，叫醒，叫醒。不是什么机器，是有人在打呼噜。

难道她昨天喝醉了所以跟陌生人酒后放纵来着？我的神啊，肯定不可能。那都是好几十年前的事了。弗朗西斯也没有什么宿醉的症状，没有急不可耐干柴烈火之后的愧疚。她的思路清晰分明，压力一扫而空。

她的记忆咔嗒一声回到了正轨。

她在静栖馆的瑜伽和冥想室里，昨天喝了一杯美味的思慕雪，里面有致幻药剂，带来了一场美妙而生动的梦，仿佛可以持续到永久。梦里有吉莉恩，有父亲，有两任前夫，还有很多弗朗西斯很想理解的符号和视觉隐喻。姚，有的时候是德莉拉，有的时候是玛莎，总是会打断她美妙的梦境，问一些很烦人的问题，想让她沿着特定的方向往前走。弗朗西斯没管他们，她玩儿得好极了，那些人只能更刺激她。弗朗西斯觉得过了一会儿，大家就放手不管她了。

她去了太空。

她变成了蚂蚁。

还成了蝴蝶！

她曾和吉莉恩一起坐在雪橇上，走过群星璀璨的夜空，还有，还有很多。

这种感觉就好比周游列国去了异域他乡之后，终于回家在自己床上睡醒的第一个早上。

弗朗西斯睁开双眼，可只看到一片漆黑，才想起来自己还戴着眼罩。她摘掉眼罩，打呼噜的声音更大了。她并没有觉得迷迷糊糊的。一切都染上了鲜艳的色彩。她看到石质拱形天花板在头顶上。一排排筒灯，全都亮着。

弗朗西斯坐起来，环顾四周。

打呼噜的是拉尔斯。就躺在弗朗西斯旁边的简易床上，平躺着，眼罩没摘，毯子拉到下巴的位置，嘴巴大大张开。每次打呼噜，拉尔斯的身体就跟着颤抖一下。看到一个帅气的人这么毫无形象地大声打呼噜还挺有意思的。上帝果然公平。

弗朗西斯站起来，没穿鞋，轻轻踢了踢拉尔斯的腿。亨利就爱打呼噜。有一次，婚姻快结束的时候，他穿着短裤，低头困惑地说："我特别不明白，为什么小腿总是青一块紫一块的，难道是撞了什么东西？"撞的是我的右脚，弗朗西斯心里想。她一直为此觉得心有不安，直到两个人因为餐具分配而吵得不可开交的最后一天。

弗朗西斯环视了房间。

托尼——弗朗西斯不会叫他"笑脸托尼"——刚刚在简易床上坐起来，双手扶着额头，感觉刚才是头痛发作。

卡梅尔也起来了，正用手指梳理着黑色卷发。毕竟头发之前散在她的头周围，如疯狂的光环。

卡梅尔和弗朗西斯对视了一下。"洗手间？"她比了个口型。可她和弗朗西斯来瑜伽冥想室的次数明明一样多。

弗朗西斯指了指酒窖后的洗手间。卡梅尔站起来，晃悠了一下。

本和杰茜卡肩并着肩靠墙坐着喝矿泉水。

希瑟和佐伊躺在瑜伽垫上，面对面。希瑟漫不经心地抚摸着佐伊的头发。

"喝水吗？"拿破仑在弗朗西斯面前蹲下来，递给他一瓶水。他的动作不太顺畅，毕竟有两条大长腿，"我觉得水里应该没下药，"拿破仑说，"要是再这么担心下去，就只能喝水龙头里的水了，不过要是他们有决心，可能也会直接往水里加点儿料。"

"谢谢。"弗朗西斯接过水才发现自己特别渴。她差点儿一口气喝完一瓶。"我正缺水呢。"她说。

"还好，他们留下了水，是个好兆头。"拿破仑站起来，"他们还没完全放弃我们。"

"什么意思？"弗朗西斯伸了个大大的懒腰。她真的很期待早餐。

"我们被锁住了。"拿破仑的语气里有些歉意，好像这是他的错，"好像没法出去。"

第四十六章

卡梅尔

"这肯定是流程的一部分，"卡梅尔不知道为什么每个人都忧心忡忡的，"不可能把我们关在这里太久。肯定没问题。"

拿破仑是唯一一个戴着表的人，他说现在已经快下午两点了，但还没有静栖馆工作人员的动静。他们在这里快被关了二十个小时了。

大家围坐着，跟前一天做自我介绍的时候差不多。每个人似乎都有些疲惫，而且身上也不太干净。男士们需要刮胡子。卡梅尔超级想刷牙，但不是特别饿，虽然马上就差不多四十八个小时没吃东西了，所以这也算挺好的吧。要是昨天晚上完美愉快的嗑药经历能抑制食欲，那卡梅尔丝毫都不会介意。

每个人都分别亲自确认过，楼梯底部沉重的橡木大门是进入这个房间的唯一通道。无可否认，这扇门被牢牢锁住，看上去那把锁是门把手旁边全新的金色安全键盘。或许有密码能打开门，但大家试过了几种数字组合，都没成功。

弗朗西斯说或许密码是静栖馆大门的密码。

拿破仑说自己已经想到了这一点，但想不起来密码是什么了。

卡梅尔也没印象。她来静栖馆的时候一直在哭，全都是因为对讲机，跟她在蜜月酒店见到的太像了，一下就让她陷入了回忆。现在回忆起来真蠢啊。她的蜜月也没有那么美好。她得了严重的泌尿感染。

本觉得自己记得大门密码，但他试过了，没成功。

托尼也觉得自己记得，不过他的数字和本记得的有一个不一样，但这个组合也没成功。

卡梅尔说没准儿是静栖馆的电话，她也不知道自己怎么就背了下来，可惜密码还是不对。

弗朗西斯思考了一下，没准儿密码跟字母表的字母有关。大家试了很多单词：静栖馆。净化。玛莎。

都不对。

佐伊觉得这似乎是一种游戏。就是"密室逃脱"。她对大家说最近流行奇怪的东西，让每个人都着迷，人们竟然把自己锁在某个房间里，寻找逃生的乐趣。佐伊之前去过一次。她说很有意思，很多线索藏在看似正常的物件里。比如说，佐伊和朋友们在房间的各个角落找到了组成火炬的零件，最终组装了火炬。火炬可以点亮一盏灯，这盏灯指示了衣柜后面的某个秘密通道，往里走还有进一步指示。墙上有个计时器倒计时，佐伊说他们成功逃出去之前，时间只剩下几秒钟了。

如果眼前这是密室逃生游戏，那绝对是很难的那种。瑜伽工作室几乎什么都没有。只有毛巾、瑜伽垫、简易床、瓶装水、耳机、眼罩和前一夜燃尽的蜡烛。就这么多。没有书架，没有藏着提示的书。墙上没有挂画。没有看似能藏着线索的东西。

男士洗手间和女士洗手间里没有可以砸碎的窗户。没有检修孔，没有空调通风管道。

"感觉我们像被困在地牢里一样。"弗朗西斯开口了。卡梅尔觉得这种说法太夸张，但既然这位女士是靠写小说为生的，想象力过于活跃也可以理解。

终于，每个人都坐了下来，精神低落，衣冠不整。

"没错，这只是过程的一部分，"希瑟对卡梅尔说，"先是给我们用违禁药物，再把我们锁起来，等等，没什么好担心的，什么事儿都没有。"

她的语气很是讽刺，跟卡梅尔刚认识的一个人表现得一模一样。

"我的意思就是相信这个过程。"卡梅尔尽力让自己保持理性。

"你和她一样已经无可救药了。"希瑟说。

这句话绝对算是粗鲁无礼。卡梅尔提醒自己希瑟的儿子去世了。她平静地说："我知道大家都累了，压力很大，但没必要针对谁。"

"这就是针对人的事儿！"希瑟大声说。

"亲爱的，"拿破仑开口了，"别这样。"他责备自己妻子那种温柔的方式惹得卡梅尔一阵心痛。

"卡梅尔，你有孩子吗？"希瑟用相对更温和的语气问。

"我有四个女儿。"卡梅尔的回答有些谨慎。

"好，那你告诉我，如果有人给你的孩子们下药，你是什么感觉？"

没错，卡梅尔不希望任何一片药从孩子们美妙的双唇间进入身体。"我的孩子们还小。所以，显然，玛莎肯定不会——"

"你知道我们可能会面临严重的长期健康影响吗？"希瑟没让她把话说完。

"一辈子最难挨的时候也就是现在。"杰茜卡插了进来。

"看见了吧。"希瑟带着满足感。

"好吧，我觉得这是我一生之中最舒服的时候。"卡梅尔说。她说的全是实话，虽然确实没刷牙，但她真的觉得很好。她的脑海里都是些从来没有机会解释的图像，仿佛刚刚在哪个难以置信的沉浸式艺术展览中度过了一天。

"我到目前为止也觉得很好。"弗朗西斯承认。

"我特别头疼。"拉尔斯说。

"没错，我也是。"托尼附和。

"我觉得我可以穿小一码的衣服了。"卡梅尔抻了抻打底裤宽松的腰带。她皱着眉头，努力回忆她昨天晚上经历的关于自己身体的重大启示。并不重要……并不重要……这就是她唯一拥有的？怎么回事，卡梅尔用平常的字眼来解释的时候，这个启示好像也没那么深刻超然了。"不过我倒不是想在这里完全改变身材。我只是为了变得健康一些。"

"健康？！"希瑟抬手拍在自己的额头上，"这里做的已经远远不止该死的节食了！"

"妈妈，"佐伊一只手按在妈妈的膝盖上，"又没人死。我们还在这儿。就……求你了，放松些。"

"放松？！"希瑟握住佐伊的手晃了晃。"你现在能活生生地在这儿很不容易了！我们之中的每一个人都可能会死！如果这里有谁有潜在的心理健康问题，那就有可能恶化，还有心脏病什么的！你爸爸有高血压！他就不应该被下药。"

"大家都觉得你心理不正常。"佐伊小声说。

"说这个没用。"拿破仑说。

"我们就不能直接拆掉门上的锁吗？"弗朗西斯问，满怀期待地看着托尼。

"看我干吗？我像有这种撬锁进门经历的人吗？"托尼说。

"不好意思。"弗朗西斯说。卡梅尔看出了端倪。托尼确实看起来有可能是年轻时候有撬锁进门经历的人。

"我们可以试试。得先找个撬锁的工具。"本说。他默默坐下来，什么也没想到。

"现在还没必要恐慌。"拿破仑说。

"这显然是个考验，看我们能不能解决问题，最后肯定是我们能解决。"拉尔斯打了个哈欠，接着躺在瑜伽垫上，手臂遮住眼睛。

"我觉得他们正在看着咱们呢。"杰茜卡指着天花板的角落说，"那儿是有个摄像头吧？"

大家全都看过去，那边有个监视器，闪着红灯，就在电视屏幕上面。

"姚说他们有安全对讲系统。"弗朗西斯说。

"我也知道，"卡梅尔接着话茬，"第一天说的。"

感觉像过了一百年。

希瑟站起来，对着摄像头大声说："你现在马上放我们走！"她其实是在尖叫，"我们买这儿不是为了在我儿子去世纪念日这一天跟一群陌生人一起被关在地下室里！"

卡梅尔抖了一下。她忘了纪念日就是今天。这个女人有权利发火，有权利随心所欲地咆哮。

沉默。什么反应都没有。

希瑟跺了跺脚。"我们竟然花钱找罪受。"

拿破仑站起来，把希瑟抱在怀里："我们今天在哪里都没关系。"

"有关系。"希瑟默默流下眼泪，打湿了拿破仑的衬衫。突然，她变得小鸟依人起来，所有的愤怒都消失了，她只是一个悲伤、难过、渺小的母亲。

"嘘。"拿破仑说。

她反反复复说着什么。卡梅尔听了很久才听清楚："对不起，对不起，对不起。"

"没事儿，"拿破仑说，"我们没事儿，一切都会好的。"

这是个让人心碎的私人时刻，大家的目光都看向别处。佐伊也没看自己的父母。她走到房间的角落，一只手按在墙上，抬起一条腿，另一只手抓住脚踝，做起了瑜伽。

卡梅尔看着空空如也的电视屏幕，突然很想远离这种家庭的痛苦，越远越好，这种痛苦让她自己的苦难显得没那么沉重。她很想家，思念带来了刺痛。她的家很美，现在回忆起来，倒有些虽旧如新的感觉。虽然怎么都不是豪宅，但很舒适，充满阳光，就算被四个女儿折腾得乱七八糟也挺好。她是亲手打理整个家的人，她是让家变得漂亮的人。大家都说她"独具慧眼"。等她回家之后，一定得好好享受一番。

"我要看看能不能踢开那扇门。"托尼说。

"好主意。"卡梅尔表示赞同。电影里的人不都是这么做的吗？看起来相当轻松。

"我来。"本说。

"或者撞开。"托尼说着站起来，活动了下肩膀。

"我来撞开。"本说。

"门是朝里开的。"拉尔斯提醒大家。

沉默降临。"有什么关系吗？"弗朗西斯问。

"弗朗西斯，你仔细想想。"拉尔斯说。

托尼看上去一下泄了气。"那我们还是想办法撬锁吧。"他把双手食指比在额头，深呼吸。"我觉得有点儿……幽闭恐惧。我想离开。"

卡梅尔也想。

第四十七章

弗朗西斯

大家把所有可以用来撬锁的东西都拿来了：发卡、腰带扣、手镯。手镯是弗朗西斯的，她除了一腔无知的热情外实在也帮不上什么忙，所以干脆退避让贤。"开锁委员会"的成员包括本、杰茜卡、拿破仑、托尼和卡梅尔。他们看起来兴致勃勃，拆了弗朗西斯的手镯，研究怎么用"把那根别针咬出来"之类的话题。

弗朗西斯过去找佐伊聊天。佐伊一个人，抱膝坐在房间的角落里。

"你没事儿吧？"弗朗西斯在佐伊身边坐下来，试探性地把手放在她拱起的后背上。

佐伊抬起头微笑了一下。她的眼睛清澈明亮，非常漂亮。其他人前一天晚上也堕落了，但佐伊的神色不一样。"挺好的。你……昨天晚上的体验怎么样？"

弗朗西斯压低声音。"我不同意玛莎的做法，很过分。你妈妈说得对，这些药一点儿都不好，违法的，是错的，必须拒绝……但我不得不承认，我觉得史蒂夫·乔布斯说得没错：那是我人生中最美妙的体验。你呢？"

"有好的也有不好的。"佐伊回答，"我看见扎克了。我们都看见扎克了。你懂的……就是幻想中的他，不是真的看到了他。"

"我觉得我也看见他了。"弗朗西斯脱口而出。

佐伊转头看着弗朗西斯。

“我看见有个男孩，”弗朗西斯说，“和你还有你爸妈在一起。”

“你看见扎克了？”佐伊的脸一下亮了。

“对不起，”弗朗西斯赶紧道歉，“我不是不礼貌。显然，我不知道他是你哥哥。只是我的想象，想象他的样子。”

“没事。”佐伊说，“你看见他也挺好的。你肯定会喜欢他。他肯定会和你说话。他喜欢跟所有人说话。”佐伊顿了顿，“我不是那个意思——”

“我知道你的意思。”弗朗西斯微笑着。

“他关心所有人，”佐伊接着说，“跟爸爸一样，特别爱说话。他会问你什么呢，我也不知道，或许是关于出版业吧。扎克是世界上最大的呆子。喜欢看纪录片，听谁都听不懂的播客。他为整个世界着迷。所以……”佐伊的声音变得沙哑，“所以我才不敢相信他会放弃。”

佐伊的下巴抵在膝盖上。“他自杀之前，那段时间我们谁都不理谁。那种状态已经差不多持续有几个星期了。我们之前还会大声争吵……什么都吵：洗手间、电视、充电器什么的。现在想起来真蠢。”

“兄妹就是这样。”弗朗西斯眼前浮现出自己姐姐噘嘴的样子。

“要是吵得太厉害了，我们就谁都不理谁，就好像比赛一样，谁先开口谁就输了。先开口的人虽然没直接说‘对不起’，可这本身就是在说‘对不起’，你明白吧，所以我不想成为第一个开口的人。”佐伊看着弗朗西斯，像是知道自己刚才说得真的很不好。

“我之前跟第一任丈夫也差不多这样。”弗朗西斯说。

“但我觉得他肯定有什么地方不对劲，”佐伊说，“就那个星期。我能感觉出来。但我没问。我什么都没说。直接无视他。”

弗朗西斯尽量保持神色自然。现在说“你不必为此自责”之类的话根本没用。佐伊显然是在自责。否定她的懊悔就跟否定她的失去一样。

"亲爱的，我也很难过。"她本想给这个孩子一个大大的拥抱，但觉得没准儿还会起反作用，所以干脆伸手揽住她的肩。

佐伊看了看那边的妈妈。"我当时特别生气。感觉他是故意的，就是为了让我永远愧疚，我不能原谅他这么做。这是他对我做过的最卑鄙、最残忍的事了。但昨天晚上……这个听上去很傻，但昨天晚上，我感觉我们又说话了。"

"我能理解，"弗朗西斯说，"我也跟我的朋友吉莉恩说话了，她去年就去世了。还有我爸爸。感觉跟梦里的不太一样。特别生动。说实话，我觉得比真正的生活还生动。"

"你觉得有没有这种可能，我们真的确实看到他了？"佐伊的脸上有无尽的期待。

"有可能。"弗朗西斯说谎了。

"就是，我当时还在想玛莎说濒死体验之后，她发现还有另一种现实，我就觉得……或许不知道怎么就接触到了吧。"

"有可能。"弗朗西斯重复了一遍。她不相信平行宇宙。她相信爱、回忆和想象的超凡力量。"什么都有可能。"

佐伊压低了音量，弗朗西斯不得不凑过去听。"我觉得他又回来了，以很奇怪的方式。就好像我可以随时给他发短信那种。"

"这样啊。"弗朗西斯说。

"我不是说我要给他发短信。"佐伊解释着。

"我知道，"弗朗西斯说，"当然不是。我明白你说的意思。你就是觉得你们不会再吵架了。"

"没错，"佐伊说，"我们和好了。我们和好之后感觉可真轻松。"

有几分钟，两个人谁都没说话，沉默地看着开锁队员们在门边蹲着摆弄物件。

"还有，我忘记告诉你了：不能说话的时候我看了你写的书，"佐伊说，"很喜欢。"

"你喜欢？"弗朗西斯有点儿不相信，"真的？不是你喜欢的类型也没关系。"

"弗朗西斯，"佐伊语气坚定，"是我喜欢的类型。我很喜欢这本书。"

"嗯，"弗朗西斯双眼微微发酸，她看得出来佐伊说的是实话，"谢谢。"

第四十八章

佐伊

她说谎了。那本书真的超级差劲。

她是前一天早上看完的（反正在这里也没别的事做），只能说就还行。她一直翻书页，虽然你从一开始就知道那个女孩会跟那个男人在一起，就算他们初见的时候彼此厌恶。虽然经历了很多考验和磨难，但最后一切都会好起来，那么看这本书的意义是什么？有一部分写到女孩晕倒在男人的怀里，这感觉就非常浪漫什么的，但实际生活里谁会晕倒？就算真的有人晕倒，谁会刚好那么凑巧正好能抱住？

还有，滚床单的部分在哪儿？得用了——哈——大概三百多页，才写到第一次接吻，然而这本书的名字还叫《纳撒尼尔之吻》。

佐伊还是更喜欢讲国际间谍的书。

"我觉得很好看，'她告诉弗朗西斯，一本正经，非常完美。佐伊，拯救国家的重任就落在你肩上了。

"或许你药劲儿还没过。"弗朗西斯说。

佐伊大笑起来。或许她说得没错。"我不这么觉得。"

她不敢相信自己昨天竟然和父母一起嗨了。这绝对是整个体验中最疯狂的部分。她爸爸妈妈跟她一起。哇，佐伊一直在想。妈妈在呢。哇，爸爸也在呢。世界和火山撞在一起，超音速爆炸也就这样吧。

佐伊觉得昨晚的记忆可以支撑自己度过余生。或者一切也都可能消失。哪种都有可能。

但有一件事就算她离开这里了也不会改变，那就是她妈妈的坦白。

这一天的早上，她和妈妈还没说两句话。现在妈妈正在做仰卧起坐，不过佐伊发现，妈妈今天的动作里少了些……较劲的成分。其实，佐伊看过去的时候，妈妈正好停下动作，平躺下来，双手放在腹部，盯着天花板看。

这些年来，佐伊一直希望，除了自己，还能有人责备她。扎克去世之后，她把扎克所有的智能设备都看了一遍：手机、邮箱、社交媒体。她想找到证据，看看扎克是不是被欺负了，想知道是不是有什么东西能解释扎克的决定，而且这个解释与佐伊无关。但什么都没有。她爸爸也是一样：和扎克的每一个朋友见了面，跟他们聊天，想了解情况。但大家都不知道为什么。所有朋友都很崩溃，和家人们一样困惑不解。

现在，似乎有一种可能，就是：外界一切正常，都是扎克的内心作祟。是治疗哮喘的药物让他暂时失去了理智。

或许吧。她永远都不会知道确定的答案。

妈妈的坦白并没有让佐伊解脱，但确实分担了一部分责备。有那么一会儿，佐伊允许自己有痛恨妈妈的快感。本来她妈妈就不该让扎克吃那些该死的药。她妈妈应该像所有负责任的母亲一样看说明书。应该有接受过医疗培训的母亲的样子。

但后来，佐伊记起了那天早上妈妈的尖叫，她清楚，自己不能责备妈妈。

保守这个秘密这么长时间真的是大错特错，甚至有些幼稚，但正是这种幼稚让佐伊觉得舒服些。有史以来第一次，她看到了妈妈像个小女孩的样子：刚刚犯错的小女孩，刚刚搞砸了一切，只想努力弥补。

没错，她妈妈是该看说明书，看看副作用，就跟佐伊看到哥哥躺在床上就应该走进去一样。她本来可以走进哥哥的房间，坐在床边，抓住他的大脚甩一下说："笨蛋，你怎么了？"

或许扎克就会跟她说，如果扎克告诉了她，如果事情真的很严重，那佐伊就会去找爸爸，让爸爸"好好处理"，这样她爸爸就会处理好。佐伊看了看爸爸，看了看这个家里唯一无辜的人——他四肢着地，仔细研究着那把锁。他会替大家离开的。只要有机会，他绝对可以处理好一切。他只是没有机会来处理扎克这件事。

这样不好，永远都不会好，但感觉就像她心里的结渐渐松解，而且她没有抗拒。有的时候，佐伊发现，自己大笑或者有所期待的时候，会觉得情况稍稍好转，但这时，她就会马上克制住自己。她总认为，一切好起来就意味着遗忘扎克，背叛扎克，不过，现在不一样了，她好像学会了一种方法，既能记住两个人的争执，也能记得两个人的欢笑，笑到脸都抽筋；她记得他们谁都不理谁的日子，也记得他们无所不谈的日子；记得他们瞒住对方的秘密，也记得他们分享给对方的秘密。

佐伊看着那群开锁的人，也仔细看了看弗朗西斯的侧脸。今天的弗朗西斯看起来年轻了一些，没有涂大红色的口红，要知道她就连做运动也不会忘记涂口红。感觉红色的口红就是她的衣服，不涂不行。

佐伊忽然觉得自己就是弗朗西斯，中年女士，写浪漫小说却陷入桃色骗局；现在她成了爸爸，长久以来默默流泪，甚至不知道自己做了什么，现在正跪在地上撬锁；她突然又成了妈妈，每时每刻都跟世界作对，但主要跟自己作对，因为没有办法原谅曾经的错误；她是那个中了彩票但似乎并不高兴的英俊男人；她是那个男人身材曲线超棒的妻子；她是觉得自己很胖的女士；她是之前经常微笑而且踢足球的男人。她是所有人，她是佐伊。

哇。或许她确实是药劲还没过。

"你喜欢我的书，对我来说很重要。"弗朗西斯转过脸，眼神明亮。

太贴心了。佐伊的意见真的对她来说很重要。

不错嘛，小破孩，扎克说，你这颗无聊的、狼心狗肺的小露莓。

扎克还在。他哪儿都没去。佐伊上完大学、四处旅行、找到工作、结婚，直到垂垂老矣，扎克都还在。不能因为扎克去世了，就意味着佐伊不能选择自己的生活。他还活在佐伊的心里，活在她的记忆中。扎克会一直陪在她身边，会一直待在那里直到永远。

第四十九章

本

　　费了半天劲还是没撬开锁。本很快就发现这个方法行不通。他们没有正确的工具，而且这把锁是新换了的系统。有些人忍不住爆粗口，很是暴躁："你行你来！"

　　大家不断出主意，想密码，但红灯一直在闪，是去你妈的密码错误信号。本讨厌死红灯了。

　　他的朋友杰克是个锁匠，可本觉得，就算杰克在，也打不开这把锁。他之前问过杰克是不是能撬开所有的锁。杰克的回答是："有对的工具就行。"

　　可他们没有正确的工具。

　　最后，本放弃了。他把一切交给卡梅尔和那两个老男人：拿破仑和托尼，任由他们做无用功，自己直接过去靠墙和杰茜卡坐在一起。此时的杰茜卡正坐着咬美甲。杰茜卡看了本一眼，勉强微笑了一下。她的双唇干燥开裂。两个人昨天拥吻到天昏地暗，在所有人面前。有的时候，玛莎会出现，坐在两个人旁边，但他们俩一直拥吻，像地铁上两个饥渴难耐的青少年。

　　但感觉和饥渴的青少年不一样，因为他们没有目的。他们接吻不是为了滚床单。他们就是要接吻而已。本觉得自己可以一直吻下去。不是那种醉酒之后敷衍的亲吻，感觉超越了现实，就像身体的每个部分都参与了进来。他不能假装自己讨厌第一次嗑药的经历。感觉实在美妙。所以姐姐就是为了这个才会毁掉整个人生吗？

本会为了体验这种感觉而偷东西吗？

他真的想过这个问题。不会。他还是不想再嗑药，感谢老天。所以他不会因为尝试了一次就成为瘾君子。

从他十岁起，妈妈就一直念叨，妈妈脸上的皱纹都是因为担忧姐姐。"本，就一次，只要一次，你的生活就完了。"本反复听了无数次，就跟睡前故事一样。故事里有一位美丽的公主，那是他的姐姐，有一天，姐姐被毒品这个可恶的恶魔抓走了。"你永远永远永远都不能这样。"妈妈会紧紧抓住本的胳膊，攥得本生疼。妈妈眼神里的认真让人害怕，本每次都想转移目光。但本却不得不保持眼神交流，因为如果他移开了目光，妈妈就会再念叨一遍永远永远永远那段话。

本不需要妈妈告诉自己毒品会毁掉人的生活。证据就在摆在他眼前。一切刚开始的时候，本才十岁，露西比他大五岁，但本依然记得之前的露西，最初的露西，被带走的真正的露西。真正的露西会踢英式足球，而且超级厉害。她会坐在餐桌前，一边吃晚餐，一边说些有意义的东西，要是听到有意思的内容，她还会大笑。那时的露西不会眼神空洞待好几个小时。如果露西生气，也是正常的生气，不是那种眼睛发红、神色猥琐的生气——像极了恶魔的双眼。露西不会偷东西，不会砸东西，不会把骨瘦如柴、面目可憎、有同样恶魔双眼的男孩带回家。本不需要听别人说永远永远永远。他已经知道恶魔所做的一切。

要是可怜的妈妈听说本被下药了，肯定会被吓晕。

"本，没事的，"杰茜卡小声说，仿佛知道本在想什么，"你现在没上瘾。"

"我知道。"本把手放在杰茜卡的手上，或许夫妻咨询发挥了作用。

可是，果真如此，那他为什么还不高兴呢？或许这是嗑药的兴奋劲过后的低谷。所以人们才会上瘾。兴奋的时候感觉太棒了，低谷相比之下太差劲，所以你就会冒险，无论怎样都想回到兴奋的状态。

他和杰茜卡谈了谈。本记得这回事。两个人谈了很久，什么都谈了，说的话比结婚这么多年来说的都多。他们谈了钱。他记得自己告诉杰茜卡自己不喜欢她整容塑身。太奇怪了，感觉之前这似乎是一件大事，是最了不得的大事，现在他却不在乎了。为什么这件事这么重要呢？他不喜欢杰茜卡嘟嘟的嘴唇。这怎么就像是世界末日一样了呢？

还有车。把车划坏的是杰茜卡。现在这个也不重要了。感觉思慕雪抽走了所有争执中的空气，现在所有的争吵都皱缩在一起，泄了气，让人觉得尴尬。让人觉得，两个人长时间以来争执来争执去，全都是些鸡毛蒜皮的事。

还有些两个人没谈到的东西。本可能觉得这些更重要。过会儿应该就能想起来。

杰茜卡拉高了 T 恤衫，低头闻了闻胸口。"我都变臭了。我要到洗手间看看能不能在那边洗个海绵浴。"

"好。"本答应了。

"我得洗脸。"杰茜卡伸手摸了摸脸颊。

"好。"本瞄了杰茜卡一眼，"没人在乎你化没化妆。"

"肯定有人在乎，"杰茜卡说着站了起来，"我。我自己就在乎。"但她似乎没生气。

本看着杰茜卡往浴室那边走。

我们解决问题了吗？我们有正确的工具了吗？

他想吃培根蛋麦满分。他想上班，和跟听收音机的伙伴们一起，想办法把车弄得更漂亮。等他们回了家，他就要回去工作。他不管是不是需要这些钱，他需要的是工作。

他们还得在这里待多久？他需要看见天空。就算上班的时候，他每天也能趁着吃午餐的时候出去走走。

本记得有部电视剧，电视剧里有个人进了监狱，可能是被冤枉的。那个人跟自己的妈妈说，他七年没有见过月亮了。本听到这句话浑身不免一颤。可怜的笨蛋，可怜死了。

"嗨，介意我坐这儿吗？"

是佐伊，跟着父母一起来的那个女孩。

她坐在本旁边。

过去几天，本看到佐伊，总会想为什么她这个年纪的人，看上去还非常健康爱运动的人，会选择来这种地方。现在他明白了。

"很遗憾你哥哥的事儿。"本说。

佐伊看了他一眼。"谢谢，"她束起马尾，"我也很遗憾你姐姐的事儿。"

"你怎么知道我姐姐的事儿？"本问。

"你妻子说的——我们昨天说到思慕雪里有什么东西的时候她说你姐姐是个瘾君子。"

"没错，"本说，"我都忘了。"

"肯定很难吧。"佐伊勾起脚趾。

"对杰茜卡来说很难，"本说，"就好像她一直在听一样的话。她不知道露西吸毒之前的样子，所以在她眼里，露西就是个一无是处的烂摊子。"

"你永远无法真的了解别人的家人，"佐伊说，"我跟男朋友分手了，因为他这个星期想去巴厘岛，我说我哪儿都不能去，必须得在我哥哥去世周年纪念日的时候陪我爸妈。结果他就……就那种'所以你一辈子都打算这样是吧？一月的这个星期都陪着你爸妈？'的语气，我就说……'呃，是的。'"

"这么听着，他应该是个浑蛋。"本说。

"谁能轻易知道对方是浑蛋呢。"佐伊说。

"我猜你哥哥肯定知道他是个浑蛋。"本说，因为对男生来说，看出来谁是浑蛋一点儿都不难，但说完之后本就想扇自己。纪念日的时候说这种话不是很过分吗？或许她哥哥就不是那种照顾妹妹的类型呢。

但佐伊微笑着说："可能吧。"

"你哥哥是什么样的人？"本问。

"他喜欢科幻，喜欢阴谋论，喜欢政治，还喜欢没人听的音乐，"佐伊回答，"跟他在一起永远不会无聊。只要这个问题有可能有分歧，我们俩就要吵，完全不对路。"有那么可怕的一瞬间，本还以为佐伊要哭了，可她没有。

她接着说："你姐姐是什么样的人？吸毒之前？或者说毒品背后？"

"毒品背后，"本重复了这几个字。他思考了一下：毒品背后的露西。"她之前是世界上最有意思的人。有的时候她还是这样，还有个人样。人们对待瘾君子的时候，都不把他们当真正的人看，但露西仍然是……她仍然是个真正的人。"

佐伊点了点头，就一下，例行公事那样，仿佛完全理解了本说的话。

"我爸爸想跟她断绝关系，"本说，"再也没有半点关系。假装……她从来没出现过。他说这是自我保护。"

"那结果怎么样？"佐伊问。

"我爸爸觉得很好。"本说，"他离开了。我爸妈离了婚。我跟他见面的时候他根本不会提露西。"

"或许，大家都有……就是，自己的方式，来面对这些事，"佐伊说，"扎克去世之后，我爸爸想不停地谈论关于他的事儿，但我妈妈根本连他的名字都说不出，所以……"

两个人沉默地坐了一会儿。

"你觉得现在是什么情况？"佐伊问。

"不知道,"本回答,"我是真的不知道。"

他看见杰茜卡走出洗手间。杰茜卡望向本,微笑起来,有些不自然。可能是因为她没化妆。这些日子里,本很少见到杰茜卡不把脸涂花的样子。

他看着自己的妻子,知道自己还爱她,但同时脑子里出现了另一种想法。亲吻不是重修旧好,而是告别。

第五十章

弗朗西斯

还是没人来。一个小时，又一个小时，时光慢慢流逝，他们就像困在飞机上的乘客，待在停机坪上一动不动。

每个人都时不时到密码锁那边，一遍遍尝试不同的数字组合。

弗朗西斯尝试这很多单词的字母密码：LSD、Psychedelic（很难拼写）、Unlock、Open、Key、Health，等等。

红灯一次又一次闪烁，越看越觉得就是故意和弗朗西斯过不去。

大家的情绪起伏不定，很奇怪，出人意料。

希瑟安静下来，好像放弃了，四肢放松。她走到房间的角落，把三张瑜伽垫叠在一起，蜷起身体侧躺着睡着了。

拉尔斯唱起了歌。没完没了，声音深沉优美。好像有谁能改换收音机频道一样，他唱的歌都不一样。

最终，托尼突然说："老大，看在老天的面子上，闭嘴吧。"拉尔斯有点儿吃惊，"露西和钻石一起在天空中……"唱了一半就停住了，他一直都没意识到自己在唱歌。

卡梅尔用舌头不时发出"咯"的动静，弗朗西斯把这个当成挑战，看自己能忍多久。她忍到卡梅尔发出第三十二声"咯"的时候，拉尔斯说："你还打算这么弄多久？"

有些人在锻炼。杰茜卡和佐伊两个人在练瑜伽。本做了很多个俯卧撑，最后停下来的时候呼吸沉重，浑身是汗。

"你应该保存体力，"拿破仑温和地说，"我们在断食。"

弗朗西斯觉得"断食"这两个字不妥，因为这两个字本来暗含着一种选择。

拿破仑没怎么说话，这和弗朗西斯想的不太一样。她对拿破仑的第一印象就是这个人很爱说话，但他现在很沉默，陷在思索中，一会儿皱着眉头看表，一会儿用古怪的眼神看看天花板上的摄像头，仿佛在说"开玩笑呢吧？"

"难道他们出了事？"弗朗西斯终于开口了，"万一他们被谋杀了、被绑架了或者全都病了怎么办？"

"他们把咱们锁住了，"拉尔斯说，"显然是有预谋的。"

"或许是有预谋，但也应该只是预谋锁住我们一两个小时，"弗朗西斯说，"这时，他们遇到了麻烦。"

"这样的话，总会有人找到我们的，"拿破仑说，"朋友和家人会注意到我们没从疗养院回去。"

"这么说，我们还得在这儿待多久呢？四五天？"弗朗西斯问。

"那我们都得瘦不少。"卡梅尔说。

"我可能会疯。"本的声音有些颤抖，好像已经疯了。

"至少还有自来水，"拿破仑说，"还有浴室。要不然更糟。"

"情况本来应该更好一些，"托尼说，"最好有客房服务。"

"我喜欢客房服务。"弗朗西斯附和。

"客房服务，再来部电影。"托尼叹了口气。

他和弗朗西斯对视了一眼。弗朗西斯先移开了视线，因为她不知为何想到自己和托尼一起在酒店房间里的场面。想到了他刚洗完澡时屁股上的文身。微笑的文身。

弗朗西斯在心里扇了自己一巴掌，想到了父亲一边叹气一边说："你对男生毫无抵抗力。"五十二岁了，还是没明白。不能说就因为他们都喜欢客房服务所以就肯定合得来。他们一边享受客房服务送来的美味时要一边聊什么？足球吗？

"我们给钱，"杰茜卡突然说，"让我们出去！每个人都有价格，对吧？"

"多少钱？"本问，"一百万？两百万？"

"接着说。"拉尔斯开口了。

"不可能没见到钱就放你出去。"托尼说，但杰茜卡已经走到房间中间对着摄像头说起来。

"玛莎，我们愿意出钱离开这里！"她双手攥拳抵在腰部。"钱对我们来说不是问题。我们不缺钱。说实话，我们愿意花钱……呃……升级服务。我们要跳过项目的这个部分，谢谢，我们愿意付违约金。"她不自在地环视了整个房间，"我的意思是，每个人的钱我们都包了。只要让我们出去，我们愿意负担所有人的费用。"

还是没动静。

"我觉得玛莎不是那种会为了钱动心的人。"拿破仑小声说。

听完，弗朗西斯心里想：什么会让她动心呢？

她想起自己的辅导课程，想到玛莎讲到录像机成为通向另一个世界的大门时，玛莎一下子明亮起来的眼睛。但显然，电影现在应该不足以让她动心了。她想让弗朗西斯知道的是，澳大利亚需要的是她的智慧。认可？崇拜？是这个吗？

还是爱？难道就这么简单？她和每个人一样需要爱。不过，有些人在表达这种需求的时候会采取非常特别的方式。

"我们根本都不知道他们有没有看我们，"拉尔斯说，"他们没准儿在别的地方正看《女子监狱》呢。"

"我们花钱可不是买的合住服务！"杰茜卡伸手指着摄像头，"我今天晚上不要睡在这儿！我们要的是双人间，我要回自己的房间！我饿了，我累了！"她用手指绕了一缕头发闻了闻，"我还想洗头！"

"我的天啊，"本双手按在太阳穴上。他滑稽地画了个半圆形。"我想起来你说的话了！你怀孕了！你昨天晚上说你怀孕了！"

"哈，没错，"杰茜卡转身看着自己的丈夫，"我忘了。"

第五十一章

德莉拉

"她没怀孕。"姚一脸惊慌,"她绝对没怀孕。"

玛莎的办公室里,德莉拉、玛莎还有姚都在一起,看着实时闭路电视画面里待在冥想室的客人们。

"我不可能给怀孕的人吃那些,"姚说,"不可能。"

"那她为什么一直说自己怀孕了?"玛莎问。

他们已经在办公室里待了好几个小时。看闭路电视的时候,玛莎和姚一会儿站着一会儿来回走,但德莉拉最终坐在了玛莎的椅子上。

德莉拉累了,也饿了,但好像累过劲儿了,也饿过劲儿了。或许她已经不想再当健康顾问了。这四年,客人们的形象渐渐融合在一起。他们都非常自我陶醉,有的时候,德莉拉觉得自己是故事里的次要人物,这个故事中,除了她以外的所有人都是主角。

这么多年来,问到德莉拉个人问题的客人们屈指可数。这个,好吧,反正客人们不想的话,不跟自己说话也行,但所有人都觉得德莉拉应该迷上自己!他们告诉德莉拉的那些事情:婚姻、性生活,还有肠道!要是再听谁说自己有肠道易激综合征,德莉拉真的只能割腕自尽。

接踵而至的是各种抱怨,让人始料不及:枕头太软,房间温度有问题,连天气都不满意,好像天气也归她管。

疗养过程的最后，看到每个人似乎都真正相信自己已经"焕然一新"的时候，感觉还不错，但德莉拉不像玛莎和姚那样，对这种改头换面的业务有一颗传播福音的心。

没错，她喜欢做瑜伽，核心力量非常好，有六块腹肌。她欣赏自己有六块腹肌，冥想让人放松，正念也很好，她完全赞同药品的加入，能给生活添加点儿趣味，人们肯定也会因此对自己的心理更有了解。不过，说实话，大部分人的心理好像都……你懂的……不太复杂。他们又不是上帝。这里只是健康疗养胜地。

德莉拉很擅长给客人们留下自己很关心他们的印象，和玛莎还有姚一样。她可以说到，也可以做到。天啊，给玛莎当行政助理的时候，她对奶制品也是这样。没错，没错，我就是对酸奶感兴趣。之后，玛莎心脏病发，离开了奶制品行业，拿着保险金离开了。当助理的经验，对健康顾问来说是难得的锻炼：点头致意，面带微笑，表示认同，默默完成工作，除非必要，不问问题。玛莎给的报酬很丰厚。德莉拉马上就要实现自己的存款目标了。她要去旅行一年。

"我给所有女士都做了妊娠测试，"姚说，"连年纪大一些的都做了。她没怀孕。"

"那她为什么这么说？"玛莎又问了一遍。

"我不知道。"姚很受挫，都快哭了。

"这样她就能起诉我们给她用药了。"德莉拉回答。

"她不需要钱，"玛莎指着屏幕说，"她说了，钱不是问题。"

德莉拉耸了耸肩，叹了口气。"或许她就想表明自己的立场，比如：'我都怀孕了，你们竟然给我下药！'"

"她没怀孕。"姚又说了一次。

"她不知道我们知道这个，"德莉拉说，"她丈夫的姐姐是个瘾君子，你也知道，他们非常抗拒毒品。可惜我们不知道。"

玛莎转过身来。"但他们本应该很开心，治疗很顺利！两个人都拥吻了！"

"那是因为他们极度兴奋。"德莉拉回答。有的时候，德莉拉真觉得玛莎天真到难以置信。她难道真觉得那两个人的亲吻代表着什么吗？

"他们亲吻了很长时间。"玛莎跟德莉拉强调。

"没错，"德莉拉接着说，"那是因为摇头丸。所以人们才说摇头丸是情爱毒药。"

德莉拉第一次吃摇头丸之后亲吻了她当时的男朋友瑞安，整整两个小时没停，感觉太美妙了，是有生以来最美妙的吻，但这并不意味着她想和那个穿着紫色紧身衬衫、举止浮夸的英国笨蛋结婚。就是个吻而已。

"不是药物作用，"玛莎说，"我引导他们进行了很多重要突破。"

"嗯。"德莉拉答应了一声。

和德莉拉之前的所有老板一样，玛莎也相当自恋。玛莎对客人们解释"自我消解"时一本正经，德莉拉觉得很搞笑，好像玛莎自己巨大的自我可以消解一样。过去几年里，德莉拉看到的是玛莎的自我不断膨胀，坚信她嘴里说出的每一个字的客人们，还有迷信姚的客人们，都是催化剂。

"我在这方面有天赋。"玛莎说得直截了当。玛莎什么时候才能真正明白爱情到底是个什么东西？这么多年，德莉拉从没见过玛莎谈恋爱。德莉拉看不出来玛莎是喜欢男生还是喜欢女生，还是都喜欢或者没有任何性取向。

"我还以为他们到了这个阶段会比较积极一点儿，"玛莎说，"更懂得感恩。"

德莉拉和姚交换了个眼神。哇。这几乎可以说是承认了错误。至少，这算是承认了一刻的疑虑。

姚看起来有点儿害怕，就像整个世界即将分崩离析一样。这个人真的超级迷恋玛莎，很可能是爱上了她。德莉拉不知道姚是不是对玛莎有性方面的兴趣，但他就跟摇滚巨星的超级粉丝一样，难以相信自己竟然可以和玛莎同处一个房间，感到受宠若惊。

"都会好的。"玛莎对姚说，"我们之后小心点儿就行。"

"该让他们吃饭了。"德莉拉建议。她知道是因为之前做过侍者。来点儿免费的蒜蓉面包，摆在桌子上。让每个人吃螃蟹吃到撑，就没人再会抱怨等主菜的时间太长了。

"还不到四十八个小时呢！"玛莎说，"他们都知道疗养包括断食的环节。"

"没错，但他们不知道会有致幻剂，"德莉拉说，"也不知道自己会被关起来。"

她觉得玛莎严重高估了客人们改头换面的决心。人们说来静栖馆是为了"开悟"的时候，其实真正要说的是，自己想"更苗条"。

怎么样都好，德莉拉看得出来，那个房间里的所有人看起来都没有焕然一新。要是希瑟·马尔科尼从房间里出来还在猫途鹰网站上给他们打个五星好评那才真是见鬼了。

玛莎从来都没怀疑过新规则会失败。她根本没有担心过客人同不同意的问题。她觉得问客人太冒险了，因为最需要帮助的人就是最有可能拒绝的人。荣耀的结局何必在意手段。只要大家都是经历了个人的蜕变，没人会介意！

"我们还是想个解决办法吧。"玛莎注视着在临时监狱里走来走去的客人们。她看上去一点儿都不累。

德莉拉记得十多年前的那个晚上。当时的她还是玛莎的私人助理。有人发现了预算分析中的重大失误，可他们第二天就要呈交董事会。玛莎连续工作了三十个小时，整夜没停，就为了改正那个错误。德莉拉陪着她留在办公室，但睡了一会儿，不然之后真的没精力继续。最后的展示非常成功。

六个月后，玛莎心脏病发。

五年之后，德莉拉都已经忘了玛莎的存在。这时，玛莎打来电话，问她愿不愿意到自己创办的疗养院当健康顾问。

玛莎喜欢对客人们说，他们会听到德莉拉讲述所谓的"健康之旅"，但其实谁都没听到过，因为根本没有健康之旅。德莉拉只是辞去了当时的工作，炒了一家保险公司某个首席行政蠢货，不再给他当个人助理而已。她的"健康之旅"说白了就是从中央火车站到贾里邦的火车之旅。

"我觉得应该放他们出来，"姚说，"他们现在应该被放出来了。"

"我们得随机应变，"玛莎说，"一开始就告诉过你们两个。为了激进的效果，你需要激进的手段。我知道他们不愿意，但这是人们变化的唯一方式。他们有水。他们有房间。我们就是把他们带出了舒适区，仅此而已。这正是成长的时候。"

"我就是觉得这么做不太对。"姚声音里有些颤抖。

"声音调大一些。"玛莎说。

"显然，我们出去之后应该报警。"有位女士说。

"谁说的？"玛莎问。

"弗朗西斯。"姚盯着屏幕。弗朗西斯背对着他们，跟拉尔斯说话。

"弗朗西斯！"玛莎有点儿惊讶。"她喜欢自己的体验。她似乎收获了很多！"

拉尔斯回答："道德上看应该，法律上看也应该。我们有必要谨慎一些。不然的话，他们会杀人。"

"我不知道自己是不是真的希望把他们送进监狱，"弗朗西斯说，"或许他们的初衷是好的。"

"现在，我没了自由，弗朗西斯，"拉尔斯说，"所以我并不关心剥夺我自由的人蹲监狱。"

"我的天啊，"姚咕哝了一声，"这是一场灾难。他们甚至……都不肯尝试！"

"不是灾难，"玛莎说，"他们能解决。只是比我们预期的时间要长一些。"

"他们接受治疗之后好像也没什么变化，"姚接着说，"看着还是很……生气。"

德莉拉强压下自己的叹息声。这是宿醉，你们这帮蠢货。

她开口了："要喝点儿绿茶吗？"

"谢谢，德莉拉，麻烦了。"玛莎很感激，她拍了拍德莉拉的胳膊，再次露出能暖化人心的笑容。

在此之前，就是玛莎还不是一副女神的样子，只是非常擅长自己工作的矮胖高管时，她就是那种魅力四射的人，让你忍不住想去取悦。德莉拉为她工作的时候，比对其他老板都认真卖力，但现在到了该结束人生这一章的时候了。

显然，这次肯定会有警察过来。德莉拉是从暗网买毒品的人，她很享受这个过程，还打算加进简历里，插入到幻灯片展示中。本来，德莉拉还觉得自己的所作所为应该不够进监狱的，但现在看来，她很可能会沦为阶下囚。她觉得自己不会喜欢被关进监狱的滋味。

她一直以来都有一种感觉，最终会是这样的结果。然而不知道为什么，玛莎把致幻剂疗法手册递给她，还说"这是我们开展工作的革命性方式"时，她就是拒绝不了。德莉拉记得自己当时脑子里过了一下：肯定不会有什么好结果。但当时的她觉得有点儿厌倦。鼓捣毒品好像很有意思，她很想看着大厦倾颓的一刻。

他们给客人的思慕雪里放了小剂量的药品，没什么副作用。人们根本就不知道。他们一直认为自我感觉良好是有机食物和冥想的效果。他们甚至还会再来，就想体验那种感觉。

接着，玛莎决定不再停留在小剂量这个层面了。她想要"革命性"的东西。她想"挑战极限"。她说这种做法会创造历史。姚反对过。他不想改变历史的轨迹，只想"帮助别人"。玛莎说这就是帮助别人，而且这种方式会让他们的生活发生真正的改变，永远的改变。

起决定性作用的是姚自己参与了致幻剂疗法，玛莎对他进行指导。德莉拉没在——那个周末她休息——但她再次见到姚的时候，在姚的眼睛里看到了比以往更炽热的疯狂和迷恋。他一直在说研究里的话，好像那份研究改变了他的思维。不过一切都只是致幻剂的作用和玛莎的魔力。

当然了，德莉拉也试验了致幻剂疗法。她的体验也很好，但还不至于傻到觉得这些感觉以及所谓的"启示"都是真实的。不过就是药物。她之前吃过迷幻蘑菇。那种感觉就是把欲望当成爱，听到某首真情流露的歌会多愁善感。现实一点儿吧。这些感觉都是人工制造。

姚大谈特谈自己觉得从致幻剂疗法中学到的一切时，德莉拉真想一巴掌扇过去。这再次印证了他就是玛莎的粉丝，死心塌地，愚不可及。他已经迷失了。什么都改变不了。

德莉拉没去餐厅取绿茶。她直接回到房间，拿上身份证。其他关于这种生活的一切——包括白色制服、檀香香氛、瑜伽垫什么的——她统统留下了。

自从来到这里，她就彻底认清了自己：从内心最深处来看，她就是个私人助理。这条路比较好走。就像是餐厅侍者或者女服务生。人们能看见她，但并不在意她的想法。她不是大船的掌舵人，所以也不可能跟着这条船沉入海底。

不到五分钟，德莉拉就到了本那辆兰博基尼停放的地方，直接开到了最近的小型机场。她要买机票，最近一班飞机，随便去哪儿都行。

开这辆车的感觉怎一个"美妙"能形容。

第五十二章

杰茜卡

"多久了？"房间角落里的希瑟问。她坐直身体，使劲用手指关节揉了揉眼眶，杰茜卡都吓着了。对待眼睛周围的皮肤一定要用轻柔的手法。

"呃，我想想。两天吧。"杰茜卡说着，把手放在小腹上。

"两天？"卡梅尔不禁说，"你是说生理期推迟了两天？"

"不是，还没到日子。"杰茜卡回答。

"那你还没做检测？"

"没有。"杰茜卡回答。我的天啊。这是西班牙宗教法庭还是什么？"我怎么做检测？"

这太奇怪了。所有人站在小房间里，好像在办公室聚会，但实际上大家说的却是她的生理期。

"这么说你可能没怀孕？"本开口问。杰茜卡不明白本肩膀放松是因为觉得轻松还是因为失望。

"我怀孕了。"杰茜卡很确定。

"你怎么知道？"卡梅尔问。

"我就是知道啊，"杰茜卡说，"我能感觉出来。发生的那一刻我就知道了。"

"你是说你知道受孕的那一刻？"卡梅尔还在问。杰茜卡看到她和希瑟对视了一眼，仿佛在说：你能相信吗？老女人们都是居高临下的态度。

"这么说吧，你应该知道，有些母亲确实说自己能在受孕的那一刻就知道自己怀孕了，"还是希瑟善良，"或许她就是其中之一。"

"我敢说很多女人是觉得自己'知道'，可事实会证明她们是错的。"卡梅尔说。

"那又怎么样？"杰茜卡问，为什么这个头发乱糟糟的奇怪女人总是对她有意见？"我是说，我知道，我们不应该在静默的时候相互接触。"她瞄了一眼黑魆魆的摄像头，"但我们也不该被下药。"

他们来静栖馆的第二天，夜幕之中，两个人吃了禁果。谁都没说话。完全在黑暗中沉默的动作，感觉新鲜且真实。之后，杰茜卡睁眼躺着，觉得异常平静，要是婚姻到尽头了，那就这样吧，但至少现在有孩子了，就算两个人不再相爱。孩子至少是在相爱那一刻孕育的。

"不对，等等，她在吃药。"本对希瑟和卡梅尔说，根本无视杰茜卡。"有可能怀孕吗？"

"只有禁欲才百分之百有效，但如果她一直……"希瑟看着杰茜卡，"如果你每天都吃药，那么很有可能没怀孕。"

杰茜卡叹了口气。"我两个月没吃了。"

"好吧。"希瑟说。

"但你没告诉我，"本说，"你停药没跟我说。"

"哎呀。"拉尔斯小声说了一句。

"你昨天晚上没说，"本继续说，"我们'吐露心声'的时候你没说。"

他引用了玛莎用的词，就是一种讽刺吧。本板着脸，杰茜卡想了想昨天的事，想了想两个人不停说话的样子。但杰茜卡昨天晚上没告诉本自己停药了。她保守了秘密，连兴奋的时候都没松口。因为她知道，说出来就相当于背叛。

她昨天晚上应该说的。那时本面色柔和，跟现在判若两人。她会觉得这是毒品让她发现的美丽真相之一，但一切都是美丽的谎言。

"没错。"杰茜卡抬起下巴，回忆起当时的吻。两个人的拥吻，还有她脑海里唯一的想法，像霓虹灯一样闪烁：我们很好。我们没问题。我们很好。

但他们之间并不好。她觉得昨天晚上的一切都很不真实。都是毒品的作用。毒品会撒谎。毒品把你搞得一团糟。她和本比谁都清楚。有的时候，本的妈妈会坐着，拿着照片，看着落入毒品陷阱前的露西，边看边哭。现在呢，是"改头换面"。

"别把钱浪费在愚蠢的疗养上。"杰茜卡的妈妈在两个人出发之前说过，"把钱捐给慈善机构，然后继续工作。你们的婚姻就没问题了。每天结束的时候也有话可聊。"

她妈妈认真思考过杰茜卡继续做琐碎工作的可能性，可她现在每个月银行存款的利息，都比当时一整年的工资还多。杰茜卡跟妈妈说不明白，一旦有了那笔钱，一切都会永远改变。你更值钱了。你比之前更好了。你回不去了，因为你无法再像之前那样看待自己。从理性角度考虑，杰茜卡知道自己有钱只是因为撞了大运，她内心深处有个声音一直重复着：我应得的，命中注定属于我，我现在是这样的，我一直都应该是这样的。

"啊，亲爱的，过来人这么跟你说吧：怀孕不是拯救婚姻的好方法。"卡梅尔说。

"好吧，谢谢，但我没想挽救我的婚姻。"杰茜卡回答。

"杰茜卡，那你想干什么？"本小声问。有那么一瞬间，本好像回到了昨晚的样子，两个人坐在小船上，沿着兴奋剂的小河顺流而下。

"我想要个孩子。"杰茜卡回答。

她要把自己怀孕的经历放在 Instagram 上。侧身照，"怀孕鼓出来的肚子"。时尚的性别解密聚会。猜一猜盒子里会飞出来蓝色的气球还是粉色的气球。希望是粉色的吧。大家会在评论里留下一个个心形表情。

"我害怕你不同意，"她告诉本，"我觉得如果我们要离婚，那我最好赶紧怀孕。"

"我为什么不同意？我们一直说要孩子的。"本说。

"没错，我知道，但那是我们之间……出现问题之前。"杰茜卡回答。她觉得自己承受不了，本可能会说"你是开玩笑吗？我们？"

"所以这个孩子跟我没关系，"本说，"你觉得我们要离婚，所以自己养孩子？"

"当然跟你有关系，"杰茜卡说，"我只想跟你生孩子。"

她看得出来本缓和了一些，但下一秒，她根本没过脑子，傻乎乎地接着说了一句："你是孩子的父亲，你随时可以来看孩子。"

"我随时都可以去看孩子！"本爆发了。杰茜卡说的是世界上最不应该说的话。"行吧。多谢您了。"

"不，我不是这个意思——我就是说……神啊。"

他们现在说话已经不像昨天那样滔滔不绝，现在两个人说话断断续续，结结巴巴。

"现在谈探视的问题可能还太早了。"拉尔斯说。

"我怀疑她根本就没怀孕。"卡梅尔说。

"我怀孕了，"杰茜卡还在坚持，"希望药物不会对孩子有影响。"

"那么多怀孕的人里面，你不是第一个醉酒或者嗑药的，也不会是最后一个，"希瑟说，"我是接生护士，有些妈妈会跟我说这些，特别是孩子爸爸不在的时候！如果你确实怀孕了，很大可能孩子不会受影响。"

"妈妈，够了，别把自己当成反毒品战士了。"佐伊说。

"好吧，反正也没别的事做。"虽然希瑟声音很小，但杰茜卡还是听得清清楚楚。

"我一直在吃叶酸。"杰茜卡告诉希瑟。

"很好。"希瑟回答。

"是很好：叶酸、一点儿致幻剂，再来点儿兴奋剂，"本的语气很是挖苦，"生命的完美开始。"

"别担心，她可能根本没怀孕。"卡梅尔小声说。

"你他妈到底是有什么问题？"杰茜卡的声音把所有人都吓了一跳。她也知道自己不应该骂人，不应该这样表达感情，但就是突然之间觉得很失落。

"好了。"拿破仑试图安抚大家。

弗朗西斯——这个浪漫小说家——一下坐了下去，脸色通红，好像一辈子第一次听别人骂人。

"对不起，"卡梅尔低下头，"可能就是嫉妒。"

"嫉妒？你是说，你嫉妒我？"杰茜卡问。年纪这么大的女人也会嫉妒？"为什么？"

"就是……"卡梅尔笑了下。

肯定是钱，杰茜卡心里想，她肯定是嫉妒我有钱。她过了一会儿才反应过来，不管多大的人，她觉得成熟的人，她父母那一辈的人，你觉得因为年纪大了、一生快圆满了所以不太在意钱的人，还是会嫉妒。这太奇怪了。

"就是，你很瘦很美，"卡梅尔说，"我知道我这个年龄说这个有点儿尴尬——我有四个漂亮的女儿，我早就应该过了这个年纪——但我丈夫离开我就是因为……"

"野女人？"拉尔斯试探性地问。

"可惜不是。她是个博士。"卡梅尔回答。

"亲爱的，博士也有可能是野女人。"拉尔斯说，"你的律师是谁？我猜你应该还住在家里吧？"

"没事。谢谢。我不是说抱怨离婚条款什么的。"她停下来，看着杰茜卡，"你知道吗？我可能就是嫉妒你怀孕了。"

"你不是有四个孩子吗？"拉尔斯说，"按道理也够了。"

"我不想再要孩子了，"卡梅尔解释着，"我只是想回到一切最开始的时候。怀孕是最后的开始。"她摸了摸自己的腹部，"我怀孕的时候觉得自己很美，但我必须承认头发当时很差劲。我之前有浓密的罗马尼亚女人那种黑色头发，但我怀孕的时候，头发一下就乱了。"

"为什么会乱？"杰茜卡问。她可不想自己的头发也乱七八糟的，谢谢。幸好有洗发水和护发素。

"怀孕的时候不会掉头发，"希瑟说，"所以就会越来越多。"她摸了摸自己的头发。"我怀孕的时候很喜欢自己的头发。"

"杰茜卡，你肯定是怀孕了，"卡梅尔说，"对不起。"她顿了一下。"恭喜。"

"谢谢。"杰茜卡回答。或许她没怀孕。或许她只是在大家面前欺骗自己。她看了看本。本正盯着自己没穿鞋的双脚，好像答案全写在脚上。他的脚特别大。孩子也会遗传他的大脚吗？他们真的能一起当父母吗？他们都不太年轻了。他们能养得起孩子。他们能养得起一堆孩子。但为什么一切都似乎遥不可及？

托尼去了洗手间，拿了条湿毛巾出来，一言不发地递给弗朗西斯。弗朗西斯把毛巾按在头上。她一直在冒汗。

"弗朗西斯，你没事吧？"卡梅尔问。

大家都看过来。

"没事。"弗朗西斯有气无力地摆了摆手。"就是……就是你们一直在说'开始'，对吧？我遇到的是人生中的结束。"

"这样啊，"希瑟好像完全明白了，"别想结束的事儿，想想开始。"

卡梅尔说："我还上高中的时候，我妈妈就戴着这个徽章说：'这不是什么潮热红，是充能。'我当时完全惊呆了。"

三个人自我满足地笑起来。中年女人的笑啊，只能让你有一种感觉：要是能永远年轻就好了。

第五十三章

弗朗西斯

"没事吧？"

托尼坐在弗朗西斯旁边的地板上。就是男人们野餐时，坐在地上那种特别不舒服的姿势，因为他们没地方放腿。

"没事。"弗朗西斯把湿毛巾按在额头上，浑身还是一阵阵发热。她觉得莫名其妙地乐观，就算自己跟一群陌生人一起被关在房间里，就算她潮热尚未褪去。"谢谢你给我毛巾。"

弗朗西斯打量着托尼。他的面色苍白，前额也有汗水。"你没事吧？"

托尼拍了拍自己的脑门。"就是有点儿幽闭恐惧症。"

"你是说你真的有幽闭恐惧症？不是那种我真的想出去的幽闭恐惧症？"毛巾掉到腿上，弗朗西斯没管它。

托尼试着把腿抵在胸前，但没成功，所以只好又伸开。"我有轻微的幽闭恐惧症。不是大事。我们没被关起来之前我也不喜欢来这里。"

"好吧，那我得分散你的注意力。"弗朗西斯说，"让你忘了它。"

"尽管来吧。"托尼回答。他半微笑着。

"好的……"弗朗西斯想到思慕雪完全发挥作用之前拿破仑说的话，"你不踢足球了是因为'后运动抑郁'吗？"

"真尖锐。"托尼说。

"对不起。"弗朗西斯说，"我状态不对。还有，我就是好奇。我的工作现在好像也快走到尽头了。"

托尼咧嘴笑了。"好吧，人们都说体育明星会死两次。第一次就是退役的时候。"

"真的觉得像死了一样吗？"弗朗西斯觉得要是不写小说，自己也是像死了一样。

"这个，这么说吧，有点儿像。"托尼拿起烧了一半的蜡烛，掰下一块蜡。"没那么夸张，但我那么多年就只知道踢足球，我就是踢足球的。刚毕业还是个孩子的时候，我就到专业足球队了。我前妻说我退役的时候还是个孩子。她还说足球拖累了我。她还从别的地方学了一句话：专业运动员，业余人类。"托尼把蜡烛放回地板上，把掰下来的蜡也弹走了。"每次我……说我不太擅长打理生活的时候，她就这么说。"

虽然语气幽默，但托尼的眼神里还是带着一丝悲伤。弗朗西斯认定了，他前妻是女巫。

"还有，我当时还没做好退役的准备。我觉得还能再踢一个赛季，可惜我的右膝不这么想。"托尼抬起右腿，指着膝盖。

"该死的右膝。"弗朗西斯说。

"没错，我也很生它的气。"托尼按摩了下膝盖，"运动医生说，退役的感觉就跟戒毒一样。身体已经适应了那些让你舒服的化学物质：血清素、多巴胺之类的，然后——啪一下——突然之间全消失了，身体就不得不重新适应。"

"我觉得运动的时候可没找到能让自己觉得舒服的化学物质。"弗朗西斯承认。她拿起托尼放下的蜡烛，把拇指指甲按进烛芯附近软软的蜡里。

"你可能有，"托尼说，"换种运动试试。"

弗朗西斯眨了眨眼。不对啊。这是暗示吗？

托尼继续说。可能是弗朗西斯想多了。

"你可能会觉得有点儿好笑，但有些运动好像就是为你准备的，你天生就是来做这种运动，一切就是不谋而合，很自然，跟音乐、诗句什么的……我也不知道……"他看着弗朗西斯的眼睛，畏缩了一下，好像准备自嘲，"有的时候就跟灵魂出窍一样。跟毒品一样。真的一样。"

"并不好笑，"弗朗西斯说，"说得我都想加入美国足联了。"

托尼感激地轻笑了一下。

"我前妻总说我脑子里装的都是足球。可能跟我结婚挺无聊的。"

"哈，我觉得也是。"弗朗西斯想都没想就说道，发现自己一直盯着托尼宽厚的肩膀。她赶忙换了个话题。"那你不踢足球了做什么？你怎么熬过来的？"

"我就当体育市场顾问，"托尼说，"挺好的——你懂的，业余人类经营公司。我觉得我比其他队员都过得好一些。有些人的生活真的很糟糕——我是说……生活得很憋屈。"

"我觉得'完蛋了'这三个字才准确。"弗朗西斯说。

托尼朝她展现了自己的招牌"笑脸"。绝对是世界上最搞笑的微笑。

"你是要把那根蜡烛弄死吗？"托尼问。

弗朗西斯看着腿上的一堆蜡屑，有点儿愧疚。"你先开始的。"她把蜡屑弄到地上。"接着说啊，你开了咨询公司，然后呢？"

"有个朋友问过：'你不别扭吗？每个人都想聊聊你的过去。'但说实话我不太在意。人们认出我的时候感觉不错，我也不介意他们谈论我之前的样子。但是反正……去年吧，我开始有症状了，总觉得特别累，都不用上谷歌搜索，我就觉得不对劲。"

弗朗西斯觉得浑身发冷。到了她这个年纪，严重的疾病已不仅仅存在于想象中，而是事实。"所以……"

"所以我就去找了医生，做了一堆检查，我能看出来他挺严肃的，所以就问：'你觉得我是得了胰腺癌吗？'我当时真是这么想的——我爸爸就是因为这个病去世的，我知道这会遗传。医生看了我一眼——我认识他好多年了——然后说：'我就是保险起见。'"

真他妈该死。

"圣诞节之前吧，他打电话来让我去取结果。他拿出文件，之后，我发现自己脑子里一直在过这几个字，我想对自己说，但就是……被这个想法吓坏了。"

"哪几个字？"

"我当时想的是：最好是末期。"

弗朗西斯脸色一下变了。"然后……但是……是吗？"

"噢，我没事儿，"托尼说，"没什么问题，就是我的生活方式太不健康。"

弗朗西斯松了口气。她希望自己的动作没太明显。"好吧，感谢老天爷。"

"但我吓了一跳——我竟然会那么想，我竟然希望是末期。我想的是，哥们，你脑子里是进了多少水？"

"没错，是挺不好的。"弗朗西斯说。她觉得那种颐指气使女强人的样子能让自己振奋点儿，但这会让男人疯掉。可惜你控制不了，因为那种感觉已经占领了你的全身，男人都是一群傻瓜。"好吧，你解决了这个问题。你需要——"

托尼举起双手。"我能克制住。"

"你那么想真的挺不好的！"

"我知道。所以才来这儿。"

"所以你可能需要——"

托尼把食指比在嘴唇上。"嘘。"

"治疗！"弗朗西斯赶紧说。

"嘘。"

"还有——"

"憋回去。"

弗朗西斯憋回了那半句话。她拿起毛巾遮掩自己的笑。至少托尼现在不会想幽闭恐惧症了。

"跟我说说骗你的那个浑蛋,"托尼说,"然后告诉我他住哪儿。"

第五十四章

姚

"这个又怎么了？她病了吗？为什么一直那样拍自己的脸？"

玛莎的声音通常都带着口音，姚觉得现在比平时更明显。姚的父母也是这样。他们因为网络或者健康发愁的时候，听起来就更有中国口音。

他应该给父母打电话。"你跟这个女人在一起就是浪费生命！"上次打电话，妈妈这么说来着。

"姚？"玛莎开口了。她坐在德莉拉腾出来的椅子上，抬眼望着姚，大大的绿色眼睛里写满担忧和脆弱。玛莎很少脆弱。看到她这样真的是一种折磨。

"弗朗西斯是到了更年期。"姚说。

玛莎抖了一下。"真的？"

要知道玛莎跟弗朗西斯的年纪差不多，也是五十多岁，但玛莎好像还没有出现什么更年期的症状。玛莎就是姚永远解不开的谜。她喜欢讨论消化系统最复杂的纽节。谈到裸体的时候毫不脸红（为什么要不好意思？）。静栖馆没客人的时候，她经常不穿衣服走来走去。但"更年期"这三个字让她哆嗦了一下，好像这种让人讨厌的事永远不会发生她身上。

姚看着玛莎脖子后面，发现了一个小包：是蚊子咬的。有点儿别扭，她美丽的身体上竟然有一点点瑕疵。

玛莎伸手挠了一下。

"你挠破了。"姚说着，把手放在玛莎的手上。

玛莎不耐烦地抽回手。

"德莉拉去了很久了。"姚说。

"德莉拉走了。"玛莎盯着屏幕。

"没错，她给你倒茶去了。"姚说。

"不是，她走了，"玛莎说，"不回来了。"

"你说什么呢？"

玛莎叹了口气。她抬头看着姚。"你还没懂吗？德莉拉自己照顾自己。"她接着看屏幕，"你要想走也可以走。我自己承担一切。新规矩是我的主意，我的决定。"

可没有姚的医疗经验，玛莎不可能采用新方法。如果要有人负责，那这个人就是姚。

"我哪儿都不去。"姚说，"不管发生什么。"

一年多之前，玛莎在硅谷看到了一篇文章，讲微小剂量的。白领专业人士会使用微量的致幻剂提高效率，保持活力和创造力。微量摄入在治疗例如焦虑和抑郁等精神疾病方面取得了成功的效果。

玛莎对此很着迷，这是她的典型方式。姚喜欢玛莎大踏步迈入未知领域时的热情和无畏。她找到了写那篇文章的人，给他打了电话。之后玛莎了解到致幻剂疗法，真正用于治疗的话，致幻剂药物就会是"完全用量"。很快，玛莎就沉迷其中。她从网上订购了几本书，给世界各地的专家们打了很多电话。

她说，这就是答案。这就是带领他们进入下一阶段的东西。致幻剂疗法，玛莎说，是获得启示的奇妙捷径。扫描结果显示，摄入裸盖菇素的大脑活动与经验丰富的冥想者深度冥想期间的大脑活动有惊人的相似。

开始，姚难以置信地笑了。他对此没有兴趣。他之前是个急救人员，看到过太多违法药物带来的恶果。那个把刀比在自己脖子上的人就是因为病毒带来的精神影响。姚处理过瘾君子。从他们的表现上看，可真看不出毒品有神奇的效果。

但玛莎一天天击溃了他的堡垒。

"你没听进去。这个跟那个不一样，"玛莎说，"你会因为海洛因所以不用青霉素吗？"

"青霉素不影响脑中的化学元素。"

"那好，那抗抑郁药呢？抗精神病药呢？"

那种轻柔的、有说服力的、带有口音的声音出现在姚的耳边，绿色的眼睛盯着姚的眼睛，玛莎的身体，那美丽的存在对姚有压倒性的力量。

"至少看看这份研究。"玛莎说。

所以姚就看了。他看到的是政府同意使用致幻药物缓解癌症末期患者焦虑的临床试验，结果非常好。还有，对患有创伤后应激障碍的老兵也有很好的效果。

姚也越来越觉得好奇，越来越有兴趣。最后，他决定亲自试验这种疗法。

东西是德莉拉从暗网上买的，包括药物测试套件。姚做了所有测试。

他和德莉拉都同意当小白鼠。玛莎是致幻剂治疗师。她本人有用药史，所以不能尝试这种疗法，但正好，因为她已经通过冥想和众所周知的濒死经历获得了非凡的体验。

跟玛莎保证的一样，致幻剂疗法确实有变革性。

即使给客人下药确实不对，但姚从来没后悔过。

最开始，姚穿过一条隧道，可能是滑水道（但水并不是潮湿的，感觉真奇妙），他出来的时候到了电影院。姚坐在红色天鹅绒座椅上，吃着黄油爆米花，看着自己的一生在眼前放映，一帧接着一帧，从出生的那一刻，到上学，读大学，再到来到静栖馆的时候。他不只是看到了这一切，他还重新感受到了每一件事，每一次失败，每一次成功，这一次，他彻底明白了所有。

他明白自己爱过未婚妻伯纳黛特，比对方爱自己更多，他也知道伯纳黛特不是自己的命中注定。他明白父母也自始至终不适合彼此。他明白了自己的性格不适合当医护人员。（肾上腺素不会让他精力充沛，反倒让他倍感疲惫。）

最重要的是，他明白了自己害怕犯错的毛病从小就有。

他自己不记得那次经历，也从没听父母谈起过，但就是在那次迷幻药物的作用下，他重新体会了所有生动的细节。

那时的他应该也就两三岁，在老房子的厨房里。妈妈离开了一小会儿，姚自己在厨房想：我知道了！我来帮着搅拌好了，他小心地拉了把椅子到炉子旁，觉得能想到这个方法的自己简直太聪明了，所以很是得意。他爬到椅子上，刚想伸手搅拌冒着泡的锅，妈妈就回来了，朝他大喊，特别大声，把他的小心脏都吓出来了，一下从椅子上掉下来，摔懵了。妈妈抓着他，摇晃了很久，他的牙齿一个劲儿打战。姚终于明白，他之所以害怕，是内化了妈妈的错误带来的恐惧，而不是他自己的错。

德莉拉拒绝透露太多个人的经历，但对姚的感觉也没有太惊讶。"所以那是你妈妈的错？你只是个紧张的人？她救了你，所以你才没烫伤？这样的妈真差劲。姚，怪不得你这么受伤。"

姚没理德莉拉。有的时候，德莉拉就是对姚非常不满意。他不知道为什么，也不在乎，因为经历了迷幻疗法的第二天，姚醒来的时候虽然头晕，但感受到了全新的自由：犯错的自由。

或许这就是他犯下的第一个错误。

他看着屏幕，九个人无论怎么看都没有一丝一毫改变。他们只是很疲惫，很激动，而且很生气。他们现在应该已经被放出来，进行"重生"的下一阶段了。

"密码之谜"最多也就应该耗时一小时。本来是非常有意思的团队活动，能刺激大家，让他们团结起来，真正成为一个小组。之前，玛莎还在大公司里的时候，曾经去过一个团建的地方，大家做了类似的练习，每个人都很开心。她说人们走出房间的时候全都笑着，跟周围的人拍手庆祝。

玛莎说自己想到了更细致、更微妙、更具有象征性的活动，会和他们的迷幻经历完美结合。（"自吹自擂这种事儿她从来都不觉得有问题是吧？"德莉拉对姚说。姚觉得德莉拉这是嫉妒。话说回来，哪个女人不嫉妒玛莎呢？）

姚曾经担心过这个谜太微妙，但那又怎样？密码破解就是蜕变的一部分，如果客人们能在一个小时之内破解密码，那么他们马上就能到餐厅，享受早餐：新鲜的水果和有机无糖的热咖啡。姚本来非常期待这个部分，想象着每个人都开心的样子。玛莎和德莉拉昂头端着盘子走进餐厅，人们会不由自主地鼓掌。这是姚原本的想法。

经历过迷幻疗法之后，姚吃了个油桃，他到现在都记得，自己的牙齿咬紧甜美果肉的感觉。

吃过早餐之后，大家就会分享自己从这次经历中体会到的一切。接着，他们会给每个人发一本精致的笔记本，这样大家就可以写下自己之后回到家打算怎么将了解到的自己融入生活。

但一切都脱轨了。

问题应该就是随着希瑟出人意料的问题才开始接连出现。"你是一直给我们下药吗？"这就意味着玛莎对疗法的解释首先要站在辩解的角度，虽然是在受到质疑的情况下，但玛莎的回答非常精彩。每个人都非常生气，好像他们真的相信有什么阴谋在上演。但实际上一切都是为了他们好。

姚检查过用量，还反复检查过好几次。他看了可能的副作用，看了客人们的用药史，也研究了每天的验血结果。本来应该有积极的结果。那天晚上，他检查了每个人的生命体征。一点儿问题都没有。没有任何意料之外的副作用。拿破仑有点儿激动，但姚给他用了一些安定片，他就安静了。

没错，从姚的角度看，疗法确实进展有点儿不太顺利。客人们体验到的见解有些让人失望，跟他自己经历的超凡体验根本没得比。但玛莎非常兴奋。所有客人睡着之后，她锁上了冥想室的门，脸上泛着期待成功的潮红。

他们谁都没想到。

时间一分一秒流逝，姚和德莉拉都说："我觉得应该把他们放出来了。或者，给他们一点儿线索。"

但玛莎坚信，客人们能找到答案。"这是重生的关键，"玛莎说，"他们需要找到一条路，就像生孩子的时候，孩子自己要闯出来的那种。"

德莉拉好像咳嗽了一下，要么就是轻哼了一声。

"我们给了很多提示，"玛莎接着说，"肯定是他们太蠢了。"

问题在于，把他们锁起来的时间越长，他们就会更饿、更生气、更愚蠢。

"就算他们没想出来，"姚说，"现在主导的感觉是饥饿。"

"你说的可能没错，"玛莎耸了耸肩，"可能得找个更有创意的方法推进。先看看情况。"

姚看到自己坐在椅子上，短粗的手指伸出去够开水壶。

"快看！"玛莎指着屏幕。"终于等来了。有进展。"

第五十五章

弗朗西斯

弗朗西斯和托尼默默陪伴着彼此。大多数人现在都坐着，除了拿破仑，他总是走来走去。没人再尝试想破解地窖门安全锁的密码了。

不知是谁哼起了《一闪一闪亮晶晶》。弗朗西斯觉得是拿破仑。她也默默跟着唱起来：挂在天上放光明，好像许多小眼睛。

她想起了星光冥想那晚，想到了坐在马车上走过星光灿烂的星河，和吉莉恩一起。拉尔斯之前唱过《露西和钻石在天上》。她刚躺在简易床上的时候，那首歌一直在头脑中回响。

弗朗西斯在心里回想着耳机里播放过的歌曲。

《文森特》。

《在星星上许愿》。

贝多芬的《月光奏鸣曲》。

都跟星星、天空或者月亮有关。

玛莎昨天说什么来着？好像是：你的一生都在低头看。你得抬头看。

"我觉得大家都应该抬头仰望。"弗朗西斯说着，站了起来。

"什么？"拉尔斯用胳膊肘撑起身体，"抬头看哪儿？"

"我们昨天听的歌都跟星星、月亮或者天空有关系，"弗朗西斯解释着，"玛莎还说过，我们得抬头看。"

年轻人好像恍然大悟，反应过来了。佐伊、本和杰茜卡一下子跳起来，围着房间走，伸着脖子，拿着弯曲的木架，研究起冥想室的拱形石质天花板来。年纪大一点的都慢慢跟着，更谨慎。

"你觉得我们要找的是什么？"拿破仑问。

"我也不知道。"弗朗西斯说。

一会儿，她突然有点儿失落，"没准儿我错了。"

"找到了！"希瑟指着一个地方说，"看见了吗？看见了吗？"

"我看见了！"杰茜卡回答。

弗朗西斯看过去。"我什么都没看见，"她说，"我视力不好。"

"是张贴纸，"托尼说，"有金色星星的贴纸。"

"贴纸有什么用？"卡梅尔问。

"贴纸上面的架子上还有东西。"佐伊说。

"是个包裹。"拿破仑开口了。

"我还是什么都没看见。"弗朗西斯说。

"棕色纸裹着呢。"希瑟拉起弗朗西斯的手指向天花板，让她往对的方向看，"卡在两个顶梁交叉形成的小三角形区域，伪装成了木头的样子。"

"啊，是的，我看见了。"弗朗西斯其实还是没看见。

"很好，咱们把它弄下来吧，"杰茜卡对本说，"把我架到你肩上。"

"我不能把你架在肩上，你怀孕了，"本说，"你有可能怀孕了。"

"爸爸，把我架起来，"佐伊对她爸爸说。"你个子最高。"

"我觉得我们不够高，"拿破仑歪着头看了看高度，"你站在我肩上也够不到。"

"显然得扔东西过去把它打下来。"拉尔斯说。

"我跳起来把它打下来，"托尼看着顶梁，眼睛放光，"我就需要你们帮个忙。"

"你不可能跳那么高。"弗朗西斯说。

"我可连续三年保持了纪录。"托尼说。

"我不知道'三年纪录'是什么，但你不可能。"弗朗西斯说。想到有人要跳那么高还挺搞笑的。"你会受伤。"

托尼看了看弗朗西斯。"弗朗西斯，你看过澳式足球吗？"

"我知道你说的是有爆发力地跳——"

"说真的，"拉尔斯说，"我们就朝上面扔东西，把它从架子上打下来。"

"我们会跳，"托尼好像还在自言自语，"我们跳得很有爆发力。"

"非常震撼地跳。"弗朗西斯想起来自己曾经犯下的错误：亨利五十岁时说自己想学滑翔，她嘲笑了亨利。弗朗西斯的所有朋友都摇了摇头。天呐，弗朗西斯，男人这个时候已经有中年危机了，你绝对不能说他做不到什么。亨利去上了三个月的滑翔课，还没来得及证明自己就得了慢性髋骨损伤。

"我有史以来的最高纪录差不多是十二英尺[①]，"托尼看了看顶梁，"我肯定能够得着，没问题。"

"踩在科林伍德那个球员的背上对吗？"希瑟说，"吉米·莫耶斯？拿破仑和我在现场。"

拿破仑背诵起来："……这一跳，跳进了天堂，带来了成就，成了传奇——接着回到地上（耿耿于怀的伊卡洛斯），享受响亮的口哨。"

"这是关于足球的诗？"弗朗西斯问。

"没错，弗朗西斯，"拿破仑又摆出了老师的样子，"叫《高分》，布鲁斯·达维写的。讲的是跳高是人们想要飞这一愿望的体现。"

"写得不错。"弗朗西斯说。

---

① 约合 3.66 米。

"我的天啊，我们能不能先不说诗和足球，先想想怎么出去好吗？"拉尔斯捡起一个空水瓶，像拿标枪一样瞄准，朝天花板扔过去，结果打在顶梁上弹了回来。

"我负责把包裹弄下来。"托尼挺起胸膛，深吸一口气，肩膀向后，像刚从电话亭里走出来的超级英雄。

第五十六章

姚

"他们在做什么？"玛莎问。

"我觉得托尼是想站在他们的背上起跳，就跟之前踢足球的时候一样。"姚的预期有些担心。

"这太过分了，"玛莎说，"他太重了！大家会受伤的！"

"他们饿了，也累了，"姚说，"已经没脑子想了。"

"显然他们应该思考。"玛莎说。

"没错。"姚回答。拉尔斯的想法是对的。

"他们为什么不能搭一个人形金字塔？"玛莎问。

姚看了看玛莎，想知道她是不是认真的。

"他们就是没那么聪明，"玛莎说，"姚，这就是我们面临的问题。他们一点儿都不聪明。"

第五十七章

弗朗西斯

拿破仑和本站在顶梁正下方，低下头，绷紧身体。

"我们是要同时跳吗？"拿破仑问，"这样你能跳得更高吗？"

"不用，"托尼回答，"站好不动就行。"

"我觉得这样不行。"卡梅尔说。

"这个想法太疯狂了。"拉尔斯说。

"既然你这么说……"希瑟刚开口，但一切都太迟了。

托尼已经从门口全速冲了过来。

他径直跳起来，一条腿的膝盖顶在拿破仑的后背，另一个顶在本的肩膀上。有一瞬间，弗朗西斯看到了他年轻时的样子。看到了他曾经当运动员时的身材，看到了他双眼中的决心。

他跳起来了！不可能的高度！他马上就要成功了！简直是英雄！只见他一手打在横梁上，但接下来就发出"砰"的一声巨响摔在地板上，侧面着地。拿破仑和本分别向两侧踉跄了两步，小声骂了两句。

"真没想到。"拉尔斯叹了口气。

托尼撑着手肘站起来，脸色如牙膏一样苍白。

弗朗西斯跪着走到托尼身边表示支持，虽然她自己的膝盖也发出咯吱咯吱的响声。"你没事儿吧？"

"没事，"托尼的牙齿直打战，"我觉得肩膀脱臼了。"

弗朗西斯转过身，看见托尼的肩膀凸出来，角度很奇怪，看着就疼。

"别动。"希瑟说。

"不是，"托尼说，"我得动一下，动一下它就回去了。"

托尼动了动手臂，大家都听到了声响。

弗朗西斯一下子晕倒在托尼的腿上。

第五十八章

佐伊

佐伊可怜的爸爸紧紧按住后背，要知道他刚才承担了"笑脸霍格布恩"的全部重量。佐伊有点儿没想到，她妈妈竟然允许这种情况发生。或许还是药物的原因，或许妈妈还在为药物生气，或许就是因为她和她爸爸见到了澳式足球联盟的传奇人物没回过神来。

"对不起大家了，"托尼说，"昨天我梦见自己又踢足球了。那种感觉……感觉应该挺轻松的。"他轻轻拍了拍可怜的弗朗西斯的脸颊，"醒醒，作家女士。"

弗朗西斯从托尼的腿上清醒过来，坐直身体，食指按在额头中间。她看了看周围。"包裹拿下来了吗？"

"暂时还没有，"佐伊的爸爸说，他不想让大家觉得这是一种失败，"差一点儿！"

佐伊四处看了看，想找东西朝顶梁扔过去。她捡起一个四分之三满的水瓶，拿在手里瞄准。正好打中了包裹。包裹一下子掉在本的手里。

"准头不错。"本把包裹递给佐伊。

"谢谢。"佐伊说。

"打开吧。"杰茜卡这么说，感觉佐伊就想把那个包裹拿在手里看着一样。

包裹外面有泡泡膜，里面是硬的。佐伊摸索着找到胶带，撕开了牛皮纸。

"小心点儿，"妈妈说，"可能是易碎品。"

佐伊撕开泡泡膜上的胶带，跟拆生日礼物一样，周围都是来参加聚会的人，所有眼睛都落在她和扎克身上。明天就是他们的二十一岁生日了。可能是该重振旗鼓的时候了。她想过，等回到墨尔本，她就要告诉爸爸妈妈，去吃比萨庆祝自己的二十一岁生日。突然之间，因为扎克过世所以戛然而止的一切有再次发生的可能。虽然没有了扎克，一切都不复从前，永远都无法回到过去，但就是觉得有可能。佐伊还是会把橄榄都挑出来，摆在盘子边给扎克吃。

现在她真的很想很想吃比萨，想到意大利辣香肠都有点儿要流口水。她再不会把意大利辣香肠视作理所当然的了。

佐伊打开泡泡膜。里面是一个手绘的小木偶。是个小女孩儿，戴着围巾，腰上系着围裙。她双侧脸颊上有红晕，眼睫毛翘起的角度很奇怪，就像在对佐伊说："嗯，你好？"

佐伊把娃娃反过来，又把娃娃倒过来看了看。

"是俄罗斯套娃。"佐伊的妈妈说。

"对啊，没错。"佐伊分别拿住娃娃上下两部分，双手朝相反的方向用力，打开第一层，里面小一号的娃娃露了出来。

她把第一层娃娃递给妈妈，腾出手来打开第二层。

不一会儿，地板上就有了五个娃娃，一个比一个小。

"不对，这是最后一个了吗？"卡梅尔问，"是空的。通常最小的娃娃都打不开。"

"没有线索吗？"弗朗西斯问，"我还以为最后一个里面会有密码！"

"所以这他妈到底是什么意思？"本问。

"不知道。"佐伊把哈欠憋回去。她突然一下就觉得累了。她想念自己的床了，想念自己的手机，想吃比萨，希望一切赶紧结束。

"好吧，我现在真的有点儿生气了。"拉尔斯说。

第五十九章

玛莎

姚看着屏幕，玛莎看到姚脸上轻松的笑容渐渐消失。

"等等，为什么娃娃里没有密码？"他问玛莎，"按照计划，娃娃里应该有密码！"

玛莎从键盘上拿起最小的娃娃，捏在手里。"没错，你说得对，原计划是那样的。"

"所以……但为什么没在？"姚的眉毛像娃娃一样挤在一起。

"我突然有了灵感，"玛莎说，"冥想的时候，突然之间，我觉得他们经历过迷幻体验之后，要想真正改头换面，还得再多做些什么。这个——就是那个人现在正在经历的一切——就是真正意义上的心印。是真正的心印。"他肯定看到了其中的奥妙。

姚看着玛莎，根本没明白。

"心印是一种悖论，能让人开悟！"玛莎说，"心印体现了他们逻辑思维的不足！"

"我知道什么是心印。"姚慢慢地说。

"一旦他们放弃了，接受没有答案的现实就好了，他们就解脱了。这就是心印的核心悖论，"玛莎说，"答案就是没有答案。"

"答案就是没有答案。"姚重复了一次。

"没错。你记得这个心印吗？有位大师在山上隐居。一个人问这位隐者：'路在哪儿？'大师回答：'这座山多美啊。'那个人觉得很失望。他说：'我问的不是山，是路！'大师说：'孩子，你看不到山，就找不到路。'"

"所以，这个情况中，大山就是……安全门？"

"好好记笔记，"玛莎不耐烦地说，她指着屏幕和姚的笔记本，"别忘了，我们之后要写的书里，这可是重要内容。"

"他们在里面待的时间太久了，"姚说，"他们饿了也累了。再这样下去会疯的。"

"没错。"玛莎说。她本人已经好多天没吃饭了，自己也记不清有多久。还有，疗法开始前的那天晚上，她就再也没睡过觉。玛莎轻轻用手指按了按姚胸口的正中间。她知道，自己的这个动作能带给姚巨大影响。她还没有完全利用这种优势，但如果有必要，她肯定会用。"没错。他们必须得先疯掉！你知道的。自我不过是一种幻想。自我根本不存在。"

"没错，好吧，"姚说，"但是，玛莎——"

"他们必须妥协。"玛莎说。

"我觉得他们会报警。"姚说。

玛莎笑起来："姚，你要记得鲁米说过的话。走过正确与错误的想法，那里有一片领域。我在那里等着你。多么美啊是不是？"

"我觉得司法系统对这些领域不感兴趣。"姚说。

"姚，我们不能放弃，"玛莎指着屏幕说，"他们都已经到这个程度了。"

"所以你还打算关他们多久？"姚的声音有些紧张微弱，仿佛已经年老。

"这个问题不对。"玛莎温和地说。她的眼睛盯着电脑监视器，有些客人凑在习练室门口。他们轮流尝试不同的数字组合。拉尔斯一拳砸在门上，像个坏脾气的小孩。

"我觉得应该放他们出来了。"姚说。

"他们得自己打开门。"玛莎说。

"他们打不开。"姚说。

"他们可以的。"玛莎回答。

玛莎想到，出生在澳大利亚的人们，自一开始就享受着明媚的阳光。他们之前只知道摆满琳琅满目商品的超市货架。他们从未见过空荡荡的商店，走进去里面只剩下装印度茶的盒子。下午五点，他们关上电脑，走到海滩，因为没有成千上百位受过高等教育的候选人等着跟他们竞争工作。

"没错，我为了 U2^① 的票去过一次。"玛莎说到使馆可怕的队得排好几天的时候，一位为玛莎工作的澳大利亚女士这么说。玛莎和丈夫得轮流去等。玛莎说："没错，差不多就是那样。"

玛莎记得，两个人申请的过程中，丈夫在邮箱中发现了一张卡片，说要向克格勃办公室举报。

"没事儿的，"丈夫说，"别担心。"

就好像他已经是澳大利亚人，他还不认识"别担心"这三个字之前就已经明白了它们的意思。然而，在苏维埃时代，收到这些卡片的人都再也没回来。

玛莎把丈夫送到高大的灰色建筑物外，丈夫亲了亲她："回去吧。"但玛莎没有回家，坐在车里待了五个小时，心里不断发酵的恐惧附在车窗上。她永远不会忘记：丈夫从街对面走过来，笑容灿烂，一如澳大利亚沙滩上的男孩，那一刻，她浑身上下轻松得无与伦比。

很快，几个月之后，她和丈夫就站在了机场，美元塞在袜子里藏着。一个窃笑着的海关工作人员弄乱了他们精心包装的所有行李物品，因为

---

① 一支来自爱尔兰的著名摇滚乐队。

他们是叛徒，离开祖国就意味着背叛。玛莎祖母留下的项链断了，散落的珠子如同她碎裂的心。

只有那些担心自己会失去一切的人，才会真正感恩生活中的幸运。

"我们得让他们害怕，"玛莎对姚说，"这才是他们需要的。"

"让他们害怕？"姚的声音有些颤抖。他可能自己也累了，饿了。"我觉得不应该吓唬客人们。"

玛莎站起来。姚仰头看着她，像她的孩子，像她的情人。玛莎感觉得到，两个人之间无法打破的精神联系。姚永远不会反抗自己。

"今晚是他们灵魂的黑暗之夜。"玛莎说。

"灵魂的黑暗之夜？"

"灵魂的黑暗之夜对心灵的快速成长有关键作用，"玛莎说，"你经历过自己灵魂的黑暗之夜。我也经历过我的。不破不立。姚，你应该明白。"

玛莎看到姚的眼睛里有一丝犹疑。她走过去，凑近姚，感觉两个人马上就要挨在一起。

"明天，他们将会重生。"玛莎说。

"我就是不明白——"

玛莎又凑近了一些，有那么一瞬间，玛莎的眼睛落在姚的嘴唇上。就让这个可爱的小男孩觉得不可能的事情似乎也有可能吧。

"我们所做的一切对这些人来说意义非凡。"玛莎说。

"我要把他们放出来。"姚虽然这么说，但声音里丝毫听不出坚定。

"不行。"玛莎把手温柔地绕在姚的脖子上，小心翼翼，免得姚看到注射器反射的银色光。"不行，你不能这样。"

第六十章

弗朗西斯

弗朗西斯食指捏住空的矿泉水瓶，让它旋转，一圈又一圈，直到水瓶掉落，滚到房间那头。

"别弄了。"卡梅尔严厉地说。弗朗西斯听得出来，她女儿们让人心烦的时候，她肯定就是这种语气。

"对不起，"她和卡梅尔同时说，"对不起。"

拿破仑的表告诉大家此刻已经是晚上九点了。他们在这里待了三十个小时。已经四十八小时没吃东西了。

人们开始抱怨，说头疼、头晕、疲惫、恶心之类的。烦躁的声音不时出现在房间中。人们吵架，接着道歉，之后又会爆发。每个人的声音都因为激动而颤抖，最后变成歇斯底里的大笑。有些人睡着了，可会突然醒来。拿破仑是唯一一个始终保持镇定的人。感觉他好像是大家公认的领导人，尽管并没有发出任何指令。

"别喝太多水。"希瑟看到弗朗西斯从洗手间接水出来之后说，"渴的时候再喝，喝水太多，身体中盐分不足也可能致命，可能会引起心脏骤停。"

"好的，"弗朗西斯有些不好意思，"谢谢。"她觉得多喝水可以缓解饥饿感，尽管她并不觉得自己特别饿。大家发现那个没用的俄罗斯套娃之前，对食物的渴望达到了巅峰，之后渐渐减弱，最后已经没有太多期待。弗朗西斯只是觉得自己需要什么东西，但好像答案并不是食物。

她的朋友艾伦钟爱间歇性断食。她曾经告诉过弗朗西斯，说断食总能带来愉悦感。弗朗西斯没有体会到欣喜若狂的感觉，但心灵确实变得干净、清晰、透亮起来。是药物的作用还是断食的作用呢？

随便是什么吧，那种清晰都只是一种幻觉，因为她来到这里之后，已经很难分清楚什么曾经发生过、什么没有发生过了。在泳池边流鼻血是梦里的事吗？昨天她并没有真的看到自己的爸爸对吗？显然没看到。但和爸爸说话的感觉非常生动，比在泳池边流血这件事留下的印象更深刻。

怎么可能呢？

时间放慢了脚步。

慢了一些。

又慢了一些。

最后。

到达。

这种程度。

就。

是。

特别。

慢。

到。

无法连续。

的地步。

时间很快就会停止。是真正意义上的停止。他们每个人都会陷入这个时刻，永远无法逃离。经过昨天的思慕雪体验后，这种想法仿佛也算不上特别天马行空。时间拉长，继而收缩，一次又一次，如一根橡皮筋被拉长后又被放开一样。

大家热烈地讨论了很久，要不要关灯，什么时候关灯。

讨论之前，弗朗西斯根本没有意识到屋子里没有自然光。拿破仑发现的：是他早上醒来之后找到的开关。拿破仑说他四肢着地，手一直在墙壁上摸索才发现开关。他按下开关为大家展示的时候，房间一下就陷入了浓厚的黑暗之中，无法穿透，感觉死亡降临。

弗朗西斯赞成午夜熄灯。她想睡觉：睡觉能让时间过得更快。她知道要是这些灯亮着，自己肯定睡不着。其他人则觉得不应该冒险睡觉，应该"随时准备行动"。

"谁知道他们之后会做什么？"杰茜卡瞪了一眼摄像头。不知道什么时候，她已经卸了妆。这么看上去，她似乎年轻了十岁，甚至比佐伊还年轻，这么年轻的时候不应该怀孕，也不应该暴富。没有了妆容，修饰用的化妆品就像一个个青春痘：会随着她长大而消失。

"我觉得晚上不会有什么不好的事情发生。"卡梅尔说。

"我们之前被叫起来参加星光冥想来着，"希瑟不认同，"所以很有可能。"

"我喜欢星光冥想。"卡梅尔说。

希瑟叹了口气。"卡梅尔，你真的得转变下思维，想想这里发生的一切。"

"我同意熄灯。"弗朗西斯的声音很小。拿破仑之前给大家看了安装在房间各个角落里的麦克风。他小声告诉大家，要是想说些不想让对方知道的话，就坐在房间中央，背对着摄像头，尽量小声一些。"我觉得应该让玛莎觉得我们完全接受了。"

"我同意，"佐伊小声说，"她跟我十一年级的数学老师一样。你得让她觉得自己赢了。"

"我觉得应该开着灯，"托尼说，"要是没有光，我们就处于不利地位了。"

最后，大多数人都赞成"开着灯"。

于是每个人都坐在那里。开着灯。偶尔小声交谈，跟在图书馆或者医院候诊室里一样。

长久的沉默。

弗朗西斯的身体不停颤抖，然后她会记起这里没书，没有电影看，也没有床头灯。有的时候，她马上就要站起来了，但那一瞬间就会意识到，自己决定要做的就是离开这里。她的潜意识拒绝接受她整个人处于被监禁的状态。

卡梅尔过来坐在弗朗西斯旁边。"你觉得我们是有酮病了吗？"她问。

"什么是酮病？"弗朗西斯其实心里很清楚。

"就是身体开始燃烧脂肪，因为——"

"你不需要减肥。"弗朗西斯打断了她。她也没想这么突兀，之前她已经忘了食物这回事儿，但现在又想起来了。

"我之前更瘦。"卡梅尔把围度非常正常的双腿向前伸直。

"我们之前都更瘦。"弗朗西斯叹了口气。

"昨天晚上我梦见自己没了身体，"卡梅尔说，"我觉得这应该就是潜意识想告诉我的。"

"太模糊了。这能有什么信息？"弗朗西斯有点儿好奇。

卡梅尔笑起来。"我知道。"她捏了捏肚子上的肉。"我陷入了自我厌恶的泥潭。"

"你没生孩子之前是做什么的？"弗朗西斯问。她想知道除了厌恶自己的身体、有四个孩子之外，卡梅尔还剩下些什么。弗朗西斯的事业起步之初，有个朋友说她书里的妈妈都是一个样的，不够立体，弗朗西斯心里想：她们不就是只有这一面吗？之后，弗朗西斯仔细思考了这个问题。她甚至让母亲成为书中的主角，虽然很难想象母亲坠入爱河的时候，孩子应该交给谁照顾。编辑的意见回来后，弗朗西斯看到乔在边缘写了很多遍谁来照顾孩子？于是，弗朗西斯不得不重新过一遍稿件安排孩子的问题。超级烦人。

"私募股权。"卡梅尔说。

天呐。弗朗西斯可不会选这个。她甚至都不太清楚那是什么意思。一边是私募股权，一边是浪漫小说，二者之间怎么可能存在中间地带呢？

"那你……喜欢吗？"这肯定是个安全的问题。

"特别喜欢，"卡梅尔回答，"非常喜欢。当然，那都是很久之前的事了，我找了份兼职，很初级的工作，基本上就是数据录入，让钱源源不断地进来。但那时的我还挺有潜力，或者说正努力变得更成功。我会加班，每天早上五点起床，上班之前先去游泳，想吃什么就吃什么，觉得总是说自己体重的女人特别无聊。"

弗朗西斯笑了。

"我明白。后来我结婚了，有了孩子，完全陷入了'妈妈'的人设。我们本来只打算要两个，但我丈夫想要个儿子，所以我们就一直努力，结果最后四个都是女孩——这时，突然间，我丈夫说对我没感觉了，就走了。"

弗朗西斯沉默了一会儿，思考其中的残忍：太常见了，人到中年的分手，之后让女性的自我价值彻底坍塌。"那你觉得你对他还有感觉吗？"

卡梅尔思考了一下。"有的时候会这么觉得，"她的拇指按在已经没有了戒指的无名指上，"我还爱他。我知道自己还爱他，因为我有时候会这么想，幸好我还爱他，要是不爱他了得多不方便啊。"

弗朗西斯想了想自己到底应该说什么：你还会遇到其他人。你不需要男人让自己完整。身体不是你的限制。你需要先爱上自己。卡梅尔，在贝克德尔测试失败之前先别说男人了。

最后，弗朗西斯说："你知道吗？我觉得你非常有可能得了酮病？"

卡梅尔笑了，就在这一瞬间，房间陷入一片漆黑。

第六十一章

拿破仑

"谁关的灯？"

是那种生气的老师的语气：能让班上最淘气的男孩老老实实坐好闭嘴。他们刚才已经投过票了，要开着灯。

"不是我。"

"不是我。"

"不是我。"

声音从房间各处传来。

黑暗相当彻底。拿破仑马上就失去了上下的方向感。他伸出双手，盲目地朝前摸索，就像今天早上那样。

"是你吗？"是希瑟的声音。希瑟坐在拿破仑身边。他感受到希瑟的手握住了自己的手。

"是我。佐伊在哪儿？"

"爸爸，我在这儿。"佐伊的声音从房间的另一侧传来。

"我们离开关都很远，"托尼说。

拿破仑心跳加速，因恐惧而有些兴奋。从今天早上醒来那一刻就一直存在的灰蒙蒙的情绪缓解了一些。浓雾无声无息蔓延到他的大脑、心脏和身体各处，让他觉得特别沉重，说话、抬头、走路都需要非常努力。

他假装自己很好，一切正常。其实正在全力和那股迷雾做斗争，想尽量表现得和平常一样，欺骗自己，似乎能过得舒服一些。可能只是暂时的。可能只是今天才这样。就像宿醉。或许明天他醒来的时候，就又成了之前的那个拿破仑。

"或许玛莎是告诉我们现在该睡觉了。"开口的是弗朗西斯。拿破仑听出了她黑暗之中轻柔但略显干瘪的声音。昨天之前，拿破仑还以为自己和弗朗西斯的性格很像，比如他们都在一定程度上乐观，但现在他不会这么说了。现在，他心里所有的希望都已荡然无存，希望从他的身上渗出，如汗水一样蒸发掉，只留下他空荡荡的疲惫躯壳。

"我不累。"拉尔斯说。也有可能是本。

"真他妈倒霉。"这个是本。也有可能是拉尔斯。

"我觉得玛莎要有动作了。"杰茜卡说。拿破仑确定是杰茜卡。不看她的脸，还觉得她有时候挺聪明的。

沉默了一会儿。拿破仑等着自己的眼睛适应黑暗，但始终没能成功。没人出现。黑暗似乎更浓厚了些。

"有点儿恐怖。"佐伊的声音里有一丝惧怕。拿破仑和希瑟下意识地移动，好像能穿过黑暗到达佐伊身边。

"只是有点儿黑。我们都在呢。你很安全。"肯定是笑脸霍格布恩。他是在安慰佐伊。

拿破仑很想告诉别人自己算是曾和笑脸霍格布恩一起踢过足球。他发现，他其实是想把这件事说给自己听，说给已经不复存在的自己。

黑暗就是这样。

有点儿吓人。

"拉尔斯可以唱个歌。"弗朗西斯说。

"至少有人懂得欣赏我的才华了。"拉尔斯说。

"我们应该一起唱。"卡梅尔说。

"我还是算了。"杰茜卡说。

"卡梅尔，那咱们俩唱吧。"拉尔斯说。

他唱起了《我看清楚了》，卡梅尔跟着一起。她的嗓音很美。听着她的声音出现在这种黑暗中，听着优美的旋律还真是让人惊讶。人们总是会带来惊喜。

拿破仑曾经想过，今天早上醒来的时候，渗入身体的感觉一定是愤怒，因为他有权利愤怒，因为妻子对他有所隐瞒，因为妻子选择最终在噩梦般的情境中说出真相，那时的她一直在努力区分可怕的幻觉和现实——虽然他觉得早上已经摆脱了药物的影响，但对真正发生过的和没发生过的毫不怀疑。他梦到了扎克，但没有想到希瑟会说那些话。

拿破仑不记得自己问过希瑟哮喘病药物的副作用，但他能想象得到希瑟回答这个问题的样子：非常不耐烦，因为她是家里负责大家健康状况的人。希瑟接受过医疗训练，拿破仑是位老师。拿破仑负责作业。希瑟负责用药。让希瑟引以为傲的是，她从不质疑拿破仑在教育方面的决定，尽管如果受到质疑，拿破仑会很开心，毕竟他总想争论，但希瑟想的就是赶紧做完所有事情。希瑟认为两个人之中，她是那个效率高的人，没有废话。她是真正做事情的人。

好吧，希瑟，那你看看自己到底做了点儿什么。

希瑟说得没错，如果是拿破仑，肯定会仔细阅读药品说明书。没错，拿破仑会密切观察扎克的状况，会跟扎克谈清楚。他会这样说："扎克，这种药可能会影响你的情绪，你得小心，有问题跟我说。"扎克则会翻个白眼说："爸爸，那些副作用不会影响我。"

他本来能做到的，他肯定会那样做，也应该那么做，他原本可以挽救扎克。

三年来，每天早上拿破仑醒来的时候都会想究竟是为什么呢？可希瑟知道为什么，或者说可以推测一下，她可能知道为什么，她是因为愧疚，所以故意不告诉拿破仑自己知道的事。她不相信拿破仑的爱吗？她担心拿破仑会责怪她离开他吗？

不仅如此，他们有责任有义务公开这一切，让当局了解发生的一切。天啊，可能有其他孩子也会因此而死亡。他们需要提高社会意识，让大家认真对待药物副作用。希瑟一言不发的做法真是极度自私，这就是让别人冒险保全自己。拿破仑离开这儿之后的第一件事就是给张医生打电话。

还有佐伊。他的宝贝女儿。佐伊是最了解扎克的，她是唯一一个看到事情不对劲的人。她只需要说："爸爸，扎克有些不对劲。"之后，拿破仑就会有所行动，因为他知道一个男孩子的想法可能会有多危险。

他本来能做到的，他肯定会那样做，也应该那么做，他原本可以挽救扎克。

他们会谈话，晚餐时聊聊抑郁症。拿破仑知道自己要跟孩子进行的所有对话，所以也会保证自己会跟孩子聊到这些：别把个人信息放在网上；司机喝酒的话就不要上他的车；晚上随时给我们打电话；告诉我们你的感受；如果被欺负了告诉父母，我们可以解决问题，我们答应你，为你解决问题。

我是在生气吗？拿破仑一整天都在问自己这个问题，想知道浓雾是否是伪装成其他东西的愤怒，但那种感觉深入他身体中的每一个细胞，远远超过愤怒的程度，但也远非愤怒。就是沉闷，虚无的感觉，带着湿水泥的重量和质感。

他坐着，迷失在黑暗中，听着卡梅尔的歌声。卡梅尔开始唱之后，拉尔斯放低了自己的声音。拿破仑心里想：或许这就是扎克当时的感觉。

不管是治疗哮喘的药物引起的，还是青春期激素在作祟，抑或二者兼而有之，但也许就是这种感觉：思想、身体和灵魂裹在灰色迷雾之中。仿佛一切都没有意义。你表面上看上去言行一致，但实际上，内心里一切都是另一番模样。

唉，儿子，你还是个孩子，我已经是个成年人了。还不到一天，我就已经想一了百了了。

他看到了儿子的脸。看到他刚刚长出来的胡茬，看到他避免跟人眼神交流所以垂下眼睑时睫毛的弧度。每次做错事，扎克都无法直视父亲的双眼。他讨厌犯错，可那个可怜的孩子总是犯错。佐伊更聪明一些。因为佐伊懂得换一种说法，让人听上去感觉她做得很对一样。

大家可能都认为女孩比较容易受情绪左右，但事实正好相反。女孩能很好地控制自己的感觉。她们会随时发泄：现在我哭了！现在我笑了！谁知道接下来会怎么样！你也不知道！男孩的情绪就像棒球棍，会挡住他们的视线。

那一刻，那个早上，三年前，扎克不是做出了错误的选择。那个选择在扎克眼里是唯一的出路。有这种感觉的话你还能怎样？就好像一座塔楼着火了，你告诉里面的人不要跳下来。要是你不能呼吸该怎么办？肯定是想尽办法呼吸。想尽一切办法。你肯定会跳下去。当然会跳下去。

他看到儿子的眼神，是渴求他的理解。

扎克是个好孩子。但拿破仑显然不会接受或纵容孩子的这个决定——因为这个决定是错的，是愚蠢的，是糟糕的——但他有史以来第一次明白了，扎克为何会做出那样的决定。

他想象着这样的场景：扎克小时候，拿破仑让他坐在自己的大腿上，把他抱在怀里，轻轻在他耳边说：

扎克，你没惹麻烦。抱歉朝你大喊了。儿子，我现在明白了。你没犯错。

你没做错。

你没做错。

"拿破仑？"希瑟的声音传来。他把希瑟的手攥得太紧了，赶紧放松了些。

大家头顶上的屏幕闪现出黑白画面。卡梅尔的歌声不由自主停下来。

"这他妈是什么鬼？"拉尔斯说。

玛莎的声音出现了，震得拿破仑耳膜疼。她的脸出现在屏幕上。她的微笑带着爱的光芒。"晚上好，我的甜心们。"

"我的神啊。"希瑟低声说。

第六十二章

弗朗西斯

她生气了。她快疯了。她发狂了。她控制不住了。

之前的一切都是笑话。弗朗西斯要说的是，玛莎是个古怪、另类、刺激、超级高、充满异域情调的人，从各个方面看，都跟弗朗西斯完全不同。之前，弗朗西斯从来没有真正质疑过玛莎的心态。她内心中有一部分一直觉得玛莎是个天才。难道天才在普通人眼里不都是疯子吗？

她甚至都没真正在意被下药的事。实际上，如果玛莎问："你想试试加过迷幻剂的思慕雪吗？"那弗朗西斯肯定会这么回答："当然，有什么不可以？"要是聊到那些研究，聊到姚作为急救人员的过去，弗朗西斯肯定会大为震撼。还有，超感体验的可能性一定会让弗朗西斯着迷，如果别人先说"是"，弗朗西斯就会变得更为敏感。（上中学的时候，弗朗西斯的妈妈问她："要是你的朋友们都跳下悬崖了，你会跳吗？"弗朗西斯不假思索地回答："当然。"）

但现在，坐在黑暗之中，看着玛莎的脸出现在屏幕上，有一点已经非常明确了：玛莎就是不正常。她绿色的眼睛带着播撒福音的热情，毫无逻辑，毫无理性。

"祝贺大家！"玛莎说，"很高兴大家走到了这一步。跟第一天相比，你们已经有了很大进步！"她开始鼓掌，像个刚得了奥斯卡奖的女演员。

"你们的旅程即将圆满。"

屏幕散发出幽幽的光，照亮了周围，弗朗西斯能看到每个人的脸。大家都瞪着玛莎。

"放我们出去！"杰茜卡大声喊。

"她能听见吗？"卡梅尔有点儿不确定。

"杰茜卡，不用喊。卡梅尔，你好。我能看见，也能听见，"玛莎说，"现代科技的魔法。多么神奇啊！"

弗朗西斯不再看着屏幕，这样更容易接受玛莎的疯狂。

"你们解开逃离之谜，找到俄罗斯套娃的时候，我真的很高兴。"玛莎说。

"但我们没解开！"弗朗西斯对此觉得很恼火，"我们还是在这里。娃娃里根本没有该死的密码。"

"没错，"玛莎说，"没错。"

"什么？"弗朗西斯难以置信的样子。

"你们有团队合作，虽然没有达到我希望的程度。我本来以为你们会搭建人形金字塔把娃娃拿下来——你们所有人！——而不是踢足球那样。"说到"足球"这两个字时，玛莎嘴角轻轻扬起，有些讥诮的意思。弗朗西斯替托尼觉得不高兴。

"我在谢罗夫上学的时候，那都是好久之前的事了，就搭建了一个人体金字塔，特别棒。我永远都不会忘记。"她的眼神有些涣散，但很快就回过神来。"无论如何，那个并不重要，你们已经走到了最后，找到了娃娃，所以成功了。"

"娃娃里什么提示都没有，"杰茜卡说，"是空的。"

"杰茜卡，没错。"玛莎耐心地说，好像在跟一个小孩解释世界是怎样的。

"她说的根本没道理。"本小声嘟囔了一句。

"我现在觉得，真王让人改头换面的，就是一个热水澡。"拉尔斯笑起来，用尽了自己的俊美。感觉他手里拿着光剑指着屏幕。弗朗西斯敢说，那个微笑能打开所有的门。

可惜不是这扇门，对方不吃这一套。玛莎也只是微笑了一下。是两个人之间美丽与魅力飞诗般的战斗。

拉尔斯投降了，他已经尽力保持了很久。微笑消失了。"我的天啊，玛莎，我就想离开这个地方。"

"这个嘛，拉尔斯。"玛莎说，"你得记得佛祖真言：'唯有变化永恒。'"

"玛莎，这已经是永恒了。"

玛莎轻笑出声。"拉尔斯，我知道你喜欢独处。你很少跟陌生人整天待在一起，对吧？"

"大家都很好，"拉尔斯说，"可这不是重点。"

"我们想回自己的房间，"希瑟的语气很温和，一副讲道理的样子，"迷幻疗法很好，谢谢。可是——"

"真的很好吗？希瑟，你改变了之前的想法！"玛莎的话里有一丝挑衅的意味，"我希望你说的是真心话。我听到你说要去报警了！我得承认，那句话确实伤害了我。"

"我当时是心烦，"希瑟说，"你也知道，今天是我们儿子去世的纪念日。我头脑不太清楚。我现在明白了。"她抬头看着屏幕，完全是逆来顺受的样子。真是难得一见。"我们都明白了，"希瑟接着说，"很感激你为我们做的一切。我们平常的生活里根本没有这种机会。但我们现在想回到自己的房间，享受之后的疗养。"

弗朗西斯试着从玛莎的角度思考问题。她觉得玛莎认为自己是个艺术家，和所有艺术家一样，她希望得到赞赏。她只是想得到认可、尊重、五星好评以及感激。

"我想说这是令人难以置信的经历，我们大家都是这么想的。"弗朗西斯开口了。

但托尼打断了她。

"在你身后的是姚吗？"托尼站起来，盯着屏幕，"他没事吧？"

"没错，姚也在。"玛莎说。

她把电脑屏幕移到一侧，像游戏模特一样大方地展示奖品。

奖品就是姚。

姚瘫软地待在玛莎的椅子上，趴在玛莎的办公桌前，睡着了，昏迷着。他的侧脸被压平了，双手在头的前面搭成一个半圆。

"他还活着吗？怎么了？"希瑟也站起来，走到电视屏幕下，放下了之前假装出来的顺从。"他吃了什么？你给他吃了什么？"

"他还活着吗？"弗朗西斯有些慌了。

"他就是在打盹，"玛莎说，"太累了。一夜没睡，就为了照顾你们！"

玛莎摸了摸姚的头发，指着他头皮某处大家都看不到的地方。

"这是姚的胎记。我在濒死体验的时候看到的。"她又开始对着镜头微笑，弗朗西斯颤抖起来，"我面对自己的死亡时，那是最卓越最奇妙的方式。"玛莎的眼里闪着光，"这个晚上，你们将面对自己的死亡。可惜我没法让你们直视死亡，但我可以让你们瞥见它，一瞥而已！永远无法忘记的一瞥，会……"她开始寻找正确的词，终于找到了最让她满意的那个，"会是你们目前所有体验的融合：静默、迷幻疗法、逃生难题。"

"他看着不像是睡觉，"希瑟说，"你是给他吃了什么吗？"

"希瑟，"玛莎说，"你可真是个医生是吧？但我跟你保证，姚只是在睡觉！"

"德莉拉去哪儿了？"本问。

"德莉拉已经不和我们在一起了。"玛莎说。

"什么叫'不和我们在一起了'？"本接着问，"这是什么意思？"

"她离开了我们。"玛莎的回答透着轻盈的感觉。

"她自愿的？"弗朗西斯问。

她想到了静栖馆的其他员工：会把美食端上来的英俊厨师，总是面带微笑；简，拥有奇迹般治愈的双手。客人们被关起来的时候，姚昏迷在玛莎桌子上的时候，其他人在哪儿？

"我需要你们仔细听。"玛莎直接忽略了关于德莉拉的问题。她走到摄像头前，完全挡住了姚。"我们现在要进行的是很有意思的破冰游戏！"

"玛莎，我觉得冰已经彻底被打破了。"拉尔斯说。

"佛祖说过，我们必须'散发对整个世界无尽的爱'。这就是这项练习的意义。是爱。是激情。是了解彼此。"玛莎说，"我将它称为：'死亡裁决！'"

玛莎满怀期待地看着所有人，好像在等着接踵而至的问题和看法。

大家一点儿反应都没有。

"你们喜欢这个名字吗？"玛莎低下头挑起眉毛，甚至让人都觉得有些轻浮。

"我不喜欢这个名字。"拿破仑说。

"拿破仑，我喜欢你。你是个诚实的人。现在我来解释一下这个活动的具体内容，"玛莎说，"想象一下：你们都被判处了死刑！你们现在都困在死囚牢里！或许这个名字更好一些？死亡队列。"她皱了皱眉头。"我觉得好一些。我们就叫它'死亡队列'好了。"

卡梅尔轻声哭了起来。弗朗西斯握住她的胳膊。

"所以这个'死亡队列'到底是怎么回事儿？我先来解释一下。如果你们被判处了死刑会怎么样？你需要有人为你辩护，对吧？乞求宽容，乞求缓期执行。显然，这个人就是你的……"玛莎又挑起眉毛，这次是启发式的。

"律师。"杰茜卡说。

"没错！"玛莎大声说。"律师为你辩护！那个人会跟法官说：'不，这个人还不至于被判处死刑！法官大人，这是个好人！是社会杰出的一员，还能为社会做贡献！'明白我的意思了吗？你们都是律师，同时也都是客户。明白了吗？"

没人说话。

"我已经为你们指定了客户。我现在念一下名字。"

玛莎拿出一张纸大声读出来："弗朗西斯为拉尔斯辩护。拉尔斯为本辩护。"玛莎看了一眼大家。"你们在听吗？我只读一次。"

"我们听着呢。"拿破仑说。

"希瑟为弗朗西斯辩护。托尼为卡梅尔辩护。卡梅尔为佐伊辩护。佐伊为杰茜卡辩护。杰茜卡为希瑟辩护。本为拿破仑辩护。还有……"玛莎夸张地深吸了一口气，"……拿破仑为托尼辩护！呼！所有人的分配就是这样！"玛莎的目光从纸上移开，"你们都清楚自己要为谁辩护了吗？"

没人回答。大家都呆滞地看着屏幕。

"托尼，你为谁辩护？"玛莎问。

"卡梅尔。"托尼的语气毫无波澜。

"佐伊，你呢？"

"我为杰茜卡辩护，"佐伊说，"但我不知道她犯了什么罪。"

"什么罪并不重要。佐伊，我们都会犯罪，"玛莎说，"你肯定知道。没有人是无辜的。"

"你这个神经病——"

"所以，玛莎，你是假设自己是法官了？"拿破仑的声音盖过了妻子的声音。

"没错！我就是法官！"玛莎说，"你们每个人有五分钟时间为自己的客户辩护。并不长——但足够了。别东拉西扯浪费时间！确保每个字都掷地有声。"她攥起拳头。

"给你们一整晚的时间准备。清晨的时候开始辩护。你必须得问自己，客户为什么不该死。"

"因为每个人都有权生存。"托尼说。

"但为什么是你的客户？假设只有一只降落伞！假设救生船上只有一个位置！为什么你的客户应该得到降落伞而不是别人？"玛莎问。

"那就让女士和孩子先走。"托尼说。

"但如果你们都是相同的性别呢？年龄也一样。谁应该活？谁应该死？"玛莎问。

"所以现在这个活动的名字改成'最后的降落伞'了吗？"拉尔斯的脸上带着嘲讽，"所以我们都应该坐下来，像刚入学的哲学专业学生一样讨论一下道德难题，看着姚趴在你的桌子上昏迷着吗？很好，这就是改头换面。"

"小心点儿。"托尼小声说。

"这是非常重要的练习！"玛莎大喊起来，脖子上的青筋因愤怒而鼓胀。

弗朗西斯觉得有点儿恶心。她肯定会输。她在这种"活动"中的表现一直很差，可现在的"客户"拉尔斯已经准备让法官越位了。

本带着一种愉快的语气说："那玛莎，你能不能解释一下，如果——按照你作为法官的看法——我们没有成功地为客户辩护会怎么样？"

玛莎用鼻子深吸了一口气。"好吧，显然，我们一般不会真的对客人执行死刑！这样对生意不好！"她笑得很开心。

"所以，这都是……假设的？"本问。

"别再问问题了！"玛莎尖叫起来，吓得卡梅尔退后一步，狠狠踩在了弗朗西斯的脚趾上。

"完全疯了——"希瑟刚要开始说，拿破仑按住了她的胳膊。

"玛莎，我们都会参与练习的，"拿破仑大声说，"听上去很……有启发性。"

　　玛莎仁慈地点了点头。"很好。拿破仑，你会发现这个过程能让你改变很多。你真的会。现在，我得给你们打开灯，毕竟这个练习是为了让你们打开心灵！"玛莎伸出手，光明又回来了，每个人都因为突如其来的光而不停眨眼，空洞地看着彼此。

　　"为自己的'客户'辩护完，你就会放我们出去吗？"卡梅尔揉了揉眼睛，声音沙哑。

　　"卡梅尔，你这个问题问得不对。"玛莎说，"只有你能解救你自己。记住，我几天前才跟你讨论过无常的问题。没有什么能够永久。别抓住幸福或痛苦不放。"

　　"我现在真的很想回家。"卡梅尔说。

　　玛莎同情地笑了。"灵魂的觉醒通常都不容易，卡梅尔。"

　　弗朗西斯举起手。"我需要一支笔。不能写下来的话我准备不好！"她拍了拍运动裤空荡荡的口袋，"我没有写东西的笔！"

　　玛莎的反应就好像没听见弗朗西斯在说什么一样。"好了，亲爱的，祝你们好运。我凌晨的时候再回来。别忘了集中注意力。向客户提出正确的问题，用心倾听答案。说服我，为什么你们每个人都应该活下去。"

　　她看了看姚，眼神里满是温情，好像姚是自己睡着的孩子。她拍了拍姚的头，再次转向屏幕。"让我最后再说一句话：'今日事，今日毕。谁知道呢？或许死亡明天就会到来。'佛祖箴言。"她双手合十做祈祷状，微微低头，"祝好。"

第六十三章

拉尔斯

　　静栖馆的客人们围成一圈站着，在习练室中间小声说话。他们都低着头，像一群被放逐的吸烟人士，寒冷的日子里躲在办公室外面。拉尔斯闻到了汗水的酸味，每个人的口气都很重。本和杰茜卡握着彼此的手。卡梅尔和弗朗西斯都在咬手指。托尼用力拉扯着下嘴唇，仿佛以某种方式扭曲自己的嘴能让他说出正确的答案一样。佐伊揉着肚子，盯着两只脚看，她的父母则一直把目光放在她身上。

　　"姚肯定没事，你们觉得呢？德莉拉应该也是吧？玛莎不可能真的伤害谁，"弗朗西斯说，"绝对不可能。她把自己当成治愈者。"

　　拉尔斯知道，弗朗西斯这么说其实是为了说服自己。他们在这里待的时间越长，弗朗西斯的背就越难受。她的口红已经蹭没了，本来束成1995年流行的马尾辫的金发，现在也已经耷拉下来。拉尔斯喜欢弗朗西斯，但如果有机会，如果他真的被判了死刑，肯定不会找弗朗西斯当律师。他不知道要从这些人里选谁。他不确定这到底有什么意义。反正玛莎是想到做什么就做什么，随心所欲。

　　"我们就只需要做出一副任由疯狂上演的样子就行。"拉尔斯说。

　　"我同意，"拿破仑说，"我们得先这么忍下去，抓住机会离开这里。"

　　"我之前相信过她，"卡梅尔很伤心，"我相信过这一切。"她指了指自己的身体，"我觉得自己真的改头换面了。"

"我要给你辩护，"弗朗西斯紧张地对拉尔斯说，"我们得聊聊。天啊，只要给我一支笔，让我怎样都行。"

"好吧，弗朗西斯，我应该是为你辩护，在这个荒谬的……游戏里，"希瑟说，"所以我觉得我们也得谈谈。"

"好吧，没错，没错，但让我先跟我的客户聊聊。"弗朗西斯呼吸急促。她一只手按在胸口想冷静一些。拉尔斯朝她笑了。她是那种哪怕只是个游戏，也会非常认真地严肃对待的人，但技巧不足，仿佛游戏事关生死。现在可能真的是生死之事（当然不是！），弗朗西斯可能有换气过度的危险。

"弗朗西斯，我们先聊聊，"拉尔斯宽慰地说，"之后你再说服希瑟为什么你应该继续活着。"

"太可怜了。"希瑟看着两个人结对走开说了一句。

"我们是单数。"拿破仑说，"所以我先等一等。"之后，他用更小心的声音说，"我还是继续想想离开这里的方法。"他走到一边，双手插进短裤的裤兜。

拉尔斯和弗朗西斯走到角落里坐下。

"好了，"弗朗西斯面对着拉尔斯盘腿坐下，她紧皱着眉头，"把你的全部生活都告诉我，周围的人和家人什么的。"

"你就跟她说我是个慈善家，为社区做了很多志愿者的工作……"

"真的？"弗朗西斯打断了拉尔斯。

"你才是写小说的好吗！"拉尔斯说，"我们就编一下！只要看起来我们在练习，你说什么真的无所谓。"

弗朗西斯摇了摇头。"那个女人可能疯了，但她站在老远就能察觉到不真诚的味道。我要做练习，好好做。拉尔斯，你得把一切都告诉我，现在就说。我没开玩笑。"

拉尔斯嘟囔了一句。他的手指摸了摸头发。"我帮助女性，"他说，"离婚案例我只为女性辩护。"

"真的？"弗朗西斯问，"这难道不是歧视？"

"我是靠口碑的，"拉尔斯说，"她们之间都互相认识，这样的女士们，她们一起打网球。"

"所以你只为富有的女士辩护？"弗朗西斯问。

"我又不是为了爱，"拉尔斯说，"我得赚钱。我的任务就是确保那种男人为自己的罪恶付出应有的代价。"

弗朗西斯用拇指指甲敲了敲门牙，假装有根笔。"你在恋爱吗？"

"是，"拉尔斯说，"我们在一起五年了。他叫雷，可能我没有'被判死刑'会好一些。"

突然间，拉尔斯很想雷，很想回家，很想音乐，想念大蒜的滋味和周日的早上。他以后再也不来疗养院了。他出去之后就要给自己和雷预订一次旅行，欧洲美食之旅。那个人太瘦了，眼睛显得特别大。都是因为雷痴迷于骑自行车。腿蹬得很快，换腿的动作都看不清，沿着悉尼的山上上下下，越来越快，感受肾上腺素在身体中奔涌，想要忘记自己在恋爱中是付出更多的一方。

"他是个好人。"拉尔斯说，他竟然想哭了，因为他想到如果自己死了，雷就会像超市里的畅销品一样被抢走，马上就有人爱上他，让他得到应得的爱。

"可怜的雷。"弗朗西斯小声说，好像知道拉尔斯在想什么一样。

"你为什么这么说？"拉尔斯问。

"这个，就是你很帅。我年轻的时候很容易就会爱上帅气的男人，但很可怕，你们只是……"弗朗西斯做了个手势，"……太不靠谱。"

"这有点儿伤人了。"拉尔斯说。人们对他这种人的偏见很多。大家根本想象不到。

"没错，没错，别放在心上，"弗朗西斯说，"所以……没孩子？"

"没有孩子，"拉尔斯说，"雷想要孩子，我不想。"

"我也一直不想要孩子。"弗朗西斯说。

拉尔斯想到，上个月是雷三十五岁的生日，雷的妈妈和之前一样，喝了"不少香槟"，也就意味着她至少喝了两杯。"拉尔斯，你就不能让他有一个孩子吗？就一个可爱的孩子？我保证，一点儿都不会麻烦到你。"

"你觉得迷幻疗法让你对生活有特殊的新见解了吗？"弗朗西斯问，"我提到这个的话，玛莎可能会高兴一些。"

拉尔斯回想了一下前一天晚上。有些经历比较突出。有一会儿，他觉得自己能看到音乐从耳机里流出来，带着彩虹的色彩。他和玛莎聊过，但他没觉得有什么特别的见解。拉尔斯长篇大论地讲述了音乐的颜色，说到最后玛莎肯定都烦了。可拉尔斯那是对自己的冒犯，因为他正滔滔不绝，说得颇有美感和诗意。

他觉得自己没跟玛莎说前一天晚上一直在幻觉中出现的那个小男孩。可能玛莎会喜欢那个吧。

拉尔斯认识那个有黑色头发的孩子，他的小脸脏乎乎的，一直抓着拉尔斯的手，可能是在提醒拉尔斯有什么重要的事情，童年的伤痛，治疗师总想挖掘这样的记忆，这是人格塑造方面的记忆。

他拒绝跟小拉尔斯走。"我很忙，"他一直跟小拉尔斯这么说，可实际上却是躺在沙滩上，欣赏音乐的色彩，"问别人去。"

我不在乎潜意识要告诉我什么，不过还是谢谢你。

晚上的时候，他好像和德莉拉聊过，感觉并没有什么治疗的感觉，更像是闲聊。实际上，他很确定，两个人聊天的时候，他确实感到海风拂面。

德莉拉说："拉尔斯，我们很像。你根本不在乎，对吧？你就是不在乎而已。"

那时德莉拉手里是夹着根烟吗？肯定没有。

"什么意思？"拉尔斯懒散地问。

"你懂我的意思。'德莉拉说，她很笃定，好像比拉尔斯自己更了解他。

弗朗西斯用自己的手指关节敲打着颧骨。

"别打自己了。"拉尔斯说。

弗朗西斯放下手，"我之前从来没在法庭上为谁辩护过。"

"这不是法庭，"拉尔斯说，"就是个愚蠢的游戏。"

拉尔斯朝杰茜卡看过去——她可能怀孕了。

"跟玛莎说我和我的伴侣打算要个孩子。"拉尔斯轻描淡写的样子。

"我们不能说谎。'弗朗西斯说。她显然很生气，可怜的女人。

弗朗西斯的表情让拉尔斯想到了雷，拉尔斯做了什么让雷烦心或失望的事情时，他就是那个表情。抿着嘴。双肩下沉。还有那双写满失望的眼睛。

拉尔斯想起昨晚那个小男孩顽皮的面孔，才终于意识到那个孩子根本不是小时候的自己。那个孩子有浅褐色的眼睛。是雷的眼睛。雷、他的姐姐和妈妈都有一样的眼睛。那双眼睛让拉尔斯想闭上自己的眼睛，因为眼神里的爱、信任和忠诚让人颤抖。

"告诉玛莎，如果我活下去，我就不会因为意外死亡起诉她，"拉尔斯告诉弗朗西斯，"我会赢的。我跟你保证我会赢。"

"什么？"弗朗西斯皱起眉头，"这根本说不通！"

"这一切都说不通，"拉尔斯说，"全都说不通。"

他又看到了那个有黑色头发、褐色眼睛的小男孩，感受到他的小手，听到了他坚定的声音：我有东西想给你看。

第六十四章

杰茜卡

杰茜卡和佐伊面对面盘腿坐在瑜伽垫上，像是要做普拉提。

要是现在能上普拉提课，让杰茜卡怎么样都可以。哪怕是她中奖之前那种便宜的，哪怕是在漏风的公共大厅，哪怕来上课的都是当地的家庭主妇。

"你怎么看？我也不知道，这很严肃吗？"佐伊的眼睛看向父母，之后转回来。杰茜卡注意到，佐伊天生眉毛就很好看。

"这个，没错，我觉得是，"杰茜卡回答，"我觉得玛莎，有点儿不择手段那种。她好像很不稳定。"杰茜卡试着平稳呼吸。恐惧感越来越强烈，她的胃有些难受，有点儿恶心，跟刚从游乐园坐完过山车一样。

"她不会真的处死谁，这一点是肯定的。"佐伊大大地微笑起来，仿佛全力表达自己是在开玩笑。

"当然不会。"杰茜卡虽然嘴上这么说，但她怎么知道那个女人会做什么？毕竟玛莎在没有征得大家同意的前提下已经给他们下了药，谁知道她对姚和德莉拉做过什么。"只是个练习，仅此而已，让我们思考罢了。真的只是个愚蠢的练习。"

"我害怕我妈妈激怒玛莎。她并没有太认真。"佐伊往希瑟那边看了一眼。

"别担心，我一定会好好为她辩护的，"杰茜卡说，"你妈妈是个接生护士，她能帮助新生命来到这个世界。还有，我之前是辩论队的。首席。"杰茜卡很认真。她的学校报告上，"认真"这两个字的评语是常客。

"我也会好好为你辩护！"佐伊坐直身体，带着好学生的气质，"所以，我想，首先我显然应该提到的是你怀孕了，对吧？孕妇总不能被处死。这是违反法律或者什么规定的吧？"

"没错。"杰茜卡有些疑虑，她自己也不知道为什么。是因为怀孕这件事还没确定吗？还是这种辩护听起来像在钻空子？她值得活下去就是因为肚子里无辜的孩子值得活下去？

如果她没有怀孕，那她为什么应该活着？就因为她真的想活着？因为父母爱她？因为她知道姐姐也爱她，就算两个人目前比较疏远？因为Instagram上的粉丝常说她"让他们一整天都心情好"？因为她上一个财政年度的慈善捐款比之前一整年的收入还高？

"中奖之后，我们真的没想，你懂的，那么自私，"杰茜卡告诉佐伊，"分享，捐款。"杰茜卡用手捋了捋头发，更小声了一些，"但我们没有全都捐了。"

"谁都不会那样啊，"佐伊说，"是你们自己的奖金。"

"这就是我怀念之前生活的原因之一，"杰茜卡承认，"有钱之前，根本不用想自己是不是'好'人，因为我们没时间做好人。我们得忙着缴费，忙着生存，赚取生计。感觉反而更轻松。"杰茜卡畏缩了一下，"感觉我是在抱怨，但我跟你保证我不是。"

"我听说过，中奖的人会大肆挥霍，结果爱情或婚姻失败，他们挥霍完之后，最后还是会一无所有。"佐伊说。

"我知道！"杰茜卡说，"我们刚中奖的时候，我研究了好多其他中奖的人的事情。所以我也多少知道这个陷阱。"

"我觉得你适应得不错。"佐伊表示欣赏。

"谢谢。"杰茜卡感激地说。因为有的时候，她很希望别人能夸她很好地利用了奖金。

杰茜卡很努力了，想做个表现良好的中奖者。投资得当，适当分享，获得税务建议，参加光鲜亮丽的慈善晚宴，看着超级优雅的人们小口品尝着法国香槟，顺便为拍卖会上让人不懂的东西付出让人咋舌的价钱："女士们先生们，这是善事！"她想到本理了理自己的领结，小声说了一句："这他妈到底都是些什么人？"

她应该多参加些慈善晚会吗？还是少一些？还是干脆都不参加了？直接送张支票过去？她要怎么样才能成为更好的人？更值得活下去？

如果一切发生在中奖之前，佐伊会怎么辩护？杰茜卡值得活下去是因为她的工作无聊得要死但她一直很认真？她从来没有坐过公务舱？更别说头等舱了。所以那到底算是什么样的生活？

现在，钱就是衡量她的标准。杰茜卡甚至都不知道中奖之前自己是什么样的人。

"本除了决定自己想买什么车，别的基本什么都不管，"她告诉杰茜卡，"本不想改变什么……可这就是不可能。"

她摸了摸自己的嘴唇，低头看了看自己的胸部，不得不说，还不错。

要是自己不是这样，佐伊能更好地为她辩护吗？如果她没有花钱整形的话。

"你怎么想的？为什么总想朝卡戴珊那个方向发展？多可怕。"杰茜卡的妈妈有一次这么问。

因为杰茜卡觉得可怕的卡戴珊美极了。她有权利这么想。中奖之前，本总是对豪车垂涎三尺，杰茜卡则为模特的图片和现实明星着迷，可能图片都是修过的，但她不在乎。本有了车，杰茜卡有了身材。凭什么说自己的身材比本的新车肤浅？

"对不起。"她看着佐伊，想起来这个女孩的哥哥自杀了。佐伊之前可能真的没见过像杰茜卡这么肤浅的人。"这些对我的案子基本上没什么帮助,对吧?为什么这个女孩应该活着?因为她中奖之后已经很努力了。"

佐伊没有微笑,而是很严肃地看着杰茜卡。"别担心,我会好好利用这一点。"

她抬头看了看电视屏幕,玛莎的脸占据了大部分空间。"你觉得之后会怎么样?这个愚蠢的游戏结束之后。"

"不知道,"杰茜卡诚实地回答,"感觉什么都有可能。"

第六十五章

玛莎

玛莎从薰衣草室里拿了个抱枕。把姚的头从办公桌上抬起来，给他往头底下垫好靠枕的全过程，姚什么动静都没有。他的眼皮一直在抖动，没有完全闭上，能看到眼白。

玛莎想起来之前给孩子裹睡毯的情景。感觉虽然这件事是发生在自己身上，但那段记忆好像属于别人一样。记忆中没有触感，没有味道，没有色彩，跟整栋建筑监控录像中的场景一样。

不应该是这样的。如果玛莎愿意，她可以给这段记忆加上色彩和纹理。

毯子是黄色的。味道就是"永远快乐"牌婴儿沐浴露的味道。声音就是《勃拉姆斯摇篮曲》吧，还有个吊起来的小玩具，慢慢转圈。指尖触碰到的皮肤柔嫩温润。

但玛莎现在选择不去回忆那些。

她关上监视器，看不到客人们的脸，也听不到他们的声音。玛莎需要跟他们先保持一点距离。他们的声音就跟指尖蹭过黑板时的一样。

她用在姚身上的镇静剂一开始是他们为客人们准备的，以免昨天谁听到思慕雪的真相后反应过激，变得太暴力或太激动，给自己和他人带来危险。玛莎知道姚会安静地睡几个小时，之后就没事了。是姚本人教给玛莎和德莉拉如何在紧急情况下注射的。

一切都在意料之外，但玛莎心里很清楚一点，姚对整个计划失去了信心，这是极大的负担。他最好现在先不要出现在策略决策过程中。玛莎得快速行动，她采用的就是之前淘汰表现不佳的员工的方法，哪怕是裁掉整个部门也在所不惜。她迅速做决定的能力和面对变化执行决定的能力曾经是她工作生涯中的优势之一。敏捷。就是这样。无论从哪个角度看，是比喻意义上的还是字面意思上的，玛莎确实都很敏捷。

可姚睡着之后，玛莎却觉得很孤独。这太奇怪了。她想念姚，也想念德莉拉。没有了姚或者德莉拉，就没有人听她指导，就没有人观察她的一举一动，就没有人听她解释。真奇怪。玛莎一生中的大部分时光都是自己度过。当时重修静栖馆的时候，制订修改个人发展计划达到她难以置信的身体和心灵变化的时候，她自己连续好几个月都没见过其他人。但是，她现在的生活有了变化。她很少独自一人。静栖馆里总会有别人：员工、客人。对人的依赖是一种弱点。玛莎得想个办法。她还在自我塑造的过程中。

没有什么能够永恒不变。

她让客人们进行的练习是假设性练习，但他们感受到的恐惧必须真实。玛莎还没有看到足够的恐惧。她已经见识到的都是冷嘲热讽和质疑。这些人不懂得尊重，不懂得感恩。说实话，蠢笨至极。

药物很贵。为了买药，玛莎的利润都减少了。为了客人们，玛莎选择少赚些钱。亲爱的姚一直努力工作，保证每一位客人摄入的剂量准确无误。为了做好这件事，他们经常熬到深夜！

新的项目本应该是玛莎的职业转折点。她已经准备好朝更大的世界进发了。她想念之前在公司时万众瞩目的感觉：商业杂志上的照片，主旨演讲的邀请函，等等。玛莎想发表文章，想在各大会议和重要场合发表演讲。她已经散布了消息，说可能要写一本书。对此，大众的反响很是积极。有位出版商写道：个人转型是人们长期关注的话题。有进展随时联系。

玛莎喜欢想象前同事们看到她轮回再生之后的样子。他们开始可能一时认不出是她，但之后就会觉得敬畏和嫉妒。她逃脱了古已有之的命运，取得了巨大成就。杂志封面照和电视访谈接踵而至。她打算雇一位公关人员。玛莎显然会在书最后的致谢部分提到姚，甚至她本人忙着巡回演讲的时候，还打算让姚在静栖馆担任更重要的职位。

玛莎光明灿烂的未来就在前方，可这些不知感恩的笨蛋却成了绊脚石。玛莎本来期望的是成功的消息传出去后，静栖馆的预订单得排到明年，价格会随着需求水涨船高。人们得到的是无与伦比的体验，付出的仅仅只是一小笔资金，可他们还是除了抱怨就是抱怨。

他们觉得自己饿了！难道不知道什么是真正的饥饿吗？他们之前有过为了买生活必需品而至少排队五分钟的经历吗？

玛莎看着空白的电脑显示器，想再打开，但又不想马上看到那些人的脸。真是太让人生气了。那个希瑟·马尔科尼简直是无法无天。玛莎不喜欢她。

要是他们中有谁足够聪明，那可能大家已经都离开了房间，走在去报警的路上，抱怨自己受到了恶劣的对待。可真实的情况是，他们得到的都是充满关怀的滋养。

玛莎从最上层的抽屉里拿出来一把钥匙，打开桌子下面的柜子。

有那么一会儿，玛莎只是坐着，看着里面的东西。嘴里的唾液越来越多。她直接伸手过去抓了一袋立体脆和一瓶莎莎酱。那包立体脆很大，袋子很光滑，挺脆的。

她还记得那个女人，一整天工作了十六个小时后很晚才到家。她坐在黑暗的房间里，打开电视，毫无目的地吃着立体脆配莎莎酱。这就是玛莎之前的晚餐。她之前根本不在乎自己的身体。身体什么都不是。只不过衣服的尺码越来越大而已。玛莎在乎的就是工作。她抽烟，也不做任何运动。和医生说的一样，得心脏病或中风的概率很高。

玛莎打开那包零食，深吸一口气，人造芝士和盐的味道冲出来。立体脆让她望而生津。她心里涌起一股自我厌恶感。一年了，她上次沉溺于这种堕落的、让人讨厌的行为，已经是一年之前了。她现在的这种感觉完全是拜那帮不知感恩的客人所赐。

玛莎上次吃立体脆也是客人的错。那个人在猫途鹰网站上写了篇评论，给静栖馆打了一星，还谎话连篇。他说静栖馆有臭虫，贴了张自己被咬了的照片。根本没有臭虫。都是客人编的，因为玛莎前一天跟他说他得心脏病或中风的概率很大，除非他回家之后还能坚持改变自己的生活方式。玛莎知道是因为她认出了那个客人曾经的样子。然而，玛莎用了"肥胖"这个词，应该是冒犯了那个人。他之前就是肥胖。有什么奇怪的？不然他来静栖馆干什么？

玛莎拿起第一片立体脆放在舌头上，由此而来的化学反应让她不禁全身颤抖。她心里很清楚自己会摄入多少卡路里，也知道自己要做多少运动才能完全消耗掉这些热量。（或者，她也可以催吐。）

玛莎嚼着立体脆，一手用力打开那瓶莎莎酱。曾经的她柔弱无力，胳膊没力气，要打开这瓶酱可难死了。坐在电视机前那个可悲的胖女人曾经为了打开罐子，会一边骂人，一边用勺子敲罐子边，想让它松一点。

再之前的生活中，有个男人是开罐工具。玛莎只需要大声把丈夫叫过来就行，感觉丈夫就是仆人一样。之后，丈夫会给她打开罐子，微笑着抚摸她。丈夫喜欢肢体接触。很多很多年里，每一天，丈夫都会抚摸她。

但那已经是前尘往事了。她上一次被爱抚已经是几十年前的事。

脑子里闪过今天晚上姚的手触碰自己的手的感觉，玛莎又拿了一片立体脆，盛了一勺红晃晃的莎莎酱。

姚发出了小孩子一样的声音。他双颊发红，像是个在发烧的小孩。

玛莎把手背搭在姚的额头停了一会儿。他的额头确实很烫。

玛莎不停地把立体脆塞进嘴里，越吃越快，淡黄色的残渣掉在桌子上和衣服上，到处都是。她允许记忆的闸门打开，回到之前那种生活的最后一天。

那是个周日。前夫作为"悠闲的"澳大利亚人出门了。澳大利亚人喜欢说自己很"悠闲"，觉得这是件好事。前夫收到邀请，和同事们一起玩游戏去了，用彩弹互相扔对方。这种活动"很有趣"，让人"开怀大笑"。

没错，听起来是很悠闲：到处乱跑，朝别人扔彩弹。其他人的妻子们也都去了，但玛莎留在家里照顾孩子。她和那些女人完全不一样。那些人穿衣打扮毫无品味，让玛莎觉得压抑，会让她想家。玛莎是那种一边工作一边照顾孩子的母亲。她得工作。她比公司里所有男性都要聪明百倍，但为了得到自己想要的认可，她得比别人更努力百倍。

玛莎太高了，个子高，也清高。有的时候，同事假装理解不了她；有的时候，玛莎看得出来，即使自己的英语说得很好，但别人是真的不理解。玛莎不懂他们的幽默——她从来没有抓住梗马上笑过——别人也不懂她的笑点。玛莎开玩笑的时候，通常都是很有趣、很老练、很需要智商的笑话，但别人只是盯着她看，满脸迷茫，眼神空洞。

在家乡的时候，玛莎有很多朋友，可在这里，玛莎体会的是一种特殊的羞涩。这种感觉让她生气，让她不满。玛莎永远一板一眼的，因为她无法忍受被人嘲笑，在这里，她误解别人或被人误解的情况经常发生。玛莎的丈夫并不在意这种情况，反而觉得很有意思。丈夫会一头参与到社交活动中，甚至还没来得及了解规则。但每个人都喜欢丈夫。玛莎为此感到骄傲，尽管也有一些嫉妒。

有一次，玛莎和丈夫受邀到玛莎老板家。玛莎以为是晚宴，所以穿得非常漂亮，非常性感，踩着高跟鞋，穿着长裙。但除了玛莎之外，所有单身女性都是穿着牛仔裤。

邀请函上写着"请自己带肉"。玛莎自信地告诉丈夫："不，不是，就是玩笑话！澳大利亚人的玩笑！虽然不怎么好笑，但几乎可以肯定是个玩笑。"两个人不可能犯这种让人尴尬的错误，不可能认真对待这几个字。

但其实那不是玩笑。每个穿着牛仔裤的女士都拎着塑料购物袋，袋子里装着一包包还没有烹饪的肉。就两人份。两份牛排。四根香肠。玛莎简直不敢相信自己的眼睛。

丈夫的反应倒很快。他一下把手拍在额头上。"天啊，我们把肉忘在家里了！"他这么告诉主人。

"没关系，"主人说，"我们准备了不少。"

真是大方啊，还要给自己邀请的客人分些多余的肉。

两个人走进前门的那一刻，发现男士和女士都分成两组，好像彼此不得交流。男士们站在烧烤炉旁烤肉，好几个小时都不动地方。食物一点儿都不好吃。没有椅子。大家坐在哪儿的都有。三个女士就直接坐在了挡土墙上。

那天之后，玛莎决定再也不费心努力融入悉尼的社交圈了。有什么意义？她还有个十一个月大的孩子，有需要投入时间的工作，还有丈夫。她的生活忙碌而充实，而且她觉得非常幸福，比之前生活中的任何一刻都幸福。有个这样的孩子简直让人每天都心怀感恩，毕竟无论从样貌还是智力方面看，玛莎的孩子都显然优于其他孩子。这是客观事实。她丈夫也这么认为。每每有人看玛莎的孩子，玛莎都禁不住要替其他妈妈们难过。她的孩子很有气质，安安稳稳坐在婴儿车里，美丽的头发沐浴在阳光下（很多孩子都像老年人一样秃顶）。孩子的小脸左右扭动，用绿色的大眼睛观察着周围的世界。玛莎的宝贝经常能发现有意思的事情（遗传他的父亲），每每如此，他就会轻声笑起来，发自"肚子"的笑，笑声让人惊讶，引得远处其他听到这种笑声的人也会不由自主跟着笑起来。那一刻，玛莎就会朝周围的人会心一笑，是真正的笑容，不是礼貌性的。她一点儿都不孤单。她是个悉尼人，是个带着孩子来散步的母亲。

那个周日，孩子醒来的时候，玛莎差不多刚完成手里的工作。孩子醒了，不哭了，反而发出银铃般的声音，好像在跟自己的声音做游戏。他的声音上上下下，起伏波动。他的五音不全，但很开心，他爸爸一边唱歌，一边在炉子旁边搅拌着锅里的东西。

有一次，孩子大声喊道"妈——妈！妈——妈！"他可真是太聪明了。那个年龄段的其他孩子根本连一个词都说不出来呢。

"宝贝，我来了！"玛莎大声喊。她只需要五分钟就能结束工作了。

孩子安静下来。玛莎完成了手里的工作。还不到五分钟。或许就四分钟。

"小兔子，你是不是等不及啦？"玛莎打开孩子的卧室门，还以为孩子又睡着了。

但其实，孩子已经死了。

他玩儿百叶窗的白色绳子来着，结果勒死了自己。这种事故并非罕见，可这是玛莎之后才了解到的。其他女士也看到了玛莎那天看到的一切。她们颤抖着双手，把绕在宝贝身上的绳子解开。

现在，窗帘绳上已经有了警示标志。玛莎走进一个房间，离窗帘很远的地方就能看见标签。

她丈夫说那是一场意外，所以他站在医院里，穿着活动中沾满彩弹油漆的外套，嘴里说没什么原谅不原谅的。玛莎记得他下巴上有蓝色圆点，像极了蓝色雨滴。

玛莎还想到另一个奇怪的时刻，她看着周围的陌生人，突然也希望自己的母亲在身边。妈妈从来都不喜欢玛莎，更别说会爱玛莎了，就算妈妈在也不会带来任何安慰。可是，就在悲伤袭来的那一刻，玛莎渴望母亲的出现。

玛莎拒绝丈夫的原谅。儿子喊她，但她没有马上过去。这绝对是不可接受的。

她让丈夫离开，坚持让丈夫再开始一段人生。丈夫最终这么做了，尽管花费的时间比玛莎想象得更久。丈夫终于离开的那一刻，对玛莎来说是一种解脱，她再也不用看到那张脸，那张跟儿子英俊的脸很像的脸，她再也不用承受这种痛苦了。

虽然玛莎拒绝打开丈夫发来的邮件，不想知道关于他的任何消息，但几年前还是意外在餐厅遇到了一个人。那个人还和前夫是好朋友，出事那天，他也在彩弹活动的现场。从他那里，玛莎得知前夫非常健康，非常幸福，已经跟一个澳大利亚女孩结了婚，有了三个儿子。

玛莎希望前夫做饭的时候还会唱歌，可能他还是这样吧。做研究的时候，玛莎看到了"享乐适应症"理论。这个理论认为，无论发生什么，人们的幸福水平都会回到之前那样，无论之前幸福水平是高是低。她的前夫之前就是个简单、幸福的男人，但玛莎是个复杂、不幸福的女人。

到这一年的八月，玛莎的儿子本来应该已经二十八岁了。要是还活着，可能会遇到恋爱的难题。母子可能会争执，如同玛莎之前和自己的妈妈争执一样。但无论如何，他都会是玛莎唱着歌、轻声笑的宝贝，是英俊的年轻人，戴着棒球帽，从彩色的湖中朝玛莎走来。

玛莎永远不能跟儿子待在一起。

立体脆的袋子空了，玛莎看了看空袋子。指尖已经染上了淡黄色，跟爸爸的手指被尼古丁染的颜色差不多。她舔了舔手指，打开监视器，继续观察客人们。

玛莎看到大家都醒了，分成几个小组坐在一起聊天，完全是澳大利亚人悠闲的模样。他们太放松了。那本来应该是灵魂的黑暗之夜。他们还觉得是来烧烤的。这些人根本不相信自己是真的要面对死刑。

监视器的屏幕闪了一下，跟活过来了一样。是出故障了吗？玛莎碰了碰屏幕，但屏幕只是像快死了的鱼一样来回跳动。

她有点儿感到困惑，才想起来自己之前摄入了七十五毫克的致幻剂，用来提高决策能力和心智清明的感觉。这只是幻觉。玛莎需要放松，需要让大脑找到所有正确的联系。

玛莎环视了整个房间，发现办公室角落有个真空吸尘器安静地待着。吸尘器没有跳动。看起来非常真实。玛莎之间没注意过它。肯定是清洁工忘拿走了。在这里工作的清洁工都不错。她只会雇佣最适合的人。做生意就是这样，在各个层面都保证高质量水平非常重要。

这个真空吸尘器看着有些眼熟。

"哎呀！"玛莎看到爸爸拿起真空吸尘器，动作笨拙，两只手都用上了。真是麻烦。他拿着吸尘器往门口走。

"不，不，不！"玛莎尖叫起来。"爸爸！放下它！别走！"

爸爸转过头，悲伤地看着玛莎，微笑起来。他走了，没有人会像爸爸那样爱玛莎。

那不是真的。玛莎知道。要分清真实和不真实的其实很容易。玛莎的头脑很清晰，至少足够分清现实与虚幻。

她闭上双眼。

孩子叫她的声音出现在脑海。不。不是真的。

玛莎睁开双眼，看到儿子在办公室地板上爬着走，嘟囔着他自己才懂的东西。

玛莎马上闭上眼。不。不是真的。

她再次睁眼。一根烟或许能让她平静下来。

她再次打开自己的秘密小柜子，拿出一包没开封的香烟和一个打火机。香烟盒的形状让她着了迷，四角对齐的角度真是赏心悦目。

玛莎打开香烟盒，拿出一支烟，用两根手指夹住，来回滚动。打火机是橙色的，深邃而美丽，让玛莎惊讶。

玛莎的大拇指蹭过粗糙的砂轮，金色的火焰立时冒出来，很是顺从。

玛莎看着火灭掉，然后再点着。

打火机就是个小工厂，可以按照需要生产完美的火焰。高效的商品和服务生产中，总蕴藏着美感。

一个清晰的想法出现在脑海：玛莎应该完全放下健康行业，回到公司的生活中。管它什么转折点呢。她就直接扎进去。不过就是重新激活领英账户而已。很快，就会有猎头找上门，工作邀请也会如雪花般飞来。

那个戴着棒球帽的男孩坐在书桌对面。地板上滴答着彩虹色的水滴。

"你觉得怎么样？"玛莎问，"我那样做行吗？"

男孩没说话，但玛莎看得出来，男孩觉得这个主意很棒。

再也不伺候把一切当成理所当然的客人们了，这些不知感恩的人。她要再次开始如指挥乐队一样，同时掌控公司多个部门的生活：会计、薪酬、销售和市场———一切都回到她身边，她的名字写在书面报告的最前面归档，光荣，一切无懈可击。玛莎每天都会服用微量药物，优化自己的表现。理想的情况下，员工也应该这么做，不过可能人力资源部的员工会有些异议。

她已经多次开启了新生活：移民、儿子去世、心脏骤停。她完全可以再来一次。

卖掉这套房产，在城里买栋公寓。

或者……

玛莎盯着闪烁的小火苗。答案就在其中。

第六十六章

本

"拿破仑，我会帮你的，"本走到拿破仑身边，拿破仑正沿着酒窖前前后后地走，"我的意思是，我会为你辩护。"

本觉得应该叫他马尔科尼先生或先生。这个人有老师的气质，而且是那种老师：你已经毕业了，可在商店偶遇他，即便觉得他年老了些，却还是想要让他为自己骄傲。本想象不出来拿破仑变老变矮的样子。

"本，谢谢。"拿破仑说，好像本有得选一样。

"那好，"本揉了揉自己的肚子，他一辈子都没觉得这么饿过，"我猜你应该得到缓刑的原因很简单。你有妻子，有孩子，而且，我还想说这个——您的妻子和女儿已经失去了很多，对吧？她们不能再失去你了。"

"你想说也可以说。"拿破仑悲伤地微笑了一下，"这是事实。"

"还有，你是老师，"本说，"孩子们都靠你了。"

"没错，确实是这样。"拿破仑用指关节在砖石上敲了敲。他们来到这儿之后，本看他这样做了不下一百次，好像能找到一块松动的砖，他们就能出去了。本知道这个方案没戏。除了从大门出去，根本没有别的方法。

"我还有什么别的话可以说吗？"本问道，他的声音有些沙哑。他在皮特的婚礼上说祝酒词的时候都觉得自己会晕过去，可他现在要做的事竟然是捍卫这个人的生命？

拿破仑转过身，目光从墙面转移到本的身上。"伙计，我觉得你说什么并不重要。反正我也不会太在意。"拿破仑拍了拍本的肩膀，"现在需要我们认真对待的就是玛莎，不是练习本身。"

"你这个辩护律师真的没什么脑子，"本承认，"我比较走运。给我辩护的是拉尔斯，他有出庭经验。"

拉尔斯和本"面谈"的时候，拉尔斯只问了两三个问题就问"你听听这么说怎么样？"接着，拉尔斯就开始了长篇大论，跟在电视里看到的一样：全都是一套一套的，本作为一个年轻人道德品质优良，即将为人之父，对婚姻忠诚，愿意为妻子、家庭、社区做贡献，等等。一切脱口而出，根本没有"嗯嗯啊啊"过。

"你觉得这样行吗？"拉尔斯最后问。

"当然。"本已经震惊了。

之后，拉尔斯就去了洗手间，整理自己的头发，为"仪表"做准备。

"我特别害怕在大家面前讲话，我都呼吸困难。"本告诉拿破仑。

"你知道吗？害怕和兴奋之间的区别就在于呼气。"拿破仑说，"你害怕的时候，先深吸一口气，之后呼气。就像这样。啊啊啊啊啊啊。"拿破仑伸手按在胸口，展示怎么慢慢长舒一口气，"就跟看烟花的时候人们会发出的声音一样。啊啊啊啊啊啊。"

本跟着学起来。"啊啊啊啊啊啊。"

"没错，就这样，"拿破仑说，"我跟你说——我先辩护。我是为托尼辩护，玛莎听到他的足球生涯之后就会觉得特别无聊。我打算把他踢过的每一次比赛都说一遍。玛莎这样就明白了。"墙上有块砖头刻着字，他在这块砖头附近的横梁上停下来。"你看见这个了吗？"

"罪犯的涂鸦？"刚来静栖馆的时候，德莉拉带着大家看过。本和杰茜卡对此并没有什么兴趣。

　　拿破仑咧嘴笑了。"有意思吧？我们来之前我看了看关于这个地方的历史。其实那两个兄弟最后逃出去了，还成了受人尊敬、受人欢迎的石匠。要是他们回了英国可不会有这么大的成就。他们在这边的子孙后代数不胜数。我猜，他们被判来澳大利亚的时候肯定觉得崩溃了，可能觉得是世界末日。可这却成了他们的机会。祸兮，福之所倚。我觉得确实是这样……"有那么一会儿，拿破仑看上去特别忧伤，"有意思。"

　　本不知道自己忽然有想哭的冲动。肯定是饿的。他想起来，他出去之后要去看看爸爸。就算爸爸放弃了露西，也不代表本应该放弃他。

　　本伸出手指摸了摸砖上刻的字。脑子里回放的都是别人说的话，他和杰茜卡中了奖，简直就是运气爆棚。可实际上，有时候，感觉并非如此。

　　他往杰茜卡那边看过去。他真的要当爸爸了吗？他自己还不明白该怎么生活，又怎么能指导孩子呢？

　　"伙计，别忘了缓缓呼气，"拿破仑说，"把害怕的感觉一起呼出来。"

第六十七章

希瑟

"我是个很称职的朋友。"弗朗西斯对希瑟说。"你可以说这个。"她咬了下指甲,"我会记得别人的生日。"

"我根本记不住生日。"希瑟说。实际情况是,她不太擅长交朋友。而且,扎克去世之后,她也不知道朋友有什么用。朋友是一种奢侈。

弗朗西斯皱了下眉头。"不过我今年确实忘了一个好朋友的生日,因为我自己卷进了网络诈骗案,所以心不在焉,直到午夜才想起来,莫妮卡,我的天!但那个时间发短信太晚了,所以——"

"你的家庭呢?"希瑟打断了弗朗西斯,她之前已经听过了关于这个莫妮卡的事。她觉得弗朗西斯非常古怪。"你有家人吗?"

希瑟看着弗朗西斯身后自己的家人们。佐伊和杰茜卡坐在一起,两个人的头凑得很近,像在说什么秘密的好朋友。拿破仑和本一边走一边聊,本仔细听着,不时地郑重点头,像是拿破仑最优秀的学生之一。希瑟不知道拿破仑现在在想什么。感觉有个替身在扮演拿破仑的角色,而且演技很好。他说的话和做的事都很对,非常自然,让人看不出来是替身,但就是有什么地方不太对劲。

"有,"弗朗西斯说,"我还有家人。"她看着有点儿不太确定。"我觉得我跟直系亲属好像不算亲近。我爸爸去世了,我妈妈再婚之后到海外定居。法国南部。我有个姐姐，但她基本顾不上我。没有我的话，他们每天的生活也不会有什么不一样。"

"当然会不一样。"希瑟说。

"这个……"弗朗西斯紧张地看了一眼还没亮起来的屏幕，"我不是说他们会在我坟头撒欢。"

希瑟看着弗朗西斯，有点儿惊讶。那个女人看起来真的被吓到了。"你不会真的觉得自己现在是死囚吧？这只是那个疯子安排的愚蠢的权力游戏。"

"嘘，"弗朗西斯示意希瑟，"她可能正听着呢。"

"无所谓，"希瑟毫不畏惧，"我不怕她。"

"我觉得你应该怕一怕。"弗朗西斯又不安地看了一眼屏幕。

"没事儿，反正我也会按她说的做，"希瑟想安慰下这个可怜的女人，"我觉得你不应该被处决。"

"谢谢。"弗朗西斯说。

"别的我还要说点儿什么？"

"满足她的自尊，"弗朗西斯说，"就说弗朗西斯的生活直到此刻才变得更有意义，但现在她已经完成了疗养，已经康复了。"

"康复了。"希瑟念叨了一下。

"没错，"弗朗西斯像个嗑药的人一样神经兮兮的，"你一定要说'康复'这个词，我觉得她会喜欢。一定要说明白，我已经认识到自我放纵的错误。我要运动，吃安全食品，少摄入防腐剂。我还要设定目标。"

"早上好，亲爱的家人们！"

屏幕一闪，玛莎的脸出现了，她的声音在整个房间炸开。

弗朗西斯吓得倒吸了一口气，忍不住骂了一句，下意识地抓住希瑟的胳膊。

"时间到了！"玛莎大声说。她狠狠抽了一口烟，然后把烟气从嘴边慢慢呼出。"到死亡裁决的时间了。不对，我们不是叫它这个，对吧？是死亡队列的时间了。这个名字更好一些！谁想出来的？"

"但现在还不到时间！"拿破仑看了看表。

希瑟盯着屏幕。玛莎在抽烟。她不知道，都发生这么多事儿了，自己看到这个场景为什么还会觉得惊讶，但她就是觉得震惊、别扭，跟看到修女转了性子换上吊带袜一样。

"你在抽烟！"杰茜卡的声音里透着指责。

玛莎大笑起来，又狠狠吸了一口。"杰茜卡，我是在抽烟。偶尔这样，压力大的时候，我就抽烟。"

"你嗑药了。"本疲惫地说，也有些难过，希瑟从他的声音里听到了多年来压抑的失望，都是因为有个瘾君子的亲戚。本说得没错。玛莎眼神迷离，举止奇怪而且僵硬，好像头没待在身体上，所以有些担心它会掉下去。

玛莎举起一个空了的思慕雪玻璃杯。"我是逐渐靠近意识的更高层级。"

"姚还好吗？"希瑟尽量让自己的声音里带着尊敬，虽然嗓子因痛恨而隐隐作痛，"我们能看看姚吗？"

现在看过去，摄像头的角度似乎和之前不太一样。玛莎站在窗户前，应该是在她办公室里，虽然天还没亮，但一切都说不准。

"你们现在关心的不应该是他，"玛莎说，"到你们为客户辩护的时候了。他们会活下去？他们会死吗？我觉得这是个很刺激也很能激发思考的练习。"

"玛莎，现在才三点！"拿破仑点了点手表表面，"还不到凌晨，你说凌晨才开始。"

玛莎猛地朝屏幕凑过来，用香烟指着拿破仑。"疗养期间，客人们不能戴手表！"

拿破仑退缩了。他举起手腕。"我一直都戴着手表。没人说我不能戴手表。"

"手表应该和其他设备一起上交！谁是你的健康顾问？"

"是我的错，玛莎，我承担责任。"拿破仑摘下手表。

"是姚对不对？"玛莎尖叫起来。她现在简直形如恶魔，尖叫声让整个房间震颤，唾沫喷到了屏幕上。

"我的天啊。"托尼小声说。

佐伊走过去站在希瑟身边握住她的手，佐伊上次这样做的时候，还是个小女孩。感觉大家的呼吸都停止了。

希瑟紧紧握住佐伊的手。被关在这里之后，这是希瑟第一次体会到真正的恐惧。

希瑟想起自己工作中出现的情景，产房里的氛围从专注变为高度专注，因为母子安危未定，房间里的每个医护人员都知道，接下来，必须得做出正确的决定。可在当前的情况下，她没有训练或经验可以依靠。她也想假装，但实在是做不到。这种压倒性的无能为力总让她想起自己发现扎克的那一个噩梦般的时刻，她的手指按在扎克的手腕，但她心里清楚，自己不可能发现生命体征了。

"我对姚非常失望！"玛莎发怒了，"这是个不可饶恕的错误！我要告诉人力！要写在他的档案里。他会收到正式的警告信。"

拿破仑拎着手表的表带展示给玛莎看。"我摘了表。"

佐伊拼命地捏住希瑟的手。

"对不起，是我的错，"拿破仑的声音很慢很小心，好像是在安抚哪个发了狂的枪手，"我现在就把它毁了。"他把手表摔在地上，还踩了几脚。

玛莎的语气变了。"啊，别那么夸张，拿破仑，别弄伤脚！"玛莎高兴地挥了挥手里的香烟，仿佛是在聚会上跟谁热切地交谈，另一只手里拿着一杯红酒。

希瑟听到佐伊颤抖的呼吸，女儿的恐惧让她想把这个人给解决掉。

"我不是那种沉迷于官僚主义的人。我很开明！我能看到大局！"玛莎又吸了口烟，"METI 人格类型测试说我适合当指挥官！你们应该不会惊讶吧。"

"这可不好。"拉尔斯双手捂住脸，透过指缝瞄了眼屏幕。

"她现在有幻觉。"托尼小声说。

"没有什么是永恒的，"玛莎毫不客气，"记住这个。非常重要。好了，谁先开始？"玛莎看了看周围，好像在寻找什么，"大家都有咖啡吗？没有？别担心。德莉拉会搞定一切。"

玛莎微笑着伸出双手，仿佛是带着大家开会的领导。

希瑟被强烈的恐惧吓得发抖。玛莎是在幻想。

现在，玛莎的注意力完全在指尖的香烟上。时间一分一秒流逝，她一直盯着香烟看。

"她在做什么？"卡梅尔小声问。

"致幻剂。"拉尔斯小声回答。"她不敢相信自己竟然从来没注意到香烟内在的美。"

终于。玛莎抬起头。"谁先开始辩护？"她平静地问，把香烟的烟灰弹在窗台上。

"我先来。"托尼说。

"托尼！太棒了，"玛莎说，"你为谁辩护？"

"卡梅尔。"托尼回答的时候做了个手势，示意是卡梅尔。卡梅尔做了个奇怪的动作，好像不知道自己是该行屈膝礼，还是该藏在拉尔斯身后。

"开始吧，托尼。"

托尼清了清嗓子。他站着，双手交叠，严肃地看着屏幕。"今天，我要为卡梅尔·施耐德辩护。卡梅尔三十九岁，离异，有四个年纪很小的女儿。女儿们主要靠她照顾。此外，她还和自己的姐姐凡妮莎以及父母玛丽和雷蒙德关系很好。"

玛莎好像觉得有些无聊。她轻哼了一声。

托尼的声音有些颤抖。"卡梅尔的妈妈玛丽身体不好，卡梅尔得带她去看医生。卡梅尔说自己只是个普通人，尽力做好该做的事，但我觉得能独立养育四个小女孩的人非常特别。"托尼紧张地抻了抻 T 恤衫领口，好像是在整理领带。"卡梅尔也在当地图书馆当志愿者，教难民们学英语。每周一次，从十八岁开始。我觉得这一点让人敬佩。"托尼双手在胸前拍了一下。"谢谢。"

玛莎夸张地打了个哈欠。"就这样？"

托尼一下就生气了。"我的天啊，她是个年轻的母亲！你还想知道什么？显然她不应该去死。"

"你的独特卖点呢？"玛莎问。

"独特卖点？"托尼一脸不明所以。

"托尼，你忘了最基本的东西！独特卖点说明在哪儿呢？卡梅尔的特别之处是什么？"

"这个，"托尼有些绝望，"她之所以特别是因为……"

"我还想知道你为什么没从基本分析开始，优势、劣势、机会和威胁都在哪儿呢？大家听好，这不是什么尖端科学！还有视觉辅助呢？我也没看到！简单的幻灯片展示有助于辅助你的阐述。"

希瑟看了一眼拿破仑，好像在说：我们该怎么办？她看到了拿破仑脸上的困惑和恐惧，所以心里更慌了。因为如果拿破仑没有办法，就说明现在的情况真的很棘手。希瑟想到了带扎克在急诊候诊室里等待时，他们发现自己遇到了一个什么都不懂的分诊护士，两个人就会趁扎克不注意交换眼神，他们都知道该怎么做，也知道该怎么为自己的孩子争取。

但现在的情况让他们不知所措，不知道该怎么应对这种毫无逻辑的人。

"对不起，"托尼谦逊地说，"显然幻灯片能辅助说明。没错。"

"对不起没用！"玛莎咆哮起来。

"我可以说吗？"谁大声说了一句话，意外打断了玛莎。

希瑟一眼看到是卡梅尔，她抬起下巴，目光中毫无畏缩。

"我给佐伊·马尔科尼辩护，已经准备了很有策略的分析。我们要做的是，向前看，我很希望得到你的支持，玛莎。"

玛莎的面色缓和了一些。她伸出一只手。"卡梅尔，请开始吧。"

卡梅尔大步走到房间中间，假装抻了抻西装外套，虽然她穿的是紧身裤和粉色的针织上衣，上面还用亮片显示有夏威夷的字样。"玛莎，我知道你想让我们真正看到这个问题，创造性地思考。"

很难想象，这个女人几个小时之前还可怜地乞求说要回家，可现在竟表现得如此自信。现在，大家都看到了她的能力。她之前是个演员吗？还是之前的职业经历再次出现？不管是什么，都足够让大家惊讶。

"没错。"玛莎轻轻挥了下手，"这个听起来好一些。我们得挑战极限。卡梅尔，你真让人惊讶。"

要不是在这种恐怖的情况下，可能还挺有意思的。

"在我看来，我们真的有机会利用佐伊的核心竞争力，"卡梅尔说，"达到……最好的效果。"

"嗯，很好。"弗朗西斯小声说。

"没错，"玛莎点了点头，"最佳效果就是我们一贯的目标。"

玛莎对这种毫无意义的公司对话的反应让大家觉得奇怪。就好像孩子回应母亲的声音一样。

"问题是，"玛莎精明地说，"这符合我们公司的价值观吗？"

"当然，"卡梅尔回答，"等我们安排好一切之后，我们要问的问题就是：它可以扩展吗？'

"可以吗？"玛莎问。

"当然，"卡梅尔回答，"我们要做的就是……"她仿佛犹豫了一下。

"协同效应。"拉尔斯小声说。

"协同效应！"卡梅尔松了口气。

"协同效应，"玛莎充满期待地重复了一句，仿佛自己说的是："巴黎春天。"

"所以总结一下，我们需要协同的解决方案，使之吻合——"

"我已经听到了我想听的，"玛莎轻快地说，"卡梅尔，马上行动吧。"

"好的。"卡梅尔说。

玛莎把烟头在身后的窗台上按灭。她靠近窗户。"欢迎来到静栖馆。"

我的天，希瑟心里想，她又变了。

玛莎微笑着。但大家谁都没笑。希瑟看到，房间里的每个人都疲惫不堪，深感绝望，就像准备"顺产计划"的无辜女士的脸，她会创建一份歌单，可三十个小时过去后，她却被告知要进行紧急剖腹产手术。

玛莎说："我向大家保证：十天之内，你们就绝对不会是现在这个样子了。"

"真他妈的，"杰茜卡开始了，"滚，滚，都他妈的滚。"

"药物作用，"拉尔斯说，"她根本不知道自己在说什么。"

"问题不在于这个，"本说，"在于她根本不知道自己在做什么。"

玛莎低下头，把指尖比在长裙领口处。

"我们现在一起做俯卧撑，"玛莎说，"俯卧撑是很好的综合耐力练习，是唯一一种可以锻炼到全身各处肌肉的运动。二十个俯卧撑！开始！"

没人动。

"你们为什么不听话？"玛莎用手指指着屏幕。"俯卧撑！现在！不然我就不客气了！"

她还能怎么不客气？可大家谁都不想知道答案，于是都像士兵一样趴在地板上。

玛莎大声数："一、二、三！臀部放低！不要塌腰！"希瑟听着玛莎喊，很想跟着节奏抬高放低自己疲惫饥饿的身体。

玛莎还在迷幻状态中吗？她还是觉得大家都是她的手下吗？她打算杀掉所有人吗？希瑟突然觉得非常恐慌。她把女儿带到了这个地方。佐伊的生命就捏在这个嗑了药的疯女人手里。

她环顾四周。弗朗西斯双膝跪地，做的是女生版的俯卧撑。杰茜卡也哭了，完全放弃，胸部到膝盖都落在地上。前运动员托尼满头大汗，虽然肩膀刚刚受伤，但他做俯卧撑的姿势很标准，速度基本上比别人快一倍。希瑟发现自己亲爱的丈夫也在努力跟上节奏。

"十八、十九、二一！放松！太棒了！"

希瑟趴在地板上，抬头看。玛莎的脸紧贴屏幕，鼻子、嘴巴和下巴都被放大了。

"我很想知道，"那个变了形的嘴巴在动，"你们能闻到吗？"

拿破仑是第一个有反应的，声音是对待孩子才有的镇定而温和。"玛莎，闻到什么？"

"烟味。"

第六十八章

托尼

屏幕不动了，但玛莎的声音还回响在房间里。

"深度改变不是没有可能，但你们必须远离已有的信念和习惯！"

"我闻见了烟味。"佐伊脸色苍白。

"没错，佐伊，你能闻见烟味，因为这栋房子，我的房子，在我们说话的时候正在燃烧。"玛莎说，"财产毫无意义！你们会浴火重生吗？别忘了，佛祖说过：'唯有自救'！"

"快看。"弗朗西斯小声说。

"一缕缕黑烟从被锁住的橡木门下飘进来。"

"放我们出去！"杰茜卡惊声尖叫，扯破了嗓子，"玛莎，听见了没有？现在就放我们出去！"

屏幕变黑了。

现在，玛莎消失了。可每个人的恐惧感跟她在的时候一样，有增无减。

"我们得堵住门缝。"托尼说。希瑟和拿破仑早已先他一步，从洗手间拿了沾湿的毛巾紧紧裹成圆柱状，仿佛这就是他们的工作，仿佛他们一直等着这一刻发生。

他们刚到门边，烟气突然变浓，像水一样飘进房间，吓了人一跳。

人们开始咳嗽。托尼觉得胸口发紧。

"大家后退！"拿破仑大喊。他和希瑟把裹好的毛巾塞在门和地板之间，死死封住门缝。

自从大家发现门是锁住的之后，托尼就一直觉得有轻微的幽闭恐惧感，现在这轻微的症状变成了完全的恐慌。他觉得呼吸困难。天啊，他要在所有人面前失态了。他不知道做什么，甚至都不能用毛巾塞门缝，因为希瑟和拿破仑已经在做了。他忍不住。他踢不开门，因为门是朝里开的。他不能打人。但他妈的什么都做不了。

托尼开始剧烈咳嗽，眼睛都呛出了泪水。

弗朗西斯抓住托尼的手，把他往后拽。"离门远点儿。"

托尼任由弗朗西斯往后拉自己。她没放开托尼的手。托尼也没放开她的手。

大家都挤在房间离门最远的角落。

拿破仑和希瑟走过来和大家站在一起，他们的眼睛已经被烟熏红了。拿破仑把佐伊拉到自己身边，佐伊把脸埋在拿破仑胸前。"门摸着不热，"拿破仑说，"这是个好兆头。"

"我觉得我能听见，"卡梅尔说，"能听见燃烧的声音。"

大家都安静下来。开始听上去像大雨，但并不是雨。绝对没错，是火燃烧着的噼啪声。

头顶上有什么沉重的东西砸下来。是墙塌了吗？接着是风吹过的夸张的声音，像是暴风，接着，燃烧的声音越来越大。

杰茜卡咕哝了一声。

"我们会死在这儿吗？"佐伊问。她抬头看着父亲，一脸难以相信，"她真的会让我们死吗？"

"当然不会。"拿破仑回答。他的声音很是沉着，像是在叙述事实，带着成年人的宽慰，托尼听了都想相信拿破仑有什么内部消息。不过，托尼也是个成年人，他心里很清楚。

"我们都用湿毛巾遮住口鼻，别吸入过多烟尘，"希瑟说，"之后就等着一切过去。"

她听起来和丈夫一样冷静镇定。或许要是自己的孩子或孙子也在，托尼也会像他们一样。

托尼想到了自己的孩子们。孩子会为他忧伤。当然，孩子会伤心。虽然他最近不常见到孩子们，但孩子们还没准备好失去这个父亲。这个想法让托尼惊讶，仿佛过去几年，他都假装孩子们不爱自己，但他心里知道，孩子们都很爱自己的父亲。托尼心里很清楚。去年下半年，威尔忘了时差，大半夜的从荷兰打来电话，告诉父亲自己升职了。"对不起，"威尔说，"我就想第一个先告诉你。"都三十多岁的人了，他还是想得到父亲的表扬。咪咪翻了个白眼说："他是用你的名声跟女孩搭讪。"之后是他的宝贝女儿咪咪，在他的房子里忙来忙去，打扫归置。每次她跟哪个浑蛋分手，就会来父亲家里"帮忙"。咪咪现在还不能失去自己的父亲，毕竟她现在的对象也是个浑蛋。

托尼自己也没准备好去死。五十六年还不够。他的生活突然间因各种可能性变得丰富多彩。他想重新粉刷房屋，想养一只狗，一只小狗。养小狗可不算是对班卓的背叛吧。托尼最后总会养小狗的。他想去沙滩，想去路边的咖啡店一边看报纸，一边听音乐，一边敞开胃口享用丰盛的早餐——他都快忘了世界上有音乐这种东西！他想去荷兰，看孙女参加愚蠢的爱尔兰舞蹈大赛。

托尼看了看卡梅尔，她戴着眼镜，所以托尼觉得她就是个古怪的知识分子。托尼问卡梅尔为什么会去给难民教英语，卡梅尔说自己的父亲是五十多岁从罗马尼亚来的难民，隔壁邻居主动教他说英语。"我爸爸在语言方面没有任何天赋，"卡梅尔说，"每次他没有安全感的时候就会特别烦躁。那段时间很难。所以我姐姐和我现在都会教其他国家的人说英语。为了纪念帕特阿姨。"

托尼他妈的要纪念谁呢？托尼他妈的帮助过谁呢？体育给他带来了那么多乐趣，可他甚至都没有对运动有所回馈。咪咪曾经劝过他很多年，让他给当地足球队的孩子们当辅导员。"你可能会喜欢呢。"咪咪说。他为什么会抗拒这个想法？现在，托尼觉得，最美妙的事情就是站在充满阳光的场地上，引导孩子们发现足球的节奏与诗意。

他看了看那位女士受惊的眼睛，两个人的手还握在一起。她表面像坚果，实际就是水果蛋糕，爱说话，显然从来没看过澳式足球比赛。她靠写小说为生。高中之后，托尼就再也没看过小说了。两个人根本没有共同之处。

托尼不想死。

托尼想邀请这位女士喝一杯。

第六十九章

弗朗西斯

九名客人瑟缩在瑜伽冥想室最里面的角落。湿毛巾搭在头和肩膀上，静栖馆在大火中燃烧。

弗朗西斯听着火焰贪婪燃烧的声音，不禁在想，刚才听到的巨大倒塌声是不是美丽的楼梯塌了。她记得刚来这里的第一天姚就说过："弗朗西斯，我们可不会沉没！"她想象着火焰吞噬美丽木头的场景。

"我们在天上的父，愿人都尊你的名为圣，"杰茜卡跪在地上，一遍一遍重复，"我们在天上的父，愿人都尊你的名为圣。"

弗朗西斯觉得杰茜卡不是什么信徒，但可能她本来也不是，因为她最多只能说到"愿人都尊你的名为圣"这一句。

弗朗西斯在信奉英国国教的环境中长大，但上世纪八十年代的时候放下了自己的宗教信仰，所以觉得自己没有表示感恩这么多年后，现在祷告应该是不礼貌的举止。或许，多年之后给上帝寄一张感谢卡会好一点。

感谢您让我和索尔在欧洲度过了漫长、炎热、"性福"的夏天。

感谢您，我与亨利结婚的第一年，上帝，说实话，是我一生中最幸福的时光之一。

感谢您让我从事带给我快乐的职业，很抱歉这篇评论带来的麻烦。

写评论的人应该也是上帝之子。

感谢您赐予我健康，您在健康方面一直对我很是优容，对重感冒大惊小怪是我自己的问题。

感谢您赐予我如亲人般的朋友。

感谢您赐予我父亲，虽然您很早就带走了他。

感谢您赐予我贝旦尼和所有香槟鸡尾酒。

我深感抱歉，其他人身处灾难之中，我却为手指被纸张划伤而抱怨。不过，诚实地说，这就是我放弃信仰的原因——一部分是因为手指被划伤，还有一部分是因为其他事带来的苦难。

卡梅尔拿着湿毛巾擦眼泪，被耳边传来的又一次坍塌声吓了一跳。

弗朗西斯想象着自己房间的阳台半塌下来，在余烟灰烬中砸到地面。

她想象着夏夜的天空被灯光照亮，这里却浓烟滚滚。

"这里的烟气不会再多了，"弗朗西斯安慰着卡梅尔，"拿破仑和希瑟用毛巾堵得特别好。"

烟气还是会冲进她的鼻孔和嘴巴，但她说得没错，不会更糟糕了。

"我们可能会没事。"弗朗西斯有些犹豫。

"我们肯定会没事。"拿破仑说。一边坐着妻子，一边坐着女儿，拿破仑握着她们的手，"一切都会好的。"

拿破仑很笃定，弗朗西斯很希望自己没看到他调整湿毛巾时露出的脸，因为那张脸上写满绝望。

冲着我们来了，弗朗西斯心想，朝我们来了，可我们已无处可躲。

她想到玛莎说过："我很想知道，你们的人生中是否遇到过真正的考验？"

杰茜卡本来把头埋在双膝之间。现在，她抬起头，捂着毛巾含混地说："她还没听完所有人的辩护。"

这也太可爱了，她竟然还想从玛莎的行为举动中找到逻辑。她上学的时候肯定是这样：老师说要测验，可最后却忘了，这种情况她肯定忍不了。

　　"你们说，姚还活着吗？"佐伊问。

第七十章

姚

姚梦见了芬恩。

芬恩坚持认为姚应该醒了。

"快醒醒,"芬恩一直在这么说,他拿了一对钹狠狠对拍,还对着姚的耳朵吹喇叭,"大哥,你得把自己叫醒了。"

芬恩走了之后,姚清醒过来。他觉得脸上有轻柔发痒的感觉。姚抬起头,玛莎的桌子上放着一只靠枕。他记得脖子上被扎了一针。出其不意,因为这是他不喜欢的决定。

他听到了什么东西在燃烧的声音。他闻到了烟味。

他抬起头,看看周围,发现了玛莎。玛莎正在抽烟,看着窗外。

玛莎转过头看着姚,微笑起来。她看起来有些伤感,有些激动,但像姚的未婚妻放弃婚约时一样,带着认命的感觉。

"你好啊,姚。"玛莎开口了。

姚知道一切结束了。他也知道,自己不可能再像爱这个陌生女人一样爱别人。

姚的声音有些沙哑。"你都干了什么?"

第七十一章

弗朗西斯

还在继续。火继续燃烧。坍塌声不时传来。

弗朗西斯有时极度恐惧，有时又缓和一些。她的心跳渐渐变慢，席卷全身的只有疲惫。

弗朗西斯之前想过，要是有性命之忧的时候，自己会有什么样的感觉。如果飞机朝地面坠落，她该怎么办？如果有个疯狂的枪手把枪比在自己额头上呢？如果她已经经受过真正的考验了呢？现在，弗朗西斯懂了：她只是不敢相信。她一直在想，自己的故事永无止境，直到说出最后一句话，因为没有了她，也就没有了故事。她总是出状况，所以很难相信哪一章是人生的终章。

又是坍塌声。又把卡梅尔吓了一跳。

"不对啊，"拉尔斯大声说，"那个声音——和之前的一样。完全一样。"

弗朗西斯看着拉尔斯，不明所以。

拿破仑坐直了一些，把毛巾从脸上拿开。

杰茜卡反应过来了："是有规律的，对吗？我就知道，是有规律的。噼啪——呼呼——小声爆炸——噼里啪啦——噼里啪啦——噼里啪啦——特别吓人的坍塌声。"

弗朗西斯还是不懂："不好意思，我还是不太明白。"

"就是个循环。"托尼说。

"你的意思是这是录音？"本问，"我们是在听录音？"

弗朗西斯好像还没回过神来。"所以没着火？"她能在头脑中清晰地看到火的样子。

"或许是人为控制的火。"佐伊说，"她想让我们觉得自己很危险。"

"这就是她让我们直面死亡的方式。"托尼说。

"我就知道她不会让我们死。"卡梅尔开口了。

拉尔斯把湿毛巾一下子扔在地上跑到屏幕前。"玛莎，你好样的，"拉尔斯大喊，"你成功了，把我们吓了个半死，我们再也不会是之前的自己了。所以现在我们能回自己的房间了吗？"

没有反应。

"玛莎，你不可能永远把我们关在这里，"拉尔斯说，"你老说的那句箴言是什么来着？没有什么是永恒的。"拉尔斯恶狠狠地笑着，把湿乎乎的头发甩到后面。"我觉得我们已经在这里待了一辈子了。"

没有什么能永恒，弗朗西斯心里想。玛莎说了很多次这句话。没有什么能永恒。没有什么能永恒。

她想起来自己跟玛莎说俄罗斯套娃里没有密码的时候，玛莎回答了一句"完全没错"。弗朗西斯问大家："上次试着开门是什么时候？"

"我真的觉得我们已经尝试过所有的可能了。"拿破仑回答。

"我不是说密码，"弗朗西斯说，"我是说门把手。上次用门把手是多久之前了？"

第七十二章

姚

"睡得怎么样？"玛莎吸了一口烟。

姚仔细打量着玛莎：瞳孔散大，额头冒汗，烦躁不安。

"你喝了思慕雪？"姚问。他从玛莎的桌子上拿起空了的立体脆包装袋晃了晃，黄色的残渣掉下来。如果她吃了立体脆，那肯定是在另一种状态里。立体脆比香烟更让姚震惊。

"没错。"玛莎吐了一口烟，对姚微笑着。"思慕雪很好喝，我有了很多不一样的见解。"

姚之前从来没见过玛莎抽烟。她抽烟的样子很美。姚自己从来不抽烟，现在也想试试。玛莎的动作很自然，也很性感，烟气绕过她的指尖飘上空中。

姚记得自己第一次见到玛莎的时候。十年前，在超大的办公室里。那时的玛莎身上就有烟味。

姚看着玛莎桌子上的电脑屏幕。电脑播放着一段短片，是两层楼着火的短片。屋檐掉落在地上。

"你给我用了镇静剂。"姚说。他觉得口干舌燥，震惊让他有些不知所措。姚不明白玛莎为什么要这样做。

"没错，是我，"玛莎回答，"我也是没办法。"

窗外的天空渐渐亮起来。

玛莎激动地耸了耸肩。"我也不知道，我烦死这帮人了，也不喜欢这个行业了。"她又抽了一口烟，好像一下精神起来，"我决定了！我要回 FMCG。"

"FMCG？"姚没明白。

"快消品。"玛莎回答。

"牙膏那种？"姚问。

"完全没错，牙膏那种。你要跟我一起走去工作吗？"

"什么？不可能。"姚盯着玛莎，眼前的她还是玛莎，还是有完美的身材，还是穿着不同寻常的长裙，但姚能感觉到，玛莎逐渐回到曾经变态的公司高管的状态，所以对自己的影响力渐行渐远。他觉得自己受到了背叛，就好像情人坦诚了自己的不忠。这对于姚来说不仅是一份工作，也是他的生活，他的家，几乎也是他的信仰。可现在，玛莎居然要放弃去卖牙膏？牙膏不是凡俗世界的一部分吗？他们不是已经离开那个世界了吗？

玛莎肯定不是真的这么想。肯定是思慕雪的作用。这并不是什么超验体验。考虑到玛莎的用药史，她之前应该没喝过思慕雪，但现在她喝了，应该躺下来，戴上耳机，这样姚就可以引导玛莎进行迷幻体验，离牙膏远点儿。

可是现在，姚还要担心九位客人。

他的目光从玛莎身上移开。关上电脑里房屋燃烧的视频。他点了几下，打开瑜伽冥想室的闭路电视程序。

里面没有人。地板上全都是揉成一团的毛巾。

"他们出来了。"姚说，"怎么逃出来的？"

玛莎对此嗤之以鼻。"他们终于想明白了。门已经打开好几个小时了。"

第七十三章

卡梅尔

从瑜伽冥想室上楼，所有男士都坚持走在女士前面，随时准备杀掉恶龙，或送来思慕雪的健康顾问。卡梅尔对这种彬彬有礼的善行表示赞赏，也窃喜自己不是男人。不过，他们的骑士精神似乎并没有必要，整座静栖馆寂静无声，空无一人。

卡梅尔真不敢相信外面其实并没有着火。她脑海中的影像那么真实。她觉得自己再也见不到孩子们了。

"直接打开是不可能的。"大家刚才站在门口的时候希瑟说。拿破仑握住门把手，坚持让大家靠后，再往后一点儿，再退后一些……

门开了，就好像之前从没有被锁住。大家看到门外正前方有个铁质垃圾桶。

拿破仑给大家看了看垃圾桶里的东西。最底下是烧剩下的报纸，上面是一堆可怜的矿泉水瓶。另外还有些木头，有炽热的红色余烬。所有这些，就是每个人心中想象出的地狱。

他们成群结队地走进空空如也的餐厅，看到共享静默餐点的长桌。灰蒙蒙的晨光照进房间，喜鹊声音婉转，笑翠鸟声音清丽。清晨的合唱从未如此抒情温暖。生活平常到不同寻常。

"我们应该打电话，"希瑟说，"报警。"

"我们得先离干，"本说，"找到车，然后赶紧离开这个鬼地方。"

谁都没动。

卡梅尔拉开一把椅子坐下，胳膊肘顶在桌子上。她再次感受到那种突然放松带来的震惊，和刚生完孩子那一刻一样。所有的恐惧，所有的慌乱，全部发泄出来，消失不见。

"你们觉得静栖馆里还有人吗？"

"别说话，有人过来了。"拉尔斯说。

走廊里传来脚步声。

"早上好！"是姚。他端来了一大盘热带水果。他看起来很疲惫，但非常健康，"请坐吧。我们为大家准备了丰盛的早餐！"他将大盘子放在桌子上。

真行啊，卡梅尔心里想，他还想假装一切正常。

佐伊的泪水不住地掉下来。"我们还以为你死了！"

姚虚弱地笑了笑。"死了？怎么会觉得我死了？"

"哥们，你看着真的完全不省人事。"托尼说。

"我们进行了一个'死亡队列'的游戏。"弗朗西斯坐在门边的扶手椅上告诉姚。她的样子跟卡梅尔的哪个女儿过来告状一样。"特别可怕……"她的声音越来越小。

姚拿起掉到盘子外的紫色葡萄。他皱着眉头。

卡梅尔接着弗朗西斯的话茬。"我们得假装是律师。"她记得自己对玛莎说出那些毫无意义的话，记得自己当时的兴奋。很可怕，但也很美妙，就像在游乐场坐过山车，上下颠倒，一圈又一圈，"我们得为自己辩护，说明为什么应该被判缓刑。我辩护的对象是……佐伊。"

卡梅尔一边说，一边觉得这听上去就很滑稽。显然，一切都是个游戏。为什么他们都那么认真？如果跟警察说了，警察肯定会笑死。

"而且她根本没让我们完成这个活动。"这是杰茜卡在抱怨。

“没错，我非常期待自己的表现。”弗朗西斯说。

“你不期待。”希瑟开口了。

卡梅尔从水果盘里拿了一粒葡萄，虽然她并没有觉得特别饿。她肯定是饿过劲儿了。她一口咬了一半葡萄。天啊，卡梅尔心想，葡萄汁在嘴里四散的感觉真好。她带着感激耸了耸肩。感觉身体的每个细胞都对这种最微不足道的感受做出了反应。她觉得自己得到了启示，既无与伦比的复杂，但也简单到让人惊讶：食物如此珍贵。食物不是我们的敌人。食物给了她生命。

“我知道昨晚的活动可能有些……不一样，”姚说，他的嗓音有些嘶哑，但不得不让人佩服，就算是泰坦尼克号沉入水中，他还是能继续拉小提琴的人，“但一切都是为了你们的成长设计的。”

“姚，别胡说八道了，”拉尔斯说，“你知道一切都完了，对吧。我们昨晚经历过的，不可能再让其他人经历一次。”

“伙计，我们得让你们关门大吉。”托尼说。

“你的老板得直接去精神病院。”希瑟接着说。

“我不会去什么精神病院。”是玛莎的声音。

卡梅尔心跳漏了一拍。

玛莎出现在餐厅门口，穿着希拉里·克林顿风格的红色长裤套装，至少过时十年了，而且至少大了三个尺码。“我要回去工作了。”

“她还没清醒过来呢。”本说。

“玛莎，”姚都绝望了，“我以为你在休息。”

“你们看着都不错！”玛莎打量着每个人，“更瘦了。更健康了。一定对现在的结果很满意吧？”

希瑟发出嘲笑的声音：“玛莎，我们特别兴奋，对结果特别兴奋。从来没这么轻松过。”

玛莎鼻孔放大。“你别老讽刺！你是在跟我报告。我有权——”

"别做梦了，"希瑟说。"你是我的老板是吧？我们都为你打工？我们都得做幻灯片，不然怎么样……你处死我们？"她模仿了玛莎的口气。

"亲爱的，这样没用。"拿破仑说。

"希瑟，我了解你，"玛莎不慌不忙地说，"我昨天晚上一直在。你的秘密我全听见了。你跟我说了所有的事。你跟我说我给你女儿下药，我是个坏人，就算我这么做是为了帮助你们大家。好吧，那你现在告诉我：你让你儿子吃的是什么药？"

玛莎拳头紧攥。她右手握着东西，但卡梅尔看不到是什么。

"你算是什么妈妈？"玛莎问希瑟。

太奇怪了，两个女人之间的强大的仇恨与敌意。卡梅尔有些不懂。

"够了。"拿破仑站了出来。

姚穿过房间朝玛莎走来，希瑟则对玛莎的话回以嘲讽的笑声。她回答说："就是比你强的那种。"

玛莎如动物一般怒吼起来。她朝希瑟冲过去，手里的银色匕首举得很高，想一下扎进她的脖子。

拿破仑冲到妻子面前，姚冲到玛莎面前，可就在这时，弗朗西斯站起身，从餐具柜上抓起烛台，猛地砸在玛莎头上。

玛莎马上倒下了。躺在弗朗西斯脚边，一动不动。

"我的天啊。"弗朗西斯手里还拿着烛台。她抬头看着所有人，脸上写满惊恐，"我杀了她吗？"

第七十四章

弗朗西斯

之后弗朗西斯想试着搞明白自己为什么会那么做，但她做不到。大脑真的短路了。

她看到玛莎手里握着那把有两百年历史的拆信刀。

小心，拆信刀和匕首一样锋利。弗朗西斯，用它杀人都没问题。

她看到玛莎朝希瑟冲过去。

她觉得自己手中的烛台沉重得出人意料。

可下一秒，玛莎就倒在她的脚边，弗朗西斯的双手高举起来，因为有个高大壮硕的警察用枪瞄准她，大喊着："不许动！"

这个风度翩翩的警察就是格斯，按摩师简的男朋友。他和弗朗西斯想象中的一样英俊潇洒，尤其是把枪收好的时候。格斯没有因谋杀玛莎而起诉弗朗西斯，因为玛莎没死。过了一段提心吊胆的时间，玛莎坐起来，一只手摸了摸自己的头，竟然还跟弗朗西斯说她已经被开除了，立刻生效。

简穿着夏天的长裙，和格斯站在一起，在工作的地方发生的事让她面色潮红，神情激动。显然，她和格斯一直在聊天（直到深夜，从两个人的眼神来看，弗朗西斯觉得应该是男欢女爱之后的聊天）。格斯提到自己轮班快结束的时候，看到有个女孩开着黄色的兰博基尼超速行驶，就让她靠边停车。听到格斯的描述，简一下就明白过来，那个人只能是德莉拉，这种地方应该不会有两辆黄色的兰博基尼，所以应该是德莉拉偷了客人的车。简已经怀疑了，因为几乎所有静栖馆的员工都在有客人疗养的时候被解雇了（厨师说这种情况之前从来没发生过）。于是，简说服格斯开车回到静栖馆，看看情况。

"她可能有脑震荡，"姚给老板检查了一下说，"也有可能就是还没清醒过来。"

格斯说自己不会起诉弗朗西斯袭击他人，因为有很多证人都能证明她的快速反应救了希瑟的命。虽然弗朗西斯知道希瑟是玛莎的目标，但当时有危险的是把希瑟拉到一边的拿破仑和冲到玛莎面前的姚。

希瑟说："谢谢，弗朗西斯。"她伸手摸了摸脖子，看着那个可能会杀死人的武器。"一圮或许会很糟糕。"

救护车过来把玛莎带走之前，希瑟根本没搭理玛莎。"感谢你们的到来！记得在猫途鹰网站上给我们五星好评！"两个穿着蓝色制服的急救人员把玛莎带走的时候，她竟然还能欢快地大声说出这些话。

当地警察来了不少。格斯和朋友们发现静栖馆有大量违禁药品。之后又来了一组警察，这些人眼神更犀利，鞋子擦得更干净，不像格斯一样关心复杂的细节。

姚被带上警车，要去做笔录。

他走之前，转身对所有人简单说了一句："真的非常抱歉。"

姚看起来是真的伤心，真的受挫，真的羞愧，仿佛十几岁的男孩，父母不在，聚会完全失去了控制。

本的兰博基尼出现在两个小时车程外的小型机场停车场上。应该没有损伤，但本对此表示怀疑。至于德莉拉，还没能找到她。

书面工作繁杂冗长。每个人都得花很长时间单独跟警方录笔录，描述过去一周到底发生了什么。

有的时候很难有逻辑地描述具体到底发生了什么。弗朗西斯能察觉到警方的怀疑。

"所以你觉得你们被关起来了？"

"我们确实被关起来了。"

"但之后你们直接开门就走了？"

"这个，你看，是这样，我们有一段时间没试过用门把手开门，"弗朗西斯说，"我觉得玛莎就是要制造这种效果：有的时候，答案就在眼前。"

"明白了，"警察说，但你从他的脸上能看得出来，他根本没明白，而且他特别确定，自己不可能像他们一样被关在房间里，"还有，你觉得着火了？"

"有浓烟，"弗朗西斯嘴里都是芒果，金色的果肉新鲜甜美，如夏日清晨，"还有着火的声音。"

"但实际上就是视频网站上房子着火的视频片段，通过广播播放的？"警察根本就没经过思考。

"给人的感觉非常真实。"弗朗西斯自己说这话的时候都没什么把握。

"嗯，肯定的，"警察虽然这么说，但他已经很努力没有翻白眼了，"你脸上……"他指着弗朗西斯的脸说。

弗朗西斯擦了擦黏糊糊的下巴。"谢谢。你不喜欢夏天的水果吗？"

"不是特别喜欢。"

"不喜欢吃水果？"

拉尔斯是所有人里面唯一一个有过法律经验的人，他尽力让每个人都能充分表达信息。

"我们就是被骗的，根本不知道这个地方有违禁药品。"他接受采访的时候说话很大声，"没人告诉我们思慕雪里有什么。"

"我根本不知道这个地方有毒品。"弗朗西斯重复了一次，"我被骗了，没人跟我说思慕雪里有什么。"

"好吧，我知道，"警察说，但他还是没忍住翻了个白眼，"你们都不知道。"他合上笔记本，"你继续吃芒果吧。"

有位当地警察认出了托尼，开车回家取了件卡尔顿的 T 恤衫让他签名，激动得热泪盈眶。

终于，漫长的一天快结束了，毒品都作为证据被收走了，所有人都可以自由离开，但得跟警方保持联络，随时接受询问。

"我们能走，但留下来也没问题，对吧？"弗朗西斯问最后一个离开的格斯。开车回家得六个小时，当时已经太晚了。

格斯说自己没意见，反正这里已经不是犯罪现场了。没人死亡，毒品也都收走了，严格意义上说，他们还是付费的客人。格斯好像很努力地在思考这样做有没有违法，确定自己的决定没错。简给每个人都做了十分钟按摩，缓解紧张感。她说最好还是到当地医院看看，但没人想去，特别是玛莎现在就在那个地方。托尼坚持自己的肩膀完全没问题。

"这是不是就是说，你不想做就不做的意思？"轮到弗朗西斯做按摩的时候，她这么问简。

可怜的简有点儿被吓到了。"我是说不要做波比跳或者箭步蹲跳什么的！"简魔法般的手指按在弗朗西斯的肩上。"波比跳对有背部问题的人来说都不好，而且箭步蹲跳对膝盖的稳定性要求很高。"简摇了摇头，"要是我早发现有这种事，肯定马上就通知警察。"她眼波流转，含情脉脉地看着格斯，"我会告诉格斯。"

"他会吹口哨吗？"弗朗西斯跟着简的目光看过去。

显然格斯不会吹口哨，但并不影响他的完美。

简和格斯离开后，九个人走进厨房，准备做点儿晚餐。他们打开橱柜翻查物品的时候，带着自由的激动。后来，看到巨大的不锈钢冰箱里的食材，所有人都震惊了，一言未发地站了一会儿：牛排、鸡肉、鱼肉、蔬菜、鸡蛋。

"今天是我二十一岁生日。"佐伊宣布。

大家都转头看着佐伊。

"今天也是扎克的生日，"佐伊深吸了一口气，"今天是我们的生日。"她的父母走到佐伊身边。

"我觉得晚餐应该有红酒。"弗朗西斯提议。

"需要音乐。"本说。

"需要蛋糕。"卡梅尔说着就卷起袖子，"我可是做生日蛋糕的专家。"

"我可以做比萨，"托尼说，"有面粉的话，我可以做比萨面团。"

"真的吗？"弗朗西斯问。

"我可以的。"托尼微笑着回答。

佐伊从自己的房间拿来了一瓶偷带进来的红酒，弗朗西斯彻底扫荡了一下静栖馆，最后找到了一堆"金矿"，应该是之前客人带进来没有被没收的违禁品，有六瓶红酒，有些看着还不错，就放在前台后面的一个小房间里。本找到了大家的手机，他们又和现实世界恢复了联系，发现过去一周其实也没发生什么：只有托尼和拿破仑觉得丢脸的体育丑闻；只有杰茜卡和佐伊感兴趣的卡戴珊离婚事件；还有一场自然灾害，唯一的死难者就是公然无视警告的人，所以下场你也看见了。本打开手机播放了音乐，是个尽职尽责的DJ，照顾每个人的品味和喜欢的音乐类型。

每个人都酒足饭饱。杰茜卡烤出了完美的七分熟牛排。托尼揉好了比萨面团。弗朗西斯扮演了副厨师长的角色，谁需要就帮谁。卡梅尔做的蛋糕特别好吃，大家赞不绝口，夸得她都脸红了。大家跳起了舞，很多人热泪盈眶。

拉尔斯不会跳舞。完全不会。但看着别人跳舞也很开心。

"你是故意的吗？"弗朗西斯问。

"为什么每个人都这么问？"拉尔斯回答。

托尼会跳舞，跳得很好。他说自己之前和队友参加过芭蕾舞课，是训练的一部分。"有助于拉伸筋骨。"弗朗西斯和卡梅尔挨在一起，想象着托尼穿芭蕾舞短裙的样子，笑得停不下来。托尼对此的回应就是标准的单脚尖旋转动作。

弗朗西斯之前从未和哪个会单脚尖旋转或会做比萨饼团的男人约会过。虽然想想很有意思，但尚不足够让托尼吻过来。弗朗西斯知道托尼想一亲芳泽，就跟聚会上有人想亲她但还没能得逞的感觉一样。十五岁的时候，纳塔莉十六岁生日聚会上，弗朗西斯第一次体会到这种感觉，相当美妙。一切都随之变得更为美好，跟迷幻剂的作用差不多。

大家为佐伊和扎克举杯庆祝。

"我没想要双胞胎来着，"希瑟举起手中的红酒杯，"医生说是双胞胎的时候，说实话，我脑子里就浮现出了四个字。"

"好吧，妈妈，开头还不错。"佐伊说。

"我是助产士，"希瑟没理女儿，"我知道怀双胞胎的风险。但事实证明，怀孕期间我没遇到什么状况。我是自然生产。不过孩子生下来之后倒是有不少麻烦！"

希瑟看着拿破仑。拿破仑握住了妻子的手。

"开始几个月很辛苦，但后来，我也不知道，大概六个月？就习惯了。我记得有一天，我终于睡了个好觉，等醒了，我看着孩子们就想，好吧，你们俩确实无与伦比。两个孩子总是轮流争先做事。扎克是先出生的，但佐伊是先学会走的。先学会跑的是扎克，"她的声音小了一些，抿了一口红酒，意识到自己还没说完，"佐伊先拿到的驾照。你们也明白，扎克都快疯了。"

希瑟又停下来。"还有打架！根本想象不到他们俩吵架的样子！感觉要杀了对方，我得让他们在不同的房间待着才行，可刚过五分钟，两个人马上就和好了，又开始一起玩一起笑。"

弗朗西斯明白了，希瑟现在说的就是如果扎克也在她要讲给扎克听的话：平凡而骄傲的妈妈在后院的讲话，孩子们都会翻白眼，而其他父母则会红了眼睛。

希瑟举起酒杯："祝福佐伊和扎克：世界上最聪明、最有趣、最美丽的孩子。爸爸和妈妈爱你们。"

大家都举起酒杯："祝福佐伊和扎克。"

拿破仑和佐伊没说祝酒词。

卡梅尔做好了蛋糕，拿破仑点亮了蛋糕上的蜡烛，大家一起唱了生日快乐歌，佐伊吹灭了蜡烛，但没人说"许个愿吧"，因为在场的每个人想的都是一样的。弗朗西斯能清清楚楚地看到那个男孩。他本应该也在这里，和佐伊挨着坐，和佐伊抢着吹蜡烛，他们的生活仍将继续。

大家拿着盘子相互传，分享（美味的）蛋糕。佐伊让本播放了一首弗朗西斯没听过的歌。本播放后，和杰茜卡还有佐伊一起跳起了舞。

大家都说要保持联系，于是相互添加了联系方式。杰茜卡在WhatsApp 上用手机号建了个群，把大家都加了进来。

卡梅尔是第一个表示累了的人。她跟大家说了"晚安"。每个人第二天一早都要回家。从其他州来的人都把航班改签到了第二天：比计划中早了一天。卡梅尔是从阿德莱德来的，马尔科尼一家和托尼来自墨尔本。托尼是唯一一个从别的州租车开车过来的。他会先带着本和杰茜卡到德莉拉弃车的地方。拉尔斯和弗朗西斯是悉尼来的客人，打算晚点儿再睡，第二天睡个懒觉，慢悠悠吃个早餐再出发。

不知为何，弗朗西斯觉得，第二天早上一切都会不一样。

每个人都会感受到过去生活的牵扯。她之前参加过背包旅行和邮轮之旅。她知道整个过程。离静栖馆越远，大家就越会想："不对啊，什么情况？我怎么可能跟那些人有什么共同点！"一切就会像是个梦。"我在泳池边跳夏威夷舞了？""我真的用印度圣经打哑谜帮团队获胜？""我真的用了违禁药品，还和一帮陌生人被关在一起了？"

最后，只剩下弗朗西斯和托尼，两个人坐在长桌旁，喝掉最后一杯红酒。

托尼举起酒瓶。"还要吗？"

弗朗西斯看了看自己的杯子，想了一下："不用了，谢谢。"

托尼本想再来点儿，但改了主意，又把酒瓶放下了。

"我肯定是改头换面了，"弗朗西斯说，"平时肯定还会要一些。"

"我也是。"托尼说。

此时的托尼果断专注，脸上的表情就是男人决定要亲吻女士时的坚定：我要行动了。

弗朗西斯想到纳塔莉十六岁生日聚会上的初吻，那么美妙，那么让人难忘，也想到那个男孩最后说自己更喜欢小一点儿的胸部。她想到吉莉恩告诉自己，不要再扮演小说中的女主角了。托尼住在墨尔本，显然会在那里度过余生。弗朗西斯想到自己为了男人搬家的频率，想到自己竟然想收拾行囊，搬到美国和一个甚至根本不存在的人一起生活。

她想到玛莎问过："你离开的时候，想变成不一样的人吗？"

她对托尼说："要是之前，我肯定还要再来一杯的。"

第七十五章

一周后

"这么说，我没怀孕，"杰茜卡说，"从始至终都没怀孕。都是我自己瞎想的。"

坐在沙发上的本抬起头。他拿起遥控器，关上了《英国疯狂汽车秀》。

"好吧。"他应了一句。

杰茜卡走过来坐在本旁边，把手放在本的膝盖上。两个人沉默地坐着，谁都没说话，但两个人心里似乎都很清楚，这意味着什么。

要是杰茜卡怀孕了，他们可能还会继续。为了孩子，两个人剩下的爱足够支撑下去。

但杰茜卡没怀孕，剩下的爱并不足以给两个人重新开始的机会，也不足以做别的什么补救措施，除了不可避免地和平分手。

两周后

屋子里有姜饼、焦糖和黄油的味道。

卡梅尔为女儿们准备了她们最喜欢的零食，欢迎她们回家。

车停在车道的声音传来，卡梅尔走到门口。

车门一下就打开了，她的四个女儿飞奔出来。奔过来的女儿一下扑进她怀里，卡梅尔跪在地上，拥抱着孩子们，脸埋在她们的头发里，埋在她们的臂弯里。四个女儿争先恐后往妈妈怀里钻，就像在争抢自己最喜欢的毛绒玩具。

莉齐被哪个姐妹的胳膊肘碰到了眼睛，哭了起来。露露则冲着阿莉大喊："该我了，该我抱妈妈了！你把她全占了！"萨迪抓着卡梅尔的头发使劲拽，疼得她都流眼泪了。

"让妈妈站起来！"乔尔突然过来。他一直都不太能应对长途飞行，"我的天啊。"

卡梅尔终于设法慢慢站了起来。

露露大声说："妈妈，我再也不要离开你了。"

乔尔打断了她："露露！别不知好歹。你刚刚度过了人生最美好的假期。"

"不用跟她生气，"索尼娅说，"我们都累了。"

看着前夫的新女友教训前夫，让卡梅尔想到喝完下了药的思慕雪后体会到的愉悦感。

"孩子们，快进来吧，"卡梅尔说，"有好吃的。"

女孩们都跑进家。

"你看起来不错。"索尼娅脸色发青，时差还没倒过来。

"谢谢，"卡梅尔回来，"我休息得挺好。"

"你是瘦了吗？"索尼娅问。

"我也不知道。"卡梅尔说。她确实不知道。这个好像也没那么重要了。

"好吧，我也不知道怎么回事儿，反正你看起来变了个样子，真的，"索尼娅热情地说，"皮肤看着很好，还有头发……一切都不错。"

卡梅尔心里琢磨着，该死，怎么着，我还得跟你当朋友了？

她意识到乔尔根本不会发现自己身上的变化。你改变外表绝对不是为了给男人看，而是为了给其他女人看，因为只有别的女人才会关注你的体重和肤色，跟自己的作对比。她们才会在愚蠢的外表上跟你纠结，跟旋转木马一样，不能停，也停不下来。就算她肤色完美，去做美甲，还是健身狂人，乔尔还是会离开卡梅尔。乔尔所谓的"没感觉了"跟卡梅尔完全没关系。他的离开，不是为了什么更好的人，而是新人换旧人。

乔尔说："回来的时候，我们的座位在洗手间附近。砰砰砰的，一整晚都是开门关门的声音。我根本就没睡着。"

"听着就难受。"卡梅尔说。

"没错，"乔尔说，"我想用积分升舱，但没成功。"

卡梅尔注意到索尼娅抬起眼。没错，绝对是朋友。

"其实，我一直在想，要是今年你能多接孩子们放学的话就好了，"卡梅尔对乔尔说，"我去年撑着，想一个人做所有事，太累了，我还想接着锻炼。"

"当然可以，"索尼娅说，"我们也是孩子的父母！"

"我嘴里发苦，"乔尔小声说，"可能是脱水了。"

"把日程发给我，"索尼娅接着说，"我们先看看。还有，如果你愿意，我们也可以一边喝咖啡一边聊，怎么样？"她有点儿紧张，好像越界了一样。

"可以啊。"卡梅尔回答。

"我自己安排时间，所以时间比较灵活，"索尼娅的声音里满是热情，"我愿意随时带她们学芭蕾。我总想有个女儿，给她梳芭蕾盘发。还有，你也知道，我没法生孩子，所以永远——"

"不能生孩子？"卡梅尔打断了她。

"对不起，我以为你已经知道了。"索尼娅瞟了一眼乔尔，可乔尔正忙着用手弄嘴。

"我还不知道，"卡梅尔说，"不好意思。"

"没事儿，我已经完全接受了。"索尼娅又瞄了一眼乔尔，告诉卡梅尔对索尼娅来说根本不好，但对乔尔来说倒是挺好。"所以我想带孩子们去练芭蕾。当然，要是你想亲自带孩子们去也没问题。"

"你当然可以带孩子们去上芭蕾课。"卡梅尔并不擅长芭蕾的一切，永远梳不好光滑的头发，满足女儿们的要求，也满足不了老师艾珀小姐的要求。

"真的？"索尼娅高兴地拍了下手，好像得到了最珍贵的礼物，眼神里兴奋的感激之情让卡梅尔也感激得想哭。孩子们不用担心同父异母的兄弟姐妹，卡梅尔也不用再忙着弄芭蕾这些东西。艾珀小姐肯定也会喜欢索尼娅。索尼娅自己愿意给孩子们在音乐会之前做头发、化妆。卡梅尔永远摆脱了这些苦差事。

今天卡梅尔就会告诉露露，下次再跟索尼娅出去，如果有人说索尼娅像她妈妈，说她和妈妈长得像，那永远都不用纠正别人。

"等我找到最好的日历分享软件。"索尼娅从手包里拿出手机，给自己写了条备注。

卡梅尔又体会到了愉悦感。她或许是失去了丈夫，但却给自己找了个妻子。高效、青春、年轻的妻子。多好啊。绝对是装备升级。

再过十年左右，要是可怜的索尼娅到了那一步，到了乔尔决定自己要再升级换代的时候，她一定会陪着索尼娅。

"我们下次再说芭蕾行吗？"乔尔问，"我现在真的很想回家洗个澡。"他转身往车那边走。

"我得跟孩子们说再见！"索尼娅说。

"好吧。"乔尔叹了口气，感觉这个长假确实挺累的。

"是原始饮食法吗？"两个人一边往家里走，索尼娅一边问卡梅尔，"五二开？十八比六？"

"疗养院，"卡梅尔回答，"挺迷幻的地方，改变了我的生活。"

三周后

"你气喘吁吁的。"乔跟弗朗西斯说。

"我刚才在做俯卧撑,"弗朗西斯趴在客厅地板上,手机放在耳边,"俯卧撑能运动到身体的每一块肌肉。"

"不可能,"乔才不相信,"天呐,我是抓现行了吗?"

弗朗西斯的前编辑是唯一一个能做到的人,不仅能正确发音"抓现行",还能正确拼写。

"我看,要是你觉得我上午十一点不是做俯卧撑而是在做爱,我可能会更开心点儿。"弗朗西斯盘腿坐好。

她在静栖馆瘦了三公斤,可一回家又长回去了。但她现在还想尽量多做些运动,少吃点儿巧克力,多做些冥想呼吸练习,少喝些红酒。她之前觉得很好。朋友艾伦听说弗朗西斯的经历后很惊讶,还说弗朗西斯的眼白确实比以前清澈了些。

"我说他们的方法不合常规说的是个性化定制的饮食!"艾伦大声说,"不是致幻剂!"她想了想,若有所思地补充,"可能我也想试试致幻剂。"

"退休生活如何?"弗朗西斯问乔。

"我要重新开始工作,"乔回答,"还是工作好一些。大家都觉得我整天无所事事。兄弟姐妹觉得我应该全职照顾爸妈。孩子觉得我应该全职帮他们看孩子。我爱孙子们,但幼儿园之所以存在肯定也是有道理的。"

"我就知道你现在退休太早。"弗朗西斯一边说,一边尽力用鼻尖碰膝盖。拉伸非常重要。

"我打算自己开家出版社。"乔说。

"真的吗?"弗朗西斯立刻坐直身体,仿佛看到了一线希望,"祝贺你啊。"

"我读了你的新小说，当然也很喜欢，"乔说，"不过发合同之前，我还有个问题，你想不想出点儿血投资？有可能得是大出血。就这个。"

"大出血！"弗朗西斯问，"我可不知道还有没有勇气。"

"哈，弗朗西斯，"乔说，"你勇气多着呢，浪漫的心里藏的都是这个。"

"是吗？"弗朗西斯眯着眼反问。没准儿是吧。

四周后

直到终于说出口，拉尔斯才反应过来。

回家之后，那个脸上脏兮兮的深发小男孩总在他将睡未睡的时候出现，眼神迷离。突然之间，拉尔斯就会完全清醒，每次脑海中都有同样的想法，跟每次都获得了新启示一样，让人心烦：这个孩子不是想让他看到过去可怕的经历。他想让拉尔斯看到的是未来美好的事物。

拉尔斯一直跟自己说，这些都是胡说八道。我并没有变得不一样，都是致幻剂的作用。我之前也吃过。都是幻觉，不是什么他妈的顿悟。

但现在呢，雷站在厨房，把刚买回来的食材放好，蛋白质奶昔什么的，拉尔斯听到自己说："我想过孩子的事。"

他看到雷停下手里的动作，举着罐装西红柿停在空中。雷什么都没说，也没转身。

"我们可以试试，"拉尔斯说，"或许。"拉尔斯觉得有点儿难受。要是雷现在转身，要是他扑过来抱住自己，要是雷带着爱、幸福和需要看着自己，拉尔斯肯定会吐出来，肯定会。

但雷太了解他了。

所以雷没有转身，只是慢慢放下西红柿罐头。"好的。"仿佛这件事与他没什么关系。

"我们之后再聊。"拉尔斯手指敲了敲花岗岩台面，有点儿疼。

"好。"雷回答。

之后，拉尔斯说自己要去商店，回家拿墨镜的时候，听到一个高六英尺 [①] 的男人上蹿下跳的声音，完全没错。那个人正在激动地大声跟人讲电话，可能是他姐姐："我的天，我的神，你绝对不敢相信刚才发生了什么！"

拉尔斯听了一会儿，拿上墨镜，微笑了一下，才走到灿烂的阳光下。

五周后

电视上在播放澳式足球规则历史的纪录片。弗朗西斯全神贯注地看着。其实挺好看。

她给托尼打了电话。"我刚看了一个小时的电视，播的全是澳式足球！"

"弗朗西斯？"托尼听起来气喘吁吁的。

"我在做俯卧撑。"托尼说。

"我现在可以连续做十个了，"弗朗西斯说，"你呢？"

"一百个。"托尼回答。

"骗人。"弗朗西斯说。

六周后

拿破仑坐在心理医生的候诊室里，是他的全科医生推荐的。等了六个星期，拿破仑才终于约到了第一次见面。心理健康危机的形势很是严峻啊。拿破仑心里想。

―――――――――

① 约合 1.83 米。

从静栖馆回来之后，他就一直在挣扎：上课，做饭，跟妻子和女儿聊天，管理自己的合伙人团队。每个人对他都很好，好像他还是之前那个人，没什么变化。拿破仑想到飞机起飞后耳朵闷闷的感觉，只不过他不光听觉如此，所有感官都一样。天空没有色彩。他没有做任何不该做的事，因为挣扎着活下去已经让他筋疲力尽。他随时可以睡着。每天早上醒来时都觉得四肢沉重，仿佛在泥潭中移动。

"没事儿吧？"有的时候希瑟会问。

"没事儿。"拿破仑会这样回答。

从静栖馆回来之后，希瑟倒是变得不一样了。不能说是更开心幸福，但至少更冷静了。她参加了公园里的太极课，是里面唯一一个不到七十岁的人。希瑟的女性朋友一直很少，但不知为什么，和老年人倒是打成了一片。

"跟他们在一起很干心，"希瑟说，"他们对我没什么要求。"

"怎么会？"佐伊说，"他们对你要求可多了！"没错，希瑟好像会花很多时间带着老年新朋友去看医生，也会帮他们取药什么的。

佐伊有了新的兼职。她好像挺忙的，也不太在意大学课程。拿破仑一直观察着女儿的状态，但她挺好的，没什么问题。有一天早上，大概从静栖馆回来一周的时候吧，拿破仑经过浴室，听到自己已经三年没有听过的美妙声音：女儿在一边洗澡，一边唱歌。

"马尔科尼先生吗？"一位金色短发的女士问，让拿破仑想到了弗朗西斯·韦尔蒂，"我是艾莉森。"

艾莉森带拿破仑走进自己的办公室，示意他坐在咖啡桌对面，桌子上摆着一本关于英式花园的书，还有一盒芦荟味的纸巾。

拿破仑没等着零食。他没时间浪费。

拿破仑说了扎克，说了在静栖馆被下药，说了自那时起自己好像得了抑郁症，所以一直在与之斗争。拿破仑还告诉艾莉森，全科医生想给

414

他开抗抑郁药，或许他确实需要抗抑郁药，但他知道有的时候剂量会不准，这到现在都还不是非常严谨的科学。拿破仑知道这些，因为做过功课，知道所有药品的名字，也知道所有的副作用。要是艾莉森有兴趣，他还可以给艾莉森看看自己整理的电子表格。拿破仑还知道，在最初阶段，有的病人不会好转，病情甚至会恶化，他们会出现自杀的想法。他知道是因为周围有朋友的家人就是这样离开人世的，他也知道自己对药物非常敏感。拿破仑了解自己，或许儿子也同样敏感，他却不知道。他相信疗养院的人是出于好意，或许抑郁总会出现，但拿破仑觉得所有人中，永远永远不该碰那杯思慕雪的就是他了。

说完这一切，拿破仑累得瘫下来，他说："艾莉森，我很害怕，我怕我……"

艾莉森没等拿破仑说完。

艾莉森只是伸手按住拿破仑的胳膊。"我们现在是一个团队了，拿破仑，有你有我，我们是个团队，我们会想办法打败它，好吗？"

艾莉森看着拿破仑，眼神里的热情跟他之前的足球教练一样。"我们要打败它。我们会胜利的。"

两个月后

弗朗西斯和托尼在散步，相隔九百公里，不同的州。

他们已经习惯了这样，在各自的家周围，陪着对方散步。

开始，他们会一边打电话一边散步，但后来托尼的女儿咪咪说用耳机好一些，所以现在两个人哪怕散步的时间更久一些，也不会觉得耳朵疼。

"你是走快了一些吗？"托尼问。

"没错，"弗朗西斯回答，"但你听我的呼吸，根本没有气喘吁吁的。"

"你肯定是个优秀的运动员，"托尼说，"杀人了吗？"

"嗯，"弗朗西斯回答，"昨天杀的。有史以来写死的第一个角色，他自找的。"

"感觉不错吧？你好啊，熊仔。"

熊仔是一只巧克力色的拉布拉多犬，托尼散步的时候经常看到。托尼不知道熊仔主人的名字，但总会跟熊仔打招呼。

托尼说自己之后要去荷兰看儿子和孙女们。

"我还没去过荷兰呢。"弗朗西斯说。

"没有吗？"托尼反问，"我也只去过一次，希望现在不像我上次去的时候那么冷。"

"我没去过荷兰。"弗朗西斯重复了一遍。

两个人沉默了一会儿。弗朗西斯在街边停下脚步。有位女士戴着草帽正在浇花，弗朗西斯朝她微笑了一下。

"那么，弗朗西斯，你愿意和我一起去荷兰吗？"托尼问。

"愿意，"弗朗西斯回答，"愿意，很愿意。"

澳大利亚航空的休息室，留下了两个人的初吻。

三个月后

希瑟坐在床尾，往刚擦干的腿上涂身体乳，拿破仑拿出手机，定好第二天的闹钟。

他一直在看心理医生，效果似乎还不错，但几乎不怎么提见医生时候的事。

希瑟看着拿破仑把手机放在床头柜上。

"我觉得你需要朝我发脾气。"希瑟说。

"说什么呢？"拿破仑有点儿惊讶地看着希瑟，"不，我不会的。"

"从疗养院回来，我们就没好好说过话——哮喘治疗。"

"我写了很多信。都记录在案了。"当然了，拿破仑这样做是对的。拿破仑通过张医生找到了应该联系的人。他全都记了下来。拿破仑没打算起诉谁，但他需要确保这件事记录在公共档案中。他给政府写了信，给医药公司写了信：我的儿子是扎卡里·马尔科尼，他自杀了，因为吃了处方药……

"我知道，"希瑟回答，"但你从来没提过……我做的事。"

"扎克自杀不怪你。"拿破仑说。

"我不是让你怪我，"希瑟说，"但我就是觉得你有理由跟我生气，你也有理由生佐伊的气，但你不会跟佐伊发脾气——"

"不，我不想跟佐伊发脾气。"这个想法好像吓到了拿破仑。

"但你可以跟我发脾气。如果你愿意？"希瑟看着拿破仑。拿破仑站在床边，内心纠结得眉头紧皱，仿佛刚刚戳到了脚趾。

"那不可能，"拿破仑严肃得很，完全是老师的语气，"太傻了。根本没意义。你也失去了儿子。"

"我需要你跟我发脾气。"

"你不需要这样，"拿破仑说，"这……是有病。"他背过身去，"别再说了。"

"别这样。"希瑟跪在床上，看着拿破仑的眼睛。"拿破仑？"希瑟说。

希瑟想到了自己的家庭，没人大喊，没人大笑，没人大哭，没人大叫，每个人都一样，能显露出的感情顶多就是温言软语地要一杯茶。

"拜托了？"

"别没事找事，"拿破仑咬牙切齿地说，"别闹了。"

"跟我发脾气。"

"不要，"拿破仑回答，"我不会那么做，之后呢？要打你吗？"

"你一辈子都不会打我。但我是你的妻子，拿破仑，你可以跟我生气。"

希瑟好像能看到怒气在拿破仑身上涌动，从脚底到头顶。那股怒气写在脸上，让他整个人都止不住地颤抖。

"希瑟，你应该好好看看他妈的副作用！这就是你想听到的，对吧？"拿破仑的声音越来越大，他大喊出来，希瑟之前从未听到他这么大声喊过。扎克九岁的时候已经懂事了一些，为了追球，虽然拿破仑让他留在后面，但他还是往前跑了，差点儿被车撞到，吓得拿破仑大喊了一句："站住！"声音特别大，停车场上的所有人都看过来。可即便是当时那一声，也比不上拿破仑现在的声音。

拿破仑双手按在自己肩上使劲摇晃时，希瑟的心跳得很快，甚至觉得牙齿也因此松动，但拿破仑并没有打她。

"你高兴了吗？这就是你想听的？没错，我是生气，因为我问了你用药的副作用，你是给儿子开的药，你应该检查一下！"

"我应该检查。"希瑟小声说。

拿破仑从床边抓起手机。"我呢，就不应该按这个破手机上的延时键！"

他一下把手机甩在墙上。

希瑟看到屏幕碎片散落四处。

很长时间，两个人谁也没说话。希瑟静静地看着拿破仑的胸腔起起伏伏，看着那股怒气逐渐离开拿破仑的身体。

拿破仑躺在床上，背对着希瑟，双手捂住脸。他声音沙哑，让人心碎，只剩下痛苦和遗憾。他的声音如此轻柔，仿佛只是窃窃私语："还有女儿，应该告诉我们哥哥有些不对劲。"

"她应该告诉我们。"希瑟也认同。她把脸贴在拿破仑的后背，等着两个人的心回归原位。

拿破仑说了什么，但希瑟没听清："你说什么？"

拿破仑又说了一遍。"这就是我们能知道的。"

418

"没错。"希瑟回答。

"可这些永远永远都不够。"拿破仑继续说。

"不够,"希瑟说,"不够,永远不够。"

★

那天晚上,希瑟睡得很踏实,一夜无梦,整整七个小时。自从扎克离开之后,她就再也没这样睡过。醒来之后,她发现自己已经跨越了那条鸿沟,三年来,横贯在她和拿破仑之间看不见也跨不过的鸿沟。可跨过去了,就仿佛那条鸿沟从未存在过。希瑟之前也做过错误的决定,当一个高出天际的木讷男孩有礼貌地邀请她看"高分电影《与狼共舞》"的时候,她竟然答应了——这绝对不是一个错误。

两个人在床上缠绵缱绻时不会想着孩子。已婚夫妻的情欲关在卧室房门内。然而,那天早上,拿破仑温柔地把希瑟抱在怀里,希瑟想到了四口之家,想到了两个孩子、无法长大成人的儿子、已经出落得亭亭玉立的女儿还有和丈夫之间永远涌动的强烈的爱:夫妻、父子、母子、父女、母女、兄妹。爱那么多,从四处涌来,就是因为当年接受了一起看电影的邀请。

那之后,希瑟就没再想其他了,因为那个木讷的男孩已经开始了行动。

一年后

本和妈妈已经设想过很多次,他以为两个人都已经做好了最坏的准备,但其实并没有。

露西那段时间一直挺正常的,大家都觉得或许这一次她能成功,可就在这时，露西因为服药过量去世了。那时的露西开始上室内装修课，会开车送孩子们上学，还参加了大儿子的家长—老师之夜——这可是破天荒头一回。她已经往前看了。

发现她的是本的奶妈。露西看着非常平静，像睡着的小女孩。这么说，露西就是个三十岁的女孩，恶魔缠身，怎么都不肯让她回头，所以她也就放弃了战斗。

本的第一反应是给杰茜卡打电话。杰茜卡在 Instagram 上"公布"两人分手的消息，好像明星夫妻分手得跟公众交代清楚，得在媒体问东问西之前让大家了解到事情的真相。虽然本还是觉得很尴尬，但他们当时关系不错。杰茜卡是这么写的：我们将永远是朋友，但我们认为，现在该放手了。

最近，杰茜卡正忙着为下一季《单身汉》试镜。她说自己并不是很渴望爱情，也有点些怀疑自己想不想要，但这样对她的"形象"来说不错，能保证 Instagram 上有成千上万的粉丝量。本没觉得好笑，因为杰茜卡现在已经是几个慈善机构的"大使"了，Instagram 上有很多照片，是杰茜卡和新交的朋友们"有幸"组织的活动，有很多午餐、舞会和早餐的照片。

本又回去给皮特打工了。开始大家都对他不太友好——"怎么？你缺钱了？"——但最终大家还是放过了他，没再把他当有钱人看。本还是拥有那辆车和一栋不错的房子，但他把大部分钱都投入到母亲管理的基金会里，帮助吸毒人士的家人们。

拉尔斯帮他们分割了财产，谁都没有为难，也没有闹到法院。两个人在静栖馆疗养的经历中，这是好处之一：认识了出色的离婚律师。

本给杰茜卡打电话但没有说露西的事，觉得自己忍不了杰茜卡声音中的惊讶。相反，他给佐伊打了电话。从疗养院回来，两个人一直在线交流，偶尔也会发短信，但没打过电话。

"嗨，本，"佐伊很高兴的样子，"还好吗？"

"我打电话——"本觉得自己开不了口，只好深呼吸平缓心情。

佐伊的语气变了。"是你姐姐吗？"佐伊问，"是露西的事儿吗？"

佐伊来参加了葬礼。本的眼神一直追着她。

第七十六章

五年后

姚通常不会在白天看电视,但他刚从游乐场回来,压力太大:两岁的女儿像个吸血鬼一样,先在另一个孩子的胳膊上咬了一口,接着仰头大笑。让人丢脸,也让人害怕。

"没错,你自己就爱咬人。"妈妈在电话那头说,"她这是遗传了你。"妈妈这么说似乎觉得挺解气,咬人这种倾向好像还是不错的遗传特征了。

姚哄女儿睡午觉,指着她严厉地说:"不准再那样。"

女儿也伸着手指着姚:"不准再那样。"

之后,女儿躺好,把大拇指伸进嘴里,闭上了眼睛。姚看到女儿的酒窝,这说明她只是装睡,根本克制不住自己的笑意。

姚站着看了一会儿,女儿的酒窝还有圆乎乎的小脸总是让姚惊讶,他也总是觉得恍惚,自己开始另一段人生,全新的生活:郊区的全职爸爸。

他认罪了,因为在静栖馆做的一切,被判十四个月,缓期执行。玛莎跟警察说自己独立承担所有责任,是她要引入新的项目,员工只不过是疏忽大意、不敢反驳的傻子。她是亲手混合思慕雪的人,这是真的,但姚就在玛莎身边,反复确认用量。姚的妈妈说,要是自己是法官,就判姚进监狱。姚的父母都气疯了,完全理解不了儿子的行为。大部分时间，姚也不理解父母。当时的情景下，一切都是合理的。著名的研究员！还有杂志文章！

"那个女人让你着了魔。"妈妈说。

妈妈坚决否认姚在精神疗法中回忆起的事情曾经发生过。

"不可能，"妈妈说，"我不可能那样，炉子上煮着东西，不可能把你单独留下。你觉得我傻吗？你会这样对你的孩子吗？我看你最好别这样！"

妈妈说，姚害怕犯错误的毛病跟别人没关系，都是他自己的问题。"你生下来就那样！"妈妈说，"我们一直想让你明白，犯错没关系。我们说过很多次，你不用一直费劲想要做到完美，犯错也没事。有的时候，我们会故意犯错，让你知道每个人都会犯错。你爸爸经常故意掉东西，故意撞墙什么的。我还说过他：'戏太过了。'但你爸爸还挺享受。"

姚想知道自己的前半辈子是不是一直误会了父母。他们说没那么大期望就没那么大失望，不是因为不相信梦想，而是想要保护自己。还有，父亲并没有自己想的那么蠢。

★

德莉拉没有出庭，谁都找不到她。姚偶尔会想起德莉拉，会想德莉拉可能在哪儿。或许她在某个遥远的小岛。姚最喜欢的电影就是《肖申克的救赎》（"世界上每个单身男人最喜欢的电影都是这个。"有个带孩子一起玩儿的妈妈这么说。她知道是因为尝试过网恋。），或许德莉拉就跟里面的逃犯一样在修船。但姚怀疑德莉拉更有可能是藏在城市里，又成了谁的私人助理。有时候，他还会想好久之前德莉拉为玛莎工作时穿的那条短裙。

姚作为护理人员的资格被取消了，所以不能从事医疗行业的其他工作。离开了静栖馆，处理好诉讼，姚就搬到了一个开间公寓，离父母住的地方很近，找了一份中文法律文书翻译的工作。挺无聊的，也挺费劲，但姚得生活。

有一天，姚接到了电话。这通电话让他之后总在想，改变生活的电话打来时是否都这么刺耳。那天晚上电话响的时候，他正一个人坐着，形单影只吃晚餐，电话铃声吓得他浑身一颤。

是姚之前的未婚妻伯纳黛特打来问好。原来伯纳黛特一直没有忘记姚，一直都很想念他。

有的时候，生活中的改变非常缓慢，难以察觉，你根本留意不到。突然有一天，你一睁眼，脑子里有个念头：怎么回事儿？但有的时候，生活中的变化，电光石火间就会发生，带来好运或不幸，带来美好或凄惨的后果。你可能中了彩票。你可能在错误的时间过了马路。你可能在完全正确的时间接到了旧爱的电话。突然之间，生活来了急转弯，朝全新的方向进发。

不到一年，两个人就结了婚。婚后，妻子马上就怀孕了。生活安排得很合理，妻子继续在公司工作，姚留在家里，一边看孩子，一边翻译——现在就连翻译都让人觉得很有意思，让人觉得兴奋了。

终于，女儿不再装睡，姚走进客厅，坐在沙发上打开电视。他准备休息二十分钟，看看肥皂剧，缓解咬人事件带来的压力，之后打算工作一小时，再考虑晚餐的事。

遥控器从手里滑落下来。

姚小声嘟囔了一句："玛莎。"

★

"玛莎。"同一个城市的另一端，一个手里拿着扳手的人也禁不住说出了这个名字。他通常也不会在白天看电视，但正好过来到儿媳妇的家干点儿活，毕竟儿子只会挣钱，别的什么都不会。

"你认识她？"儿媳妇抱起刚才还在喝奶的小女儿，她看着电视，轻拍着女孩的背。

"她挺像我之前认识的一个人。"那个男人回答，小心地避开儿媳妇，免得看到她的胸部，也是因为害怕自己的目光离不开前妻。

玛莎看着很美。一头深棕色的头发，有几缕是金色的，齐肩长。她穿着长裙，渐变绿色，弄得眼睛都染上了一层绿宝石色。

那个人在沙发上坐下来。旁边的儿媳妇好奇地看了一眼，但什么都没说。两个人一起看了访谈节目。

玛莎写了一本书。关于十日个人发展计划，其中包含迷幻药、和陌生人一同被锁在房间里，还有关于创新疗法的内容，包括直面恐惧和解决谜语之类的东西。

"肯定没人信。"儿媳妇小声说。

"显然你提到的这些药都是违禁药品。"记者说。

"很遗憾，你说得没错，"玛莎回答，"但不会永远都这样。"

"我听说你在实验阶段用了违禁药，还因此进了监狱。"

那个人的手按在大腿上，攥紧扳手。进监狱？

"没错，"玛莎回答，"但我从不后悔，对我来说非常重要。"她扬起下巴，"监狱里的那一段经历很具有变革性。我学到了很多，我在这本书里讲述了所有的体验，现在大家在各大书店都可以买到。"玛莎拿起书，在面前比了比。

记者清了清嗓子："玛莎，有传言说，有人参加了您在全国各地秘密地点提供的此类服务，你对此怎么解释？还有，实际上，您是给参与者提供了致幻剂和其他致幻药物吗？"

"这绝对是谣言，"玛莎说，"我明确否认。"

"所以您没在秘密地点进行这些计划？"

"我所做的是非常独特的、定制的、有效的个人发展方案，只针对少数特定人群，但没有任何违法活动，这一点我可以保证。"

记者接着说："我听说还要排队，要想参与还得花不少钱。"

"是得排队。"玛莎回答，"要是想参加，人们就会去浏览网页，或者拨打免费电话，电话号码应该就在屏幕上。在接下来二十四小时内打电话预订的人可以享受特别优惠。"

"如果没有违法的事情，我想知道，为什么地点都不公开而且还经常换？"记者满怀期待地看着玛莎。

"这是个问题吗？"玛莎反问，对着摄像机露出迷人的笑容。

"真是个疯子，"那个人的儿媳妇说，"我敢说她已经赚了几百万。"她站起来，把孩子递给公公，"我想煮点茶，您能先抱她一会儿吗？"

那个男人放下扳手，接过孙女。儿媳妇离开了房间。

玛莎现在讲的是什么"全息呼吸法"，她说是"不需要迷幻药的迷幻疗法"。

"就是说加快呼吸速度达到兴奋的状态是吧？"记者的问题粗鲁且充满疑虑。

"这个过程更复杂，更难解释。"玛莎回答。

一张玛莎出席某次会议的图片出现在屏幕上。玛莎走上台，台上有个很小的麦克风，台下坐满了观众，全神贯注。

那个人抱着小女孩，用母语小声说："那个疯女人就是你奶奶。"

★

他还记得第二个儿子出生的那天，就在他们不幸失去长子的三个月后。

"他是你的了。"玛莎拒绝看孩子。她避开那张脸,汗水浸透的头发紧贴着额头,用大理石都能雕刻出来,"跟我没关系。"

医院护士说:"妈妈会想明白的。"是那种悲痛。可能玛莎还陷在之前那件事中无法自拔。多么可怕啊,身怀六甲时,大儿子却意外离世。可护士不了解他妻子能做出什么事,她不懂玛莎。

玛莎是自行出院的,她说自己出院直接去上班,然后会打钱。玛莎的工作能让她赚到足够的钱,所以丈夫就可以照顾新生儿。玛莎根本不想和儿子有任何瓜葛。

男人跪下来抱住她,求她回到这个家,让家完整的时候,玛莎一直都很冷静,好像这只是工作安排而已,从始至终只发过一次脾气。玛莎冲着男人一遍遍大喊:"我不适合当妈妈!你明白吗?不适合!"

所以那个男人放手了。还能做什么呢?玛莎说到做到,寄来了钱,事业越成功,每年寄来的钱就越多。

他给玛莎寄过照片,但玛莎从来没说过自己是否收到。他想知道玛莎有没有看过那些照片,估计没有吧。玛莎这个女人有移山倒海的本事。玛莎这个女人如婴儿一样脆弱。

两年后,男人再婚了。儿子管那个澳大利亚的妻子叫"妈妈",说话有澳大利亚口音。之后,他又有了两个儿子,在这个福泽深厚的国家过着澳大利亚式的生活。圣诞节那天,他们会在沙滩打排球。后院有游泳池,儿子们会坐公交车回家,炎炎夏日会在房子里跑来跑去,衣服脱得到处都是,最后只穿着内衣跳进泳池里。他们有很多朋友,有些会不打电话直接过来。他的第二任妻子在小城市长大,口音和"城里的"不一样,厚重且低沉,但这个妻子的口头禅是"不算大事"。男人很爱她,但这些年来,还是偶尔有这种情况出现:他站在后院烧烤,给牛肉串翻面,手里拿着啤酒,蝉鸣不断,笑翠鸟叫声不断,水花四溅,杀虫剂的味道飘进鼻子里。夕阳西下,阳光照在后背——毫无预兆,玛莎的脸会出现在脑海，鼻孔张开，美丽的绿色眼睛带着优越感和轻蔑，但也充满了童真：这些人啊！他们真奇怪！

很多年了，他已经不再联系玛莎。儿子结婚的照片也没寄给她。但五年之后，第一个孙子出生时，他心里充满了身为祖父无尽的爱。他又给玛莎发了邮件，附上了孙子的照片，标题写的是：玛莎，求你打开看看。他在邮件里写了，玛莎不想当妈妈没关系，他能理解，但现在，她是奶奶了，这不是很好吗？石沉大海，没有回音。

他看着孙女，觉得自己能从玛莎的眼睛里看到些什么。他一手抱着孩子，一手从兜里拿出手机，拍了一张孙女睡着时美丽的脸。

他不会放弃的。总有一天玛莎会回邮件。总有一天她会软弱，或者找到勇气。那时，玛莎就会回复。

他比任何人都明白。

总有一天，玛莎会的。

第七十七章

亲爱的读者们，她没有跟他结婚，但他为了她搬到了悉尼。两个人一直在一起生活。她的事业重返巅峰的时候，弗朗西斯首部"浪漫悬疑"小说引起了很大反响，出人意料。那时，托尼就陪在她身边。（除了乔之外，每个人都很惊讶。把稿子修改完寄给弗朗西斯后，乔打来电话："你他妈稳赢了。"语气根本没有祖母的气质。）

弗朗西斯在荷兰见到了托尼的孙女们，各种情景也让她意外。孩子们叫她"弗朗西斯奶奶"，托尼还告诉弗朗西斯，全家决定搬回悉尼。这简直就是天外惊喜，因为托尼的儿子威尔收到了调令，所以这跟弗朗西斯没太大关系。但弗朗西斯为托尼的孙女们着了迷——也是她的孙女们——所有朋友都说弗朗西斯就是这样，跳过最艰难的部分，直接到达美好的彼岸，你会爱上孩子们，宠着她们，最后放手。

但朋友们都原谅了她。

第七十八章

　　当然，并非每个人都有幸福的结局，甚至有人都没这种机会。生活并非如此。说重点吧：之前评论弗朗西斯的小说《心灵的呼唤》的那个海伦·伊纳特被卷入了一场加密货币骗局，特别丢脸，而且妇孺皆知。她失去了毕生积蓄，余生的日子非常凄惨。

　　但毕竟她也不喜欢幸福的结局，所以应该也挺满意的。

第七十九章

　　哈，亲爱的读者们。她最后当然嫁给了他。你见过她的。她等到了自己六十岁生日，穿着绿松石色的衣服。她有十一位伴娘，最小的都已经四十五岁了。此外，她还有十三位花童和一位陪着新娘的男童。这个小朋友才刚刚学会走路，两只小手里紧攥着火柴盒小车。他的名字叫扎克。

　　迎宾处的每把椅背上都系着白色的缎面蝴蝶结。

　　那绝对是你见过最美、最难以忘怀的婚礼。

致　谢

　　本书行至此处，要感谢的人很多。感谢我才华横溢的编辑们，他们从不同方面将《九个完美陌生人》打造得更为出色：乔治娅·道格拉斯、凯特·佩特森、埃米·艾因霍恩、玛克辛·希契科克、阿里·拉沃和希拉里·雷诺兹。

　　感谢埃利娜·雷迪慷慨地抽出时间帮我丰满玛莎的性格。埃利娜不仅是出色的艺术家，而且能够用语言生动地描述各种画面。玛丽亚（玛莎）·德米特里琴科是星光儿童基金会慈善活动的中奖人，因此我的书中某个人物会以她命名。感谢她允许我使用她的名字。

　　感谢尼基·斯坦普医生回答我的问题。她是澳大利亚屈指可数的几位女性心脏外科医生之一，我在书中为玛莎进行心脏手术的描述摘自她出色的书籍《"伤"心欲绝》。

　　感谢卡特·卢卡什和普拉文·奈杜在俄语和足球知识方面给予我的帮助。感谢露西·纹翰逊分享自己在疗养院的经历。感谢我的姐夫罗布·奥斯特里奇，我问他开着兰博基尼走在没有铺好的路面是什么感觉时，他的表情给我留下了深刻印象。感谢我的姐姐菲奥娜秒回信息。感谢金门疗养院的每个人，我们一起度过了美好的一周，日出让人心情愉悦，但我觉得没必要的话不用再来一次了。

　　感谢各位经纪人：悉尼的菲奥娜·英格利斯和本·史蒂文森，纽约的费伊·本德，伦敦的乔纳森·劳埃德和凯特·库珀，洛杉矶的杰里·卡拉日安。感谢宣传人员的耐心和为此而做的一切：悉尼的特蕾西·奇塔姆，伦敦的加比·扬，纽约的马列娜·比特纳，也感谢康纳·明策、南希·特里普奇和凯蒂·鲍登。

感谢亚当帮我打造了静栖馆，感谢他全天不时回答我各种奇怪的问题，感谢他准备的晨间咖啡，感谢他照顾我，感谢他一直以来的支持。感谢乔治和安娜的美丽和帮助，他们指出了我手稿中应该有加强语气词的地方。感谢我的母亲黛安娜·莫里亚蒂为我校对，幸好我的母亲永远不会移居到法国南部。

写作大概是孤独的工作，所以我要感谢在这个过程中遇到的"同事"。感谢我的姐妹们——作家贾克琳·莫里亚蒂和妮古拉·莫里亚蒂，也感谢我的朋友们——作家黛安娜·布莱克洛克、贝尔·卡罗尔、乔乔·莫伊斯和玛丽安·凯斯。感谢才华横溢的卡罗琳·李对本书有声读物献声。

感谢妮可·基德曼、佩尔·萨里和布鲁纳·帕潘德雷亚在读到本书之前对本书的信心。

感谢读者们，和弗朗西斯一样，我喜欢世界各地的读者，我对你们每天都心怀感恩。本书献给我的妹妹凯蒂和我的父亲伯尼·莫里亚蒂。面对挫折时，他们一直坚强、勇敢、风趣，而且我觉得，就算他们处于低谷，也能比玛莎做更多俯卧撑。

★

以下书籍对我的研究有莫大帮助：卡拉·法恩《没时间说再见：亲人自杀》（*No Time to Say Goodbye：Surviving The Suicide of a Loved One*）、汤姆·施罗德《酸性测试：致幻剂、摇头丸和治愈的力量》（*Acid Test：LSD，Ecstasy and the Power to Heal*）、弗里德里克·梅克尔·菲舍尔博士

《物质疗法：二十世纪的精神疗法》（*Therapy with Substance：Psycholytic Psychotherapy in the Twenty First Century*）以及阿道司·赫胥黎的《知觉之门》（*The Doors of Perception*）。

★

如果您或周围的人患有抑郁症，请及时寻求帮助。

图书在版编目（CIP）数据

九个完美陌生人 /（澳）莉安·莫里亚蒂著；韩阳译 . — 北京 : 北京时代华文书局，2020.9

书名原文：Nine Perfect Strangers

ISBN 978-7-5699-3913-2

Ⅰ. ①九… Ⅱ. ①莉… ②韩… Ⅲ. ①长篇小说－澳大利亚－现代 Ⅳ. ① I611.45

中国版本图书馆 CIP 数据核字（2020）第 178934 号

北京市版权著作权合同登记号　　图字：01-2020-0779

Liane Moriarty

NINE PERFECT STRANGERS

九个完美陌生人

JIU GE WANMEI MOSHENGREN

著　　者｜[澳大利亚] 莉安·莫里亚蒂
译　　者｜韩　阳

出 版 人｜陈　涛
策划编辑｜韩　笑　黄思远
责任编辑｜黄思远
责任校对｜陈冬梅
营销编辑｜郭嘛宇
封面设计｜璞茜设计
责任印制｜刘　银　訾　敬

出版发行｜北京时代华文书局 http://www.BJSDSJ.com.cn
　　　　　北京市东城区安定门外大街 138 号皇城国际大厦 A 座 8 楼
　　　　　邮编：100011　电话：010-64267955　64267677
印　　刷｜三河市兴博印务有限公司　电话：0316-5166530
　　　　　（如发现印装质量问题，请与印刷厂联系调换）
开　　本｜880mm×1230mm 1/32　印　张｜14　字　数｜350 千字
版　　次｜2022 年 1 月第 1 版　印　次｜2022 年 1 月第 1 次印刷
书　　号｜ISBN 978-7-5699-3913-2
定　　价｜68.00 元